Paris
1878

Hoffmann, Ernst-Theodor

L'Elixir du diable

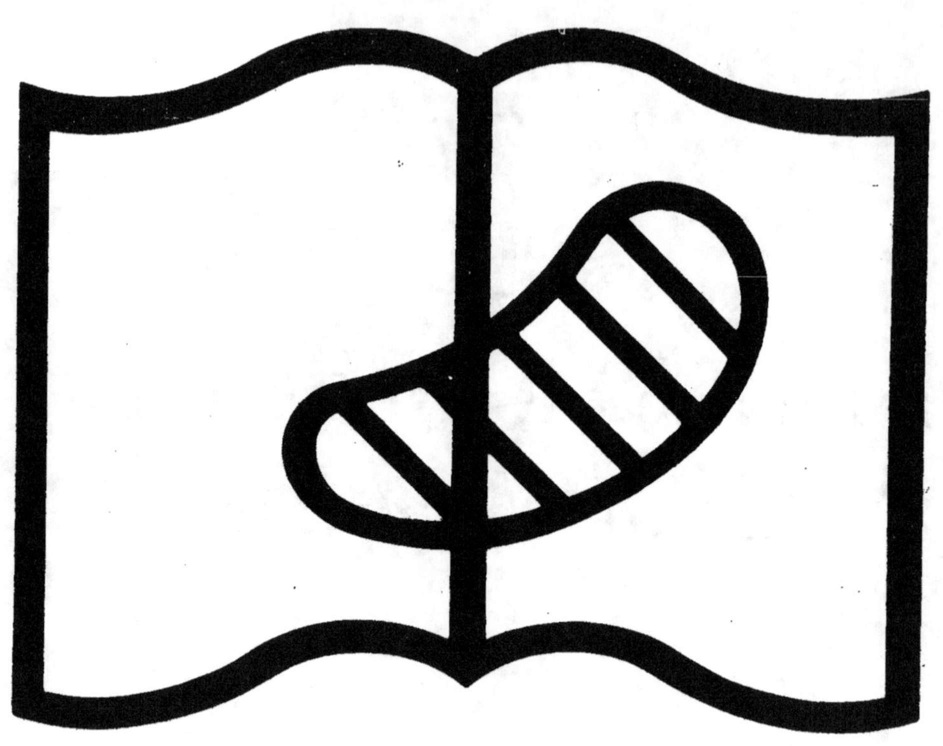

Symbole applicable
pour tout, ou partie
des documents microfilmés

Original illisible

NF Z 43-120-10

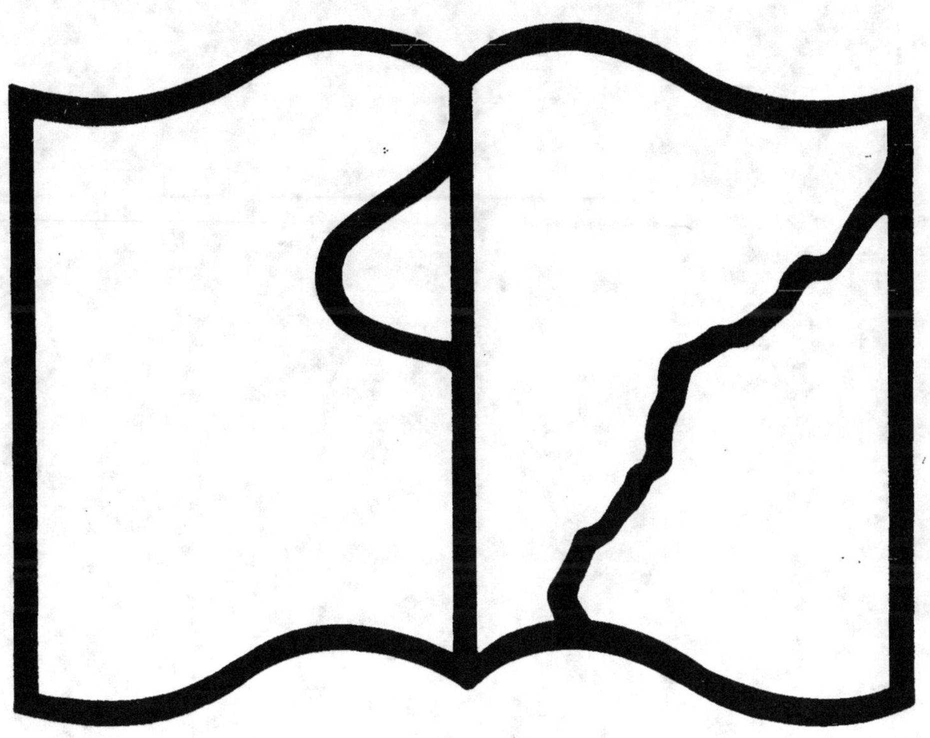

Symbole applicable
pour tout, ou partie
des documents microfilmés

Texte détérioré — reliure défectueuse

NF Z 43-120-11

HOFFMANN.

L'ÉLIXIR DU DIABLE

ILLUSTRÉ

PAR FOULQUIER.

TRADUCTION DE LA BÉDOLLIÈRE.

PRIX : 1 FRANC 15 CENTIMES.

PARIS

GEORGES BARBA, LIBRAIRE-ÉDITEUR

7, RUE CHRISTINE, 7

ŒUVRES COMPLÈTES

DE

HOFFMANN

ILLUSTRÉES PAR FOULQUIER

TRADUCTION DE LA BÉDOLLIÈRE

L'ÉLIXIR DU DIABLE.

PRÉFACE D'HOFFMANN.

Que je voudrais, bienveillant lecteur, te conduire sous ces platanes sombres où je lus pour la première fois la surprenante histoire du frère Médard! Tu serais assis près de moi sur ce banc de pierre, à demi caché par les buissons odorants et leurs fleurs épanouies aux mille couleurs. Comme moi, plein d'un vague désir, tu regarderais les montagnes bleues qui s'amassent en formes étranges derrière la vallée toute baignée par le soleil. Elle s'étend là, devant nous, au sortir du berceau de verdure; et si tu te retournes, alors tu vois, à quelques pas à peine, un monument gothique dont le portail est richement orné de statues, et à travers les branches sombres des platanes les images des saints te regardent avec leurs yeux vivants et clairs : ce sont les fresques éclatantes qui parent les murailles. Le soleil est là, sur la montagne tout rouge de feu; le vent du soir s'élève. Partout le mouvement et la vie. Des voix singulières parcourent, indistinctes et murmurant à peine, les arbres du petit bois, et semblent, en augmentant toujours, prendre l'éclat de l'orgue et la douceur des chants. C'est le bruit qui vient des lointains.

L'excellente femme me prit sur ses genoux.

Des hommes austères, dans des vêtements à longs plis, se promènent à l'ombre des berceaux, silencieux, et le regard pieusement levé vers le ciel. Les statues des saints, descendues de leurs chapiteaux, sont-elles devenues vivantes? L'effroi mystérieux des légendes et des surprenants récits que ces lieux ont fait naître plane sur vous. Il semble que tout se passe encore sous vos yeux, et l'on se plaît à le croire.

C'est dans cette disposition d'esprit qu'il faut lire l'histoire de Médard, et alors les visions merveilleuses du moine te sembleront quelque chose de plus que les rêves d'une imagination en délire. Et maintenant, ami lecteur, que tu as vu de saintes images, un cloître et des moines, est-il besoin d'ajouter que je t'ai conduit dans le magnifique jardin de l'ancien couvent des Capucins à B.?

J'allai autrefois y demeurer quelques jours, et le vénérable prieur me montra comme une chose remarquable une liasse de papiers laissée par le frère Médard, et conservée dans les archives. J'eus beaucoup de peine à décider le prieur à me permettre de les lire. Ces papiers, disait-il, cher lecteur, auraient dû être brûlés.

Aussi n'est-ce pas sans crainte que tu ne sois de l'avis du prieur que je les mets entre tes mains sous forme de livre. Si toutefois tu te décides à suivre Médard à travers le sombre cloître et les cellules, et à entrer dans un monde varié, le plus varié des mondes; si tu consens à supporter tout ce que sa vie offre d'effrayant, d'épouvantable, d'extravagant, de bouffon, alors peut-être trouveras-tu quelque plaisir aux différents tableaux de chambre obscure qui te seront présentés. Peut-être arrivera-t-il aussi qu'en regardant avec attention ceux qui te paraîtront les plus informes, tu les verras bientôt clairement et nettement expliqués. Tel est le germe caché enfanté par un mystérieux destin. Il s'élance en plante charmante, et, croissant toujours, s'embellit de mille rameaux; mais la fleur, en devenant fruit, attire à elle toute la séve vitale, et le germe lui-même disparaît.

Après avoir lu avec un soin extrême les papiers du capucin Médard, ce qui me fut difficile, car le défunt avait une très-fine et très-illisible écriture de moine, voici ce que je crus voir. Il me sembla que ce que nous appelons ordinairement rêve et imagination est plutôt un moyen symbolique d'arriver à connaître le fil secret qui nous conduit dans la vie; mais il faut regarder comme perdu celui qui croit, grâce à cette connaissance, avoir acquis la force de briser violemment ce fil, et de lutter contre le sombre pouvoir qui nous domine.

Peut-être, cher lecteur, es-tu de mon avis; et c'est ce que je souhaite du fond du cœur par mille importantes raisons.

L'ÉLIXIR DU DIABLE.

I.

Les années de l'enfance et la vie du cloître.

Ma mère ne m'a jamais dit quelle position mon père occupait dans le monde; mais si je me rappelle ce qu'elle me racontait de lui dans mes plus jeunes années; je suis porté à croire que ce devait être un homme sage, orné de connaissances profondes. Et de même, par les récits et par quelques paroles échappées à ma mère sur sa vie antérieure, paroles que j'ai comprises seulement plus tard, je crois savoir que mes parents, après avoir goûté des douceurs de l'existence, conséquence naturelle d'une grande richesse, étaient tombés dans la plus affreuse et la plus pressante misère. Mon père, un jour, poussé par Satan, commit un péché mortel, qu'il voulut plus tard, lorsque vint l'éclairer la grâce divine, expier par un pèlerinage à Saint-Tilleul dans la froide et lointaine Prusse.

Pendant ce voyage pénible, ma mère sentit, pour la première fois, après plusieurs années de mariage, qu'elle ne resterait pas inféconde, comme mon père l'avait toujours craint. Celui-ci, malgré sa détresse, s'en réjouit vivement.

Je me souviens confusément d'un vieillard avec une grande barbe grise. Son costume n'était pas celui du pays. Souvent il me promenait dans ses bras; il cherchait çà et là dans la forêt des pierres et des mousses variées, et jouait avec moi. Et cependant, je crois fermement que son image, qui vit en moi, a été créée par les descriptions de ma mère.

Un jour, il amena avec lui un merveilleux enfant d'une beauté rare, à peu près de mon âge. Et tout en nous caressant et en nous embrassant, nous nous assîmes sur le gazon. Alors je lui donnai toutes mes pierres diverses, et avec elles il forma différentes figures sur le terrain; mais toutes à la fin prenaient la forme de la croix.

Ma mère était près de nous sur un banc de pierre, et le vieillard avec une douce gravité regardait, debout derrière elle, nos jeux d'enfants. Plusieurs jeunes gens sortirent du bois. A en juger d'après leurs habits et leur manière d'être, ils étaient venus à Saint-Tilleul par curiosité, et pour se faire voir; l'un d'eux dit en riant, aussitôt qu'il nous aperçut : — Ah! une sainte famille; voici pour mon carnet.

Il prit du crayon et du papier, et se disposait à nous dessiner. Alors le vieux pèlerin leva la tête, et s'écria d'un ton courroucé : — Misérable rouleur! tu veux être artiste, et jamais la foi et l'amour n'ont brûlé dans ton cœur. Aussi tes œuvres seront mortes et disgracieuses comme toi-même. Comme un réprouvé, tu désespéreras dans le vide de ton âme, écrasé par ton impuissance.

Les jeunes gens s'éloignèrent interdits.

Le vieux pèlerin dit à ma mère : — Je vous avais amené un enfant miraculeux, pour qu'il éveillât en votre fils l'étincelle de l'amour; mais il faut que je l'emmène, et bientôt vous ne nous verrez plus. Votre fils est richement doué de qualités infinies; mais le péché de son père brûle et fermente en son sein. Pourtant il peut bravement combattre pour la foi; mettez-le dans les ordres.

Ma mère ne pouvait assez dire quelle impression profonde, ineffaçable, les mots du pèlerin avaient faite sur elle. Elle résolut cependant de ne point faire de violence à mes penchants, mais d'attendre avec résignation ce que le sort déciderait pour moi. Quant à mon éducation, je ne recevrais que celle qu'elle pourrait me donner elle-même.

Mon père tomba malade à Saint-Tilleul, et plus il voulut, malgré sa faiblesse, remplir les durs exercices de piété recommandés par la règle, plus sa maladie empira. Il mourut absous et consolé au même instant où je vins au monde.

Mes premiers souvenirs me retracent, comme à travers un crépuscule, de charmantes images du cloître et de la belle église de Saint-Tilleul. Je respire encore l'enivrante odeur des ravissants gazons frais et des fleurs variées qui furent mon berceau. Aucun animal malfaisant, aucun insecte nuisible ne s'approche du sanctuaire; le murmure de la mouche, le cri du grillon ne viennent même pas interrompre le religieux silence. On n'entend retentir que les pieux chants des prêtres qui passent en long cortége, agitant avec les pèlerins des encensoirs d'or d'où s'échappent les parfums sacrés. Je vois encore dans le milieu de l'église le tronc du tilleul, recouvert de lames d'argent, sur lequel les anges posèrent la bienfaisante statue de la Vierge sainte. Les figures diverses des anges, des saints, les murs, les toits de l'église viennent encore sourire à ma mémoire.

Les récits de ma mère sur ce cloître merveilleux, où une consolation pleine de grâces vint calmer sa profonde douleur, sont gravés en moi, si bien que je crois avoir tout vu, tout appris moi-même. Et pourtant il est impossible que mes souvenirs s'étendent aussi loin, puisque ma mère quitta le lieu saint après un an et demi de séjour. Il me semble bien avoir vu une fois moi-même dans l'église solitaire la surprenante apparition d'un homme grave, et que cet homme était un artiste étranger qui était déjà venu autrefois à Saint-Tilleul, comme on bâtissait l'édifice.

Personne ne comprenait son langage. En peu de temps, d'une main exercée, il couvrit l'église d'admirables peintures, et disparut aussitôt que le travail fut terminé.

Mes souvenirs mêmes, rendus plus précis par l'expérience, ne commencent qu'au moment où ma mère, en s'en retournant au pays, arriva dans un couvent de religieuses de l'ordre de Cîteaux. L'abbesse, princesse de naissance, qui avait connu mon père, la reçut très-amicalement.

Il existe dans ma mémoire une lacune complète entre le temps de l'aventure du pèlerin dont je fus certainement témoin, et que ma mère a seulement complétée, et le moment où elle me présenta pour la première fois à l'abbesse. Il ne m'est pas resté même un vague souvenir. Je me retrouve seulement à l'instant où ma mère améliora et mit en ordre mon costume, autant qu'elle pouvait le faire. Elle avait acheté de nouveaux rubans à la ville; elle coupa mes cheveux en désordre, fit ma toilette avec soin, et me recommanda vivement de bien me comporter avec madame l'abbesse.

Enfin, je montai, en lui donnant la main, les grands escaliers de pierre; et j'entrai dans la haute salle voûtée et ornée de figures de saints, où se trouvait la princesse.

C'était une grande femme, belle, à l'air majestueux. L'habit de l'ordre lui donnait une dignité qui inspirait le respect. Elle jeta sur moi un regard qui me pénétra jusqu'au fond du cœur, et dit : — Est-ce là votre fils?

Sa voix, tout son être, cet entourage étranger, l'immensité de la chambre, les statues, tout cela fit un tel effet sur moi, que, sous l'empire d'un secret effroi, je me mis à pleurer amèrement. Alors la princesse dit en me jetant un regard plus doux et plus bienveillant :

— Qu'as-tu donc, enfant? As-tu peur de moi? Comment s'appelle votre fils, ma chère dame?

— Franz, répondit ma mère. Et alors la princesse m'appela, avec le ton de la plus profonde mélancolie, Franciscus! Puis elle me prit dans ses bras, et me serra fortement sur sa poitrine; mais au même instant je ressentis au cou une douleur subite, et je jetai un cri perçant. La princesse, étonnée, me laissa aller, et ma mère, tout embarrassée de ma conduite, s'élança vers moi pour m'emmener à l'instant. La princesse n'y consentit pas. Il se trouva que la croix de diamants qu'elle portait m'avait, lorsqu'elle me pressait sur sa poitrine, si fort endommagé le cou, que la place en était rouge et meurtrie.

— Pauvre Franz! me dit-elle, je t'ai fait mal; mais je veux que nous soyons encore bons amis.

Une sœur apporta des sucreries et du vin doux. Je devins bientôt plus hardi, et sans me faire longtemps prier, je me mis à goûter ces bonnes choses. L'excellente femme m'avait pris sur ses genoux, et me mettait elle-même des friandises dans la bouche. Lorsque j'eus bu quelques gouttes de la douce boisson qui jusqu'alors m'avait été inconnue, je retrouvai une vivacité de sens, une surabondance de vie, qui, d'après ce que disait ma mère, m'était particulière dès ma plus tendre enfance. Je me mis à rire et à bavarder, au grand plaisir de l'abbesse et des sœurs qui étaient restées dans la chambre. Je ne peux plus maintenant encore m'expliquer à quelle occasion ma mère en vint à me demander de raconter à la princesse les belles choses de mon endroit natal, et comment, semblant inspiré par une puissance surnaturelle, je pus lui décrire les belles peintures de l'artiste inconnu aussi vivement que si je les avais comprises dans leur sentiment le plus profond.

Ensuite je dis les surprenantes histoires des saints, comme si tous les écrits de l'Église m'étaient connus et familiers. La princesse et ma mère elle-même me regardaient étonnées. Mon enthousiasme augmentait en parlant; et lorsque la princesse me demanda : — Dis-moi, cher enfant, où as-tu appris tout cela? alors je lui répondis, sans me recueillir un instant, que cet enfant, admirablement beau, amené par le pèlerin, m'avait expliqué toutes ces figures dans l'église, et m'en avait aussi peint lui-même d'autres avec des pierres variées; et non-seulement il m'en avait fait comprendre le sens, mais il m'avait encore raconté bien de saintes histoires.

Les vêpres sonnèrent. Une sœur me donna quantité de friandises enveloppées dans un cornet de papier. Je les reçus avec grande joie.

L'abbesse se leva, et dit à ma mère :

— Ma chère femme, je regarde votre fils comme le mien. A partir d'aujourd'hui, je veux me charger de l'élever. Ma mère pouvait à peine parler d'émotion; elle baisa les mains de la princesse en pleurant à chaudes larmes.

Déjà nous étions sur le seuil de la porte, lorsque la princesse vint nous rejoindre. Elle me prit encore une fois sur son sein, en écartant soigneusement la croix, et me pressa sur sa poitrine avec des larmes si abondantes qu'elles baignaient mon front, en s'écriant :

— Franciscus, sois pieux et bon!

Je fus touché jusqu'au fond de l'âme, et, sans savoir pourquoi, je me mis à pleurer aussi. Grâce à la protection de la princesse, le ménage de ma mère, qui demeurait dans une petite ferme près du cloître, prit une meilleure tournure. Je fus mieux vêtu, et je reçus les leçons d'un prêtre que je servais comme enfant de chœur lorsqu'il exerçait son ministère dans l'église.

Ce temps béni de la jeunesse m'environne encore comme un heureux songe. Ah! la patrie est loin, bien loin derrière moi, comme un beau pays qui se perd dans la distance, et où habite la joie pure de la candide innocence du jeune âge; et lorsque je me retourne pour y jeter un coup d'œil, je vois béant devant moi le gouffre immense qui m'en a séparé pour toujours. Plein d'un brûlant désir, je m'efforce de plus en plus de reconnaître les objets aimés que je vois marcher sur l'autre bord, dans le ciel empourpré par les feux du matin. Je crois entendre le son de leurs voix. Hélas! y a-t-il donc un abîme que l'amour de son aile puissante ne puisse traverser? qu'est-ce que le temps, qu'est-ce que l'espace pour l'amour? ne vit-il pas dans la pensée, et lui connait-on des bornes? Mais de sombres figures s'élèvent, et, se serrant ensemble, deviennent de plus en plus compactes, et m'enferment dans un cercle qui se rétrécit sans cesse et me voile l'horizon. Elles montrent à mes sens le désespoir du présent; et le désir lui-même, qui me remplissait d'une douleur pleine d'ineffables délices, se change en affreux tourment d'agonie.

Le prêtre était la bonté même; il savait s'emparer de mon vif esprit, et conformer ses leçons à ma manière de sentir. C'était pour moi un plaisir, et mes progrès étaient rapides. J'aimais ma mère par-dessus tout; mais je vénérais la princesse comme une sainte, et c'était pour moi un beau jour quand je pouvais la voir. Chaque fois, je me promettais de briller devant elle en étalant de nouvelles connaissances; mais quand je la voyais, quand elle me parlait avec bonté, alors j'étais à peine capable de dire une parole, je ne pouvais que l'écouter et la voir. Chacun de ses mots restait toute la journée profondément gravé dans mon âme; lorsque je lui avais parlé, je me trouvais dans une disposition singulière, qui avait quelque chose de solennel, et son image m'accompagnait dans les promenades que je fréquentais alors.

Une sensation ineffable parcourait tout mon être, et me faisait frissonner quand, debout, près de l'autel, j'agitais l'encensoir. Les sons de l'orgue, se précipitant du chœur, et s'enflant toujours et toujours, comme un fleuve qui mugit, m'entraînaient avec eux; puis dans le chant de l'hymne, je reconnaissais la voix de l'abbesse qui me pénétrait comme un rayon de lumière, et remplissait mon âme d'un pressentiment de la présence divine. Mais le plus beau jour, qui, bien des semaines d'avance, me comblait de joie, le jour auquel je ne pouvais jamais penser sans un ravissement intime, était celui de la fête de saint Bernard, patron des Cisterciens, que l'on célébrait de la manière la plus éclatante par de grandes indulgences.

La veille de la fête, déjà une foule de personnes sortaient de la ville voisine et des contrées d'alentour et campaient sur la grande prairie émaillée de fleurs qui avoisine le monastère; de sorte que le joyeux tumulte durait la nuit et le jour. Je ne me rappelle pas que dans cette heureuse saison (la fête de saint Bernard est célébrée dans le mois d'août) le temps eût jamais été défavorable. On y voyait de longues processions de pèlerins se promener en chantant des hymnes. Plus loin, de jeunes villageois allaient çà et là en foule avec des jeunes filles coquettement parées. Et puis c'étaient des ecclésiastiques dans une pieuse contemplation, les mains jointes, et les yeux levés vers le ciel. Des familles de bourgeois établies sur le gazon ouvraient leurs paniers remplis de vivres, et commençaient leur repas. Les chants joyeux, les chansons pieuses, les soupirs fervents des pénitents, les éclats de rire de la gaieté, les plaintes, les cris de joie, les acclamations d'allégresse, les plaisanteries, la prière, remplissaient les airs d'un concert étourdissant.

Mais si la cloche du cloître retentit, tout bruit cesse à l'instant; tout le monde, aussi loin que la vue peut s'étendre, est tombé à genoux en rangs serrés, et le sourd murmure de la prière interrompt seul le silence sacré. Au dernier coup de la cloche la foule se disperse de nouveau, et les accents de joie, suspendus pendant quelques minutes seulement, recommencent à éclater.

L'évêque, qui réside dans la ville voisine, venait, lors de la Saint-Bernard, dans l'église du cloître, présider à la fête. Il était servi par les ecclésiastiques de l'archevêché; et on lui réservait une tribune que l'on avait élevée à côté du grand autel, et richement ornée.

Ces impressions, qui autrefois agitaient mon cœur, ne sont point éteintes : elles revivent dans toute la fraîcheur de la jeunesse, lorsque je tourne ma pensée vers cet heureux temps trop tôt disparu! J'ai conservé le vif souvenir d'un chant du *Gloria*, que l'on répétait plusieurs fois parce que la composition en plaisait surtout à la princesse. Lorsque l'évêque avait entonné le *Gloria*, et que la voix puissante du chœur faisait retentir : *Gloria in excelsis Deo!* il semblait que la gloire de nuages qui couronnait le grand autel allait s'entr'ouvrir; l'on aurait pu croire que, par un divin miracle, les chérubins et les séraphins s'animaient en agitant leurs fortes ailes, et planaient çà et là en chantant les louanges de Dieu au son de leurs harpes fantastiques.

Je tombais alors dans les extases léthargiques de la piété enthousiaste, qui me transportaient sur les nuages éclatants vers le lointain climat de la patrie. Dans la forêt embaumée retentissait la voix douce des anges, et le merveilleux enfant sortait en face de moi comme d'un buisson de lis; et il me disait en souriant : — Où es-tu resté si longtemps, Franciscus? J'ai beaucoup de belles fleurs à te donner, si tu demeures avec moi et si tu m'aimes toujours.

Après la grand'messe, les nonnes faisaient une procession solennelle à travers le cloître et l'église. L'abbesse marchait en tête, parée de la mitre et tenant à la main la crosse d'argent. Quelle sainteté, quelle dignité, quelle grandeur surnaturelle brillait dans les yeux de l'admirable femme et dans chacun de ses mouvements! C'était l'Église triomphante elle-même, qui venait apporter au peuple des croyants grâce et bénédiction. J'aurais voulu me jeter devant elle dans la poussière quand par hasard son regard tombait sur moi. A la fin du divin service, toutes les personnes attachées au couvent et à la chapelle de l'évêque se réunissaient à dîner dans le réfectoire. Plusieurs amis du cloître, des officiants, des marchands de la ville prenaient part à ce repas, et comme j'avais su me faire bien venir du maître de chapelle de l'évêque, qui trouvait quelquefois à m'employer, il m'était permis d'y venir aussi. Si je m'étais senti d'abord brûlant d'une piété sainte, et détourné de toute idée terrestre, alors la vie du monde ne me saisissait pas moins et m'entourait de ses charmantes images. De joyeux récits, des plaisanteries légères se succédaient entre les grands éclats de rire des invités, et les bouteilles se vidaient entièrement jusqu'à ce que vînt le soir, et que les voitures fussent prêtes pour le retour.

J'avais seize ans, lorsque le prêtre déclara que j'étais assez avancé pour commencer de plus hautes études théologiques dans le séminaire de la ville voisine. Je m'étais tout à fait décidé à embrasser l'état ecclésiastique, et cela remplissait ma mère d'une joie profonde, puisqu'elle voyait se réaliser les mystérieuses indications du pèlerin qui venaient coïncider en quelque sorte avec de miraculeuses visions de mon père, dont jusqu'alors je n'avais pas entendu parler. En apprenant ma résolution, elle crut fermement l'âme de son mari absoute et délivrée des tourments de la damnation éternelle. La princesse, que jusqu'alors je n'avais vue qu'au parloir, approuvait non moins hautement mon projet, et renouvelait la promesse de m'accorder son appui jusqu'au moment où j'aurais obtenu une dignité dans les ordres. Bien que la ville fût si peu éloignée que du cloître on en vît les tours, et que de vigoureux marcheurs fissent des environs du monastère le but de leurs promenades, cependant il me fut très-pénible de prendre congé de ma mère, de la belle femme que je respectais tant au fond de mon cœur, et de mon bon maître.

Il est certain aussi que chaque pas en dehors du cercle où vivent ceux que nous aimons paraît à la douleur de l'adieu la distance la plus immense.

La princesse était remarquablement émue, et sa voix tremblait lorsqu'elle prononça encore les paroles onctueuses de l'exhortation. Elle me donna un joli chapelet et un petit livre de prières illustré de belles images. Puis elle me remit une lettre de recommandation pour le prieur du couvent des capucins de la ville; et elle m'enjoignit de lui rendre de fréquentes visites, car il devait me venir en aide par ses actions et ses conseils. Il est difficile de trouver une contrée plus agréable que celle où est situé le couvent des capucins, à quelques pas de la ville. Le superbe jardin, avec sa vue sur les montagnes, me paraissait briller d'une beauté plus grande chaque fois que je parcourais ses longues allées, et je m'arrêtais tout à coup tantôt à un gracieux groupe d'arbres, tantôt à un autre plus gracieux encore. C'est en visitant ce jardin pour la première fois que je rencontrai le prieur Léonard, et lui remis la lettre de recommandation de la princesse. La bienveillance naturelle au prieur s'augmenta encore après avoir lu et il sut me dire de cette belle femme, qu'il avait connue à Rome, dans ses jeunes années, des choses si charmantes, qu'il gagna mon cœur dès le premier moment. Il était entouré des frères, et l'on comprenait d'abord la différence qui existait entre lui et les autres moines. Son costume, sa manière d'être tout à fait monacale, le calme de son esprit, qui se lisait clairement dans son extérieur, l'élevaient bien au-dessus de ses collègues. Nulle part on n'apercevait la trace du mécontentement, ou bien de cette réserve hostile, qui dévore en dedans, et que l'on retrouve bien souvent sur le front des cloîtrés. Malgré la sévérité de la règle, les exercices de piété du prieur Léonard étaient plutôt un besoin d'un esprit tourné vers le ciel qu'une pénitence ascétique du péché attaché à la nature humaine. Il savait si bien allumer chez les frères ce sentiment de piété, qu'il répandait sur tout ce qu'il leur était enjoint de faire pour obéir à la règle une gaieté, une égalité d'humeur qui témoignaient d'un sentiment supérieur aux étroites bornes terrestres. Le prieur Léonard savait se ménager adroitement avec le monde des rapports qui ne pouvaient être que très-profitables aux frères eux-mêmes.

La haute réputation du couvent y faisait abonder de riches cadeaux, qui donnaient la facilité de traiter à certains jours les amis et les protecteurs du cloître. On dressait alors au milieu du réfectoire une table immense, au bout de laquelle le prieur Léonard venait s'asseoir pour faire honneur à ses hôtes. Les frères, à la leur tout étroite et placée le long du mur, mangeaient dans leur simple vaisselle ordonnée par la règle, tandis que la table des invités, élégante et bien ornée, était resplendissante de porcelaine et de cristal. Le cuisinier du prieuré s'entendait à préparer certains plats friands qui plaisaient beaucoup aux hôtes. Ceux-ci se chargeaient d'apporter le vin. Ces repas pris chez les capucins offraient ainsi un agréable et heureux mélange du profane et du séculier; et leurs conséquences devaient être utiles aux uns et aux autres.

Mais le prieur, par ses connaissances scientifiques et théologiques, s'élevait de beaucoup au-dessus de tous. Outre qu'on le regardait en théologie comme un homme du plus haut savoir, à ce point qu'il pouvait traiter facilement et à fond les questions les plus abstraites, et que les professeurs du séminaire venaient chercher souvent auprès de lui des leçons et des conseils, il était encore beaucoup plus fait pour le monde qu'on n'eût dû l'attendre d'un religieux. Il parlait le français et l'italien avec facilité et élégance, et cette aptitude peu commune l'avait fait employer dans un temps antérieur à plusieurs missions importantes. Lorsque je le connus, il était déjà âgé; mais, tandis que ses cheveux blancs accusaient son âge, ses yeux étaient encore pleins du feu de la jeunesse, et le bienveillant sourire qui errait sur ses lèvres augmentait son expression naturelle de douceur et de placidité d'esprit. La même grâce qui ornait ses paroles se retrouvait dans chacun de ses mouvements, et l'ingrat costume de l'ordre s'adaptait admirablement aux formes élégantes de sa personne.

Il ne se trouvait personne parmi les frères qui ne fût entré dans le cloître de sa propre volonté, ou même en obéissant aux exigences d'une vocation intime; mais les malheureux qui avaient cherché là un port pour échapper à l'anéantissement du désespoir, le frère Léonard les avait bientôt consolés. Ses pénitences étaient le passage qui conduit au repos; et, réconciliés avec le monde, sans attacher d'importance à ses vanités, il les élevait au-dessus du tourbillon terrestre, tout en les laissant sur la terre. Léonard avait emprunté ces tendances aux reclus en Italie où le culte et avec lui tous les dehors de la vie religieuse n'ont pas la même austérité que dans l'Allemagne catholique. Ainsi, de même que l'on a conservé les anciennes formes dans l'architecture des églises, de même aussi un rayon du temps heureux et plein de vie de l'antiquité semble avoir pénétré dans la mystique obscurité du christianisme, et y avoir jeté un reflet de l'éclat surprenant qui entourait autrefois les héros et les dieux.

Léonard me prit en amitié; il m'apprit le français et l'italien; mais il formait surtout mon esprit par sa conversation et la lecture des livres variés qu'il me mettait entre les mains. Je passais dans le cloître des capucins à peu près tout le temps que me laissait le séminaire, et je sentais s'augmenter de plus en plus mon désir de prendre l'habit religieux. Je parlai au prieur de cette intention. Sans m'en détourner tout à fait, il me conseilla d'attendre au moins encore deux années, et pendant ce temps de me jeter un peu plus dans le tourbillon du monde. J'en avais une vague idée, grâce à mes relations avec le maître de chapelle de l'évêque, dont j'étais l'élève; toutefois je me trouvais gêné dans chaque réunion, surtout lorsqu'il s'y rencontrait des femmes. Cet embarras, et principalement un goût inné pour la vie contemplative, me semblaient devoir me décider pour la vie monastique.

Un jour, le prieur m'avait raconté bien des choses remarquables de la vie profane; il avait entrepris une conversation sur les matières les plus scabreuses, qu'il traitait avec son tact et son heureux choix d'expressions habituels; de manière qu'en évitant tout ce qui pouvait choquer même légèrement, il savait toujours frapper juste; enfin il me saisit la main, me regarda en face, et me demanda si j'avais conservé l'innocence de mes premières années.

Je sentis le feu me monter au visage, car, au moment même où Léonard m'interrogeait d'une manière si embarrassante, je voyais se dresser devant moi, sous les plus vives couleurs, une image qui m'avait quitté depuis longtemps.

Le maître de chapelle avait une sœur que l'on ne pouvait qualifier précisément de belle, mais qui, dans tout l'éclat de la fleur de jeunesse, était excessivement attrayante. Elle était surtout admirablement faite. Elle avait les plus beaux bras, et, pour la forme et la blancheur, le plus beau sein que l'on puisse imaginer.

Un jour que je m'étais rendu, pour prendre ma leçon, chez le maître de chapelle, je surpris sa sœur dans un léger costume du matin, la gorge demi-nue. Elle la couvrit précipitamment; mais mes regards avides en avaient déjà trop vu. Je ne pus prononcer un seul mot, des émotions inconnues s'agitaient vivement en moi, et mon sang bouillonnait avec tant de force dans mes veines, que l'on aurait pu entendre battre mon pouls. Ma poitrine était oppressée, et semblait prête à se briser; la respiration me revint enfin avec un soupir. Mais lorsque la jeune fille accourut au-devant de moi, innocente et simple comme toujours, et me prit les mains en me demandant ce que j'avais, mon mal me reprit de nouveau, et ce fut un bonheur que le maître de chapelle me délivrât en entrant dans la chambre.

Jamais je n'avais rencontré sur l'instrument des accords aussi faux; jamais je n'avais détonné en chantant comme ce jour-là. J'eus assez de piété pour considérer ensuite toute cette aventure comme une attaque du diable, et en peu de temps je me regardai comme heureux d'avoir complétement triomphé du malin esprit par les exercices ascétiques que j'entrepris.

Et maintenant, à la question embarrassante du prieur, je vis subitement la sœur du maître de chapelle, le sein nu, devant moi; je sentis le souffle brûlant de son haleine, la pression de sa main; mon trouble croissait à chaque instant. Léonard me jeta un coup d'œil ironique qui me fit trembler; je ne pus supporter son regard, et je baissai les yeux. Il frappa doucement sur ma joue brûlante, et me dit : Je vois, mon fils, que vous m'avez compris, et qu'il n'y a encore rien de perdu avec vous. Que Dieu vous préserve des tentations du monde! Les jouissances qu'il offre sont de courte durée, et il est permis de croire qu'une malédiction repose sur elles, puisque leur abus fait succéder au principe le plus exquis de l'esprit humain un inexplicable dégoût, un complet engourdissement, une funeste indifférence pour tout ce qui est grand et beau.

J'eus beau m'efforcer d'oublier la question du prieur et l'image qu'elle avait évoquée, je ne pus y réussir; et bien que j'eusse supporté en premier lieu la présence de cette jeune fille sans arrière-pensée, je redoutais maintenant plus que jamais de la voir, puisque son seul souvenir me causait une oppression, un état d'agitation qui me semblait d'autant plus dangereux, qu'il s'éveillait en même temps en moi un désir inconnu; et avec ce désir, une convoitise probablement compagne du péché. Une soirée devait me sortir de cette position douteuse. Le maître de chapelle m'avait, selon sa coutume, invité à un passe-temps musical qu'il organisait avec ses amis. La sœur était là, et d'autres dames étaient aussi présentes, ce qui augmenta l'embarras qui déjà, près d'elle seule, m'empêchait de respirer. Sa toilette était ravissante : elle me parut plus belle que jamais. Un pouvoir irrésistible semblait m'entraîner vers elle, et, sans m'en rendre compte, je me trouvais toujours à ses côtés. J'épiais, avide, ses regards et ses paroles; et je me serrais près d'elle, afin qu'au moins sa robe pût me toucher en passant, ce qui me remplissait de délices inconnues jusqu'alors. Elle parut s'en apercevoir et y prendre plaisir. Quelquefois il me semblait que je devais, dans mon délire amoureux, l'attirer à moi et la serrer ardemment sur mon cœur.

Elle était restée longtemps au piano; elle se leva enfin, et laissa sur la chaise un de ses gants; je m'en saisis, et, tout égaré, je le pressai sur mes lèvres. Une des dames s'en aperçut, elle s'avança vers la sœur du maître de chapelle, et lui dit quelques mots à l'oreille; puis toutes les deux me regardèrent en chuchotant avec un sourire moqueur. Je fus anéanti; je me sentis glacé. Sans savoir ce que je faisais, je courus me renfermer dans ma cellule. Là, je me jetai par terre dans un violent désespoir, des larmes abondantes brûlaient mes yeux; je maudissais la jeune fille... moi-même... et puis je priais et riais tour à tour comme un insensé. Partout autour de moi retentissaient des voix moqueuses, d'affreux ricanements; j'avais envie de me précipiter par la fenêtre ; mais la vue des barreaux éloignait cette idée dont ils prévenaient l'exécution.

Seulement lorsque le jour apparut, je devins plus calme; mais je pris la ferme résolution de ne plus la revoir, et surtout de dire adieu au monde. Ma vocation pour la vie monastique devint plus décidée que jamais; aucune tentative ne l'arracherait de mon âme. Et comme je voulais m'épargner les études ordinaires, j'allai trouver en hâte le prieur du couvent des capucins, et je lui déclarai que j'étais prêt à commencer mon noviciat, et que j'en avais averti ma mère et la princesse. Léonard parut étonné de mon zèle subit, et, sans me faire violence, il chercha à deviner ce qui pouvait m'avoir porté à persister tout d'un coup dans mon ordination. Il supposait une cause particulière; une honte intime et insurmontable me fit lui cacher la vérité. Je lui racontai avec le feu d'une exaltation qui n'était pas encore éteinte en moi les singulières aventures de mon enfance, qui toutes semblaient annoncer que j'étais destiné à entrer dans un cloître. Léonard m'écouta tranquillement, et, sans élever précisément des doutes contre mes visions, il ne parut pas y attacher une grande importance. Il fit plus : il prétendit que, puisque cela n'était qu'une faible preuve en faveur de la sincérité de ma vocation, il pouvait facilement y avoir là une illusion. Léonard n'aimait pas à parler des apparitions de saints, et même des miracles des premiers apôtres du christianisme; et il y avait des moments où j'étais tenté de l'accuser de douter en secret. Je me hasardai une fois, pour l'amener forcément à une explication positive, à lui parler des contempteurs de la foi catholique, et à blâmer principalement les personnes qui, dans leur puéril orgueil, insultent du nom impie de superstition ce qui dépasse leur intelligence. Léonard me dit en souriant doucement :

— Mon fils, la superstition poussée à l'excès est de l'incrédulité.

Et il détourna la conversation en parlant de choses indifférentes.

Plus tard seulement il me fut donné d'entrer dans ses belles pensées sur la partie mystique de notre religion qui forme le lien mystérieux de notre principe spirituel avec un être plus élevé, et je fus contraint de me dire à moi-même qu'il avait raison de réserver pour une consécration plus haute de ses élèves toute la sublimité qui émanait de son cœur.

Ma mère m'écrivit qu'elle avait depuis longtemps pressenti que l'état ecclésiastique dans le monde ne me suffirait pas, mais que je choisirais la vie monastique. Le vieux pèlerin de Saint-Tilleul lui était apparu le jour de la Saint-Médard. Il me tenait par la main, et je portais le costume de capucin. La princesse elle-même approuva fort ma résolution. Je les vis l'une et l'autre encore une fois avant ma prise d'habit, qui arriva bientôt, car on me remit, à mon grand désir, la moitié du temps de noviciat. En raison de la vision de ma mère, je pris le nom de frère Médard.

Les rapports des frères les uns avec les autres, la règle intérieure des exercices de piété, et le genre de vie du cloître, restèrent ce que je me les étais figurés au premier coup d'œil. Le repos du cœur, qui régnait partout, répandit en mon âme une paix céleste, semblable à celle qui voltigeait autour de moi comme un songe dans le souvenir des premières années de mon enfance au cloître de Saint-Tilleul.

Pendant l'acte solennel de ma prise d'habit, j'aperçus parmi les spectateurs la sœur du maître de chapelle; elle me jeta un regard plein de tristesse, et je crus voir briller des larmes dans ses yeux. Mais le temps de la tentation était passé, et peut-être fut-ce un mouvement d'insolent orgueil d'une victoire si facile qui m'arracha un sourire. Le frère Cyrille, qui se promenait à mes côtés, l'aperçut.

— Qui peut te réjouir ainsi, mon frère? dit Cyrille.

— Ne dois-je pas être joyeux, lui répondis-je, d'abandonner le monde et ses vanités?

Et cependant, je l'avoue, au moment où je prononçais ces paroles, un sentiment secret vint faire trembler subitement tout mon être et punit le mensonge. Cependant ce fut la dernière atteinte des passions terrestres, le calme rentra dans mon esprit. Que ne m'a-t-il jamais abandonné ! Mais le pouvoir de l'ennemi est grand !... Qui peut se fier à la force de ses armes et à sa vigilance quand vous épie l'ennemi infernal ?

J'étais déjà depuis cinq ans dans le cloître, lorsque, sur l'ordre du prieur, le père Cyrille, qui était devenu vieux et faible, fut chargé de me montrer la riche salle des reliques. Il s'y trouvait plusieurs ossements de saints, des morceaux de la croix du Sauveur, et d'autres objets vénérés, conservés dans de belles châsses de verre. On les exposait dans de certains jours à la vénération du peuple. Le père Cyrille me donnait des explications sur chaque relique, sur son authenticité, et sur les miracles qui lui étaient attribués. Il se tenait, selon la règle monastique, debout, à côté de notre prieur; et par cela même j'étais d'autant moins porté à émettre librement les pensées qui, malgré moi, s'échappaient irrésistiblement de mes lèvres.

— Cher frère Cyrille, lui dis-je, ces objets sont-ils bien réellement et véritablement ce que l'on prétend qu'ils sont? Une avide fourberie ne peut-elle pas avoir poussé quelques hommes à procurer de fausses reliques, qui passent ici pour avoir appartenu à tel ou tel saint? Par exemple, il y a quelque part un cloître qui possède la vraie croix tout entière, et pourtant l'on en montre partout tant de morceaux, qu'un de nos reclus disait, dans une plaisanterie remplie d'impiété sans doute, que l'on pourrait en chauffer notre cloître pendant tout un hiver?

— Il ne nous convient certainement pas, répondit le frère Cyrille, de nous livrer à de pareilles recherches; mais, s'il faut l'avouer franchement, je suis porté à croire, malgré les preuves incontestables, que beaucoup de ces objets ne sont pas authentiques. Mais peu importe, selon moi. Écoute, frère Médard, ce que nous pensons, le prieur et moi, à ce sujet, et tu y découvriras pour notre religion une nouvelle gloire. Notre Église n'est-elle pas admirable, cher frère, quand elle s'efforce de saisir tous les fils secrets qui lient ce que nos sens peuvent saisir avec l'incompréhensible, quand elle surexcite tellement notre organisme terrestre, que son origine spirituelle, que sa parenté intime avec les êtres merveilleux se devinent clairement, et que nous recevons, comme un souffle venu du battement d'ailes des séraphins, le pressentiment d'une vie plus haute dont nous portons le germe en nous-mêmes?

Qu'est-ce que ce morceau de bois, ces ossements, ces guenilles? On dit qu'ils ont appartenu à la croix du Christ, au corps, au vêtement d'un saint. Mais le croyant, qui, sans approfondir, concentre là-dessus toutes ses facultés, éprouve bientôt un enthousiasme surnaturel, qui lui ouvre le royaume de la félicité qu'il avait seulement pressentie jusqu'alors; et ainsi se trouve éveillée l'influence spirituelle du saint dont les reliques vraies ou fausses ont donné l'impulsion, et l'homme alors sent augmenter sa foi dans un esprit plus haut qu'il appelait à son aide, à sa consolation, du fond de son âme. Oui! dans cet éveil des forces de l'intelligence, les souffrances du corps peuvent être vaincues; et il advient de là que ces reliques produisent des miracles, qui, arrivant sous les yeux même du peuple assemblé, ne peuvent être révoqués en doute.

Je me souviens d'avoir remarqué alors quelques signes du prieur, qui approuvait les paroles du frère Cyrille tandis qu'il paraissait regarder les reliques, qui n'étaient plus pour moi qu'une momerie religieuse, avec les dehors du respect et d'une piété intime. Le père Cyrille s'aperçut de l'effet de ses paroles, et il continua avec chaleur, et avec l'entraînement d'un cœur qui s'épanche, à m'expliquer la collection pièce à pièce.

Enfin il tira une petite cassette d'une armoire bien fermée, et me dit : — Ici, cher frère Médard, se trouve la relique la plus singulièrement mystérieuse que renferme notre cloître; depuis que je suis ici, personne n'a encore pris cette boîte dans la main que le prieur et moi. Quelques frères seulement, et un petit nombre d'étrangers, savent qu'elle est ici et ce qu'elle contient. Je ne puis me défendre d'un secret effroi en la touchant; il me semble qu'elle renferme un méchant enchanteur, qui, s'il pouvait rompre le charme qui l'environne et enchaîne son pouvoir, apporterait le mal et une chute impie à ceux qu'il pourrait atteindre. Ce qui est contenu au dedans vient directement du malin esprit, dans le temps où il pouvait, sous forme visible, attaquer le salut de l'homme. Je jetai sur le père Cyrille un regard plein d'étonnement; sans me laisser le temps de lui répondre, il ajouta : — Je veux, frère Médard, m'abstenir entièrement, dans une affaire aussi mystique, de risquer une idée ou d'émettre les hypothèses qui me sont venues dans l'esprit; je te conterai plutôt fidèlement ce que disent les documents existants sur cette relique. Tu trouveras ces documents dans cette armoire, et tu pourras les lire toi-même. Tu connais assez la vie de saint Antoine; tu sais que, pour s'éloigner de tout ce qui était terrestre, pour tourner entièrement son esprit vers les choses divines, il se retira dans le désert, et consacra sa vie aux plus rigides exercices de la pénitence et de la piété. Le tentateur le poursuivit, et se rencontra souvent sur sa route pour le troubler dans ses pieuses méditations.

Il arriva un jour que saint Antoine aperçut dans le crépuscule du soir une sombre figure qui s'avançait vers lui. Il remarqua, lorsqu'elle fut proche, à son grand étonnement, des goulots de bouteille qui paraissaient à travers les trous du manteau que portait l'apparition. C'était l'esprit du mal, qui, dans ce singulier accoutrement, rit d'une manière moqueuse, et lui demanda s'il voulait goûter de l'élixir qu'il portait sur lui. Le saint, que cette demande ne troublait en rien, car le démon, impuissant et sans force, n'était plus capable de lui livrer combat et en était réduit à des propos railleurs, lui demanda pourquoi il portait tant de flacons, et de cette manière.

— Vois ! lui répondit le démon. Quand un homme me rencontre, il me regarde étonné, et il ne peut s'empêcher de me demander ce breuvage, et de désirer violemment d'en boire. Parmi tant d'élixirs, il en trouve un qui flatte son goût; il boit toute la bouteille, s'enivre, et se donne à moi et à mon empire.

Voilà ce que disent toutes les légendes; mais les documents particuliers que nous possédons sur la vision de saint Antoine vont plus loin : ils ajoutent que le tentateur laissa en s'en allant quelques-unes de ses bouteilles sur le gazon. Saint Antoine les prit, les rentra dans sa grotte, et les cacha, de crainte qu'un voyageur égaré dans sa solitude, ou même un de ses disciples, pût goûter de l'affreuse boisson, et se perdre éternellement.

Une fois par hasard, dit encore le document, saint Antoine avait ouvert une de ces bouteilles, et alors il en était sorti une vapeur singulièrement enivrante, et toutes sortes de fantômes affreux, venus de l'enfer, avaient plané autour de lui. Ils avaient tenté de le séduire, jusqu'au moment où il les eut de nouveau mis en fuite au moyen d'un jeûne sévère et d'une prière continuelle.

Dans cette boîte se trouve, laissée par saint Antoine, une de ces bouteilles remplie d'élixir du diable; et les documents, si positifs et si authentiques, attestent que la bouteille a été trouvée véritablement dans les effets du saint après sa mort, qu'il n'est guère possible d'en douter. Je peux au moins affirmer, mon cher Médard, que toutes les fois qu'il m'arrive de toucher la fiole ou même cette boîte où elle est renfermée, une inexplicable frayeur secrète s'empare de moi; oui, je m'imagine sentir une espèce de vapeur singulière qui m'étourdit, et en même temps il me vient une agitation d'esprit qui me distrait même dans mes dévotions. Toutefois je surmonte, à l'aide d'une prière constante, cette disposition qui émane d'une puissance étrangère, et je n'en puis douter lors même que je ne croirais pas à l'action immédiate de l'esprit malin. Quant à toi, mon cher Médard, qui es encore si jeune; toi qui vois avec des couleurs plus brillantes tout ce que t'apporte ta fantaisie inconnue; toi qui, semblable à un brave guerrier sans expérience, es prêt au combat, et peut-être même assez hardi pour oser l'impossible; dans ta confiance en tes forces, je te conseille de ne jamais ouvrir cette boîte, ou seulement après bien des années. Crois-moi, pour éviter la tentation de la curiosité, éloigne cette cassette de tes yeux.

Le frère Cyrille renferma le mystérieux objet dans l'armoire où il l'avait pris, et me donna le trousseau de clefs. Tout ce récit avait fait sur moi une impression profonde; mais plus je me sentais naître un désir intérieur de regarder l'étonnante relique, plus, en pensant aux avertissements du frère Cyrille, j'étais détournée de l'idée de faire peser sur moi un danger pareil. Lorsque je fus seul, je regardai encore une fois les objets saints qui m'étaient confiés; mais je retirai du trousseau la petite clef de la périlleuse armoire, et la cachai dans mon pupitre au milieu de mes papiers.

Il y avait parmi les professeurs du séminaire un excellent orateur. Chaque fois qu'il parlait, l'église regorgeait de monde; sa parole, allumant le feu de la piété intime, entraînait irrésistiblement. Ses beaux discours enthousiastes me pénétraient aussi jusqu'au fond du cœur; mais en même temps que je l'estimais heureux d'être doué de tant de qualités, il me semblait que je sentais bouillonner en moi-même une force qui me rendait capable de l'égaler. Lorsque je sortais de l'entendre, m'abandonnant à la surexcitation d'esprit du moment, je me mettais à prêcher dans ma chambre solitaire, jusqu'à ce que je fusse parvenu à fixer dans ma mémoire mes paroles et mes idées, et à les écrire. Le frère qui prêchait ordinairement dans le cloître faiblissait déjà visiblement; ses discours, semblables à une source à moitié comblée, coulaient lents et monotones; et le manque de mots et d'idées les rendait si péniblement longs, que la plus grande partie des assistants s'endormait doucement avant l'*Amen*, comme au bruit insignifiant et uniforme d'un moulin, et ne pouvait être éveillée que par le bruit éclatant des orgues. Le prieur Léonard avait été autrefois, il est vrai, un orateur remarquable; mais il craignait de prêcher, à cause de son grand âge; et personne dans le couvent n'était capable de remplacer le frère dont le talent avait faibli. Léonard me parla de cet incident, qui écartait de l'église beaucoup de fidèles; je pris courage, et lui confiai que déjà au séminaire je m'étais senti une secrète vocation pour la chaire, et que j'avais écrit plusieurs discours. Il désira les voir; en fut extrêmement satisfait, et me pressa de faire l'essai d'un de mes sermons à la première grande fête. A l'entendre, je devais réussir; car j'avais reçu de la nature tout ce qui fait le grand orateur sacré : une tournure avantageuse, une figure expressive, et un organe puissant et harmonieux. Pour les gestes et le maintien, Léonard se chargea de me former par ses conseils. Le jour de fête arriva, l'église était plus pleine que de coutume, et je montai en chaire plein d'une violente émotion. En commençant, je me contentai de lire fidèlement mon manuscrit, et Léonard me dit ensuite que ma voix avait tremblé, ce que l'on avait attribué aux pieuses et tristes observations qui formaient le commencement du discours; mais le plus grand nombre avait soutenu que c'était un artifice d'orateur pour obtenir un plus grand succès. Bientôt je sentis s'allumer dans mon cœur la brûlante étincelle de l'enthousiasme, j'oubliai mon manuscrit, et je me livrai sans contrainte à l'inspiration du moment. Je sentais tout mon sang brûler et bouillonner dans mes veines; j'entendais résonner dans la voûte les éclats de ma voix. Ma tête s'élevait; mes bras s'étendaient comme entourés d'un rayonnement d'inspiration. Je terminai mon discours par une sentence, dans laquelle je résumais comme dans un foyer brûlant tout ce que j'avais annoncé de saint et de sublime. L'effet en fut inouï, inusité. Des torrents de pleurs, des accents de joie mystique arrachés aux lèvres, des prières à haute voix résonnaient comme un écho de mes paroles. Les frères me payèrent leur tribut d'admiration. Léonard, m'embrassant, me nomma l'honneur du couvent. Ma réputation s'étendit rapidement, et la société la plus haute et la plus instruite de la ville voisine se pressait une heure déjà avant le son de la cloche dans l'église devenue trop étroite pour entendre le frère Médard. La vogue augmenta mon zèle, et je m'efforçai d'ajouter au feu de ma parole la forme et la grâce. Je réussis à captiver de plus en plus mes auditeurs, et la considération qui s'attachait partout à ma présence et à mes pas en vint presque au respect que l'on porte aux saints. Un penchant religieux avait saisi la ville entière. A la moindre fête, et même pendant les jours de la semaine, la foule se portait vers le cloître pour voir le frère Médard ou pour lui parler.

Alors la pensée germa en moi que j'étais un favori du ciel. Les mystérieuses circonstances de ma naissance dans un lieu saint pour absoudre mon père criminel, les aventures singulières de mon jeune âge, tout semblait dire que mon esprit, dans un commerce immédiat avec les choses célestes, s'élevait déjà au-dessus du terrestre; que je n'appartenais pas au monde, mais que j'errais ici-bas pour apporter aux hommes le salut et la consolation. J'étais persuadé que le vieux pèlerin de Saint-Tilleul était saint Joseph, et que le miraculeux enfant était l'enfant Jésus lui-même, qui avait salué en moi le saint destiné à parcourir la terre. Mais cette idée, toujours plus vivante en mon âme, rendait aussi pénible et fatigant tout ce qui m'environnait. Ce repos, cette gaieté d'esprit qui m'entouraient autrefois avaient quitté mon cœur. Oui, même les témoignages d'estime des frères, l'amitié du prieur me causaient une irritation haineuse. Ils auraient dû reconnaître en moi le saint élevé bien au-dessus d'eux, se jeter à genoux dans la poussière, et implorer mon intercession devant le trône de l'Éternel. Je glissais même dans mes discours des allusions à un temps de miracles qui commençait à poindre comme les rayons blanchissants d'une prochaine aurore, amenant avec lui pour la consolation des communes pieuses un envoyé de Dieu. J'enveloppais ma mission imaginaire d'images mystiques, qui jetaient sur la foule un charme d'autant plus grand qu'elles étaient moins comprises.

Léonard devenait visiblement plus réservé avec moi, et il évitait de me parler sans témoins; mais enfin, un jour que nous nous promenions dans le jardin du couvent, loin des frères qui nous avaient quittés par hasard, il ne put se contenir plus longtemps :

— Je ne peux pas te cacher, frère Médard, me dit-il, que ta conduite depuis quelque temps éveille mon mécontentement contre toi. Il s'est élevé dans ton âme quelque chose qui t'éloigne de la pieuse simplicité de la vie. Tes discours sont pleins d'une obscurité menaçante, d'où semblent devoir sortir des choses qui nous sépareraient pour toujours. Je veux être franc avec toi. Tu portes dans ce moment-ci la peine de notre péché originel, qui ouvre à chaque effort puissant de notre esprit les barrières de la damnation. Les applaudissements, disons plus, l'admiration idolâtre que le peuple léger accorde à tout ce qui peut flatter son goût du plaisir, viennent t'aveugler, et tu te vois sous une forme qui ne t'appartient pas, car elle est mensongère, et elle t'entraîne dans l'abîme. Médard! reviens à toi; quitte la fantaisie qui t'aveugle. Je crois la connaître. Déjà tu as perdu le calme de l'âme, sans lequel il n'est pas de repos ici-bas. Écoute mes avis; abandonne l'ennemi qui marche avec toi. Sois encore le bon jeune homme que j'aimais de tout mon cœur!

Des larmes s'échappaient des yeux du prieur en prononçant ces mots : il me tenait la main, il la laissa aller, et s'éloigna sans attendre ma réponse.

Mais ces paroles pour moi étaient des paroles ennemies. L'admiration que mes hautes qualités m'avaient acquise, il l'avait devinée, sentie. Oui! et la jalousie, une jalousie mesquine lui avait inspiré l'aversion qu'il venait de me montrer!

J'étais là muet et rêveur, plein de rancune, lorsque les moines arrivèrent. Tout rempli du nouveau personnage que je m'étais créé, je restai le jour et la nuit sans sommeil, à penser comment et dans quels termes pompeux il me faudrait annoncer au peuple ce qui germait dans mon sein. Plus je voulais m'éloigner de Léonard et des frères, plus il me fallait m'assurer les suffrages de la foule.

Au jour de saint Antoine, l'église fut tellement remplie, que l'on dut laisser les portes ouvertes pour permettre au peuple de m'entendre, même en dehors de l'église. Jamais je n'avais parlé avec tant de force, de feu et de persuasion. J'avais pris mon texte, comme à l'ordinaire, dans la *Vie des Saints*, et j'y joignais des réflexions pieuses. J'entretins l'auditoire des tentations du démon auquel notre péché originel a donné le pouvoir de séduire les hommes, et involontairement le flot du discours m'entraîna à citer la légende de l'*Élixir*, que je voulais représenter comme une ingénieuse allégorie. Alors mon regard errant dans l'église tomba sur un homme grand et maigre, qui, monté sur un banc, s'appuyait sur un pilier d'angle. Un manteau d'une couleur violette très-foncée était jeté sur lui d'une manière étrange, et ses deux bras croisés étaient enveloppés dans les plis. Son visage était pâle; mais le regard parti de ses grands yeux noirs et durs me pénétra la poitrine comme un brûlant coup de poignard.

Un secret effroi me fit frissonner, je détournai rapidement les yeux, et rassemblant mes forces, je continuai mon discours; mais, comme sous l'influence d'un singulier pouvoir magique, j'étais forcé de le regarder encore, et toujours cet homme était là, debout, roide et sans mouvement, ses yeux de spectre attachés sur moi. Il y avait dans son front plissé, dans sa bouche abaissée comme une moquerie amère, une haine méprisante. Toute sa personne avait quelque chose de terrible, d'effroyable. Oui! c'était... c'était le peintre inconnu de Saint-Tilleul!

Je me sentais comme étreint par une main glacée; des gouttes de sueur ruisselaient sur mon front; mes périodes s'embarrassaient; mon discours devenait de plus en plus vague et confus. On chuchotait, on murmurait dans l'église; mais, toujours roide et immobile, et appuyé contre le pilier, le terrible étranger me regardait fixement. Alors je me mis à crier dans les angoisses infernales d'un désespoir insensé : — Ah! tentateur! va-t'en! mais va-t'en donc! Mais c'est moi... mais je suis saint Antoine!

Lorsque je me réveillai de l'évanouissement où j'étais tombé en prononçant ces paroles, je me trouvai sur mon lit. Le père Cyrille était assis près de moi; il me soignait et cherchait à me consoler. La terrible figure de l'inconnu était encore là vivante à mes côté. Mais plus le frère Cyrille, à qui je racontai tout, s'efforçait de me persuader que ce n'était qu'un effet de mon imagination excitée par la véhémence de mes paroles, plus je me sentais repentant et confus de ma conduite dans la chaire.

Les auditeurs pensaient, comme je l'appris depuis, que j'avais été saisi d'un accès de démence, et ma dernière exclamation justifiait surtout cette assertion. J'étais écrasé; mon esprit était anéanti. Enfermé dans ma cellule, je me livrai aux plus dures mortifications; je cherchais à me fortifier par l'ardente prière pour soutenir la lutte avec le tentateur, qui m'était apparu dans le lieu saint, revêtu par ironie de la forme du peintre étranger de Saint-Tilleul.

Au reste, personne n'avait vu l'homme au manteau de couleur violette; et le prieur Léonard, avec sa bonté bien connue, s'empressa de publier partout que j'avais été attaqué d'une fièvre chaude qui m'avait saisi subitement avec une telle violence que j'avais perdu la suite de mon discours. Et véritablement j'étais encore malade et languissant lorsque je repris quelques semaines plus tard la vie du cloître. J'essayai, toutefois, de remonter dans la chaire; mais, tourmenté par un effroi secret, poursuivi par cette pâle et horrible apparition, j'étais incapable de mettre de la suite dans mes paroles, et encore bien moins de m'abandonner, comme autrefois, aux élans de mon éloquence. Mes sermons devinrent roides et morcelés. Les auditeurs déplorèrent la perte de mon talent, ils s'éloignèrent peu à peu; et le vieux frère qui avait prêché autrefois, et qui parlait évidemment maintenant mieux que moi, remonta dans la chaire.

Peu de temps après, il arriva qu'un jeune comte, accompagné de son maître d'hôtel, qu'il avait emmené dans ses voyages, visita le cloître et désira en voir les curiosités. Je fus chargé de lui ouvrir la chambre aux reliques. Nous y entrâmes; mais le prieur, qui nous avait accompagnés dans le chœur et dans l'église, fut appelé au dehors, de sorte que je restai seul avec les étrangers. Je leur avais tout montré, tout expliqué, lorsque l'armoire, avec ses élégantes sculptures du moyen âge, attira leurs regards. Je voulais énumérer ce qu'elle renfermait; mais le comte et son maître d'hôtel ne me laissèrent pas de repos jusqu'à ce que je leur eusse raconté la légende de saint Antoine et les perfidies du diable. J'y ajoutai fidèlement le récit du père Cyrille sur la fiole conservée comme une relique, sans oublier le danger qu'il y avait à ouvrir la caisse et à jeter seulement les yeux sur le flacon. Bien que le comte fût de notre religion, il parut ajouter peu de foi, ainsi que son maître d'hôtel, à la vraisemblance de la légende sainte. Ils se répandirent tous deux en commentaires plaisants et en attaques sur le rôle comique du diable, qui portait sous un manteau troué les fioles tentatrices. Mais le maître d'hôtel prit tout à coup une figure sérieuse, et dit : — Vous moquez-vous de nous hommes du monde, mon révérend? Soyez convaincu que monsieur le comte et moi nous honorons les saints, comme des hommes inspirés d'une manière sublime par la religion, qui ont sacrifié au salut de leur âme, au salut de l'humanité, toutes les jouissances de la vie, et quelquefois leur vie elle-même. Quant à des histoires pareilles à celle que vous nous avez racontée, je crois que c'est plutôt une allégorie inventée par la fraude et adoptée par l'erreur qu'une aventure véritable.

En disant ces mots, il leva précipitamment le couvercle de la boîte pour en tirer la fiole noire et d'une forme singulière. Il en sortit véritablement, comme le père Cyrille me l'avait dit, une vapeur épaisse qui n'étourdissait pas, mais qui était agréable et salutaire.

— Eh! dit le comte, je parie que l'élixir du diable est tout bonnement de l'excellent et véritable vin de Syracuse?

— Très-certainement, répondit le maître d'hôtel; et si la bouteille vient réellement de l'héritage de saint Antoine, alors, mon cher maître, vous avez un peu plus de bonheur que le roi de Naples, que la méchante habitude des Romains de ne pas boucher leur vin, mais de le conserver en versant dessus de l'huile goutte à goutte, empêcha de se régaler du vin de l'ancienne Rome. Celui que voici n'est pas à beaucoup près aussi vieux que l'autre aurait été; mais c'est encore le plus ancien que l'on ait jamais vu, et pour cette raison vous feriez bien d'escamoter la relique et de la consommer à votre profit.

— Bien dit! s'écria le comte.

— Et cet antique syracuse donnerait à votre sang une nouvelle force, et chasserait la maladie qui vous tourmente, mon cher maître!

Le maître d'hôtel tira de sa poche un tire-bouchon d'acier, et malgré mes remontrances il déboucha la fiole.

Il me sembla qu'il sortit à la suite du bouchon une légère flamme bleue, qui disparut aussitôt. La vapeur s'élança plus épaisse de la bouteille, et se répandit dans la chambre. Le maître d'hôtel goûta le premier, et dit enchanté : — Délicieux! du syracuse parfait. Au fait, le vin de la cave de saint Antoine n'était pas mauvais; et si le diable était son sommelier, il ne voulait pas au saint homme autant de mal qu'on le suppose. Goûtez-le, comte.

Le comte le goûta, et affirma la vérité de ce qu'avait dit le maître d'hôtel. Tous deux se mirent à plaisanter encore plus sur la relique, qui était, sans aucun doute, la plus belle de toute la collection.

Ils se souhaitaient une cave qui en fût toute remplie, et ainsi de suite. J'écoutais tout silencieux, la tête penchée sur la poitrine, le regard attaché sur la terre. La gaieté des étrangers avait pour moi, dans ma triste disposition d'esprit, quelque chose de pénible. Vainement ils m'invitèrent à goûter le vin de saint Antoine, je refusai obstinément, et resserrai la bouteille après l'avoir bien bouchée de nouveau.

Les étrangers quittèrent le cloître; mais lorsque je fus rentré dans ma cellule, je ne pus m'empêcher de reconnaître que je me sentais un certain bien-être intérieur, une joyeuse vivacité d'esprit. Il était évident que la vapeur spiritueuse du vin m'avait donné des forces. Je n'éprouvais aucune trace du mauvais effet dont m'avait parlé Cyrille, et au contraire une bienfaisante influence se faisait sentir d'une manière irrécusable. Plus je réfléchissais sur la légende de saint Antoine, et plus vivement j'entendais résonner en moi les paroles du maître d'hôtel, et plus j'étais convaincu que sa définition était la seule véritable. Alors une pensée me pénétra comme un brillant éclair : je me disais qu'au malheureux jour où une vision ennemie m'interrompit si brusquement dans mon prêche, j'étais justement au moment d'expliquer la légende du saint homme comme une allégorie ingénieuse et instructive. A cette pensée vint s'en joindre une autre, qui me captiva bientôt si complétement qu'elle absorba toute idée contraire. — Ce singulier breuvage, me disais-je, ne peut-il pas donner la force à mon esprit, ne peut-il pas rallumer la flamme éteinte qui l'avait fait briller d'une vie nouvelle? Cette même vapeur, qui jetait le père Cyrille dans l'engourdissement, et qui agit sur moi d'une manière bienfaisante, ne serait-elle pas une preuve que mon esprit est lié par une parenté intime avec la séve puissante cachée dans ce vin?

Mais, bien que décidé à suivre le conseil des étrangers, j'éprouvais toujours, au moment de l'exécution, une résistance dont je ne pouvais me rendre compte, et qui m'en détournait. Au moment d'ouvrir l'armoire, il me sembla reconnaître parmi les sculptures la figure épouvantable du peintre avec ses yeux perçants et vivants dans l'immobilité de la mort. Violemment saisi de l'effroi qu'inspirent les fantômes, je me précipitai dans la chambre des reliques pour déplorer ma curiosité. Mais toujours et toujours me revenait la pensée que mon esprit reprendrait avec ce breuvage sa force et sa fraîcheur. La conduite du prieur, des moines qui me traitaient avec cette condescendance bienveillante, mais dépourvue d'estime, qu'on accorde aux esprits malades, me jetait dans le désespoir; et lorsque Léonard me permit, afin de mieux reprendre mes forces, de m'abstenir des exercices habituels de piété, alors je résolus dans une nuit, dont le chagrin avait banni le sommeil, de tout oser, même au péril de ma vie. Il me fallait ou retrouver mon intelligence, ou mourir.

Je me levai, et tenant à la main ma lampe, que j'allumai près d'une image de Marie dans les corridors du couvent, je me glissai comme un spectre vers la chambre des reliques. En traversant l'église, les images des saints éclairées par la lueur de la lumière tremblotante paraissaient se mouvoir. Il me semblait qu'ils jetaient sur moi des regards de compassion du haut de leurs chapiteaux; il me semblait aussi entendre, parmi les sourds mugissements de l'orage qui pénétrait dans le chœur à travers les fenêtres brisées, comme des voix plaintives qui voulaient m'avertir, et un murmure semblable à la voix de ma mère qui me criait dans le lointain : — Mon fils Médard, que fais-tu? laisse là ta périlleuse entreprise!

Quand je pénétrai dans la chambre des reliques, tout était silencieux et tranquille; j'ouvris l'armoire, je saisis la caisse, la fiole, et déjà j'avais bu...

Une ardeur brûlante se répandit dans mes veines, et me remplit du sentiment d'un ineffable bien-être. Je bus encore une fois, et la joie d'une vie nouvelle s'alluma en mon âme. Je refermai rapidement la caisse, la remis vide dans l'armoire, et me précipitai dans ma cellule avec la bouteille bienfaisante. Je l'enfermai dans mon pupitre, où mes mains rencontrèrent la petite clef qu'autrefois, pour éviter la tentation, j'avais détachée du trousseau. Cependant, lorsque les étrangers étaient là, aujourd'hui même, j'avais ouvert l'armoire sans elle!

J'examinai avec attention mon trousseau de clefs, et alors je vis une clef inconnue, avec laquelle j'avais chaque fois ouvert l'armoire sans y prendre garde. Je tremblai involontairement; mais une autre image vint chasser cette idée, comme passent les fantômes pendant le sommeil. Je n'eus de tranquillité et de repos qu'au moment où le matin apparut joyeux et où je pus courir au jardin du cloître pour me baigner dans les rayons du soleil, qui, brûlant et plein d'éclat, se levait derrière les montagnes. Léonard et les frères remarquèrent mon changement; la gaieté et la vivacité avaient remplacé ma réserve et ma taciturnité habituelle. Comme si j'avais parlé devant la commune rassemblée, je retrouvai le feu de l'éloquence qui m'avait abandonné. Je restai seul avec Léonard; il me considéra longtemps comme s'il avait voulu lire en mon cœur. Un léger sourire ironique parcourut son visage.

— Le frère Médard, me dit-il, aurait-il reçu d'une vision venue n haut une force et une vie nouvelles?

Je rencontrai le prieur Léonard, et lui remis la lettre de recommandation.

Je me sentis brûlant de honte; car dans le moment même je compris combien était misérable une exaltation qui avait sa source dans quelques gouttes de vin vieux. Je restai là, les yeux baissés et la tête inclinée, et Léonard m'abandonna à mes réflexions. J'avais trop redouté que la tension d'esprit que m'avait procurée le vin que j'avais bu ne durât pas longtemps, et qu'il lui succédât peut-être, à mon grand regret, une plus complète impuissance. Il n'en fut pas ainsi : j'éprouvai, au contraire, avec le retour de mes forces, une ardeur juvénile, et un nouveau désir incessant de m'occuper des choses les plus importantes que le cloître pouvait offrir. Je désirai prêcher encore, et l'on accéda à ce désir. Avant de monter à la chaire, je bus quelques gouttes du vin merveilleux. Jamais je n'avais parlé avec plus de feu, d'onction; jamais je n'avais éveillé dans l'âme des auditeurs une conviction plus grande.

Le bruit de mon rétablissement complet s'étendit rapidement, et l'église se remplit comme par le passé; mais plus je m'attirais les suffrages de la foule, et plus Léonard devenait avec moi austère et réservé. Je commençai à le haïr dans l'âme, car je le croyais plein d'une envie mesquine et de tout l'orgueil monacal.

Le jour de la Saint-Bernard arriva, et j'étais enflammé du désir de briller devant la princesse dans l'éclat de mon talent. Je demandai donc au prieur la permission d'aller prêcher pendant la fête dans l'église des religieuses de Citeaux.

Ma prière parut singulièrement étonner Léonard. Il m'avoua franchement qu'il avait eu l'intention d'y prêcher lui-même, et que tout était préparé pour cela. Du reste, rien n'était plus facile que de remplir mon désir : il prétexterait une maladie, et m'enverrait à sa place.

Ce fut ce qui arriva. Je visitai le soir précédent la princesse et ma mère. Mais j'étais si rempli de mon discours, qui devait s'élever aux dernières limites de l'éloquence, que je ne fus que peu ému du plaisir de les revoir. Le bruit s'était répandu dans la ville que je devais remplacer à la chaire le prieur indisposé, et cette nouvelle avait attiré peut-être dans l'église une affluence plus grande encore de public distingué. Sans rien apprendre par cœur, me contentant de classer dans ma mémoire les principales parties de mon discours, je comptai sur le grand enthousiasme que devait éveiller en moi la vue des autorités, du peuple pieusement assemblé, et la belle église elle-même avec ses grandes voûtes. Je ne me trompai pas en effet.

Mes paroles s'élançaient comme un torrent de feu. Avec le souvenir de saint Bernard arrivaient en foule les images les plus ingénieuses, les plus pieuses observations, et je lisais dans tous les regards attachés sur moi l'étonnement et l'admiration.

Il est impossible d'exprimer l'impatience que j'éprouvais de savoir ce que dirait la princesse. J'attendais les plus grandes marques de sa satisfaction, et même il me semblait que, si je l'avais étonnée lorsque j'étais enfant, elle devait maintenant, devant mes hautes facultés, éprouver un sentiment de respect involontaire.

Lorsque je voulus la voir, elle me fit dire que, subitement indisposée, elle ne pouvait recevoir personne, pas même moi.

J'en fus d'autant plus affecté que, d'après mes idées orgueilleuses, l'abbesse, au plus haut degré de l'admiration, devait nécessairement éprouver le besoin de savourer l'onction de ma parole. Ma mère paraissait tourmentée par un secret chagrin dont je ne pouvais m'expliquer la cause; je l'aurais facilement trouvée si je n'eusse dans mon idée rejeté loin de moi toute culpabilité de ma part. Elle me remit un billet de la princesse qu'il m'était enjoint de n'ouvrir que dans mon couvent. J'étais à peine de retour dans ma cellule, que je lisais déjà ce qui suit :

« Mon fils (je veux encore te donner ce nom), le discours que tu as prononcé dans l'église de notre cloître m'a jetée dans le chagrin le plus profond. Tes paroles ne sont pas inspirées par un sentiment pieux entièrement tourné vers le ciel; ton enthousiasme n'est pas de ceux qui emportent le croyant sur les ailes des séraphins, et dans une extase céleste lui font contempler le royaume des cieux.

» Hélas! l'orgueilleux étalage de tes périodes, tes efforts visibles de ne dire que des choses qui étincellent et surprennent, m'ont prouvé que ton but n'était pas d'instruire les fidèles et d'exciter en eux des méditations pieuses, mais bien plutôt de conquérir la faveur et la vaine admiration des hommes du monde. Tu as feint des sentiments que tu n'éprouvais pas. Tes gestes et les expressions de ton visage étaient visiblement étudiés à l'avance, et tout cela comme ceux d'un vil histrion pour de méprisables applaudissements. L'esprit de l'erreur est en toi, et va te perdre si tu ne le quittes et n'abjures ton péché; car ta conduite est un grand péché, et il est d'autant plus grand que tu t'es engagé envers le ciel en franchissant le seuil du cloître à l'abandon de toutes les vanités terrestres. Que saint Bernard, que tu as offensé dans tes paroles menteuses, te pardonne avec sa clémence céleste; qu'il t'éclaire, qu'il t'aide à retrouver le droit sentier dont les méchants ont détourné tes pas, et qu'il intercède pour le salut de ton âme. Adieu. »

Ces mots de l'abbesse me pénétrèrent comme les rayons de la foudre, et je me sentis transporté de rage. Sans aucun doute, Léonard, qui déjà avait plusieurs fois laissé entrevoir une opinion pareille sur mes discours, s'était servi de l'ardeur pieuse de la princesse pour l'exciter contre moi et mon talent d'orateur. Je ne pouvais plus l'envisager sans trembler d'une sourde colère; quelquefois il me venait des pensées de le perdre, dont j'avais peur moi-même.

Ces reproches de l'abbesse et du prieur m'étaient d'autant plus sensibles, que j'en reconnaissais la vérité dans le fond de mon cœur; mais, m'affermissant de plus en plus dans mon œuvre, et trouvant de nouvelles forces dans quelques gouttes de la fiole mystérieuse, je continuai à orner mes discours de toutes les fleurs de la réthorique et à étudier soigneusement mes expressions et mes gestes, et les applaudissements augmentaient chaque jour.

Le soleil du matin traversait en rayons colorés les verrières du cloître. Seul et plongé dans mes réflexions, j'étais assis sur le banc du confessionnal; les pas des frères servants qui nettoyaient l'église, retentissaient seuls sous la voûte. Alors j'entendis un léger bruit près de moi, et j'aperçus une grande femme svelte, portant un vêtement étranger. Sa figure était couverte d'un voile; elle était entrée par une porte latérale, et venait à moi pour se confesser. Ses mouvements avaient une grâce indescriptible.

Elle s'agenouilla.

Un profond soupir s'échappa de son sein.

Je sentais sa brûlante haleine; j'étais, avant même qu'elle parlât, sous l'empire d'un charme enivrant.

Comment pourrais-je décrire sa voix qui allait au cœur? Chaque parole me saisissait l'âme, lorsqu'elle avoua qu'elle nourrissait un amour défendu. Cet amour, elle l'avait longtemps combattu; il était d'autant plus coupable que des chaînes sacrées liaient à jamais l'objet de ses désirs. Mais, dans le délire d'un affreux désespoir, elle maudissait ces chaînes.

Elle hésitait.

Enfin, elle s'écria avec des sanglots qui étouffaient presque sa voix : — Médard! c'est toi, c'est toi! Ah! je ne puis te dire combien je t'aime!

Tous mes nerfs tressaillirent comme à l'heure de l'agonie. J'étais hors de moi; un sentiment inconnu déchirait ma poitrine. La voir, la presser contre mon sein, et puis mourir de joie et de tourment, une seule minute de cette félicité pour l'éternel martyre de l'enfer!

Elle se tut; j'entendais sa respiration haletante. Je me levai brusquement dans une sorte de désespoir sauvage. Je ne sais plus ce que je lui dis; mais je me rappelle qu'elle s'éloigna en silence, tandis que moi, le mouchoir serré contre mes yeux, je restai assis, interdit et sans mouvement, dans le confessionnal.

La sœur du maître de chapelle.

Heureusement personne n'entra dans l'église, et je pus, sans être remarqué, me retirer dans ma cellule. Comme tout alors me parut changé! comme je me trouvai fou!

Je n'avais pas aperçu son visage, et cependant il vivait en moi, et me regardait avec d'admirables yeux d'un bleu sombre, où perlaient des larmes qui tombant dans mon cœur y allumaient une flamme dévorante. Et cette flamme, rien ne pouvait l'éteindre, ni la pénitence, ni la prière.

Je le tentai, je me déchirai jusqu'au sang avec une corde noueuse pour éviter la damnation éternelle, qui m'apparaissait menaçante, car souvent ce feu allumé par l'étrangère réveillait en moi des désirs coupables qui avaient sommeillé jusqu'alors; et je ne savais comment m'affranchir de ce tourment voluptueux.

Un autel dans notre église était consacré à sainte Rosalie, et sa belle figure était peinte au moment où elle souffre la mort des martyrs.

C'était ma bien-aimée, je la reconnaissais; son costume même était tout à fait semblable à celui de l'inconnue. Je restais là des heures entières, comme saisi d'un mortel délire, sur les marches de l'autel, poussant des cris affreux de désespoir, et les moines s'éloignaient de moi tout craintifs.

Dans des moments plus calmes, j'errais çà et là à pas précipités dans le jardin du cloître; je la voyais marcher dans les lointains embaumés; elle sortait des buissons et des sources; elle planait sur la prairie émaillée de fleurs.

Elle partout! toujours elle!

Je maudissais mon vœu, mon être; je voulais aller par le monde jusqu'à ce que je l'eusse retrouvée, et l'acheter avec le salut de mon âme.

Je parvins à modérer la violence de ma folie inexplicable aux frères et au prieur. Je pus enfin paraître plus tranquille; mais la flamme mortelle me rongeait toujours plus profondément. Pas de repos! plus de sommeil! Poursuivi par une seule idée, je me retournais sans cesse sur mon dur grabat et j'invoquais l'aide des saints, non pas pour me sauver de l'image séductrice qui planait autour de moi, non pas pour préserver mon âme de la damnation éternelle! Non!

Pour me donner cette femme, rompre mon vœu, et me rendre ma liberté, afin qu'il me fût permis de me précipiter dans l'abîme du péché.

Enfin je résolus fermement au fond de mon âme de finir mon tourment en fuyant du cloître, car il me fallait être délivré de mes vœux pour voir cette femme dans mes bras et apaiser mes désirs. Je me proposais de couper mes cheveux et ma barbe et de prendre les habits du monde, et, devenu ainsi méconnaissable, d'errer dans la ville jusqu'à ce que je l'eusse rencontrée. Je ne pensais pas que ce projet était difficile, impossible à réaliser, et que je ne pourrais pas, dénué d'argent, vivre vingt-quatre heures en dehors des murs.

Le jour que j'avais décidé devoir être le dernier de mon séjour dans le cloître était enfin arrivé. Un hasard favorable m'avait procuré des habits bourgeois convenables; je devais, pendant la nuit, quitter le cloître pour n'y plus revenir.

Déjà le soir était venu, quand le prieur me fit inopinément demander. Je tremblais, car je ne doutais pas que mon projet ne fût découvert. Léonard me reçut avec une gravité inaccoutumée, et même avec une dignité imposante, devant laquelle je ne pus m'empêcher de trembler malgré moi.

— Frère Médard, me dit-il, ta conduite insensée, que je regarde seulement comme une attaque plus forte de l'exaltation de ton esprit, trouble notre paisible intérieur, et en chasse la gaieté et la placidité, que j'ai toujours regardées parmi nos frères comme une preuve d'une vie pieuse et tranquille. Peut-être un événement fatal dont tu as été la victime en est-il la cause. Tu aurais pu te confier à moi, ton ami, ton père, et je t'aurais consolé; mais tu te tais, et je désire d'autant moins pénétrer ton secret, qu'il pourrait m'enlever à moi-même une

Mon regard errant dans l'église... rencontra un homme grand et maigre.

partie de mon repos. Souvent, et principalement près de l'autel de Sainte-Rosalie, tu as scandalisé non-seulement les frères, mais même des étrangers qui se trouvaient dans l'église, par des propos choquants que paraissait t'arracher le délire. Je pourrais te punir comme on punit dans le cloître; je ne le ferai pas cependant. Un pouvoir ennemi, le démon lui-même, auquel tu n'as pas assez résisté, est peut-être la cause de ton erreur, et te distrait de la prière et de la pénitence. Je lis clairement dans ton âme : tu veux quitter le couvent!

Léonard jeta sur moi un regard pénétrant. Je ne pus le supporter; je me jetai, en sanglotant, dans la poussière, la conscience bourrelée de mon coupable projet.

— Je te comprends, continua Léonard, et je crois même que le monde, si tu y conserves ta piété, te guérira mieux que la solitude du cloître. Les affaires de notre couvent demandent que l'un de nos frères soit envoyé à Rome ; c'est toi que j'ai choisi, et demain déjà, muni des instructions et des pleins pouvoirs nécessaires, tu peux te mettre en route. Tu conviens parfaitement à l'exécution de ce message ; tu es encore jeune, actif, intelligent en affaires, et tu possèdes parfaitement la langue italienne. Retire-toi dans ta cellule, prie avec ardeur pour le salut de ton âme ; je veux en faire autant de mon côté : toutefois, évite les pénitences qui pourraient t'affaiblir et te rendre moins apte au voyage. Je t'attendrai dans cette chambre au point du jour.

Ces paroles du respectable Léonard m'éclairèrent comme un rayon céleste. Je l'avais haï, mais maintenant cette affection semblable à l'amour qui m'avait autrefois lié à lui me pénétrait de douleur et de joie. Je versais des torrents de larmes brûlantes, je pressais ses mains sur mes lèvres. Il m'embrassa, et il me semblait qu'il connaissait mes pensées les plus secrètes, et me donnait la liberté de céder à la destinée qui me maîtrisait sans résistance et pouvait peut-être me précipiter à ma perte après quelques minutes de félicité.

Maintenant la fuite était devenue inutile ; il m'était permis de quitter le cloître, et, elle!... elle sans laquelle il ne pouvait être ni salut ni repos, de la suivre sans relâche jusqu'à ce que je l'eusse rencontrée. Le voyage à Rome, le message que je devais y porter, me semblaient arrangés par Léonard de la manière la plus convenable, afin de me délivrer du couvent.

Je passai la nuit à prier et à me préparer au voyage ; je remplis une bouteille d'osier de ce qui restait du vin mystérieux, afin de l'employer au besoin, et je remis dans la cassette le flacon où se trouvait autrefois l'élixir.

Je ne fus pas médiocrement surpris lorsque je compris, d'après les instructions détaillées du prieur, que ma mission à Rome était importante, et que l'objet qui exigeait la présence d'un frère muni de pleins pouvoirs entraînait une grande responsabilité. J'en fus réellement affligé, car j'avais pensé recouvrer, dès mes premiers pas en dehors du cloître, ma liberté sans conditions. Son souvenir me donna du courage, et je résolus de ne pas m'écarter de mes plans.

Les frères s'assemblèrent, et je me sentis profondément ému en prenant congé d'eux, et surtout du frère Léonard. Enfin la porte du couvent se referma derrière moi.

J'allais entreprendre un grand voyage en plein air !

II.

L'entrée dans le monde.

Le cloître était là, bien au-dessous de moi, dans la vallée, entouré d'une vapeur bleue. Le vent du matin se levait et m'apportait les cantiques des frères, et involontairement ma voix se joignait à la leur. Le soleil, dans un océan de feu, montait derrière la ville et jetait sur les arbres ses gerbes d'or. Les gouttes de rosée tombaient avec un léger bruit qui charmait l'oreille, et mille insectes de mille couleurs volaient en bourdonnant çà et là. Les oiseaux s'éveillaient et voltigeaient en se caressant dans les bois, qui retentissaient de leurs chants joyeux.

Une troupe de paysans et de jeunes filles en habits de fête gravissait la colline.

— Que le saint nom de Jésus soit béni ! me crièrent-ils en passant.

— Dans l'éternité ! leur répondis-je.

Et il me sembla que j'entrais dans une vie nouvelle de plaisir et de liberté, entourée de charmantes apparitions qui se pressaient en foule autour de moi. Jamais je ne m'étais senti si dispos, je croyais n'être plus moi-même ; et animé d'une force nouvelle, je descendis rapidement la montagne sous les ombrages de la forêt. Je demandai à un paysan que je rencontrai sur la route le premier endroit que l'on m'avait désigné pour y passer la nuit, et il m'indiqua, de manière à ne pouvoir me tromper, un sentier qui abrégeait le chemin et serpentait à travers les bois.

Je marchais seul depuis assez longtemps, lorsque j'en revins à la pensée de mon inconnue et au plan que j'avais formé pour la revoir ; mais son image était comme effacée par un pouvoir étrange, de sorte que je ne reconnaissais qu'à peine ses traits pâles et défigurés. Plus je m'efforçais de les fixer dans mon souvenir, plus s'épaississait le brouillard dont elle était entourée. Ma conduite dans le cloître, après cette merveilleuse aventure, était seule et sans cesse présente à mes yeux. Je comprenais maintenant à peine la patience du prieur, qui avait tout supporté, et m'avait envoyé dans le monde au lieu de me punir comme je l'avais mérité. Au lieu, comme je l'avais fait autrefois, d'attribuer aux persécutions de l'esprit malin le trompeur et séduisant fantôme qui m'était apparu, je me disais que ce n'était que le résultat d'une imagination surexcitée. Et ce qui me le faisait penser, c'est que l'étrangère s'était présentée sous le costume de sainte Rosalie ; et sans aucun doute la peinture vivante de cette sainte, que je pouvais apercevoir de mon confessionnal, quoique de très-loin, avait joué un grand rôle dans cette aventure. J'admirai profondément la sagesse du prieur, qui avait trouvé le véritable moyen de combattre ma maladie ; car, si j'étais resté dans le cloître, toujours entouré des mêmes objets, cette vision, dont mon esprit se repaissait sans cesse, rendue plus brûlante et plus colorée par la solitude même, m'eût enlevé la raison. J'étais de plus en plus convaincu que j'avais été le jouet d'un songe, et je pouvais à peine m'empêcher de rire de moi-même. Je plaisantais avec une frivolité qui ne m'était pas naturelle en pensant que j'étais tombé amoureux d'une sainte, et que je m'étais aussi cru saint Antoine.

J'avais déjà erré plusieurs jours dans la forêt parmi des roches effrayantes qui s'élevaient abruptes, et comme d'immenses tours, au-dessus des étroits sentiers, au pied desquels mugissaient des torrents rapides. Le chemin devenait de plus en plus difficile et sauvage.

Il était midi, le soleil brûlait ma tête découverte, j'étais accablé de soif, aucune source ne se voyait dans le voisinage, et le village où je devais me reposer était encore à une grande distance. Tout épuisé, je m'assis sur un quartier de roche, et je ne pus m'empêcher de boire quelques gouttes de la bouteille d'osier, bien que je voulusse ménager ce singulier breuvage. Une nouvelle force vint réchauffer mes veines. Rafraîchi et reposé, je me remis en marche.

La forêt de pins s'épaississait de plus en plus, un bruit se fit entendre dans le fourré le plus épais, et bientôt après résonna le hennissement d'un cheval qui y était attaché. Je marchai quelques pas encore, et j'éprouvai un sentiment de terreur en me trouvant juste sur le bord d'un abîme effrayant de profondeur, dans lequel un torrent, sortant de rochers aigus et taillés à pic, se précipitait en hurlant et en sifflant à la fois. J'avais entendu déjà dans le lointain son bruit semblable au tonnerre. Et là, tout près du précipice, était assis sur une large pierre qui planait sur ces profondeurs un jeune homme en uniforme. Son chapeau orné d'un panache, son épée et un portefeuille étaient posés à terre près de lui. Il paraissait endormi, tout son corps était suspendu sur l'abîme, et je croyais l'y voir rouler à chaque instant. Sa chute était inévitable. Je me hasardai à me rendre près de lui ; et lui prenant la main et le tirant en arrière, je lui criai à voix haute :

— Au nom de Jésus, monsieur, au nom de Jésus, éveillez-vous !

Lorsque je le secouai ainsi, il se réveilla ; mais au même moment, perdant l'équilibre, il tomba, rejeté de roche en roche, et j'entendis craquer ses membres. Son affreux cri de douleur résonna dans ces abîmes sans fond, desquels s'élevait un sourd murmure qui s'éteignit aussi à la fin.

Je restai à ma place glacé de terreur et d'effroi. Je pris enfin l'épée, le chapeau et le portefeuille, et voulus quitter rapidement ce lieu de malheur. Un jeune homme en costume de chasse sortit de la forêt de pins, me regarda fixement, et se mit à rire d'une manière si déréglée, qu'un effroi subit fit trembler tous mes membres.

— Mon cher comte, dit enfin le jeune homme, la mascarade est en effet admirable et de bon goût ; et si madame n'en avait pas été prévenue d'avance, en vérité, elle ne reconnaîtrait plus son bien-aimé. Mais qu'avez-vous donc fait de l'uniforme ?

— Je l'ai jeté dans le ravin, répondis-je d'une voix sourde et creuse. Mais ce n'était pas moi qui parlais, les paroles s'échappaient d'elles-mêmes de mes lèvres.

J'étais là absorbé, les yeux fixés sur l'abîme, regardant si le cadavre du comte ne viendrait pas se lever menaçant devant moi. Il me semblait que je l'avais assassiné, et je serrais toujours convulsivement l'épée, le portefeuille et le chapeau.

— Monsieur, me dit le jeune homme, je vais descendre à cheval le sentier qui conduit à la ville ; je me cacherai dans la première maison à gauche près des portes. Rendez-vous de suite au château, où l'on vous attend déjà. Je vais emporter le chapeau et l'épée.

Je les lui tendis l'un et l'autre.

— Et maintenant adieu, monsieur le comte ; je vous souhaite beaucoup de bonheur au château.

Il disparut en chantant et en sifflant tour à tour dans le taillis. Je l'entendis détacher le cheval et s'éloigner.

Lorsque je revins de mon étonnement, et que je réfléchis à ce qui venait de se passer, je fus contraint d'avouer que j'avais obéi à un jeu du hasard qui me jetait tout d'un coup dans l'aventure la plus singulière. Il était incontestable qu'une grande ressemblance de figure et de manières avec le malheureux comte avait abusé le chasseur, et que le noble seigneur avait choisi un costume de capucin comme déguisement pour suivre quelque aventure dans un château du voisinage. La mort l'avait prévenu, et une circonstance incroyable m'avait mis à sa place.

Une force irrésistible qui semblait vouloir que je prisse le rôle du comte triompha de mon irrésolution et étouffa une voix intérieure qui m'accusait de meurtre et d'impudence. J'ouvris le portefeuille que j'avais gardé ; il renfermait des lettres et des traites pour une somme considérable. Je voulais lire les papiers pour m'instruire de toutes les particularités relatives au comte ; mais le désordre de mon âme et de mes idées, qui se succédaient rapidement en foule et bouillonnaient dans mon cerveau, ne me permit pas de le faire.

Je m'arrêtai après quelques pas, et m'assis sur un morceau de rocher. Je voulais attendre une disposition d'esprit plus tranquille ; je voyais le danger qu'il y avait à me jeter sans être préparé dans un cercle d'apparences qui m'étaient étrangères. Alors des cors firent retentir la forêt, et de nombreuses voix rieuses s'approchaient de plus en plus. Mon cœur battit violemment; je respirais avec peine. Une nouvelle vie, un nouveau monde allaient s'ouvrir à moi. Je pris un étroit sentier qui me conduisit en bas d'une pente rapide; et lorsque je sortis du bois, un château d'une belle architecture s'offrit à moi dans le fond de la vallée.

C'était le lieu de l'aventure du comte; j'en acceptai hardiment les conséquences.

Je me trouvai bientôt dans les allées du parc qui entourait le château, et j'aperçus deux hommes qui se promenaient sous les ombrages; l'un d'eux portait l'habit de prêtre. Ils passèrent très-près de moi, mais sans me voir, et continuèrent leur entretien. L'ecclésiastique était un jeune homme; son beau visage pâle portait l'empreinte d'un chagrin profond et dévorant. L'autre, vêtu simplement, mais avec distinction, me parut être un vieillard.

Ils vinrent s'asseoir, en me tournant le dos, sur un banc de pierre; je ne perdais pas une parole de leur conversation.

— Hermogen! disait le vieillard, votre silence obstiné porte le désespoir dans votre famille; votre sombre mélancolie augmente chaque jour; la force de votre jeunesse est brisée, sa fleur se flétrit; votre détermination de prendre l'état ecclésiastique trouble toutes les espérances, tous les désirs de votre père; mais ces espérances, il les abandonnerait volontiers si une véritable vocation, un irrésistible penchant à la solitude s'étaient révélés en vous depuis votre enfance; il ne chercherait pas alors à résister à la destinée, qui vient aujourd'hui le surprendre à l'improviste. Le changement subit de tout votre être prouve trop évidemment qu'un événement que vous persistez à nous cacher vous a horriblement frappé et continue à vous tourmenter encore. Autrefois, vous étiez un jeune homme gai et sans préoccupations; avez-vous si peu de confiance dans l'humanité que vous désespériez de trouver la consolation en épanchant vos douleurs dans le sein d'un ami? Vous vous taisez, vous regardez fixement devant vous, vous soupirez, Hermogen? Autrefois, vous aimiez tendrement votre père; vous est-il donc maintenant impossible de lui ouvrir votre cœur? Alors, ne le torturez pas continuellement par la vue de cet habit, qui est pour lui le signe d'une résolution désespérée. Je vous en conjure, Hermogen, quittez cet habit odieux! Croyez-moi, il y a dans les objets extérieurs une secrète puissance. Vous ne vous offenserez pas, car je crois être entièrement compris de vous si je pense en ce moment à la manière d'être singulière en apparence de nos comédiens : souvent, lorsqu'ils se sont affublés du costume d'un personnage, ils se sentent animés d'un esprit étrange, et se pénètrent plus facilement du caractère de leur rôle. Permettez-moi, en me laissant aller à ma nature, de vous parler de cette affaire plus gaiement que ne le comporte le sujet. Ne pensez-vous pas que lorsque cette grande robe ne viendra plus forcer vos pas à une sombre gravité, vous marcherez de nouveau vif et joyeux, vous pourrez courir, sauter comme autrefois? Le joyeux éclat de l'épaulette, qui étincelait naguère sur votre épaule, viendrait jeter un brûlant reflet de jeunesse sur ces joues pâles, et vos éperons bruyants iraient comme une musique chérie résonner à l'oreille du coursier qui se cabrerait devant vous, bondissant de plaisir, et offrirait son dos à son maître bien-aimé. Allons, baron, à bas l'habit noir! Frédéric doit-il vous apporter votre uniforme?

Le vieillard se leva, et il voulait s'éloigner; le jeune homme se jeta dans ses bras.

— Ah! s'écria-t-il d'une voix faible, Reinhold, vous me tourmentez, vous me faites horriblement souffrir; plus vous vous efforcez de faire de nouveau résonner en mon cœur les cordes autrefois si harmonieuses, plus je sens que la main de fer du destin m'a saisi et m'a serré avec tant de force, que mon âme, comme un luth brisé, ne rend plus que des sons discordants.

— C'est un effet de votre imagination, mon cher baron, interrompit le vieillard; vous parlez d'un sort affreux qui vous frappe, et vous persistez à ne pas donner d'autres explications. Mais qu'importe d'ailleurs? un jeune homme comme vous, plein de la force et du feu de la jeunesse, doit pouvoir se couvrir d'une armure contre le poignet de fer de la destinée; oui, il doit, comme animé d'un rayon de la nature divine, se placer au-dessus du sort, et, éveillant et allumant en lui-même cette nature plus noble, s'élever au-dessus des tourments de la vie misérable. Je ne sais pas, baron, quelle force pourrait surmonter cette volonté puissante!

Hermogen recula d'un pas, et, jetant sur le vieillard un regard sombre et plein d'une fureur contenue qui avait quelque chose d'effroyable, il s'écria d'une voix sourde :

— Eh bien! apprenez donc que je suis moi-même la destinée qui me mine, qu'un crime affreux pèse sur *moi*, un forfait honteux que j'expie par le désespoir et la douleur! Ainsi donc ayez pitié de moi, et priez mon père de me laisser m'enfermer à jamais!

— Baron, interrompit le vieillard, vous êtes dans une disposition d'esprit qui résulte d'un découragement immense; vous ne vous en irez pas, il ne faut absolument pas que vous vous en alliez. La baronne va venir sous peu de jours avec Aurélie; attendez-les.

Le jeune homme laissa échapper un rire sardonique, et dit d'une voix qui me pénétra jusqu'au cœur :

— Il faut, il faut que je reste, n'est-ce pas? Vraiment, bon vieillard, tu as raison, je resterai, et ma pénitence sera plus terrible ici que dans des murs muets.

En achevant ces paroles, il s'élança à travers le bois, en laissant le vieillard s'abandonner à sa douleur, debout, la tête appuyée sur sa main.

— Jésus soit loué! lui dis-je en me présentant devant lui.

Il tressaillit et me regarda tout étonné; cependant il sembla bientôt me reconnaître, et me dit :

— Ah! c'est vous, mon révérend, qui nous avez annoncé, il y a quelque temps, l'arrivée prochaine de la baronne? Elle vient apporter la consolation dans une famille livrée au désespoir?

— Oui, c'est moi, lui répondis-je.

Reinhold retrouva bientôt la gaieté, qui semblait être le fond de son caractère; nous traversâmes le beau parc, et nous arrivâmes enfin au château placé tout près du bois. De là un admirable point de vue s'étendait sur les montagnes.

A la voix de mon compagnon un domestique sortit en hâte du vestibule, et l'on nous servit bientôt un excellent déjeuner.

Pendant que nous choquions nos verres Reinhold parut me considérer avec une attention toujours croissante, comme s'il eût voulu ramener dans sa mémoire un souvenir effacé; enfin il s'écria :

— Mon Dieu! mon révérend! mais je ne me trompe pas, vous êtes le frère Médard du couvent de capucins de B...? Mais comment pourriez-vous l'être?... Mais si... c'est bien vous! j'en suis sûr! Parlez donc un peu!

A ces mots de Reinhold, comme si j'eusse été frappé de la foudre, je tremblai de tous mes membres. J'étais démasqué, découvert, portant le poids d'un meurtre. Il y allait de la vie ou de la mort; je retrouvai le courage du désespoir.

— Oui, lui dis-je, je suis le père Médard du couvent de capucins de B... Je me rends en ce moment à Rome avec des pleins pouvoirs.

Ceci fut dit avec toute la tranquillité et tout le sang-froid dont j'étais capable.

— C'est donc alors le hasard qui vous a conduit ici en vous égarant sur la route? Mais comment se fait-il que la baronne ait fait votre connaissance et vous ait envoyé ici?

Sans prendre le temps de me consulter, je répétai mot à mot ce qu'une voix étrangère disait en moi-même et répondis :

— Je fis en voyage la connaissance du confesseur de la baronne, et celui-ci me recommanda de remplir son emploi dans cette maison.

— C'est vrai, reprit Reinhold, la baronne l'a en effet écrit. Eh bien, alors, c'est à nous de remercier le ciel, qui vous a mis sur cette route pour le salut de notre maison, et qui a permis qu'il plût à un homme remarquable comme vous de retarder votre voyage pour accomplir une bonne action. J'allai par hasard, il y a quelques années, à B..., et j'entendis les paroles pleines d'onction que vous laissiez tomber de la chaire dans un enthousiasme réellement divin. Plein de confiance dans votre piété, dans l'ardeur que vous mettez à combattre avec un zèle brûlant pour le salut des âmes égarées, et dans l'éloquence qui caractérise les élans de votre inspiration, j'espère que vous accomplirez ce qu'aucun de nous n'a pu faire. Je suis heureux de vous avoir rencontré avant le baron; je profiterai de cette circonstance pour vous mettre au courant des affaires de la famille; je serai franc comme il faut l'être avec un saint envoyé par le ciel pour nous consoler; il me faut, pour bien diriger nos efforts et leur donner l'effet désirable, vous mettre au fait de bien des choses que j'aurais voulu vous cacher. Du reste, je serai bref.

« J'ai été élevé avec le baron; la conformité de nos caractères nous rendit frères et détruisit l'inégalité de notre naissance. Je ne le quittai jamais; et lorsque nous eûmes terminé nos études académiques, il entra, par la mort de son père, en possession des biens situés dans ces montagnes, et je devins son intendant. Je demeurai son meilleur ami et son frère, et à ce titre, je fus initié aux plus profonds secrets de sa maison. Son père avait désiré le lier par un mariage à la famille d'un de ses amis; et il remplit cette volonté avec d'autant plus de plaisir qu'il se sentait irrésistiblement entraîné vers sa fiancée, femme admirablement belle et richement douée par la nature.

» La volonté d'un père fut rarement accomplie d'une manière plus heureuse. Les enfants paraissaient *faits complétement l'un pour l'autre*. Hermogen et Aurélie furent les fruits de cette heureuse union. Nous passions ordinairement l'hiver dans la ville voisine; mais la baronne étant tombée malade, après la naissance d'Aurélie, et son état demandant la présence des médecins, nous y restâmes aussi l'été. Elle mourut au moment même où une amélioration apparente, causée par l'approche du printemps, avait rempli le baron d'une joyeuse espérance.

» Nous nous réfugiâmes à la campagne, et le temps seul put calmer la douleur dévorante de mon ami. Hermogen devint un beau jeune homme; Aurélie ressemblait chaque jour de plus en plus à sa mère. L'éducation des enfants était notre principale occupation et faisait notre joie. Hermogen avait un goût très-prononcé pour l'état militaire; ce qui décida son père à l'envoyer à la résidence pour commencer cette carrière sous les auspices du gouverneur, son ancien ami. Après trois ans de retraite le baron vint, comme autrefois, passer l'hiver à la ville, en partie pour se rapprocher de son fils pendant quelque temps, en partie aussi pour revoir ses amis, qui ne cessaient de l'engager à retourner auprès d'eux.

» L'apparition de la nièce du gouverneur dans les cercles de la présidence avait autrefois causé une grande et unanime sensation. Elle était orpheline, et s'était mise sous la protection de son oncle, bien qu'elle occupât à elle seule une aile du palais, et qu'elle eût une maison à part. Chez elle était le rendez-vous du beau monde.

» Sans vous décrire Euphémie, ce qui serait d'autant plus inutile que vous allez bientôt la voir, je me contenterai de vous dire, révérend père, que tous ses gestes, toutes ses paroles étaient animés d'une grâce ineffable et donnaient à ses admirables perfections corporelles un charme irrésistible. Partout où elle paraissait elle éveillait une vie nouvelle et recueillait les hommages du plus brûlant enthousiasme. Elle savait même enflammer les indifférents et les hommes incapables, de sorte que ceux-ci, sentant en eux une inspiration nouvelle et inconnue, et tout étonnés d'aller au delà de leur nullité habituelle, se livraient dans l'extase aux joies de la lumière d'intelligence qui tremblotait devant eux.

» Elle ne manquait donc pas d'adorateurs qui chaque jour imploraient leur divinité avec ardeur; mais il était impossible de dire qu'elle préférât l'un à l'autre; bien plus, elle savait, par une légère ironie maligne, qui, loin d'offenser, irritait et attachait davantage, comme le sel augmente la soif, réunir tous les soupirants dans les mêmes liens indestructibles; et tous s'agitaient, pleins de bonheur, dans le même cercle magique.

» La Circé avait fait sur le baron un effet profond. Elle lui montra aussi, dès la première entrevue, une déférence qui paraissait venir d'un sentiment de respect filial. Dans l'entretien qu'elle eut avec lui, elle déploya un esprit orné et une sensibilité d'âme qu'il avait rarement trouvés chez les femmes à un si haut degré. Elle rechercha et obtint l'amitié d'Aurélie avec une délicatesse de sentiments inexprimable, et lui porta un intérêt si vif, qu'elle s'occupait même des plus petits détails de sa toilette. Elle avait pour elle les soins d'une mère. Elle savait venir en aide à l'inexpérience et à la timidité de la jeune fille dans les sociétés les plus brillantes, avec un tact si parfait, que son secours était inaperçu, et servait seulement à faire ressortir l'esprit naturel et le sens droit d'Aurélie et à lui attirer une plus grande estime.

» Le baron saisissait toutes les occasions de faire l'éloge d'Euphémie, et ce fut pour la première fois peut-être dans notre vie tout entière que nous fûmes d'avis différent. Je gardais ordinairement dans cette société le rôle tranquille d'observateur plus que je ne l'aurais dû faire dans l'abandon d'une conversation animée. De temps en temps Euphémie, dans son habitude de n'oublier personne, m'avait adressé quelques propos aimables; mais je la considérais attentivement, comme une personne digne d'être étudiée. J'étais forcé d'avouer qu'elle était la plus belle et la plus attrayante des femmes, que sa conversation était étincelante d'esprit et d'âme, et cependant je me sentais éloigné d'elle par un sentiment inexplicable. Je ne pouvais maîtriser une émotion visible toutes les fois que son regard tombait sur moi ou qu'elle m'adressait la parole. Ses yeux étaient pleins d'un feu particulier qui se décelait en étincelles lorsqu'elle croyait n'être pas observée, et ce feu avait quelque chose de méchant. Sa bouche, d'une très-jolie forme, exprimait aussi une sorte d'ironie haineuse à laquelle se joignait souvent un malicieux dédain. Il m'arrivait d'éprouver alors une sorte d'effroi. Elle regardait souvent ainsi Hermogen, qui s'occupait très-peu d'elle; et j'en concluais que derrière son beau masque étaient cachées des choses que personne ne devinait. Je ne pouvais, il est vrai, opposer aux louanges exagérées du baron que mes observations physiognomoniques, qu'il n'avait pas en grande estime. Il me confia qu'Euphémie serait probablement bientôt de la famille, et qu'il ferait tout ce qui dépendrait de lui pour la marier à son fils. Celui-ci entra dans la chambre comme nous en parlions très-sérieusement. Je m'efforçai alors de justifier mon opinion sur Euphémie. Le baron, habitué à agir toujours ouvertement et sans retard, lui découvrit ses plans et ses désirs relativement à Euphémie.

» Hermogen écouta froidement ce qu'il plut au baron de dire à la louange de cette demoiselle. Lorsque ce discours élogieux fut terminé; il répondit qu'il ne se sentait en aucune façon porté pour Euphémie, qu'il ne pourrait jamais l'aimer, et il pria son père de renoncer au plan qu'il s'était formé. Le baron fut très-contrarié de voir tomber en ruines dès le début son plan favori. Cependant il se mit à plaisanter avec sa gaieté et sa bonne humeur habituelles sur sa tentative inutile; il ne comprenait pas comment il pouvait se trouver dans une aussi belle créature un principe répulsif.

» Sa conduite à l'égard d'Euphémie resta toujours la même; il s'était tellement habitué à elle, qu'il ne passait pas un seul jour sans la voir. Il arriva qu'il lui dit une fois, en plaisantant, dans un moment de bonne humeur, qu'il n'y avait pas dans toute la société un homme qui ne fût épris d'elle; à l'exception d'Hermogen, qui avait obstinément refusé de s'unir à elle.

» Euphémie lui fit entendre qu'elle le préférait à son fils Hermogen, qui lui semblait morose et capricieux. A partir de cette conversation, que le baron me raconta aussitôt, Euphémie redoubla ses attentions pour lui et Aurélie; elle lui insinua que si elle l'épousait, elle réaliserait l'idéal qu'elle s'était formé d'un mariage heureux. Elle savait combattre d'une manière si triomphante toutes objections sur la différence d'âge et sur tout autre sujet, elle menait tout, avec tant de discrétion, de tact et d'adresse, elle faisait pas à pas des progrès si rapides, que le baron s'imagina que les idées, que les désirs qu'elle avait allumés en lui, ne venaient que de lui-même. Plein de vie et de santé comme il l'était, il ressentit bientôt toute l'ardeur passionnée de la jeunesse. Je ne pus arrêter cet élan désordonné, il était trop tard.

» Peu de temps après, Euphémie, au grand étonnement de la ville entière, devint la femme du baron.

» Il me sembla que le terrible et menaçant fantôme qui m'avait effrayé dans le lointain venait de mettre le pied dans ma vie, et que je devais, plus attentif encore, veiller sur mon ami et sur moi-même. Hermogen apprit avec indifférence le mariage de son père; Aurélie, la pauvre enfant, avec son instinct magnétique, se mit à fondre en larmes.

» Peu de temps après le mariage, Euphémie désira se retirer dans les montagnes. Elle y vint, et je dois avouer qu'elle conserva dans sa manière d'être sa grande amabilité habituelle. Je fus contraint de lui payer, malgré moi, un tribut d'admiration. Deux ans se passèrent ainsi dans le calme et dans le bonheur. Chaque hiver nous revînmes habiter la ville, et là aussi la baronne montra pour son mari tant de déférence, tant de soumission, qu'elle imposa silence à la malveillance. Aucun des jeunes gens qui s'étaient imaginé de trouver auprès de la baronne une carrière ouverte à leur galanterie ne put se permettre le moindre propos. Seul, dans le courant du second hiver, je commençai à concevoir de violents soupçons.

» Avant le mariage du baron, le comte Victorin, un beau jeune homme, major des gardes d'honneur, et seulement en garnison dans la ville, avait été l'un des plus ardents adorateurs d'Euphémie, le seul auquel, entraînée sans doute par l'impression du moment, elle parût souvent faire une attention plus marquée. On prétendit même un instant qu'une liaison plus intime s'était établie entre eux, à en juger du moins par les apparences; mais ce bruit s'évapora comme il s'était formé.

» Le comte Victorin retourna l'hiver dans la ville, il vint naturellement dans les salons d'Euphémie, mais il parut ne plus s'occuper d'elle, et même il sembla visiblement l'éviter. Je crus toutefois remarquer dans leurs regards, lorsqu'ils se rencontraient et croyaient n'être pas vus, une flamme dévorante, pleine d'amour et de voluptueux désirs.

» Un soir, j'étais chez le gouverneur; une brillante société s'y trouvait réunie. Je me tenais dans l'embrasure d'une fenêtre, de manière que les somptueux rideaux retombant en draperie me cachaient à moitié. Le comte Victorin était debout à deux ou trois pas devant moi. Euphémie, plus belle que jamais, dans la toilette la plus élégante, passa devant lui; il lui saisit le bras avec un mouvement passionné. Excepté moi, personne ne s'en aperçut. Elle tressaillit visiblement; son regard peignait l'amour le plus ardent. Ils murmurèrent à voix basse quelques mots que je n'entendis pas. Euphémie, je crois, me remarqua. Elle se tourna brusquement, mais j'entendis distinctement ces mots : On nous observe.

» Je restai immobile d'étonnement, de chagrin et d'effroi. Ah! révérend père! comment vous décrirais-je les sentiments qui m'agitaient! Pensez à mon amitié dévouée, à ma fidèle affection pour le baron, à mes pressentiments qui se trouvaient maintenant vérifiés, car ce peu de mots m'avaient appris qu'il existait une liaison intime entre le comte et la baronne. Je résolus de me taire d'abord, mais de les surveiller avec des yeux d'Argus, et en démasquant leur crime, de briser les liens dont cette femme avait enlacé mon malheureux ami. Mais que pouvais-je faire contre la ruse du démon? Mes peines furent toujours et toujours vaines, et il eût été déplacé d'apprendre au baron ce que j'avais vu et entendu; car la rusée aurait bientôt trouvé assez de prétextes pour me faire passer pour un songe-creux stupide et ridicule.

» La neige couvrait encore les montagnes lorsque nous vînmes nous établir ici. A la fin du printemps, j'allais cependant me promener sur les collines. Je rencontrai dans un village voisin un paysan dont la démarche et la tournure avaient une étrange élégance; il détourna la tête, et je reconnus le comte Victorin; mais il disparut aussitôt entre les maisons, et il me fut impossible de le retrouver; il avait évidemment pris ce déguisement pour continuer son intrigue avec la baronne. J'en étais d'autant plus certain, que j'avais rencontré en avant son chasseur à cheval. Mais pourquoi ne donnait-il pas ses rendez-vous à la ville, voilà ce que je ne pus comprendre.

» Trois mois plus tard, il advint que le gouverneur tomba sérieusement malade, et témoigna un violent désir de voir Euphémie; elle partit à l'instant avec Aurélie. Une indisposition empêcha le baron de l'accompagner.

» Mais le malheur et la tristesse vinrent fondre sur notre maison, car le baron apprit bientôt par une lettre de sa femme que son fils avait été subitement attaqué d'une mélancolie qui dégénérait souvent en folie furieuse. Il errait alors solitaire, maudissant la destinée et se maudissant lui-même. Tous les efforts des médecins et de ses amis étaient jusqu'alors restés inutiles. Vous pensez, révérend père, quelle impression douloureuse cette nouvelle fit sur le baron, la vue de son fils lui aurait fait trop de mal; je partis seul pour la ville.

» Hermogen fut délivré par le violent traitement qu'on lui fit suivre des attaques de sa folie, mais il lui resta une mélancolie que les médecins regardèrent comme incurable. Lorsqu'il me vit, il fut profondément ému; il me dit qu'il lui fallait quitter la carrière qu'il avait embrassée, qu'un événement douloureux le voulait ainsi, et que l'habit ecclésiastique pourrait seul le sauver de la damnation. Je le trouvai déjà couvert du costume que vous avez vu sur lui. Je réussis enfin à l'amener ici malgré sa vive résistance.

» Il est tranquille, mais toujours obsédé par la même idée fixe; et toutes les tentatives essayées pour connaître la cause de sa maladie sont restées sans résultat, ce qui ne permet pas d'y porter remède.

» La baronne écrivit, il y a peu de temps, que, d'après le conseil de son confesseur, elle enverrait un ecclésiastique dont la société et les paroles consolantes auraient sur Hermogen un effet plus puissant que tout ce qui avait été employé jusqu'alors, puisque sa folie paraissait avoir une tendance toute religieuse.

» Je me réjouis sincèrement, mon révérend père, qu'un heureux hasard, en vous conduisant à la ville, ait permis que le choix soit tombé sur vous. Vous pouvez rendre le repos à une famille brisée par la douleur, en donnant à vos efforts, que Dieu veuille bénir! un double but.

» Tâchez d'arracher à Hermogen son secret terrible, il se sentira plus à l'aise lorsqu'il l'aura confié, même sur le banc du confessionnal, et l'Eglise le ramènera au monde, pour lequel il est fait, au lieu de l'ensevelir dans le cloître.

» Et puis, observez aussi de près la baronne; vous savez tout, et vous convenez avec moi que, s'il est impossible de baser sur ce que j'ai appris une plainte contre elle, il est difficile aussi de croire à une erreur ou bien à un injuste soupçon. Lorsque vous aurez vu Euphémie et que vous aurez appris à la connaître, vous penserez comme moi. Euphémie est naturellement religieuse; peut-être sera-t-il donné à votre remarquable talent oratoire de pénétrer profondément dans son cœur, d'éveiller en elle le repentir, et de lui faire abandonner envers mon ami une trahison qu'elle commet aux dépens de son âme. Je dois encore vous dire qu'il me semble dans de certains moments que le baron porte au fond du cœur un chagrin dont il me tait la cause, car, outre la tristesse causée par l'état d'Hermogen, il combat visiblement une pensée qui l'assiége sans relâche. J'ai pensé bien souvent qu'un malheureux hasard lui avait donné des preuves plus convaincantes que je n'en ai moi-même de l'intrigue de la baronne avec le maudit comte. Je recommande aussi à vos secours spirituels mon baron, l'ami de mon cœur.»

Avec ces paroles, Reinhold termina son récit, qui m'avait martyrisé de mille manières, pendant qu'il se livrait en moi de violents combats. Mon être, devenu le jouet capricieux d'une destinée cruelle, entouré de singuliers fantômes, flottait sans relâche dans une mer d'événements dont les lames immenses retombaient en mugissant sur moi. Je ne pouvais plus me retrouver. Celui que ma main innocente, conduite par le hasard, avait précipité dans l'abîme, était évidemment Victorin.

Maintenant je me présente à sa place; Reinhold reconnaît en moi le père Médard, du couvent des Capucins à B..., et pour lui je sais ce que je suis véritablement. Mais l'intrigue de la baronne fait de moi Victorin. Je suis ce que je parais, et je ne parais pas ce que je suis. Problème inexplicable pour moi-même! mon *moi* est partagé en deux!

Sans m'arrêter plus longtemps aux orages déchaînés dans mon cœur, je réussis à me masquer à peu près de l'attitude calme du prêtre et j'entrai chez le baron.

C'était un homme âgé, mais on retrouvait encore dans ses traits abattus un rayon de force et de santé. Le chagrin avait, plutôt que les années, creusé de profondes rides sur son large front et argenté ses cheveux. En dépit de cela, il régnait encore dans ses actions et ses paroles une gaieté, une bonne humeur qui attiraient irrésistiblement. Lorsque Reinhold me présenta à lui comme la personne annoncée par la baronne, il attacha sur moi un regard pénétrant qui devenait plus bienveillant à mesure que Reinhold lui racontait comment il m'avait entendu prêcher quelques années auparavant au cloître de capucins de B..., et avait admiré mon talent d'orateur. Le baron me tendit alors cordialement la main, et dit en se tournant vers Reinhold :

— Je ne peux vous expliquer l'effet singulier que m'a fait la figure du révérend père au premier coup d'œil; elle a éveillé en moi un souvenir qui s'efforçait en vain de se fixer et de prendre une forme distincte.

Ce fut absolument comme s'il avait dit : C'est le comte Victorin.

Par une singulière idée, je croyais être véritablement Victorin, et je sentais mon sang bouillonner et colorer mon visage, où il se précipitait. Je m'en rapportais à Reinhold, qui me connaissait comme le père Médard. Toutefois, je me figurais qu'il disait un mensonge. Et je ne savais comment sortir de cette position embarrassée.

Le baron voulut me mettre de suite en relation avec Hermogen, mais il fut impossible de le trouver. On l'avait vu se diriger du côté de la montagne. Du reste, on n'avait pas d'inquiétude à son sujet; car il restait quelquefois plusieurs jours errant sur les prairies sans rentrer au château. Je passai la journée entière dans la société du baron et de Reinhold, et peu à peu je repris assez d'assurance pour me sentir au soir la force et le courage de me livrer hardiment aux aventures qui m'attendaient. Pendant la nuit j'ouvris le portefeuille, et j'eus la conviction que c'était bien le comte Victorin qui reposait mutilé au fond de l'abîme; toutefois les lettres étaient indifférentes, et aucune d'elles ne parlait des choses intimes de sa vie. Sans m'en préoccuper davantage, je résolus de profiter de tout ce que le hasard me découvrirait lorsque la baronne serait au château et m'aurait vu.

Le jour suivant, dans la matinée, elle arriva avec Aurélie. Je les vis descendre l'une et l'autre de voiture, reçues par le baron et Reinhold, et passer le portail du château. Je me mis à me promener çà et là dans la chambre, tout inquiet, et tourmenté de singuliers pressentiments; mais je n'attendis pas longtemps, on m'appela, et je descendis. La baronne vint à ma rencontre. C'était une très-belle femme dans la fleur de l'âge.

Lorsqu'elle m'aperçut, elle sembla singulièrement agitée, sa voix tremblait, elle pouvait à peine prononcer une parole; son trouble me donna du courage. Je la regardai audacieusement en face, et lui donnai ma bénédiction, selon l'habitude du couvent. Elle pâlit, et fut obligée de s'asseoir.

Reinhold me regarda en souriant, joyeux et satisfait. Au même instant la porte s'ouvrit, et le baron parut avec Aurélie.

Aussitôt que j'aperçus Aurélie, un rayon brûlant traversa ma poitrine et y alluma les passions les plus intimes; de délicieux désirs, des extases du plus ardent amour, enfin tout ce qui, semblable à un présage venu des lointains pour doubler ma vie, avait autrefois résonné dans mon âme. Oui! l'existence, naguère si pâle, si décolorée, m'apparaissait maintenant brillante et splendide.

C'était elle! elle que dans une vision merveilleuse j'avais aperçue dans le confessionnal. C'était bien là le regard mélancolique, pur comme celui d'un enfant, lancé par ses yeux d'un bleu sombre; c'était la forme de ses lèvres si tendres; son cou doucement penché comme dans le recueillement de la prière; sa taille svelte et haute. Ce n'était pas Aurélie, c'était, c'était sainte Rosalie!

Et même, le châle bleu de ciel qu'Aurélie portait sur sa robe d'un rouge foncé rappelait, dans ses plis fantastiquement drapés, le costume qui ornait la sainte image et la vision inconnue.

La beauté voluptueuse de la baronne pouvait-elle lutter contre le charme céleste d'Aurélie? Je ne voyais qu'elle! tout le reste avait disparu. Mon agitation fut remarquée de tout le monde.

— Qu'avez-vous, révérend père, me dit le baron, vous paraissez singulièrement ému?

Ces mots me rappelèrent à moi-même, je me sentis venir au même instant une force surhumaine, un nouveau courage prêt à tout surmonter, car elle devait être le prix du combat!

— Félicitez-vous, baron, m'écrié-je comme saisi d'un enthousiasme subit, une sainte se promène dans ces murs, au milieu de nous! Bientôt le ciel va s'ouvrir et laisser tomber sa bénédiction avec des flots de lumière! Sainte Rosalie elle-même, entourée des anges, enverra la consolation et le bonheur à ceux qui l'imploraient pieusement à genoux! J'entends les hymnes des esprits célestes qui appellent les saints dans leurs chants, et descendent lentement sur les nuages glorieux; je les vois, la tête illuminée d'une resplendissante auréole, marcher vers le chœur des élus qui se montrent à mes yeux :

Sancta Rosalia, ora pro nobis!

Je tombai à genoux les yeux tournés vers le ciel, les mains jointes dans l'attitude de la prière, et tous suivirent mon exemple. Personne ne m'en demanda davantage; on attribua à une inspiration la subite explosion de mon extase, si bien que le baron résolut de faire dire des messes à l'autel de Sainte-Rosalie dans la cathédrale de la ville.

Je m'étais ainsi admirablement tiré de ce pas difficile; et j'étais toujours disposé à tout oser pour posséder Aurélie, qui seule me rendait la vie désirable.

La baronne était dans une disposition singulière, ses yeux me cherchaient; mais comme je la regardais tranquillement en face, elle les laissait errer çà et là. La famille se retira dans une autre chambre. Je descendis dans le jardin et j'en parcourus les allées, arrêtant et combattant tour à tour mille résolutions, mille plans, mille idées pour ma prochaine installation au château.

La nuit était venue; alors Reinhold m'aborda, et me dit que la baronne, émue de mon enthousiasme pieux, désirait me parler dans sa chambre.

A peine y entrai-je, qu'elle fit quelques pas à ma rencontre; et me saisissant les bras :

— Est-ce possible? est-ce possible? Etes-vous Médard, le moine capucin? Mais cette voix, cette démarche, ces yeux, cette chevelure, parle! ou je meurs de doute et d'inquiétude.

— Victorin! murmurai-je tout bas.

Elle m'enlaça dans ses bras avec l'impétuosité sauvage d'une irrésistible volupté. Un torrent de feu se répandit dans mes veines, tout mon sang bouillonnait, je me sentis défaillir dans une ineffable joie, dans un ravissant délire, mais tout mon être était tourné vers Aurélie, même dans la souillure du péché, et c'est à elle que je sacrifiai, en brisant maintenant mon vœu, le salut de mon âme! Oui, Aurélie seule vivait en moi, ma pensée n'était remplie que d'elle, et j'étais cependant saisi d'effroi en pensant que j'allais la revoir bientôt au repas du soir; il me semblait que son pieux regard allait me reprocher mon horrible péché, et que je devrais mourir plein de honte, anéanti et démasqué; je ne pouvais aussi me décider à revoir de suite la baronne après de pareils moments; et je résolus, sous le prétexte d'un exercice de dévotion, de rester dans ma chambre, lorsqu'on vint m'inviter à me mettre à table.

Toutefois, quelques jours suffirent pour vaincre cette crainte et cette timidité. La baronne était l'amabilité même, et plus nos rapports devenaient intimes, plus elle redoublait d'attentions pour le baron. Elle m'avoua que ma tonsure, ma barbe véritable, comme aussi ma démarche monacale, qui déjà avait perdu un peu de la roideur du premier jour, lui avaient causé mille frayeurs. Lorsque j'adressai subitement mon interpellation enthousiaste à sainte Rosalie, elle fut un moment convaincue qu'une erreur, un hasard fatal avait renversé ses plans si bien combinés avec Victorin, et avait envoyé à sa place un maudit capucin. Elle admirait la prévoyance qui m'avait porté à me faire réellement tonsurer et à laisser croître ma barbe, en ajoutant à la vérité de mon rôle par ma tournure et ma démarche étudiée, si bien qu'elle-même était forcée de me regarder bien en face pour ne pas tomber dans un singulier doute.

De temps en temps le chasseur de Victorin, déguisé en paysan, se montrait au bout du parc, et j'allais lui parler en hâte pour l'engager à se tenir prêt à favoriser ma fuite si un fâcheux hasard me mettait en danger. Le baron et Reinhold étaient enchantés de moi, et me priaient vivement de rassembler tout ce que j'avais de pouvoir pour essayer de vaincre les idées noires d'Hermogen. Je n'avais pu encore lui dire un seul mot, car il évitait visiblement toute occasion de se trouver seul avec moi; et lorsque je le voyais dans la société de Reinhold et du baron, il me jetait des regards si étranges que j'avais de la peine à ne pas tomber dans un visible embarras. On aurait dit qu'il lisait au fond de mon âme et épiait mes plus secrètes pensées. Un mécontentement insurmontable, une haine étouffée, une colère à peine retenue se peignaient sur son visage pâle aussitôt qu'il m'apercevait.

Une fois je me promenais dans le parc, le hasard le fit venir à ma rencontre; je crus avoir trouvé le moment favorable de m'expliquer avec lui sur la cause de son tourment. Je lui pris vivement la main, qu'il chercha à retirer, et mon talent d'orateur se déploya avec tant d'instance, avec une onction si grande, qu'il parut devenir véritablement attentif, et ne put cacher son émotion. Nous nous étions assis sur un banc de pierre au bout d'une allée qui menait au château. Mon enthousiasme augmentait en parlant.

— L'homme, lui dis-je, dévoré par un chagrin secret, commet un péché en rejetant les consolations et les secours que l'Église offre aux affligés; il s'oppose ainsi hostilement au but de la vie, réglé par une suprême puissance. Oui, ajoutai-je, le criminel lui-même ne doit pas douter du pardon céleste, car ce doute lui ravit la félicité du ciel qu'il pourrait conquérir en se lavant du péché par la pénitence et la prière. Confiez-vous à moi; ouvrez-moi votre âme comme à Dieu, afin que je puisse vous donner l'absolution de vos péchés.

Il se leva tout à coup; ses sourcils se rapprochèrent; ses yeux brillaient; une rougeur brûlante couvrit un instant son visage toujours pâle comme celui d'un mort, et il s'écria d'une voix retentissante :

— Mais es-tu donc exempt de péché, toi qui oses, comme le plus pur des hommes et comme Dieu même, que tu renies, vouloir lire dans mon cœur? toi qui m'offres le pardon de mes fautes? toi, enfin, qui imploreras un jour en vain le bonheur céleste à jamais perdu par tes crimes? Misérable hypocrite! bientôt sonnera l'heure des comptes terribles! bientôt, écrasé dans la poussière comme un insecte venimeux, tu chercheras en vain en sanglotant à te délivrer par la mort du tourment sans nom qui te dévore, et tu mourras dans le délire et le désespoir!

Il s'éloigna rapidement, me laissant brisé, anéanti. J'avais perdu mon audace et mon courage. Je vis sortir du château Euphémie avec son chapeau et son châle, comme pour aller se promener un moment. Sa présence seule m'apporta la consolation. Je me précipitai à sa rencontre; la décomposition de mes traits la fit tressaillir. Elle m'en demanda la cause, et je lui racontai fidèlement le résultat de mon entrevue avec Hermogen : ajoutant que je craignais qu'un inexplicable hasard lui eût découvert notre secret.

Euphémie ne parut nullement inquiète de tout ceci; elle sourit d'une façon si singulière qu'elle me fit peur.

— Pénétrons plus avant dans le parc, me dit-elle; on nous aperçoit d'ici, et il peut paraître étrange que le révérend père Médard me parle avec autant de chaleur.

Nous entrâmes dans un bosquet écarté. Là Euphémie m'entoura de ses bras avec toute la violence de la passion; ses baisers brûlaient mes lèvres.

« Victorin, s'écria-t-elle, n'aie aucune crainte de tout ce qui est arrivé; je suis même enchantée de cette explication avec Hermogen, car je peux enfin te dire bien des choses que je t'avais cachées. Tu conviendras, n'est-ce pas? que j'ai su conquérir une domination d'esprit bien étrange sur tous ceux qui m'entourent, et c'est, je pense, plus facile aux femmes qu'à vous autres. Certes, la grâce irrésistible des charmes extérieurs dont la nature nous a parées n'est pas un de nos moins puissants auxiliaires. Tu fais partie, Victorin, des rares personnes qui ont su me comprendre, et je n'ai pas hésité à te placer comme mon époux royal sur le trône de mon cœur. Le secret a augmenté les charmes de cette union; et notre rupture apparente a servi à ouvrir un champ plus vaste aux caprices de la fantaisie, qui pour nous charmer joue avec les incidents de la vie ordinaire. Notre rencontre actuelle n'est-elle pas un chef-d'œuvre d'audace, conçu par un esprit supérieur, qui se rit de la puissance des barrières conventionnelles?

» Le baron est pour moi une machine usée en accomplissant mon œuvre, qui reste là inutile comme un rouage démonté; Reinhold est trop peu intelligent pour mériter mon attention; Aurélie est une noble fille; Hermogen est notre obstacle unique.

» Je t'ai déjà avoué qu'il fit sur moi, aussitôt que je le vis, une impression profonde. Je le crus capable d'entrer dans la vie plus haute que je voulais lui ouvrir, et pour la première fois je me trompai. Il y avait en lui un principe hostile qui s'élevait obstinément contre moi, et repoussait le charme dont j'enveloppais naturellement tous les autres. Il resta froid, sombre et réservé, et une force surnaturelle combattait mon désir de commencer un combat où il devait succomber. J'allais l'entreprendre, lorsque le baron m'apprit qu'Hermogen avait absolument refusé ma main.

» Aussitôt vint briller en moi la pensée d'épouser le baron lui-même, et de jeter ainsi hors de mon chemin toutes les petites considérations mondaines qui l'obstruaient si souvent. Tu hésitais, Victorin, lorsque je t'en parlai; mais je surmontai tes doutes par le fait même. En peu de jours il me fut facile d'amener à mes pieds ce ridicule amoureux; et ce que j'avais voulu, il dut le regarder comme l'accomplissement d'un vœu secret qu'il avait à peine osé concevoir.

» J'avais pour but ma vengeance contre Hermogen, qui me devenait plus aisée et plus complète. Le coup avait été retardé pour frapper plus sûrement, mais pour frapper à mort.

» Si je ne te connaissais pas, si je ne savais pas que tu peux t'élever à la hauteur de mes projets, j'hésiterais à te parler davantage de ce qui arriva depuis.

» J'attendis l'occasion favorable de l'attaquer au cœur; je parus à la ville sombre, taciturne, et j'établis ainsi un contraste avec Hermogen, qui se livrait joyeusement à toute l'activité de ses occupations militaires. La maladie de mon oncle suspendit les réunions brillantes, et j'évitai même les visites intimes.

» Hermogen vint auprès de moi, pour remplir peut-être les devoirs qu'il devait à une mère; il me trouva plongée dans la mélancolie la plus profonde. Et lorsque, tout étonné de cet étrange changement, il m'en demanda la cause, je lui avouai en fondant en larmes que la santé du baron, que je voyais s'affaiblir chaque jour, malgré ses vains efforts pour me persuader le contraire, me faisait craindre de bientôt le perdre, et que cette pensée m'était affreuse, insupportable.

» Il fut ému, et lorsque je lui dépeignis, avec les apparences de la douleur la plus profonde, le bonheur de mon union, lorsque j'entrai tendrement dans les plus petits détails de notre vie à la campagne, lorsque je lui parlai des admirables sentiments du baron, et qu'il vit clairement tout mon amour, tout mon respect pour lui, son étonnement en augmentant toujours en arriva à l'admiration. Il combattit visiblement avec lui-même; mais le pouvoir qui, comme un autre moi-même, avait pénétré dans son âme, triompha du principe ennemi qui veillait en lui.

» Lorsqu'il revint le lendemain au soir, mon triomphe était certain.

» Il me trouva seule, encore plus triste, encore plus énervée que la veille. Je lui parlai du baron, de mon irrésistible désir de le revoir. Hermogen n'était déjà plus le même; il attacha ses yeux sur les miens, et des miens s'élançait un feu dangereux qui enflammait tout son être. Lorsque ma main serrait la sienne, je la sentais se crisper tremblante, et de profonds soupirs s'échappaient de son cœur. J'avais compté justement sur le plus haut degré de cette exaltation involontaire. Le soir où il devait succomber, je ne dédaignai même pas ces artifices bien connus et que l'on renouvelle toujours avec une action plus grande.

» Le moment arriva.

» Les suites en furent horribles, plus horribles que je ne l'avais cru moi-même; et mon triomphe en fut plus grand encore, en ce qu'il me dévoila toute l'étendue de mon pouvoir. La force avec laquelle j'avais combattu le principe ennemi, qui parlait en lui comme un pressentiment singulier, avait brisé son esprit; et, comme tu l'appris, sans en avoir toutefois jamais deviné la cause, il perdit la raison.

» Les fous ont quelquefois des éclairs d'une intelligence étrange, d'une sorte de seconde vue qui leur permet de lire en nous les choses les plus profondément cachées. Il est possible que, dans la position où nous sommes placés tous les trois, il ait pénétré ton secret et soit ton ennemi, mais il n'est nullement à craindre. Penses-y, lors même qu'il viendrait te combattre ouvertement, lors même qu'il viendrait dire :

— Prenez garde, c'est un faux prêtre!

qu'importe? du moment où Reinhold a été assez naïf pour reconnaître en toi le père Médard, ses paroles seraient considérées comme dictées par le délire. Cependant il est maintenant certain que l'action que j'attendais de toi sur Hermogen n'est plus à espérer. Ma vengeance est atteinte, et Hermogen me devient inutile; et maintenant qu'il s'est probablement imposé pour pénitence de me regarder, il me fatigue avec ses yeux fixes et morts continuellement attachés sur moi. Il faut qu'il parte! Je compte donc sur toi pour l'encourager à rester dans le cloître, et pour persuader en même temps au baron et à son intime conseiller Reinhold que le salut de l'âme de l'insensé demande le séjour du couvent et les rendre plus disposés à céder à son désir. Ainsi, c'est entendu : Hermogen me déplaît, ses regards m'embarrassent parfois; il partira.

» Quant à Aurélie, la charmante, la candide fille, elle seule peut agir sur Hermogen; et je m'arrangerai de manière à vous rapprocher tous les deux. Tu pourrais aussi faire entendre au baron qu'Hermogen t'a confié, sous le sceau de la confession, un crime horrible, que ton devoir te défend naturellement de leur confier. Enfin, nous en reparlerons bientôt plus en détail.

» Maintenant tu sais tout, Victorin! Agis, et sois avec moi. Aide-moi à mener ce monde de marionnettes qui se meut autour de nous. La vie nous doit ses plus rares délices dégagées d'entraves. »

Nous aperçûmes le baron dans le lointain; et nous allâmes à sa rencontre, tout en paraissant plongés dans de pieuses conversations.

J'avais besoin peut-être de cette explication d'Euphémie sur les tendances de sa vie pour sentir en moi-même une puissance supérieure qui m'animait comme un souffle d'un plus haut principe. Il s'était révélé en moi quelque chose de surhumain qui m'avait subitement porté à une place d'où tout m'apparaissait sous des couleurs différentes. La force d'esprit, dont Euphémie faisait un si grand cas, me paraissait digne du mépris le plus profond. Mon pouvoir, augmenté par des puissances secrètes, la poussait à choisir pour allié un homme qui, sous le masque de l'amitié, la tenait captive pour la perdre. Elle me paraissait méprisable avec son égoïste vanité, et ma liaison avec elle me devenait d'autant plus odieuse, qu'Aurélie vivait dans mon âme; et c'était elle qui était cause de mon péché, si l'on devait regarder comme un péché ce qui me paraissait le bonheur le plus vif que l'on puisse éprouver sur terre. Je résolus d'user complètement de ma puissance, et de tracer avec la baguette magique le cercle où toutes les apparitions devaient se mouvoir pour mon plaisir. Le baron et Reinhold rivalisaient d'attentions pour rendre agréable mon séjour au château; ils n'avaient pas le moindre soupçon de mes relations avec Euphémie. Et souvent même le baron prétendait, dans un épanchement de cœur involontaire, que, grâce à moi, il avait retrouvé son Euphémie, ce qui me faisait penser que Reinhold avait eu raison de dire qu'un hasard avait mis le baron sur la trace des désordres de sa femme. Je voyais rarement Hermogen; il éprouvait à ma vue une inquiétude visible. Reinhold et le baron attribuaient cet effet à un sentiment semblable à la crainte inspiré par mon saint caractère.

Aurélie semblait aussi vouloir se soustraire à mes regards, elle m'évitait; et lorsque je lui parlais, elle paraissait, comme Hermogen, inquiète et oppressée. J'étais à peu près certain que celui-ci avait confié à sa sœur ses terribles préventions. Cependant je ne désespérais pas de détruire cette impression funeste. Le baron, sans doute influencé par sa femme, qui désirait me mettre en rapport direct avec Aurélie pour s'en faire une arme contre Hermogen, me pria d'éclairer sa fille sur les plus hauts mystères de la religion. Ainsi Euphémie me facilitait elle-même les moyens d'atteindre le but que ma brûlante imagination m'avait représenté mille fois sous les couleurs les plus séduisantes. Le regard d'Aurélie, son contact, le simple frôlement de sa robe, suffisaient pour m'enflammer. Je sentais mon sang brûlant se répandre comme un fleuve de feu dans le cerveau, siége des idées, et alors je parlais des admirables mystères de la religion en images étincelantes, dont la signification véritable était le voluptueux délire du plus ardent amour. La chaleur de mes discours devait, comme une commotion électrique, pénétrer jusqu'au cœur d'Aurélie sans défense, la remplir du pressentiment d'une jouissance inconnue, et la jeter dans mes bras toute brisée et palpitante d'un ineffable désir. Je me préparais à ces leçons longtemps d'avance; je savais donner à mes discours une expression pieuse toujours croissante. La jeune enfant m'entendait, les mains jointes et les yeux baissés; mais pas un mouvement, pas un soupir qui vînt trahir l'impression causée par mes paroles. Ces peines n'eurent d'autre résultat, tout en laissant Aurélie indifférente, que d'augmenter le martyre qui me dévorait.

Rendu furieux par une volupté pleine de douleurs, je nourrissais des plans pour perdre Aurélie. Et tandis que je grimaçais auprès d'Euphémie le ravissement et la joie, je sentais germer en mon âme une haine immense; et cette haine, dans un étrange désaccord, donnait à ma conduite envers elle quelque chose de sauvage qui la remplissait d'effroi. Elle subissait involontairement la domination que de jour en jour, j'étendais sur elle. Souvent l'idée me venait d'essayer un coup bien calculé qui devait triompher d'Aurélie, et finir ma peine; mais aussitôt que je la voyais il me semblait qu'un ange se tenait près d'elle pour la défendre, et bravait les attaques de l'ennemi. Je sentais alors un frisson parcourir mes membres et refroidir mes décisions.

Enfin je résolus de prier avec elle, car dans la prière le feu de la ferveur s'élance plus ardent, les instincts les plus intimes s'éveillent, et étendent leurs mille bras vers cet incompréhensible qui doit apaiser l'indicible désir dont l'âme est tourmentée; alors la passion s'égare innocemment, et des extases ineffables viennent se mêler à l'aspiration qui s'élance vers le ciel au delà des sphères. Et il en arriva ainsi.

Agenouillée près de moi, le regard tourné vers le ciel, répétant à chaque parole des prières que j'avais préparées moi-même pour aider à mes desseins, ses joues se coloraient et son sein s'agitait violemment. Je saisis sa main, comme entraîné par l'ardeur de la prière, et je la serrai sur ma poitrine. J'étais si près d'elle, que je sentais la chaleur de son corps; ses cheveux en désordre flottaient sur mes épaules. Ivre de désirs furieux, je l'entourai de mes bras dans un élan sauvage; déjà mes baisers brûlaient sur ses lèvres et son sein, elle s'échappa de mes bras avec un cri perçant. Je n'eus pas la force de la retenir; j'étais comme aveuglé par un éclair subit. Elle se précipita dans la chambre voisine. La porte s'ouvrit, et Hermogen m'apparut. Il resta droit! attachant sur moi son regard terrible, rendu plus affreux encore par sa folie; je rassemblai toutes mes forces, et m'avançai bardiment sur lui en criant avec le ton du commandement : — Que viens-tu faire ici? Retire-toi, insensé! Mais lui, étendant vers moi sa main droite, s'écria d'une voix sourde et lugubre :

— Je voulais te combattre, mais je n'ai pas d'épée, et tu es le meurtrier, car il coule de tes yeux des gouttes de sang, et elles viennent coller ta barbe.

Il partit en poussant violemment la porte, me laissa seul et grinçant les dents de fureur de m'être laissé entraîner par la passion du moment à m'exposer à ma perte. Personne ne paraissait; j'eus le temps de me remettre, et je fus bientôt assez maître de moi-même pour réfléchir aux moyens de parer aux suites de mon imprudence.

Aussitôt que je pus le faire, je me rendis en hâte chez Euphémie, et je lui contai sans ménagement tout ce qui s'était passé entre Aurélie et moi. Celle-ci ne prit pas la chose aussi facilement que je l'avais espéré, et je fus à même de voir que cette force d'esprit tant vantée ne la mettait pas à l'abri de la jalousie. Elle craignait aussi qu'Aurélie n'allât se plaindre, et ne fît disparaître d'un seul coup tout l'éclat de ma sainteté. Je ne sais par quelle inexplicable retenue j'évitai de lui parler de l'apparition d'Hermogen et des paroles terribles et menaçantes qu'il m'avait adressées.

Euphémie se tut quelques minutes, et parut, les yeux étrangement arrêtés sur moi, se livrer à des réflexions profondes.

— Tu ne peux deviner, me dit-elle enfin, les pensées magnifiques et dignes de moi qui fermentent dans mon cerveau! Pourtant, prépare tes ailes, et dispose-toi à suivre mon vol hardi. Quoique je n'attache pas une grande importance au désir que j'ai allumé en ton cœur, cependant je m'étonne de voir que, toi qui sais te rendre maître des hautes circonstances de la vie, tu ne puisses t'agenouiller auprès d'une jeune fille bien faite sans la prendre dans tes bras et l'embrasser. Aurélie, et je crois la connaître, se taira par pudeur, et se contentera d'éviter, sous un motif quelconque, tes leçons trop passionnées. Nous n'avons donc rien à redouter de ce côté. Je ne hais pas cette Aurélie, mais je me sens irritée de sa piété et de son innocence, derrière lesquelles se cache un insupportable orgueil. C'est une pensée sublime de voir brisée et flétrie la fleur qui étalait si fastueusement ses couleurs. Exécute-la, cette pensée, et je saurai t'en fournir les moyens; la faute en rejaillira sur la tête d'Hermogen, et il sera écrasé.

Elle parla encore longtemps ainsi. A chaque mot elle me devenait plus odieuse, car je ne voyais plus en elle que la femme bassement criminelle; et, malgré la violence de mon amour, je rougissais d'employer son appui. A son grand étonnement, je refusai par un signe de main; tandis que je me promettais à moi-même d'accomplir mon dessein sans complice, par le fait seul de ma volonté.

Aurélie, ainsi que la baronne l'avait présumé, resta dans sa chambre, et, sous le prétexte d'une indisposition, demanda à retarder mes leçons de quelques jours. Hermogen, contre son habitude, rechercha la société du baron et de Reinhold; il paraissait moins concentré en lui-même, mais plus irrité et plus sauvage. On l'entendait souvent parler seul à voix haute, et son regard, lorsqu'il me rencontrait, prenait l'expression d'une colère contenue. La conduite du baron et de Reinhold changea singulièrement en quelques jours; ils semblaient, sans cesser de me témoigner, comme à l'ordinaire, des attentions et de l'estime, avoir perdu ce ton aimable et bienveillant qui animait auparavant nos conversations. Il y avait dans tout ce qu'ils me disaient maintenant quelque chose de si froid et de si âpre, que je crus devoir faire sérieusement attention à conserver le calme le plus parfait. Les regards d'Euphémie, que je savais être toujours très-significatifs, m'apprirent qu'il s'était passé quelque chose dont elle était extrêmement préoccupée; mais, pendant toute la journée, il nous fut impossible de nous entretenir sans témoins.

Je me précipitai dans ma cellule avec la bouteille bienfaisante.

Au milieu de la nuit, lorsque tout dans le château dormait depuis longtemps, une porte en tapisserie, que je n'avais pas encore remarquée dans le mur de ma chambre, s'ouvrit tout à coup, et Euphémie parut la figure décomposée. Jamais je ne l'avais vue ainsi.

— Victorin, me dit-elle, la trahison nous menace; Hermogen, guidé par un singulier pressentiment, a découvert notre secret. Par divers signes, qui se présentent à nous comme les décisions terribles d'une puissance secrète, il a su inspirer au baron des soupçons, qui, sans avoir pris encore de consistance, me poursuivent et me tourmentent. Hermogen ne semble pas encore avoir deviné qui tu es, il ignore que ton saint habit cache Victorin; toutefois, il assure que chez toi tout est trahison et mensonge, que notre perte est avec toi, que, comme l'esprit tentateur lui-même, le moine, entré dans la maison animé d'un pouvoir diabolique, prépare notre perte.

Cela ne peut durer ainsi; je suis fatiguée de toutes les entraves que m'impose ce vieil enfant, qui semble, dans sa jalousie maladive, observer tous mes pas. Le gênant vieillard doit disparaître, et nous allons nous consulter sur ce qu'il convient de faire à ce sujet; mais avant écoute ce que je vais te proposer.

Tu n'ignores pas que chaque matin, lorsque Reinhold est occupé, le baron va se promener dans la montagne. Pars avant lui, arrange-toi de manière à le rencontrer à l'extrémité du parc.

Non loin d'ici se trouve un amas de rochers d'un aspect terrible et sauvage; lorsqu'il est parvenu au sommet, le voyageur voit s'ouvrir un noir abîme sans fond. Là se trouve le Siége du Diable : il domine les immenses profondeurs. La fable raconte que des vapeurs empoisonnées s'élèvent du précipice, et qu'elles étourdissent et attirent en bas l'imprudent qui se penche pour chercher à découvrir quelque chose dans le douteux crépuscule; il est perdu sans espoir. Le baron, qui se rit de ces traditions, s'est déjà souvent arrêté sur ce plateau de rochers pour jouir de la vue qui de là s'ouvre sur les plaines. Il ne te sera pas difficile de l'engager à te conduire lui-même à cet endroit périlleux. Lorsqu'il y sera, promenant ses yeux sur le pays, ton bras vigoureux peut nous débarrasser à jamais de ce misérable insensé.

— Non, non! m'écriai-je avec force; je connais le Siége du Diable, cet affreux abîme : va-t'en, scélérate!

Euphémie se leva, toute droite, l'œil enflammé d'une fureur sauvage, le visage décomposé.

— Misérable femmelette! s'écria-t-elle, tu oses dans ta lâcheté stupide résister à mes volontés! tu aimes mieux ramper sous le joug que de commander avec moi! Mais tu m'appartiens, et tu voudrais en vain résister au pouvoir qui t'enchaîne à mes pieds. Obéis.

Demain, l'homme qui me déplaît doit mourir.

Pendant qu'elle prononçait ces mots, je me sentais indigné de sa misérable forfanterie; et mon rire moqueur retentit si bruyamment, qu'elle trembla de tous ses membres : une pâleur livide vint couvrir son visage.

— Folle! m'écriai-je, tu crois commander à la vie, tu crois jouer avec elle, mais prends garde que ce jouet ne devienne dans tes mains une arme mortelle pour toi! Apprends, misérable, que, moi, que tu crois dominer, je te tiens enchaînée. Tes tentatives criminelles sont comme les crispations nerveuses de la bête féroce enchaînée dans sa cage. Sache, malheureuse, que ton amant gît brisé au fond de l'abîme, et que tu as embrassé à sa place l'esprit de la vengeance! Va et désespère!

Euphémie chancela. Elle fut sur le point de tomber sur la terre, agitée de mouvements convulsifs. Je la saisis et la jetai dans le couloir par la porte tapissée. L'idée me vint de la tuer, et dans le premier moment, en refermant la porte tapissée, il me sembla que j'avais exécuté ce projet. J'entendis un cri terrible et des portes qui battaient.

Je m'étais mis moi-même dans une position singulière, et maintenant il me fallait aller toujours en avant et accomplir le crime. Je

Et, rejeté de rocher en rocher, j'entendis craquer ses membres...

résolus la perte d'Euphémie, et la haine la plus brûlante, mêlée au plus ardent amour, devait me conduire à des jouissances dignes de l'esprit surhumain qui vivait en moi.

Je fus forcé d'admirer l'énergie puissante d'Euphémie, qui lui permettait de paraître le lendemain gaie et sans préoccupation apparente. Elle raconta elle-même qu'elle avait eu la nuit précédente un accès de somnambulisme, qui avait été suivi de douloureuses attaques de nerfs. Le baron en parut très-affecté, mais les yeux de Reinhold étaient remplis de doute et de soupçon. Aurélie resta dans sa chambre, et son absence ne fit qu'accroître la violence de mon amour. Euphémie m'invita à me rendre chez elle, par le chemin qu'elle m'avait indiqué, lorsque tout le monde reposerait au château. J'en fus enchanté, car l'heure de la destinée fatale allait sonner pour elle. Je cachai sous ma robe un petit couteau très-aigu qui me servait à découper artistement des ouvrages en bois, et, décidé au meurtre, je me rendis dans sa chambre.

— Je m'imagine, me dit-elle, que nous avons fait l'un et l'autre hier un rêve pénible, où il était fort question d'abîmes et de précipices; mais tout cela s'est envolé.

Et aussitôt elle me prodigua les mêmes caresses qu'à l'ordinaire. J'étais plein d'une ironie diabolique, et j'éprouvais un secret plaisir à penser qu'elle subirait le châtiment de son infamie.

Le couteau tomba comme elle était dans mes bras, elle tressaillit saisie d'une terreur mortelle. Je le ramassai rapidement, différant le meurtre qui de lui-même venait me mettre d'autres armes dans les mains.

Euphémie avait fait apporter des fruits confits et des vins d'Italie.

— Voici, me dis-je en moi-même, des moyens bien maladroits et bien usés.

Je changeai adroitement les verres; et feignant de manger les fruits qu'elle m'offrait, je les laissais tomber dans ma large manche.

Lorsque j'eus vidé le verre qu'elle avait rempli pour elle, elle parut entendre du bruit dans le château et me pria de me retirer au plus vite. Je me glissai dans le long corridor à peine éclairé, et je passai devant la chambre d'Aurélie. Là je m'arrêtai, comme si la baguette d'un enchanteur m'eût fixé à ma place. Il me semblait, comme dans une vision, la voir planer autour de moi, les yeux pleins d'amour; elle me faisait signe de la suivre. Sa porte céda sous la pression de ma main, celle du cabinet était entr'ouverte; un air tiède se répandait autour de moi, et de sa vapeur enivrante attisait plus violemment encore le feu de mon amour. Je respirais à peine. Elle rêvait sans doute de meurtre et de trahison, car j'entendais sortir de sa chambre de profonds soupirs où se remarquait un sentiment d'effroi. J'écoutai; elle priait en dormant.

— A l'œuvre! à l'œuvre! pourquoi hésites-tu? l'occasion s'enfuit! me criait en moi-même un pouvoir inconnu. Déjà j'avais mis le pied dans le cabinet, lorsque l'on cria derrière moi :

— Misérable! assassin! tu m'appartiens maintenant! Et une main de géant me saisit par derrière. C'était Hermogen. Je me retournai en rassemblant toutes mes forces, et, me débarrassant de lui, je voulais me retirer; mais il me saisit de nouveau par derrière, et déchira mes épaules de ses dents. Longtemps, rendu fou par la rage et la douleur, je luttai avec lui; enfin je le forçai à me lâcher, par un puissant effort, et lorsqu'il revint m'attaquer je tirai mon couteau. Je le frappai deux fois, et il tomba sur la terre avec un râlement qui fut répété par l'écho des corridors. Nous étions sortis de l'appartement dans ce combat désespéré.

Pietro Belcampo.

Aussitôt qu'Hermogen tomba je descendis précipitamment l'escalier, et alors des cris perçants firent retentir le château.

— Au meurtre! au meurtre! criait-on de toutes parts. Les lumières couraient çà et là, et des pas précipités faisaient retentir les longs couloirs. Glacé d'effroi, je m'étais retiré sur des escaliers écartés. Le bruit redoublait, et les lumières brillaient davantage. Les cris au meurtre se rapprochaient à chaque instant; je distinguais les voix du baron et de Reinhold, qui s'adressaient aux domestiques.

Où fuir? où me cacher? Quelques minutes auparavant, lorsque j'avais résolu de frapper Euphémie avec le même couteau qui m'avait protégé contre Hermogen, je paraissais décidé, plein de confiance en ma force, à m'ouvrir hardiment un passage l'instrument de mort à la main, et maintenant j'étais saisi d'une crainte mortelle. J'atteignis enfin le haut des escaliers, le tumulte se portait du côté des appartements de la baronne; il y eut un moment de silence. En quelques bonds j'étais descendu, et j'avais quitté le portail. Alors un cri perçant, semblable à celui que j'avais entendu la veille, se fit entendre.

— Elle est morte du poison qu'elle avait préparé pour moi, me dis-je sourdement en moi-même. Mais des torrents de lumière se précipitèrent encore des appartements d'Euphémie. Aurélie appelait au secours d'une voix lamentable, on apportait le cadavre d'Hermogen. J'entendais Reinhold, qui répétait sans cesse : Courez après l'assassin! Alors je leur criai avec un accent terrible :

— Insensés, voulez-vous vous opposer au destin qui a jugé le crime? Ils m'entendirent, et la troupe s'arrêta sur les marches comme fixée à la même place. Je ne voulais plus fuir, je marchais vers eux pour leur annoncer en paroles foudroyantes la vengeance de Dieu, quand, spectacle effroyable! devant moi s'éleva le spectre sanglant de Victorin.

Mes cheveux se dressèrent sur ma tête. Je me précipitai à travers le parc, égaré par le délire, et bientôt j'étais au dehors. J'entendis des chevaux galoper derrière moi; et comme je rassemblais mes dernières forces pour éviter la poursuite, mon pied s'embarrassa dans une racine d'arbre et je tombai.

Les chevaux me rejoignirent.

C'était le chasseur de Victorin.

— Au nom de Jésus! me dit-il, que s'est-il donc passé dans le château? On crie au meurtre! Tout le village est en émoi. Mais qu'il en soit ce qu'il voudra : un bon génie m'a porté à faire nos paquets et à venir de la ville ici. Tout est dans la valise attachée sur ce cheval, mon cher maître, car il faudra nous séparer; il vous est, sans aucun doute, arrivé une aventure périlleuse. N'est-il pas vrai?

Je me remis, et, montant à cheval, j'ordonnai au chasseur de retourner à la ville et d'attendre mes ordres.

Aussitôt qu'il eut disparu dans la nuit je descendis de mon cheval, et je le conduisis avec précaution dans l'épaisse forêt de sapins qui s'ouvrait devant moi.

III.

Les aventures de voyage.

Lorsque les premiers rayons du soleil traversèrent l'obscurité du bois, je me trouvai sur le bord d'un ruisseau qui courait clair et frais sur des cailloux. Le cheval, que j'avais conduit péniblement à travers le fourré, restait tranquille auprès de moi, et je ne vis rien de mieux à faire que de visiter la valise. J'atteignis tour à tour du linge, des habits, et une bourse pleine d'or. Je résolus de changer de costume à l'instant, et, à l'aide de petits ciseaux et d'un peigne que renfermait un étui, je me coupai la barbe et me mis les cheveux en ordre autant que possible. Je me dépouillai aussi de la robe, dans laquelle je trouvai encore le couteau, le portefeuille de Victorin, et la bouteille d'osier avec le reste de l'élixir du diable; bientôt j'étais là en habit de ville, la casquette de voyage sur la tête. Je me reconnus à peine moi-même lorsque le ruisseau refléta mon image.

Bientôt j'atteignis la fin du bois, et une vapeur qui s'élevait dans le lointain, ainsi que le son des cloches qui arrivait jusqu'à moi, me firent supposer que j'étais près d'un village. A peine eus-je monté une colline qui me faisait face, qu'une belle vallée riante, où se trouvait un village, s'étendit devant mes yeux. Je suivis le large chemin qui descendait en serpentant, et aussitôt que la pente fut moins roide je montai le cheval pour en prendre l'habitude.

J'avais caché la robe dans le creux d'un arbre, et avec elle étaient restées toutes les funestes apparitions du château. Je me sentais joyeux et plein de courage; je me disais que ce que j'avais pris pour l'effrayante apparition de Victorin était un jeu de mon imagination surexcitée, et que les derniers mots que j'avais jetés à ceux qui me poursuivaient étaient bien sortis de ma poitrine sans que j'y eusse fait une grande attention.

L'image d'Aurélie seule vivait encore en moi, et je ne pouvais penser à elle sans éprouver une douleur poignante; mais quelque chose me disait que je la reverrais dans un pays lointain, et que, entraînée vers moi par une force irrésistible, elle m'appartiendrait un jour.

Mais les gens qui venaient à ma rencontre s'arrêtaient et me regardaient étonnés. L'hôte du village put à peine trouver une parole, tant il paraissait surpris. L'inquiétude me gagna. Pendant que je déjeunais et que l'on faisait manger mon cheval, les paysans s'assemblèrent en assez grand nombre dans la chambre de l'auberge, et tous me jetaient des regards obliques et chuchotaient à voix basse.

La foule augmentait sans cesse, et, rangée autour de moi en cercle épais, elle paraissait ébahie. Je m'efforçai néanmoins de paraître tranquille.

— Aubergiste! m'écriai-je à voix haute, sellez mon cheval, et attachez la valise derrière la selle.

L'hôte s'éloigna avec un sourire soupçonneux, et revint bientôt accompagné d'un grand homme qui s'avança vers moi. Il avait la sombre mine d'un commissaire, et la gravité qu'il affectait était tout à fait comique. Il me regarda entre les deux yeux, et je lui rendis son coup d'œil en me levant et me plaçant droit en face de lui. Il perdit un peu de son assurance, et il détourna ses yeux pour les porter sur les paysans qui m'entouraient.

— Eh bien! qu'y a-t-il? m'écriai-je, vous semblez vouloir me parler.

L'homme sérieux toussa et répondit en s'efforçant de donner à sa voix quelque chose de solennel.

— Monsieur! vous n'irez pas plus loin avant de nous avoir, à nous juge de cette commune, montré votre passe-port signé et paraphé comme il convient et comme c'est la règle et le devoir.

Je n'avais pas encore pensé à prendre un nom, et j'avais encore moins réfléchi que l'étrangeté de mon extérieur, cet habit qui ne voulait pas s'adapter à ma tournure de moine, et les traces de ma barbe mal rasée, viendraient à chaque instant me jeter dans un nouvel embarras. La demande du juge de village m'arriva d'une manière si inattendue, que je cherchai en vain à lui donner une réponse satisfaisante. Je me décidai à essayer de payer d'audace, et je dis d'une voix assurée :

— J'ai des raisons de cacher qui je suis, et par cela même vous chercheriez en vain à voir mon passe-port; mais prenez garde avec vos niaiseries interminables de causer une minute de retard à un homme de ma qualité.

— Oh! oh! s'écria le juge en tirant sa tabatière et prenant de ses cinq doigts une large prise dans celle de son commis placé derrière lui, oh! oh! pas tant de tapage, monseigneur! Votre Excellence voudra bien causer avec nous, le juge, et nous montrer son passe-port, car nous vous dirons sans détour qu'il se trouve depuis quelque temps dans nos montagnes de certaines figures suspectes qui sortent un moment du bois et y rentrent aussitôt, et ce sont, comme Dieu est bon, des brigands et des voleurs qui guettent le voyageur et préparent toutes les scélératesses possibles avec le meurtre et l'incendie! et vous, mon très-honoré seigneur, vous ressemblez justement au signalement que la très-louable police du royaume nous a envoyé d'un fameux voleur, avec tous les détails désirables. Ainsi, sans plus de cérémonies et de paroles inutiles, votre passe-port ou la prison!

Je vis qu'il n'y avait rien à faire avec cet homme par ce moyen; j'en essayai un autre.

— Mon respectable juge, lui dis-je, si vous voulez m'accorder la faveur d'un entretien particulier, je me charge d'éclaircir vos doutes en confiant à votre sagesse le secret qui me met dans la position douteuse en apparence où vous me voyez maintenant.

— Ah! ah! un secret! dit le juge, je me doute déjà de ce que ce peut être. Allons, retirez-vous, vous autres; gardez les portes et les fenêtres, et que personne ne puisse entrer ni sortir.

Lorsque nous fûmes seuls, je commençai ainsi :

— Vous voyez en moi, lui dis-je, un malheureux fugitif qui est parvenu, à l'aide des efforts de ses amis, à échapper à la prison et au danger d'être à jamais enfermé dans un cloître. Je vous raconterai seulement les manœuvres les plus récentes d'une famille méchante et égarée par la soif de la vengeance. J'aimais une fille de basse condition, et de là sont venus tous mes maux. Dans ma longue prison ma barbe avait crû, et déjà, comme vous avez pu le remarquer, on m'avait tonsuré et j'étais couvert d'un habit de moine. C'est ici, dans cette forêt, aussitôt après ma fuite, que j'ai changé d'habit pour dérouter les poursuites. Je n'ai pas de passe-port à vous montrer, mais j'ai à faire valoir quelques arguments que vous reconnaîtrez de très-bon aloi. Et en même temps je tirai de ma bourse trois ducats que je posai sur la table. Toute la gravité du juge se fondit dans un sourire.

— Vos arguments, me dit-il, sont assez brillants; mais, ne le prenez pas en mal, mon cher monsieur, ils ne persuadent pas cependant d'une manière complète. Pour changer ma manière de voir, il leur faudrait plus de poids.

Je le compris, et j'ajoutai un ducat.

— Je vois, reprit le juge, que je vous ai soupçonné à tort; continuez votre voyage; mais prenez, comme vous en avez certainement l'habitude, les chemins détournés; privez-vous de la grande route jusqu'à ce que vous ayez donné à votre extérieur quelque chose de moins suspect.

Puis, ouvrant la porte toute grande, il cria à la foule :

— Ce monsieur est un gentilhomme, il s'est découvert à nous, juge du pays, dans une audience secrète; il voyage *incognito*, c'est-à-dire en inconnu, et personne de vous, drôles! n'a besoin d'y rien voir et d'y rien comprendre... Maintenant, monseigneur, bon voyage!

Les paysans firent place le bonnet à la main, tandis que je montais à cheval. Je voulus passer rapidement la porte, mais mon cheval se cabra. Mon inexpérience dans l'équitation ne me permit pas de le faire avancer; il m'emporta en tournoyant, et me jeta enfin, au bruit des rires des passants, entre les bras du juge et de l'aubergiste.

— C'est un mauvais cheval, me dit le juge en étouffant un sourire.

— Oui, c'est un bien mauvais animal! répondis-je en m'époussetant.

Ils m'aidèrent à me remettre en selle; mais le cheval se cabra de nouveau et sa bouche se couvrit d'écume. Il ne voulait pas sortir. Un vieux paysan s'écria :

— Ah, voyez! la femme du malheur, la vieille Lise est à la porte, et par malice elle ne laissera pas sortir le monsieur qu'il ne lui ait donné au moins quelque *groschen*.

Alors j'aperçus une vieille femme déguenillée, accroupie juste contre la porte de la cour. Elle me regarda avec un sourire insensé.

— Sorcière, va-t'en! s'écria le magistrat.

Mais la vieille disait de sa voix stridente :

— Le frère du sang ne m'a rien donné; ne voyez-vous pas le cadavre devant moi? Le frère du sang ne passera pas. Le mort se dressera devant lui, mais je le coucherai à terre s'il me donne un *groschen*.

Le juge avait pris le cheval par la bride et voulait le faire passer sans écouter les bavardages de la vieille; mais tout effort restait inutile, et la voix de la folle retentissait effroyablement par-dessus tout :

— Frère du sang, frère du sang! un *groschen*, un *groschen!*

Je mis la main à la poche et jetai de l'argent dans son tablier, alors elle se mit à sauter et à pousser des cris de joie.

— Voyez les beaux *groschen*, les beaux *groschen* que le frère du sang m'a donnés! disait-elle.

Le cheval hennit, et, se débarrassant du juge par une courbette, s'élança au dehors.

— Maintenant, dit le magistrat, vous voilà très-bien à cheval. Et les paysans sortis en dehors de la porte riaient de toutes leurs forces en me voyant voltiger à droite et à gauche selon les secousses des bonds du cheval joyeux.

— Voyez! voyez! disaient-ils, il monte comme un capucin!

Tout ce qui s'était passé dans ce village et surtout les paroles mystérieuses de la vieille insensée m'avaient fort impressionné. Je comprenais que ce que j'avais de mieux à faire était de me débarrasser à la première occasion de tout ce que ma tenue pouvait avoir d'étrange, et de me choisir un nom qui me permît de me mêler avec tout le monde sans être remarqué. La vie était là devant moi sombre, impénétrable comme le destin. Le plus sage était de m'abandonner au fleuve qui m'entraînait. Tous les liens qui m'attachaient autrefois à une existence régulière étaient brisés, et je n'avais à espérer ni halte ni repos.

La grande route s'animait de plus en plus, et tout annonçait l'approche d'une grande ville commerçante : et en effet, peu de jours après elle s'offrait à mes yeux. J'entrai dans les faubourgs sans qu'on m'adressât la moindre question, sans que personne même songeât à me regarder.

J'aperçus une grande maison avec des fenêtres aux carreaux luisants. Au-dessus de la porte brillait un lion d'or ailé. Des flots de monde y entraient et en sortaient à chaque instant. Des voitures allaient et venaient sans cesse, et l'on entendait retentir dans les chambres basses les éclats de rire et le choc des verres.

A peine me fus-je arrêté à la porte, qu'un valet empressé se précipita vers moi, prit le cheval par la bride et le fit entrer aussitôt que j'eus mis pied à terre. Le garçon de cave, bien mis, vint au-devant de moi avec un trousseau de clefs retentissantes, et me précéda sur l'escalier. Au second étage il jeta sur moi un rapide coup d'œil, et me fit monter encore un étage; là il m'introduisit dans une chambre convenable, puis il me dit honnêtement que l'on dînait à deux heures dans la chambre nº 10.

— Apportez-moi une bouteille de vin!

Ce furent les premières paroles que je pus adresser à ce garçon si poli. A peine étais-je seul, que l'on frappa, et une figure se montra à la porte, semblable en tout à un masque comique, comme j'en avais déjà vu : un nez rouge et pointu, des yeux petits et étincelants, un grand menton, et par-dessus le tout une perruque poudrée en forme le tour, qui par derrière, comme je le vis plus tard, se terminait en titus d'une manière tout à fait imprévue; un grand jabot, un gilet d'un rouge de feu au-dessous duquel se balançaient deux énormes chaînes de montre, un pantalon, un frac autrefois trop étroit et à basques trop larges. Cette figure, qui apparaissait à la porte courbée comme un bossu, tenait à la main peigne et ciseaux, et dit :

— Je suis le coiffeur de la maison, et je vous offre humblement mes services.

Ce petit personnage avait quelque chose de si ridicule, que j'eus de la peine à m'empêcher de rire. Cependant il était pour moi le bienvenu, et je n'hésitai pas à lui demander s'il croyait pouvoir remettre en bon état ma chevelure mal taillée et mise en désordre par les fatigues d'un long voyage. Il examina ma tête d'un œil d'artiste expérimenté, et dit en posant sur sa poitrine, les doigts écartés, sa main gracieusement recourbée :

— Remettre en état! Oh! Dieu! Pietro Belcampo, toi que de bas envieux appellent méchamment Pierre Beauchamp, on te méconnaît! Mais ne va pas mettre toi-même la lumière sous le boisseau. La forme de cette main, l'étincelle de génie qui rayonne de tes yeux et, comme une gracieuse aurore, colore ton nez en passant, ne devraient-elles pas déceler au connaisseur l'esprit qui vit en toi?

Remettre en état? c'est une froide parole, monsieur.

Je priai l'étonnant petit homme de ne pas se chagriner ainsi, l'assurant que je me fiais à son adresse.

— L'adresse? continua-t-il dans son excitation.

Qu'est-ce que l'adresse? qui a été adroit? celui qui à vingt pas de distance faisait passer une lentille par le trou d'une aiguille? celui qui mettait cinq quintaux sur la pointe d'une épée et les balançait sur le bout de son nez six heures six minutes six secondes et une tierce? Oh! qu'est-ce que l'adresse? elle est tout à fait étrangère à Pietro Belcampo, c'est l'art seul qui l'anime.

L'art, monsieur! l'art!

Ma fantaisie erre dans l'étrange assemblage des boucles, comme dans les plis merveilleux que le souffle du zéphyr forme et détruit tour à tour sur les eaux. Là il crée et travaille. Vous me comprenez, monsieur, car vous me paraissez un penseur, à en juger par cette boucle de cheveux placée sur votre estimable front.

Je l'assurai que je le comprenais parfaitement, et, prenant plaisir dans la folie du petit homme, je résolus de ne pas interrompre son pathos le moins du monde.

— Que pensez-vous faire, lui dis-je, de mes cheveux embrouillés?

— Tout ce que vous voudrez, reprit le petit homme; mais si le conseil de l'artiste Pietro Belcampo peut avoir quelque poids, alors laissez-moi examiner dans sa hauteur et sa largeur votre honorable tête, et puis votre tournure, votre figure, vos gestes, et je vous dirai s'ils appartiennent au genre antique ou romantique, si votre humeur est naïve, moqueuse ou portée à l'idylle. Et alors j'évoquerai les ombres de Caracalla, Titus, Charlemagne, Henri IV, Gustave-Adolphe, de Virgile, de Boccace et du Tasse; les muscles de mes doigts frémissent animés par eux, et le chef-d'œuvre s'accomplit au bruit sonore de mes ciseaux. Ce sera moi, monsieur, qui compléterai votre type. Mais maintenant parcourez plusieurs fois la chambre du haut en bas; je veux observer, voir, examiner!

Il me fallut consentir à ce que demandait le petit homme; je me promenai dans la chambre en long et en large, comme il le voulait, en mettant tous mes soins à cacher cette tournure monacale dont on ne peut jamais complétement se défaire, même après avoir quitté le cloître depuis longtemps. Le coiffeur me considéra avec attention, et se mit à *marcher autour de moi*; il soupirait, il gémissait, il tirait son mouchoir et essuyait les gouttes de sueur de son front. Enfin il se tint tranquille, et je lui demandai s'il avait arrêté mon genre de coiffure. Alors il poussa un soupir et me dit :

— Ah! monsieur, qu'est-ce que cela veut dire? vous ne vous êtes pas abandonné à votre caractère véritable; il y a de la gène dans vos mouvements, il y a deux natures qui se combattent. Encore quelques pas, je vous prie!

Je refusai net de me livrer à un second examen, et je lui déclarai en même temps que, s'il ne se décidait pas à me coiffer, j'en viendrais à douter de son art.

— Descends dans la tombe, Pietro! s'écria-t-il avec feu, car tu es méconnu dans ce monde, où l'on ne trouve plus ni franchise ni loyauté. Mais vous allez bientôt, monsieur, rendre justice à la pénétration de mon œil, qui descend étonné dans les obscures profondeurs; vous allez honorer mon génie. En vain j'ai cherché à réunir tout ce qui se contredit dans vos mouvements et tout votre être, il y a dans votre démarche un prêtre. *Ex profundis exclamavi ad te, Domine.* — Oremus. *Et in omnia sæcula sæculorum. Amen!*

Le petit homme chantait ces paroles avec une voix criarde et pénétrante, tandis qu'il imitait avec une incroyable fidélité les postures et les gestes des moines. Il se retourna comme s'il était à l'autel, il s'agenouilla, se releva; mais bientôt il prit un aspect plein d'orgueil insolent, fronça le sourcil, ouvrit de grands yeux, et s'écria :

— Le monde est à moi! je suis plus riche, plus sage, plus intelligent que vous tous, habitants des taupinières; courbez-vous devant moi!

Voyez-vous, monsieur, me dit-il, voilà les principaux caractères de votre extérieur, et si vous le désirez, je pense, en tenant compte de *votre manière de sentir, donner* à vos traits, à votre tournure, fondre ensemble quelque chose de Caracalla, de Boccace et d'Abailard, et en les façonnant à l'instant de la fusion, commencer l'étonnant édifice classico-romantique de vos boucles et mèches aériennes.

Il y avait tant de vérité dans les observations de ce pygmée, que je crus sage de lui avouer qu'en effet j'avais suivi la carrière ecclésiastique et déjà porté la tonsure, ce que je désirais cacher autant que possible.

Il commença, avec force gambades singulières, force grimaces et ridicules discours, à travailler à ma coiffure. Tantôt il semblait sombre et boudeur, tantôt il riait aux éclats, d'autres fois il se posait en athlète, ou bien il se levait sur la pointe des pieds. Il m'était presque impossible de m'empêcher de rire malgré tous mes efforts.

Enfin il termina son œuvre, et je le priai, avant qu'il eût pris la parole qui voltigeait sur sa *langue*, de *m'envoyer quelqu'un qui pût* s'occuper de ma barbe comme lui s'était occupé de mes cheveux. Il sourit alors d'une manière étrange, alla avec mystère jusqu'à la porte de la chambre et la ferma à double tour. Alors il revint doucement au milieu de la chambre, et dit :

— Tu as fui, heureux temps! où la barbe et les cheveux flottant dans une seule boucle pour embellir la créature, étaient la douce occupation de l'artiste. L'homme a rejeté sa plus belle parure, et une mode honteuse est venue qui force, à l'aide d'un affreux instrument, à couper la barbe jusqu'à la peau. Oh! vous, stupides gratteurs de barbe, aiguisez vos couteaux sur vos cuirs noirs imprégnés d'huiles odorantes, faites résonner vos bassins, faites écumer le savon en agitant vos lames dangereuses, et avec l'impudence du crime, demandez au patient s'il veut être rasé au pouce ou à la cuiller; Pietro est là, qui veut bien s'abaisser jusqu'à *vos instincts sans goût, et détruire* aussi la barbe, mais pour chercher à sauver ce qui surnage encore sur les vagues du temps. Mais ces favoris de mille formes diverses, qui, dans d'agréables lignes sinueuses, tantôt s'unissent doucement à la douce forme de l'ovale, tantôt descendent mélancoliquement dans les profondeurs du col, tantôt s'élèvent hardiment au-dessus des coins de la bouche, ou quelquefois, plus discrets, s'unissent comme un étroit ruban, ou se séparent en s'élargissant en boucles audacieuses, sont-ils donc autre chose que le résultat des inventions de notre art dans lequel l'aspiration vers le beau se déploie avec un élan sublime? Ah! Pietro, montre l'esprit qui t'anime. Oui! montre ce que tu es résigné à faire pour l'art, tout en t'abaissant aux fonctions indignes de gratte-poil.

Tout en disant ces mots, notre vieillard avait exhibé un bel attirail de barbier, et *d'une main exercée il me débarrassa de ma barbe.*

Je sortis véritablement de ses mains avec une tout autre mine, et je n'avais plus besoin que de quelques vêtements de forme moins singulière pour échapper au danger d'éveiller l'attention par mon extérieur. Le barbier se tenait là, me regardant avec un sourire de satisfaction intime. Je lui dis que j'étais tout à fait inconnu dans la ville, et qu'il me serait agréable de m'habiller à la mode de l'endroit Pour toutes ses peines, et aussi pour lui donner du zèle à remplir ma commission, je lui mis un ducat dans la main. Sa figure s'illumina, et jetant un œil d'amour sur la pièce qui brillait dans sa main osseuse :

— Estimable mécène et protecteur, me dit-il, je ne me suis pas trompé en vous, l'inspiration guidait ma main, et j'ai mis dans le vol d'aigle de vos favoris la noblesse de votre âme. J'ai un ami, un démon, un Oreste *qui fait* pour le corps ce que je fais pour la tête avec le même sentiment, le même génie; c'est un artiste en habits, non pas un trivial tailleur. Il se promène volontiers dans les champs de l'idéal, et il a rassemblé un magasin de costumes pour des formes et des tournures créées par sa fantaisie. Dans quelques instants vous serez à même d'admirer ses chefs-d'œuvre.

Il s'élança dehors, et reparut bientôt avec un gros homme bien mis qui faisait dans toute sa personne un contraste frappant avec lui, et cependant il me le présenta comme son Sosie.

Le Sosie me mesura des yeux, et atteignit dans un paquet d'habits que portait un garçon ceux qui lui parurent répondre à son désir. J'ai toujours admiré depuis le tact délicat de l'artiste en habits, comme l'appelait le coiffeur, qui simplement, sans chercher à se faire remarquer, sans adresser une seule question indiscrète sur l'état, la position dans le monde et autres, avait su si *bien choisir*.

Le petit homme se répandit en toutes sortes de phrases grotesques, tout joyeux de pouvoir faire briller sa lumière devant l'auditeur le plus bénévole qu'il eût probablement jamais rencontré. Mais l'artiste en habits, homme sérieux et intelligent, à ce qu'il me parut, lui coupa la parole, et lui dit en le prenant par l'épaule :

— Beauchamp! tu es aujourd'hui dans tes lubies de bavardage, je parie que ce monsieur en a les oreilles fatiguées?

Belcampo laissa tomber tristement sa tête, puis il saisit rapidement son chapeau poudreux, et s'écria à voix haute en s'élançant vers la porte :

— Ce sont mes meilleurs amis qui me déconsidèrent!

L'artiste en habits dit en prenant congé :

— L'abus de la lecture lui a égaré à moitié l'esprit, mais c'est du reste un excellent homme, très-habile dans son métier, et c'est pourquoi j'ai de l'attachement pour lui.

Lorsque je me trouvai seul, j'essayai devant une glace de me donner la démarche de tout le monde. Le petit friseur avait frappé juste; le moine a dans sa manière de s'avancer une certaine précipitation gauche résultant de la longue robe qui gêne ses mouvements et des efforts qu'il fait pour accomplir rapidement, comme le culte l'exige, ses exercices de dévotion. Il y a dans sa posture, et surtout dans ses bras, habitués à être cachés dans les manches lorsque les mains ne sont pas jointes, et par cela même rarement étendus, quelque chose de caractéristique facile à remarquer pour un observateur. Je m'efforçai de faire disparaître tout ceci jusqu'à la moindre trace.

La foule, le bruit incessant de la rue, tout était nouveau pour moi, et bien fait pour entretenir la disposition joyeuse éveillée dans mon esprit par le petit homme si comique. Dans mon nouveau costume, je me hasardai à descendre à la table d'hôte, et toute crainte disparut lorsque je vis que personne ne me remarquait, pas même mes voisins de droite et de gauche. Je m'étais inscrit sur la liste des étrangers sous le nom de Léonard en pensant au prieur, et je m'étais donné comme un particulier voyageant pour son plaisir. Il devait y avoir dans cet endroit beaucoup de voyageurs de ce genre, et j'évitais ainsi toute question. C'était pour moi un grand plaisir de parcourir la ville et d'examiner les riches boutiques, les tableaux et les gravures suspendus aux vitres.

Le soir je me rendais dans les promenades fréquentées, et souvent, dans le tourbillon le plus animé, le sentiment de mon isolement me remplissait l'âme d'amertume. N'être connu de personne, ne pouvoir donner à qui que ce soit la moindre idée de ce que j'étais, ne pouvoir dire comment le hasard le plus étonnant m'avait jeté là; garder un secret qu'il m'aurait été si doux de partager, c'était quelque chose d'horrible! et lorsque je descendais en moi-même, je me voyais comme un esprit déchu, forcé d'errer sur terre, tandis que depuis longtemps les joies du monde sont perdues pour lui. Je me rappelais qu'autrefois tout était respect et amitié pour le célèbre orateur sacré, que l'on mendiait quelques mots de sa bouche, quelques instants passés près de lui, et j'étais saisi du plus violent désespoir. Mais cet orateur était le moine Médard, mort et enseveli dans les abîmes des montagnes, et ce n'était pas moi, moi vivant, auquel l'existence offrait ses délices. Les aventures du château me semblaient un songe, je croyais qu'elles étaient arrivées à un autre, et que cet autre était le capucin, et non pas moi. La seule pensée d'Aurélie liait l'être du passé avec l'être actuel; mais, comme une douleur profonde et incurable, elle tuait le plaisir qui se présentait à moi, et je me trouvais tout d'un coup arraché des cercles variés du présent.

Je visitais les maisons publiques où l'on donne à manger et à boire. J'affectionnais surtout un hôtel de ce genre situé dans les faubourgs et dans lequel se rassemblait chaque soir une société nombreuse à cause du vin, qui y était fort bon. Je voyais ordinairement à une table, dans une chambre séparée, des habitués dont la conversation était vive et spirituelle, je parvins à m'approcher, à me tenir dans le voisinage de ces messieurs, qui avaient formé une espèce de club séparé. Je buvais d'abord tranquillement mon vin dans un coin de la chambre, et enfin des éclaircissements que je pus leur donner sur une intéressante notice littéraire qu'ils cherchaient sans la trouver me procura une place à leur table; et ils me la firent d'autant plus volontiers, que ma facilité à m'exprimer et mes connaissances variées, que j'étendais chaque jour dans toutes les branches des sciences, leur promettaient beaucoup. Je m'assurai de la sorte une société qui m'était très-utile, et qui, en m'initiant de plus en plus aux usages du monde, me rendait chaque jour moins embarrassé et d'une humeur plus gaie. Je polissais ainsi tout ce que ma vie passée avait pu laisser en moi de dur et de raboteux.

Depuis plusieurs soirées, on parlait dans cette société d'un peintre étranger qui avait ouvert des salles d'exposition nouvelles. Tout le monde, excepté moi, avait déjà vu les tableaux, et l'on vantait tellement leur perfection que je résolus d'aller les admirer à mon tour. L'artiste n'était pas présent lorsque j'entrai dans la salle, mais un homme âgé faisait le cicerone et désignait les auteurs des tableaux étrangers dont le peintre avait joint les œuvres à son exposition personnelle. C'étaient des toiles remarquables en grande partie, des originaux des maîtres célèbres, et mes yeux étaient charmés.

Parmi différentes figures que le vieillard appelait des copies, des fresques firent poindre en mon âme comme le crépuscule d'un souvenir de ma première enfance. Ce souvenir s'éclaircissait de plus en plus, et, toujours plus vivant, brillait en couleurs éclatantes.

C'étaient évidemment des copies du saint tilleul.

Je reconnus aussi, sous les traits de saint Joseph, la figure du pèlerin étranger qui m'avait amené l'admirable enfant. Un sentiment de profonde mélancolie s'empara de moi; mais je ne pus retenir une exclamation bruyante lorsque mon regard tomba sur un portrait de grandeur naturelle dans lequel je reconnus la princesse, ma mère d'adoption. Elle était admirablement peinte, d'une ressemblance prise dans son côté le plus noble, comme van Dick savait la trouver, et sous le costume de nonne, qu'elle portait ordinairement à la procession de la Saint-Bernard.

Le peintre avait choisi le moment où après la prière elle se disposait à sortir de sa chambre pour commencer la procession, que le peuple indiqué dans le fond du tableau attendait avec impatience. Dans le regard de cette admirable femme se lisait l'expression d'un sentiment tourné vers le ciel. Hélas! elle me semblait implorer la grâce du pécheur criminel qui s'était violemment séparé de son cœur de mère, et j'étais ce pécheur. Des sentiments qui depuis longtemps m'étaient étrangers inondèrent ma poitrine, un désir insurmontable m'entraîna bien loin au delà. J'étais de nouveau chez le bon prêtre au couvent de l'ordre de Cîteaux, un gai et joyeux enfant poussant des cris de plaisir parce que la Saint-Bernard était venue. Je la vis!

— As-tu été bien pieux et bien bon, Franciscus, me demanda-t-elle avec cette voix dont l'accent sonore me faisait tressaillir et remplissait mon cœur de douces pensées, as-tu été bien pieux et bien bon?

Hélas! que pouvais-je lui répondre? j'avais amassé crime sur crime. Après la rupture de mon vœu venait le meurtre. Écrasé de repentir et de chagrin, je tombai presque évanoui sur les genoux; des larmes abondantes ruisselaient de mes yeux. Le vieillard effrayé s'élança vers moi, et me dit avec force:

— Qu'avez-vous, monsieur?

— L'image de l'abbesse ressemble à ma mère, morte cruellement, dis-je d'une voix sourde, et je cherchai, en me relevant, à reprendre mes sens.

—Venez, monsieur, me dit le vieillard, de tels souvenirs sont trop douloureux, il faut les éviter. Nous avons un autre portrait qui vous paraîtra mieux peint encore. Il a été fait tout récemment d'après nature et nous l'avons accroché ici afin que le soleil ne puisse nuire aux couleurs, qui ne sont pas sèches. Le vieillard le plaça soigneusement dans le jour le plus favorable, et tira rapidement le rideau.

C'était Aurélie!

Je fus saisi d'un effroi que je pus à peine surmonter. Je pressentis le voisinage de l'ennemi, qui, pour me perdre, voulait me rejeter dans le tourbillon d'où j'étais à peine sorti; et je me sentis de nouveau le courage de résister à la tempête qui allait m'assaillir dans le mystère de l'ombre.

D'un œil avide, je parcourus les charmes d'Aurélie, qui brillaient dans cette brûlante image. Le doux regard enfantin de la pieuse enfant semblait accuser le meurtrier de son frère; mais le sentiment du repentir s'éteignit dans l'orgueil amer, qui, prenant racine en mon cœur, me fit sortir comme à coups d'aiguillon de mes tendres dispositions. Le seul chagrin que j'éprouvai fut qu'Aurélie ne m'eût pas appartenu dans cette nuit pleine d'aventures. L'apparition d'Hermogen avait fait manquer l'entreprise, mais il l'avait payé de sa vie. Aurélie vivait encore, et c'était assez pour espérer encore sa possession. Elle ne pouvait échapper à son destin, et pour elle j'étais le destin.

Ainsi, en considérant son image, je m'encourageais dans le crime. Le vieillard paraissait étonné. Il parlait beaucoup du dessin, du ton, de la couleur, je ne l'écoutais pas. Le souvenir d'Aurélie, l'espoir de voir réussir mon entreprise commencée me remplissaient tellement que je partis sans chercher à voir l'artiste étranger et à apprendre de lui par quelle circonstance il se trouvait en possession de ces tableaux qui avaient un rapport si direct avec les événements de ma vie entière. J'étais déterminé à tout braver pour Aurélie. Je formais une foule de plans et de projets pour arriver à mon but. J'étais résolu à retourner au château dans mon nouveau costume, et il ne me vint pas une seule fois dans l'idée que cette démarche fût de la plus excessive imprudence. Le soir j'allai dans ma société, et j'eus mille peines à réprimer la tension toujours croissante de mon esprit et le travail de mon imagination surexcitée.

On parla beaucoup des tableaux du peintre étranger et surtout de l'expression qu'il savait donner à ses portraits. Il me fut possible de mêler mes louanges aux leurs, et de dépeindre avec un rare bonheur d'expressions, qui était peut-être un reflet de l'ironie amère qui me dévorait intérieurement, les charmes indescriptibles dont l'angélique figure d'Aurélie était ornée. Un de ces messieurs assura que le peintre resterait encore quelque temps dans la ville pour terminer des portraits qu'il avait commencés; et il se fit fort de l'amener dans la soirée du lendemain, bien qu'il fût déjà d'un certain âge. Le jour suivant, oppressé d'une impression étrange et de pressentiments inconnus, je me rendis dans la réunion plus tard qu'à l'ordinaire. L'étranger était assis à table le dos tourné. Lorsque je pris place et le regardai, je reconnus les traits du terrible fantôme qui au jour de la Saint-Antoine était appuyé contre le pilier. Je fus glacé d'effroi. Il me considéra longtemps d'un air sérieux; mais la disposition d'esprit où je me trouvais depuis que j'avais vu Aurélie me donna la force et le courage de supporter son regard. L'ennemi se présentait visiblement, et il fallait commencer avec lui un combat à mort. Je résolus d'attendre son attaque, et alors de la repousser avec des armes dans lesquelles j'avais confiance. L'étranger ne parut pas me regarder particulièrement; mais, détournant les yeux, il continua la conversation d'art commencée lors de mon entrée dans la chambre.

On en vint à ses portraits, et celui d'Aurélie fut surtout admiré. Un des assistants prétendit que cette œuvre, bien qu'il fût facile de voir au premier coup d'œil qu'elle avait été faite d'après nature, pouvait servir comme étude pour une tête de sainte. On me demanda mon avis, et involontairement je répondis que je ne pouvais me figurer sainte Rosalie autrement que semblable à ce portrait. Le peintre parut faire à peine attention à mes paroles, et répliqua aussitôt :

— En effet, cette femme, dont j'ai fait le portrait, est une sainte qui mérite le ciel par ses combats. Lorsque je la peignis, elle était plongée dans la douleur la plus profonde; et, pleine d'espoir, elle attendait du secours de la religion et de la destinée éternelle qui règne au delà des nuages. J'ai cherché à donner à cette image l'expression de l'espérance qui peut seule exister dans une âme qui s'élève au-dessus des choses terrestres.

On se perdit dans d'autres conversations; et le vin, que, pour faire honneur à l'étranger, on demanda meilleur et en plus grande quantité qu'à l'ordinaire, égaya les esprits. Chacun se mit à raconter des histoires amusantes; et bien que l'étranger parût rire seulement en lui-même et des yeux, toutefois il sut, par quelques mots lancés à propos, entretenir l'entrain général. Chaque fois qu'il me regardait, j'éprouvais une frayeur secrète; cependant peu à peu je bannissais l'affreuse impression qui s'était emparée de moi au premier coup d'œil. Je racontai l'aventure plaisante de Belcampo, que tout le monde connaissait, et parvins, au grand plaisir des convives, à mettre en lumière sa folie fantastique, de telle sorte qu'un joyeux commerçant d'une très-large encolure, qui avait l'habitude de me servir de vis-à-vis à table, prétendit, les yeux inondés de larmes arrachées par le rire, que depuis longtemps il n'avait passé une soirée aussi agréable.

Lorsque les rires commencèrent à s'apaiser, l'étranger dit tout à coup :

— Avez-vous jamais vu le diable, messieurs?

On regarda cette demande comme une introduction à une plaisanterie nouvelle, et tout le monde s'écria :

— Non, nous n'avons pas encore eu cet honneur!

— Eh bien! reprit-il, eh bien! j'ai été sur le point de le voir, peu s'en est fallu, et cela dans le château du baron B..., dans les montagnes...

Je tremblais de tous mes membres; mais tout le monde s'écria :

— Racontez, racontez!

— Vous connaissez très-vraisemblablement, reprit l'inconnu, pour peu que vous ayez parcouru les montagnes, cette contrée sauvage où au sortir d'un bois de sapins sur des masses de rochers immenses s'ouvre un noir et profond abîme. On l'appelle le trou du Diable, et au-dessus s'avance un bloc de rochers qui représente le siége du démon. C'est le nom qu'on lui donne. On assure que le comte Victorin, de mauvaises pensées en tête, était assis à cet endroit, lorsque le diable lui apparut; et comme il avait l'idée de suivre l'aventure à sa place, il le poussa dans l'abîme. Le diable se présenta ensuite au château du baron, sous le costume d'un capucin, et après avoir séduit la baronne la précipita dans l'enfer en compagnie du fils du baron, un insensé, qui ne pouvait le souffrir, et criait tout haut : « C'est le diable! » mais dont la mort sauva une âme pieuse que le démon avait résolu de perdre. Et puis le capucin disparut d'une manière incompréhensible; et l'on a prétendu qu'il s'était lâchement enfui devant le cadavre de Victorin, qui, tout sanglant, était sorti de sa tombe. Il en sera de cela ce que vous voudrez; mais ce que je peux vous certifier, c'est que la baronne a péri empoisonnée, qu'Hermogen a été assassiné, et que le baron est mort de chagrin. Quant à Aurélie, cette sainte que je peignis dans le château aussitôt après tous ces événements, restée orpheline dans un pays lointain, elle s'est retirée dans le cloître de Cîteaux, dont l'abbesse était l'amie de son père. Vous avez vu dans ma galerie le portrait de cette belle femme. Mais ce monsieur (et il me montra) pourra vous raconter ceci beaucoup mieux que moi, car il se trouvait au château pendant toutes ces aventures.

Tous les yeux étonnés se portèrent sur moi. Je me levai plein de colère et m'écriai avec violence :

— Eh! monsieur, je n'ai rien à faire avec vos histoires de diable et vos récits de meurtres. Vous vous méprenez, sans doute; je vous prie de me laisser en dehors de tout ceci.

Il me fut difficile, dans mon trouble intérieur, de donner à ces paroles une couleur d'indifférence. L'effet produit sur moi par le récit mystérieux du peintre, et mon agitation passionnée, que je m'efforçais en vain de dominer, étaient trop visibles. Toute gaieté disparut, et les hôtes, en se rappelant que j'étais pour eux tous un étranger et qu'ils avaient fait peu à peu ma connaissance, jetaient sur moi des regards soupçonneux.

Le peintre étranger s'était levé et me pénétrait de ses yeux morts et fixes, comme autrefois dans l'église des capucins.

Il ne dit pas une parole : il paraissait roide et inanimé; mais son œil de spectre faisait dresser mes cheveux, mon front se couvrait d'une sueur froide, et toutes les fibres de mon corps tremblaient d'effroi.

— Va-t'en! lui criai-je hors de moi, c'est toi qui es Satan : tu es le meurtre et le crime, mais contre moi tu es sans pouvoir.

Tout le monde se leva.

— Qu'est-ce que c'est? qu'est-ce que c'est? disaient-ils ensemble.

Attirés par mes cris, les gens de la chambre voisine, laissant leurs jeux, se précipitèrent dans le cabinet. Plusieurs s'écriaient :

— Il est ivre! il est fou! qu'on le jette à la porte!

Aveuglé par la rage et le désespoir, je tirai le couteau avec lequel j'avais frappé Hermogen, que j'avais l'habitude de toujours porter sur moi, et je me jetai sur le peintre; mais il me renversa d'un seul coup. Son terrible sourire ironique fit retentir la chambre.

— Frère Médard, frère Médard! disait-il, tu perds ton temps. Va, et désespère dans la honte et le repentir!

Je me sentis saisi par les assistants; je me relevai, et, comme un taureau furieux, je frappai au hasard. Plusieurs tombèrent sur la terre, et je me frayai un passage.

Je me précipitai dans les corridors; une petite porte s'ouvrit de côté, et je me sentis attiré dans une chambre sans lumière. Je ne fis pas de résistance, car j'entendais mugir la foule derrière moi. Lorsque le bruit fut apaisé, on me conduisit par un escalier dérobé dans une cour et de là dans la rue.

Dans mon sauveur je reconnus à la lueur de la lanterne le coiffeur Belcampo.

— Il semblait, me dit-il, y avoir quelque chose de fatal entre vous et le peintre étranger, je buvais dans la chambre voisine, et je résolus, grâce à ma connaissance des localités, de vous tirer d'embarras, car je suis la cause de cette fatalité.

— Comment cela se peut-il? lui demandai-je étonné.

— Qui commande au moment? qui résiste à l'impulsion de l'esprit supérieur? continua le petit homme dans son pathos. J'arrangeais vos cheveux, lorsque les plus sublimes idées s'allumèrent en moi. Comme à l'ordinaire, je m'abandonnai à l'élan sauvage d'une fantaisie déréglée, et non-seulement j'oubliai de bien lisser tendrement la boucle de la colère sur le haut de votre tête, mais je laissai aussi vingt-sept cheveux de l'inquiétude et de l'effroi sur votre front. Ils se dressèrent sous le regard du peintre, qui est certainement un spectre, et se penchèrent éperdus vers la boucle de la colère, qui se sépara en craquant et en sifflant tour à tour. J'ai tout vu : vous preniez en fureur un couteau déjà teint de sang; mais c'était une peine inutile de vouloir envoyer dans l'enfer un habitant de l'enfer. Car ce peintre est Ashverus, le Juif errant; il est Bertram de Borius, Méphistophélès, ou Benvenuto Cellini : en un mot, c'est un fantôme. Et contre cette espèce il n'y a rien à faire qu'au moyen d'un fer à friser tout rouge ou d'un peigne électrique.

Le bavardage insensé du petit homme, qui, tout en parlant, courait à travers les rues, avait quelque chose d'affreux pour moi dans le moment; et lorsque peu à peu il me fut possible de remarquer ses gambades et sa comique figure, je fus forcé de m'abandonner à un rire convulsif.

Enfin nous arrivâmes dans ma chambre. Belcampo m'aida à emballer mes effets. Bientôt tout fut prêt pour le départ. Je lui mis plusieurs ducats dans la main, il se mit à bondir de joie, et à crier :

— Ah! j'ai du bel or, honnête, de l'or qui brille bien clair, tout imbibé du sang du cœur; il est luisant, et jette des rayons rouges.

C'est une boutade, mon bon monsieur, et rien de plus, je vous en réserve de plus gaies encore.

Mon étonnement de ses exclamations pouvait l'empêcher de continuer sur ce ton. Il me pria par grâce de lui laisser arrondir à son gré la boucle de la colère, de lui laisser raccourcir celle de l'effroi, et de lui permettre de garder avec lui en souvenir quelques cheveux de celle de l'amour. Je le laissai faire, et il fit le tout avec les gestes et les grimaces les plus comiques. Enfin il prit le couteau que j'avais posé sur la table en me déshabillant, et, se posant en tireur d'armes, il se mit à s'escrimer dans le vide.

— Je tue votre démon, disait-il, et, comme il n'est qu'une idée, il doit être tué par l'idée, et il reçoit la mort de celui qui comme moi, pour ajouter à la puissance de l'expression, l'accompagne comme je le fais des mouvements convenables.

Apage, Satanas, apage, apage! — Ashverus, allez-vous-en!

— Voilà qui est fait, me dit-il en laissant le couteau, tout haletant, et s'essuyant le front comme une personne qui s'est sérieusement appliquée à terminer une œuvre pénible. Je voulus faire rapidement disparaître le couteau, et je le mis dans ma manche comme si je portais encore ma robe de moine. Le petit homme le remarqua et s'en amusa beaucoup.

Le postillon fit entendre son cor, et aussitôt Belcampo changea tout d'un coup de ton et de posture. Il tira un petit mouchoir, fit semblant d'essuyer ses larmes, salua plusieurs fois de suite avec respect, me baisa la main et mon habit, et dit en suppliant :

— Mon révérend, deux messes pour ma grand'mère, qui est morte d'indigestion; quatre pour mon père, qui a été victime d'un jeûne forcé, et une pour moi, toutes les semaines, lorsque je ne serai plus. Et en attendant l'absolution de mes péchés, ah! révérend père! il y a en moi un infâme pécheur qui s'écrie : — Pierre Beauchamp, sois certain que c'est moi qui suis toi-même, moi qui ai nom Belcampo.

Je suis ta pensée, et si tu ne le crois pas, je te tue avec une idée aussi déliée qu'un cheveu. Mon révérend! cet être ennemi, nommé Belcampo, commet tous les excès possibles; aussi il doute de tout, s'enivre, se bat, et me déshonore. Ce Belcampo m'a rendu, moi, Pierre Beauchamp, tout honteux et confus de ce que je souille la couleur de l'innocence, lorsque je vais en chantant *in dulci jubilo* mettre mes bas de soie blancs en contact avec la fange.

Pardon pour tous deux, Pietro Belcampo et Pierre Beauchamp!

Il s'agenouilla devant moi, et fit mine de sangloter amèrement. Sa folie me devenait fatigante.

— Soyez donc raisonnable, lui dis-je.

Le garçon entrait au même instant pour emporter mes bagages. Belcampo, revenu en belle humeur, lui donna un coup de main.

— C'est un fou avec lequel il ne faut pas se familiariser, me dit le garçon en fermant la portière de la voiture.

Belcampo agita son chapeau, et me cria :

— Jusqu'à mon dernier soupir.

Et moi je le regardai d'une manière significative en posant mon doigt sur la bouche.

Lorsque le crépuscule arriva, j'étais déjà loin de la ville, et l'image de l'homme terrible, qui m'enveloppait comme un mystère impénétrable, avait disparu.

La demande du maître de poste : Où allez-vous? me rappela que pour moi toute liaison était brisée dans la vie, et que j'errais çà et là aux caprices des vagues du hasard; mais une puissance irrésistible ne m'avait-elle pas violemment séparé de tout ce qui faisait ma joie, afin que l'esprit qui vivait en moi, pût, libre de tout obstacle, déployer ses ailes et s'envoler dans l'espace?

Sans repos, je parcourais la belle campagne; nulle part je ne pouvais m'arrêter, et toujours sans y penser, je me dirigeais vers le sud; à peine m'étais-je écarté de la route que m'avait tracée Léonard, et j'allais toujours droit en suivant, comme par un magique pouvoir, l'impulsion que m'avait donnée sa main en me poussant dans le monde.

La voiture s'avançait au milieu de la nuit dans une épaisse forêt, qui, au dire du maître de poste, devait s'étendre jusqu'à la station prochaine. Il m'avait engagé à attendre le jour pour continuer ma route, mais j'avais repoussé ses conseils pour atteindre plus vite un but qui, pour moi, était encore un mystère.

Lorsque je me mis en route, des éclairs brillaient déjà dans le lointain; mais peu à peu les nuages s'assemblèrent en masses toujours plus épaisses, arrondis par la tempête qui les poussait devant elle en mugissant. Le tonnerre retentissait terrible, répété par les mille voix des échos; des éclairs rouges sillonnaient l'horizon aussi loin que la vue pouvait s'étendre. Les grands sapins craquaient, ébranlés jusque dans leurs racines. La pluie tombait en torrents. A chaque moment nous étions en danger d'être écrasés par les arbres, les chevaux se cabraient effrayés par la lueur de la foudre, nous pouvions à peine avancer; enfin la voiture versa si violemment, qu'une des roues de derrière se brisa. Il nous fallut rester en place et attendre que l'orage s'apaisât et que la lune pût percer les nuages. Le postillon s'aperçut alors que dans l'obscurité nous nous étions écartés de la route, et que nous avions pris un chemin de la forêt. Il n'y avait rien de mieux à faire que de suivre ce chemin à tout hasard. Peut-être devait-il, aux premières lueurs du jour, nous conduire à un village. La voiture, étayée par une grosse branche, continua à s'avancer au pas. Je marchais en avant. J'aperçus bientôt dans le lointain la clarté d'une lumière, et je crus entendre les aboiements d'un chien. Je ne m'étais pas trompé, car le même bruit nous arriva distinctement quelques minutes plus tard. Nous arrivâmes à une belle maison, située au milieu d'une grande cour entourée de murs. Le postillon frappa à la porte. Les chiens s'élancèrent en hurlant; mais dans la maison tout resta tranquille et muet comme la mort, jusqu'à l'instant où le postillon fit résonner son cor. A l'étage supérieur s'ouvrit la fenêtre d'où partait la lumière que j'avais aperçue, et une voix dure et sourde s'écria : Christian! Christian!

— Voilà, monsieur! répondit-on d'en bas.

— On frappe et on sonne du cor, reprit la voix d'en haut, et les chiens sont endiablés. Prends la lanterne et la carabine n° 3, et vois ce que cela peut être.

Peu après nous entendîmes Christian apaiser les chiens, et nous le vîmes arriver sa lanterne à la main. Le postillon supposa qu'à l'entrée de la forêt, au lieu de prendre la route à droite, il avait suivi celle de gauche, qui nous avait probablement conduits à la maison du garde principal, située à une lieue environ de la dernière station. Lorsque nous eûmes raconté à Christian l'accident qui nous était arrivé, il ouvrit les deux battants de la porte, et nous aida à faire entrer la voiture. Les chiens apaisés tournaient autour de nous en remuant la queue, et l'homme qui était resté à la fenêtre criait :

— Qu'est-ce? qu'est-ce? Que veut cette caravane? Mais ni Christian ni nous n'avions encore rien répondu.

Enfin, pendant que Christian s'occupait des chevaux et de la voiture, j'entrai dans la maison qu'il avait laissée ouverte, et un homme grand et fort, la figure brûlée par le soleil, portant sur la tête un haut chapeau orné d'une plume verte, et pour le reste en chemise, ayant seulement des pantoufles aux pieds, s'avança vers moi, un couteau de chasse nu à la main, en me disant brusquement :

— D'où venez-vous? On ne dérange pas ainsi le monde au milieu de la nuit. Ce n'est ici ni une auberge ni une station de poste, c'est la demeure de l'inspecteur des forêts, et c'est moi l'inspecteur. Christian est un âne de vous avoir ouvert la porte.

Je lui contai humblement notre accident, en lui assurant que la seule nécessité nous avait contraints d'agir comme nous l'avions fait. Notre homme parut s'humaniser.

— Il est vrai, dit-il, que la tempête a été terrible; mais le postillon est un imbécile de s'être égaré et d'avoir brisé la voiture. Il devrait circuler dans la forêt les yeux fermés, et y être comme chez lui.

Il me fit monter, et tout en déposant son couteau de chasse, et en ôtant son chapeau, qu'il remplaça par un habit, il me pria de ne pas prendre en mauvaise part sa rude réception.

— Je dois, me dit-il, me tenir d'autant plus sur mes gardes, que toutes sortes de gens suspects parcourent les bois, et que je suis à peu près en état de guerre avec les braconniers, avec un surtout qui m'a déjà tendu plus d'un guet-apens. Mais ces bandits m'inquiètent peu, car, avec l'aide de Dieu, je remplis honnêtement et fidèlement les devoirs de ma charge; et confiant en lui et dans ma bonne carabine, je les défie.

Malgré moi, et entraîné par l'habitude, je ne pus m'empêcher de lui dire quelques paroles pleines d'onction sur la force de la confiance dans le Tout-Puissant, et le forestier devint de plus en plus amical. En dépit de ma résistance, il voulut absolument réveiller sa femme, matrone peu jeune, mais active. Bien que troublée dans son sommeil, elle fit bonne figure à son hôte, et sur la demande de son mari, se mit à préparer un souper

Le postillon dut, et ce fut une punition imposée par le forestier, retourner à la station cette nuit même, avec sa voiture brisée. Quant à moi, mon hôte offrit de me conduire à la station opposée, mais seulement lorsque j'en aurais le désir. Cette proposition me fut d'autant plus agréable, que j'avais besoin d'un peu de repos. Je répondis au forestier que je resterais volontiers chez lui jusqu'au milieu du jour suivant, pour me remettre de la fatigue qui provenait de plusieurs jours de voyage en voiture.

— Si j'ai un conseil à vous donner, mon cher monsieur, me dit-il, restez demain la journée entière. Après-demain, mon fils aîné, que j'envoie dans la résidence, vous conduira à la station prochaine.

— Très-volontiers, lui répondis-je, car je trouve un singulier charme dans votre solitude.

— Oh! reprit mon hôte, la solitude n'est pas si complète que vous le pensez. Comme les habitants des villes, vous appelez solitaire toute maison située au milieu des bois, et vous vous trompez souvent. Oui! autrefois peut-être, lorsque vivait mon successeur; mais depuis que le prince a fait bâtir cette maison pour le conservateur des bois, elle est devenue bien vivante. Vous ne pouvez vous imaginer, vous, habitant de la ville, combien notre vie de chasseur est heureuse. Ma carabine est pour moi une famille. Cela vous étonne sans doute; je dresse mes chiens, ils comprennent un mot, un signe et me sont fidèles jusqu'à la mort. Voyez celui-ci, comme il me regarde; c'est qu'il a compris que je parle de lui.

Et il me raconta tous les plaisirs, toutes les aventures du chasseur.

— Et puis, ajouta-t-il, la forêt par elle-même est joyeuse et vivante, jamais je ne m'y crois seul; je connais chaque place, chaque arbre, et, en vérité, je m'imagine les avoir vus naître, et il me semble que leur cime verdoyante, qui s'élève vers le ciel, me connaît et m'aime parce que je lui ai donné mes soins; oui! je crois, lorsque j'entends ce bruit étrange des bois, qu'ils me parlent avec leur voix, et que ce langage est la louange véritable de Dieu et de sa puissance, et une prière que la parole humaine ne rendrait pas.

Le forestier avait, en disant toutes choses, un ton et une expression qui faisaient voir toute la force de sa conviction, et moi, j'enviais sa vie heureuse et le calme de son âme, si peu semblable à la mienne.

Il me conduisit dans une chambre élégante située dans une autre partie du bâtiment, en me disant que là je n'entendrais pas le bruit de la maison et que je pourrais dormir à mon aise. On m'apporterait mon déjeuner lorsque j'appellerais, mais je ne pourrais le revoir, lui, qu'au repas de midi, parce qu'il partait de bonne heure pour la forêt avec ses gardes. Je me jetai sur le lit, et, fatigué comme j'étais, je tombai bientôt dans un profond sommeil; mais un songe affreux vint me tourmenter.

Le songe commença d'une manière singulière, avec la conscience du sommeil; je me disais à moi-même : Il est heureux que je me sois endormi aussitôt et d'une manière aussi tranquille et aussi profonde, cela va me remettre entièrement de mes fatigues; il faut bien me garder d'ouvrir les yeux. Et malgré cela, il me sembla que je ne pouvais y réussir, et cependant mon sommeil n'était pas interrompu.

La porte s'ouvrit, une sombre figure entra, et, glacé d'effroi, je me reconnus moi-même en costume de capucin, avec la barbe et la tonsure. Le fantôme s'approcha de plus en plus de mon lit, j'étais sans mouvement, et les sons que je voulais en vain faire sortir de ma poitrine étaient étouffés par l'immobilité nerveuse qui m'avait saisi. La figure s'assit sur mon lit et grimaça d'une façon moqueuse.

— Il faut me suivre, me dit-elle, nous allons monter sur le toit, sous la girouette, qui chante la chanson de fiançailles de la chouette qui se marie; nous lutterons ensemble, et celui qui jettera l'autre en bas sera roi, et pourra boire le sang.

Alors je sentis que le fantôme me saisissait et m'entraînait en haut. Le désespoir me rendit mes forces.

— Tu n'es pas moi, tu es le démon, lui dis-je, et je saisis de mes ongles la figure menaçante du spectre; mais il me sembla que mes doigts entraient dans ses yeux, comme dans une cavité, et il se mit à rire d'un ton déchirant.

Je fus réveillé comme par une secousse soudaine. Mais j'entendais encore dans la chambre les éclats de rire. Je me dressai debout.

Le matin brillait en rayons dorés à travers la fenêtre, et je vis devant la table une personne en habit de capucin; elle me tournait le dos.

Je restai immobile d'épouvante, l'effroyable rêve prenait une existence. Le capucin paraissait chercher parmi des objets posés sur la table. Il se retourna, et je sentis tout mon courage revenir lorsque j'aperçus un visage inconnu avec une barbe noire en désordre; la folie souriait dans ses yeux. Quelques traits avaient une ressemblance incertaine avec Hermogen.

Je résolus d'attendre ce que ferait l'inconnu, et de me décider à agir seulement s'il essayait de me nuire. Mon stylet était près de moi, et en comptant sur lui et sur ma force corporelle, en laquelle je pouvais avoir confiance, j'étais le maître de l'étranger sans avoir besoin d'appeler à l'aide. Il semblait jouer avec mes effets comme aurait fait un enfant. Mon portefeuille rouge, qu'il tournait et retournait devant la fenêtre et levait en l'air avec des manières bizarres, paraissait surtout lui plaire. Enfin, il trouva le flacon d'osier avec le reste du vin mystérieux, il l'ouvrit, le sentit, se mit à trembler de tous ses membres, et poussa un cri sourd et terrible qui fit résonner la chambre. Une cloche argentine sonna trois heures, dans la maison, et il se mit à crier comme saisi de souffrances affreuses, et puis il se mit à rire du rire que j'avais entendu dans mon rêve. Il commença à faire des bonds sauvages, puis il but à même le flacon, et le rejetant, se précipita au dehors.

Je me levai rapidement et courus après lui; mais je le perdis bientôt de vue. Je l'entendis descendre rapidement les escaliers, et puis le bruit violent d'une porte qui se ferme arriva jusqu'à moi.

Je verrouillai ma chambre, pour me mettre à l'abri d'une seconde visite, et me rejetai sur mon lit. J'étais épuisé, et je retrouvai bientôt le sommeil; je m'éveillai reposé et rafraîchi, lorsque le soleil éclatait déjà dans l'appartement.

Le forestier, comme il me l'avait dit, était allé dans la forêt avec ses fils. Une fraîche demoiselle, la plus jeune de ses filles, m'apporta le déjeuner, tandis que l'aînée était occupée dans la cuisine avec sa mère aux affaires du ménage.

La jeune fille me raconta gracieusement comme tous vivaient ensemble heureux et tranquilles. Quelquefois il y avait seulement un peu de bruit dans l'habitation, lorsque le prince venait à la chasse et couchait dans la maison. Quelques heures se passèrent ainsi, et sur le midi, des cris joyeux et des fanfares de cors annoncèrent l'arrivée de mon hôte, qui rentrait à la maison, entouré de ses quatre fils, très-beaux jeunes gens pleins de santé, dont le plus âgé avait quinze ans à peine, et de trois gardes armés de carabines.

Il me demanda comment j'avais dormi, et si le bruit du matin m'avait éveillé. Je ne pus lui raconter mon aventure, car l'apparition du moine vivant était tellement mêlée à celle de mon rêve, qu'il m'eût été impossible de savoir où finissait le rêve et commençait la réalité. La table était servie, la soupe fumait, mon hôte ôtait son bonnet pour dire la prière, lorsque la porte s'ouvrit. Le capucin que j'avais vu pendant la nuit entra dans la chambre. La folie avait abandonné ses traits, mais il avait un aspect dur et bourru.

— Soyez le bienvenu, mon révérend, lui dit le vieillard, dites les grâces, et mangez avec nous.

Alors il promena sur la société des regards pleins de colère, et s'écria d'une voix terrible :

— Que Satan t'écrase, avec ton révérend et ta prière maudite! m'as-tu attiré ici pour être le treizième à table et pour me faire tuer par l'homicide étranger? Ne m'as-tu pas habillé de ce froc pour que personne ne reconnaisse le comte ton maître et seigneur? Mais garde-toi, maudit, de ma colère!

Le moine saisit alors une lourde cruche placée sur la table et la lança au vieillard, qui évita, par un adroit mouvement de corps, un coup capable de lui briser la tête. La cruche alla frapper la muraille et vola en mille morceaux.

Aussitôt les gardes s'emparèrent de lui et le tinrent avec force.

— Ah! s'écria le forestier, misérable fou sacrilége! tu oses encore te livrer parmi de braves gens à tes accès de rage! tu veux encore attenter à ma vie, à moi qui t'ai tiré de ton abrutissement et qui t'ai sauvé de la damnation éternelle! On va te reconduire à la tour.

Le moine tomba à genoux et demanda grâce avec des cris affreux; mais le vieillard dit :

— Tu vas retourner à la tour, et tu n'en sortiras que lorsque tu auras renié Satan, qui t'aveugle, sinon tu mourras.

Le moine cria comme s'il avait eu la mort devant les yeux; mais les gardes l'emmenèrent, et dirent en rentrant qu'il était devenu plus tranquille aussitôt qu'il avait franchi le seuil de la prison. Christian, qui était chargé de sa surveillance, avait raconté en outre qu'il s'était promené toute la nuit dans les corridors de la maison, et qu'il avait crié, surtout au lever de l'aurore :

— Donne-moi plus de vin, et je me livre à toi tout entier. Encore du vin, encore du vin!

Il avait semblé à Christian qu'il trébuchait comme un homme ivre, bien qu'il lui eût été impossible de comprendre où il avait pu se procurer un breuvage enivrant. Je saisis cette occasion de raconter mon histoire de la nuit en parlant aussi de la bouteille qu'il avait vidée.

— Eh! voilà une vilaine affaire, dit le forestier; mais vous me semblez courageux, un autre en serait mort de frayeur.

Je le priai de me raconter en confidence comment il se trouvait en rapport avec ce moine insensé.

— Ah! répondit-il, c'est une longue histoire qu'il ne faut pas conter en mangeant. C'est bien assez que ce méchant drôle nous ait interrompus avec sa tentative de meurtre au moment où nous allions nous nourrir de ce que Dieu nous envoie. Après le repas nous en causerons.

Alors il ôta son bonnet et récita pieusement les grâces, et nous commençâmes, au milieu de conversations joyeuses, un repas copieux et bien apprêté. Le vieillard, pour faire honneur à son hôte, demanda du vin meilleur que de coutume, et il buvait sa part dans une belle coupe, selon l'usage des patriarches.

Après le dîner, les gardes détachèrent deux cors de la muraille, et se mirent à jouer un air de chasse. A la reprise, les jeunes filles joignaient leurs voix, et les fils du forestier répétaient avec elles le chœur final.

Je sentais ma poitrine se dilater. Depuis longtemps je n'avais éprouvé un contentement intérieur aussi complet que parmi ces braves gens simples. On chanta encore bien des chansons à plusieurs voix; et puis le vieillard s'écria : Vivent tous les braves gens qui ont la chasse en honneur! Et il vida son verre. Nous répétâmes son toast, et ainsi se termina ce gai repas embelli, pour me faire honneur, par le vin et les chansons.

— Maintenant, monsieur, me dit le vieillard, dormez une petite demi-heure, et puis nous irons dans la forêt, et je vous raconterai comment le moine est venu chez moi, et tout ce que je sais de lui. Pendant ce temps le crépuscule arrivera, et alors nous irons à un endroit où, au dire de Franz, il se trouve des faisans; vous aurez un bon fusil, et nous verrons si vous avez du bonheur.

La chose était pour moi toute nouvelle. Etant séminariste, j'avais, il est vrai, tiré quelquefois à la cible; mais jamais il ne m'était arrivé d'ajuster le gibier. J'acceptai l'offre du forestier.

J'entrai dans le bois, avec fusil et carnassière, sous la conduite de mon hôte, qui commença ainsi l'histoire du moine :

« Vers l'automne, il y a deux ans de cela, mes gardes entendirent dans le bois des hurlements qui leur parurent n'avoir rien d'humain; toutefois, Franz, un élève tout récemment arrivé, crut y reconnaître la voix d'un homme. Franz était destiné à être troublé par les hurlements du fantôme, car lorsqu'il entrait dans le taillis ces cris retentirent auprès de lui et effrayèrent les animaux; puis comme il mettait en joue, un être inconnu et tout hérissé s'élança du bois et lui fit manquer son coup. Franz avait la tête pleine de légendes de chasse ornées de diableries, que son père et un vieux chasseur lui avaient contées, et il était très-porté à croire que ce qu'il voyait était Satan lui-même, venu pour déranger son tir ou le tenter. Les autres gardes et mes fils mêmes, qui avaient aussi entrevu le spectre, pensaient comme lui, et j'étais d'autant plus intéressé à éclaircir cette affaire, que je croyais voir là une des ruses des braconniers pour éloigner mes gardes du fourré. J'ordonnai donc à mes gens d'interroger l'apparition aussitôt qu'elle se montrerait, et, dans le cas où elle ne répondrait pas ou ne voudrait pas s'arrêter, de tirer dessus, sans scrupule, selon le droit du chasseur.

» Ce fut encore Franz qui rencontra en premier le spectre au milieu du fourré. Il l'appela en le mettant en joue, l'apparition sauta dans le bocage, Franz tira, mais le coup ne partit pas, et alors il courut plein d'effroi vers les autres, persuadé que Satan lui-même venait effrayer son gibier et enchanter son fusil; et en effet, bien qu'il fût excellent tireur, depuis sa rencontre avec le spectre il ne tua plus rien en chasse.

» On apprit bientôt qu'il y avait des revenants dans la forêt, et déjà l'on racontait dans le village comment Satan s'était trouvé sur le chemin de Franz, et lui avait offert des balles enchantées, et bien des absurdités de ce genre.

» Je résolus de mettre fin à tout ce désordre, et de poursuivre le fantôme, que je n'avais pas encore rencontré, dans les lieux où il se tenait d'habitude. Je fus longtemps sans y réussir. Enfin, par une soirée brumeuse de décembre, je me trouvais à la place même où Franz avait eu sa première apparition, lorsque j'entendis remuer près de moi dans le bois. J'armai doucement mon fusil, croyant voir sortir un animal; mais une figure hideuse, avec des yeux rouges et brillants comme du feu, des cheveux noirs hérissés, apparut couverte de haillons. Le monstre me regarda fixement en poussant un hurlement effroyable.

» Monsieur, c'était un instant où la frayeur pouvait venir au plus brave; je crus que Satan était réellement devant moi, et d'épouvante je me sentis couvert d'une sueur froide. Je me remis tout à fait en récitant une prière à voix haute. Au nom du Christ, le monstre hurla de nouveau et fit entendre d'affreux blasphèmes. Alors je lui criai :

» — Misérable drôle, cesse tes paroles impies, et rends-toi prisonnier, ou je te tue!

» Alors l'homme se jeta à terre et demanda grâce. Mes gardes arrivèrent, *se saisirent de lui, et l'enfermèrent dans la tour qui est dans* le bâtiment séparé, et je me disposai à en avertir l'autorité.

» Il tomba sans connaissance aussitôt qu'il fut entré dans la tour. Le lendemain, lorsque j'allai lui rendre visite, il était assis sur la paille

J'atteignis tour à tour du linge, des habits...

de son lit et pleurait amèrement. Il se jeta à mes pieds, et me supplia d'avoir pitié de lui. Depuis plusieurs semaines il avait vécu dans le bois, réduit à se nourrir d'herbes et de fruits sauvages. Il était capucin *dans un cloître très-éloigné*, et s'était échappé de la prison où on l'avait enfermé comme fou. Cet homme était en effet dans un déplorable état; j'eus compassion de lui et je lui fis donner de la nourriture et du vin, qui le remirent visiblement. Il me pria de la manière la plus pressante de le garder quelques jours chez moi, et de lui procurer un habit de capucin au moyen duquel il pourrait retourner à son couvent. Je fis ce qu'il désirait, et réellement la folie sembla disparaître, et les attaques en devinrent plus rares et moins violentes; mais alors il faisait entendre les discours les plus effroyables, et je remarquai que lorsque je lui imposais silence en le menaçant de la mort il tombait dans un abattement profond pendant lequel il se frappait lui-même en priant Dieu et les saints de le délivrer de ses souffrances infernales. Il paraissait s'adresser de préférence à saint Antoine. Dans ses accès il répétait sans cesse : qu'il était comte et puissant seigneur, et *qu'il nous ferait tous tuer quand ses gens arriveraient*. Dans ses intervalles de bon sens il me suppliait au nom de Dieu de ne pas le repousser, parce qu'il sentait, disait-il, qu'il pourrait guérir chez moi. Une fois seulement nous eûmes une grande scène avec lui, et cela un jour où le prince avait chassé et avait passé la nuit dans ma maison. Après l'avoir aperçu dans tout l'éclat de son entourage, il changea tout à fait; il resta boudeur et taciturne, et s'éloigna aussitôt que nous le lui eûmes ordonné.

» La moindre parole pieuse lui causait des tressaillements convulsifs, et en même temps il jetait sur ma fille Anne des regards tellement pleins de convoitise, que je résolus de l'éloigner pour éviter quelque malheur. La nuit qui précéda le jour où je devais mettre mon plan à exécution, je fus réveillé par un cri poussé dans les corridors. Je sautai hors du lit, et courus rapidement avec une lumière à la chambre où dormaient mes filles.

» Le moine s'était évadé de la tour où je l'enfermais chaque nuit, et, dans une brutale convoitise, il avait couru vers l'appartement de mes enfants et en brisait la porte à coups de pied. Par bonheur, Franz avait été saisi dans sa chambre d'une soif irrésistible, et il se rendait à la cuisine pour puiser de l'eau, lorsqu'il entendit le moine tapager dans la galerie. Il le suivit, et le saisit par derrière juste au moment où il attaquait la porte. Le jeune homme n'était pas assez fort pour arrêter ce furieux. Ils se portèrent des coups, au bruit des cris des jeunes filles éveillées, et j'arrivai au moment où le moine avait renversé le garçon et lui serrait la gorge comme un assassin. Sans réfléchir un instant, je débarrassai Franz; mais tout à coup, je ne sais comment, une lame brilla dans la main du capucin, et il voulut me frapper. Mais Franz, qui s'était relevé, lui saisit le bras, et moi, qui suis encore assez fort, je le serrai si fortement contre la muraille, qu'il respirait à peine. Les garçons s'éveillèrent tous à ce tapage et accoururent. Ils garrottèrent le moine et le jetèrent dans la tour. J'allai chercher ma cravache, et, pour le décourager de semblables entreprises, je le frappai avec tant de violence, qu'il sanglotait et criait merci.

» — Scélérat! lui disais-je, ce n'est pas assez de tes crimes, tu veux encore déshonorer ma fille et attenter à ma vie, tu mourras!

» Il se mit à crier d'effroi. La crainte de la mort semblait l'anéantir. Au matin, il nous fut impossible de l'emporter; il était étendu sans force, semblable à un cadavre, et j'eus pitié de lui.

» Je lui fis donner une meilleure chambre et préparer un bon lit. Ma femme lui envoya une nourriture substantielle, et alla chercher dans la pharmacie tout ce dont il avait besoin.

» Ma femme a l'habitude, lorsqu'elle est seule, de chanter des chansons pieuses, et, lorsqu'elle veut s'égayer, elle fait chanter sa fille Anne avec sa voix claire. Cela eut lieu devant le malade. Il soupirait souvent, les regardait toutes deux avec des yeux pleins de douceur, et souvent ses joues étaient baignées de larmes. Quelquefois il agitait un peu ses doigts, comme s'il voulait faire le signe de la croix; mais il était trop faible; ses mains sans force retombaient aussitôt; quelquefois aussi il murmurait des sons comme s'il voulait joindre sa voix à leurs accords.

» Enfin il commença à se rétablir. Souvent il faisait le signe de la croix à la manière des moines et priait à voix basse. Et puis une fois il se mit à chanter des chansons latines, et, bien qu'elles ne pussent pas le comprendre, elles se sentirent émues jusqu'au fond du cœur de ces sons remplis d'un sentiment ineffable de sainte ferveur.

» Il fut bientôt assez rétabli pour se promener dans la maison; mais son extérieur et tout son être étaient complétement changés. Ses yeux, à la place du feu terrible qui les faisait étinceler, avaient pris une expression de douceur. Il marchait, selon les habitudes du couvent, sans bruit, les mains pieusement jointes. Toute trace de folie avait disparu. Il ne se nourrissait que de légumes, de pain et d'eau, et j'avais peine à le faire asseoir par hasard à ma table, prendre un peu de nourriture et quelques gouttes de vin. Il disait les grâces, et nous égayait par ses discours, qu'il savait arranger comme personne au monde. Souvent il allait se promener seul dans la forêt. Une fois je l'y accompagnai, et, sans y penser trop, je lui demandai quand il rentrerait dans son cloître. Il parut troublé, prit ma main et me dit :

» — Mon ami, j'ai à te remercier du salut de mon âme; tu m'as sauvé de la damnation éternelle. Je ne peux pas encore me séparer de toi. Sois miséricordieux! tu m'as arraché à Satan, à qui j'appartiendrais tout entier si le saint que j'invoquais dans mes heures d'angoisse ne m'eût frappé de folie dans cette forêt... Vous m'avez trouvé, continua le moine après un moment de silence, dans un état complet de dégradation, et, certes, vous n'auriez pas pu croire que j'avais été naguère un jeune homme richement doué de la nature qu'un penchant enthousiaste pour la solitude et les études sérieuses avait conduit dans le cloître. Tous les frères m'aimaient, et je vivais aussi heureux qu'on peut l'être dans un couvent. Ma piété et ma conduite exemplaires me mirent en relief, et déjà l'on voyait en moi le prieur à venir.

» Il arriva qu'un de nos frères revint de longs voyages, et apporta avec lui des reliques, qu'il avait su se procurer en route. Parmi elles se trouvait une bouteille fermée remplie d'un élixir tentateur, et que saint Antoine avait arrachée au diable. Cette relique fut, comme les autres, soigneusement conservée, bien que cela me parût tout à fait déplacé et contraire à l'esprit de piété que doivent inspirer des reliques véritables.

» Mais un inexprimable désir de libertinage s'empara de moi lorsque je voulus voir ce que renfermait la bouteille. Je parvins à l'emporter à l'écart, je l'ouvris, et j'y trouvai un vin d'une odeur délicieuse, une boisson agréable et fortifiante, que je bus jusqu'à la dernière goutte.

» Je ne peux dire comment il se fit que tout mon être changea, que j'éprouvai une soif brûlante des joies du monde, que le vice enfin me parut, sous les formes les plus séduisantes, le plus grand bonheur sur terre.

» Bref, ma vie devint une suite de crimes honteux; si bien que lorsque, malgré mes ruses de démon, je fus découvert, le prieur me condamna à la prison éternelle. J'étais déjà depuis plusieurs semaines dans un cachot obscur et humide, et maudissant l'existence, j'insultais Dieu et les saints. Tout à coup Satan m'apparut sous une forme d'un rouge de feu.

» — Si tu veux abjurer le Tout-Puissant, me dit-il, et te dire mon esclave, je te délivrerai.

» Aussitôt je me précipitai à genoux, et avec des cris horribles je prononçai ces paroles :

» — Il n'y a pas de Dieu! tu es mon maître!

» Et aussitôt j'entendis dans les airs un bruit semblable à celui d'un tourbillon de vent. Les murs chancelèrent comme pendant un tremblement de terre, la prison retentit de sifflements aigus, les barreaux

Il commença à faire des bonds sauvages.

de la fenêtre tombèrent en éclats, et emporté par une force surnaturelle, je me trouvai dans la cour du cloître. La lune brillait à travers les nuages, et ses rayons venaient éclairer une statue de saint Antoine placée sur une fontaine au milieu de cette cour. Un tourment indescriptible me déchirait le cœur : je me jetai brisé devant le saint, je lui demandai grâce et reniai le maudit. Mais de nouveau les nuages s'amoncelèrent, et la tempête recommença à gémir. Je tombai sans connaissance, et je me trouvai en revenant à moi dans la forêt, dans laquelle j'errai complétement fou, en proie au désespoir et à la faim, jusqu'au moment où vous m'avez sauvé.

» Tel fut le récit du moine, et l'impression qu'il fit sur moi fut telle, que dans bien des années je pourrais, comme aujourd'hui encore, le répéter sans en changer un seul mot. Depuis ce temps, il se comporta si bien, qu'il se fit aimer de nous tous, et il m'est impossible de rien comprendre au nouvel accès de folie dont il a été de nouveau saisi la nuit dernière. »

— Savez-vous, demandai-je, comment se nomme le couvent de capucins dont cet infortuné s'est enfui ?

— Il ne me l'a pas dit, répondit le forestier, et je le lui demanderai d'autant moins, que je suis à peu près certain qu'il est probablement le malheureux dont la cour parlait tout récemment sans se douter qu'il était près de là, et, pour le bien de ce moine, je n'ai pas dit un mot de mes suppositions personnelles.

— Mais vous pouvez me le dire, à moi, ajoutai-je, je suis un étranger, et de la main et de la bouche, je vous jure de n'en jamais parler.

— Sachez donc, continua le forestier, que le prince a pour belle-sœur l'abbesse d'un couvent de l'ordre de Cîteaux. Celle-ci avait accueilli et fait élever le fils d'une pauvre femme, dont le mari s'était probablement trouvé dans quelque position mystérieuse. Il se fit capucin par inclination, et fut bientôt renommé par son talent d'orateur. L'abbesse écrivit souvent à la princesse sa sœur au sujet de son protégé, et fut, il y a quelque temps, très-affligée de sa perte. Il doit, en abusant d'une relique, s'être rendu coupable d'un grand péché, et pour cela même avoir été chassé de son couvent. J'ai appris toute cette histoire du médecin particulier du prince, qui en causait avec une personne de la cour. Ils citèrent quelques faits remarquables que je ne compris pas, parce que je ne connaissais pas l'histoire tout entière, et qui me sont revenus en mémoire. Lorsque le moine raconte que son évasion de la prison du couvent doit avoir eu lieu avec l'aide du malin esprit, je regarde cela comme un effet de ce que la folie avait pu lui laisser d'imagination, et j'ai dans l'idée que ce moine n'est personne autre que le frère Médard, que l'abbesse fit élever pour l'état monastique, et que le diable entraîna dans plusieurs péchés, jusqu'au jour où la justice divine le punit en l'abrutissant par la folie.

Lorsque le forestier prononça le nom de Médard, un frisson intérieur agita mon corps, tout le récit m'avait fait endurer de mortels coups de poignard, qui m'arrivaient jusqu'au cœur.

Le moine avait dit la vérité, je ne le savais que trop; en buvant avidement un pareil breuvage, il avait dû retomber dans une folie furieuse et impie, et moi-même j'en étais descendu au rôle de misérable jouet dans les mains du pouvoir occulte et terrible qui m'enlaçait de liens indissolubles, et lorsque je me croyais libre, c'est qu'il m'était seulement permis de me remuer dans la cage où j'étais enfermé sans espoir. Les bons avis du pieux Cyrille, que je n'avais pas écoutés, l'apparition du comte et de son imprudent maître d'hôtel, me revenaient en mémoire. Je savais maintenant d'où m'était venue cette *subite fermentation intérieure*, et cette transformation de mes sentiments. J'étais humilié de ma conduite impie, et cette honte prenait en ce moment la place d'un profond repentir et de l'accablement qu'aurait dû m'inspirer une véritable pénitence.

Ainsi, j'étais plongé dans mes réflexions profondes, et j'écoutais à peine le vieillard, qui, revenu à sa chasse, me racontait mainte

Ils se mirent en marche, en trébuchant à travers les rues...

histoire de ses combats avec les braconniers. Le crépuscule était arrivé, et nous nous trouvions devant le bois où se trouvaient les faisans. Le forestier me plaça et me recommanda de ne pas parler, de ne pas remuer, et de guetter de toutes parts, mon fusil armé dans la main. Les autres chasseurs s'éloignèrent en silence, et je restai seul au milieu de l'obscurité, qui allait en croissant toujours.

Alors dans cette forêt sombre m'apparurent les images de mon enfance. Je vis ma mère et l'abbesse qui me regardaient avec des yeux irrités. Euphémie, le visage couvert d'une pâleur de mort, fit frissonner le feuillage en s'avançant vers moi; elle me fixa de ses yeux pleins de feu, et en faisant le geste de la menace, elle leva ses mains, d'où tombaient des gouttes de sang. Hélas! c'était le sang d'Hermogen; je m'écriai, et au même instant j'entendis au-dessus de moi comme un bruyant battement d'ailes, je tirai au hasard, et deux faisans tombèrent morts à mes pieds.

— Bravo! me cria un garde placé à peu de distance de moi en abattant le troisième.

Des coups de fusil retentirent tout à l'entour, et les chasseurs se réunirent, chacun apportant son butin.

— Monsieur, raconta le garde non sans me jeter un regard moqueur, s'est mis à crier de toutes ses forces lorsque les faisans ont volé au-dessus de sa tête, comme s'il en avait eu peur.

— Il a tiré, ma foi! sans bien ajuster, et il en a abattu deux. Et à vrai dire, il m'a semblé qu'il dirigeait son fusil d'un autre côté; mais enfin, il les a tués, c'est certain.

Le vieux forestier rit beaucoup de la frayeur que les faisans m'avaient faite.

— Au reste, dit-il en plaisantant, j'espère que vous êtes un honnête chasseur, et non pas un franc chasseur en pacte avec le démon, qui peut tirer là où il veut, sans jamais manquer son coup.

Ce badinage, à coup sûr sans intention, me pénétra jusqu'au cœur, et même cet heureux coup de fusil, dans l'effroyable agitation amenée par le hasard où je me trouvais alors, me glaça de crainte. Me sentant plus que jamais double dans ma personne, je pris méfiance de moi-même, et un effroi secret et toujours croissant s'empara de mon être.

Lorsque nous entrâmes à la maison, Christian annonça que le moine s'était tenu tranquille dans la tour; il n'avait pas prononcé une parole et avait refusé toute nourriture.

— Je ne peux pas le garder plus longtemps, dit le forestier, car personne ne pourra m'assurer que son incurable folie ne le reprendra pas dans quelque temps, et qu'il ne causera pas dans cette maison un effroyable malheur. Il partira demain de très-bon matin pour la ville, en compagnie de Christian. Mon rapport sur toute cette affaire est terminé depuis longtemps, et il peut être conduit dans une maison de fous.

Lorsque je me trouvai seul dans la chambre, le fantôme d'Hermogène se dressa devant mes yeux, et comme je voulais le fixer attentivement, il prit tout à coup l'apparence du moine insensé.

Dans ma pensée, tous deux se confondaient ensemble et semblaient m'annoncer une plus haute puissance, que je pressentais, le pied sur le bord de l'abîme. Je rencontrai la bouteille d'osier qui était restée sur le plancher : le moine l'avait vidée jusqu'à la dernière goutte, et j'échappai ainsi à la tentation d'en boire encore. Je pris cette bouteille, qui exhalait encore une forte odeur enivrante, et je la lançai de toutes mes forces par-dessus le mur de la cour, pour détruire *ainsi tout effet probable de cet élixir*, cause de tant de maux.

Peu à peu je redevins plus tranquille, et je repris courage en réfléchissant que j'étais resté d'une intelligence bien supérieure au moine qui avait perdu la raison pour avoir bu le même breuvage que moi; et en pensant que le vieux forestier le prenait pour l'infortuné Médard, pour moi-même, je reconnus un signe du doigt d'un saint pouvoir supérieur qui ne voulait pas m'abandonner à un malheur *sans espoir. La folie que* je *rencontrais partout sur mon chemin* ne semblait-elle pas destinée à me faire jeter un regard en moi-même, et à m'indiquer d'une manière toujours plus instante le mauvais esprit qui m'apparaissait visible, j'en avais la conviction, sous la figure fantastique du peintre? Je me sentais irrésistiblement entraîné vers la résidence. La sœur de ma mère d'adoption, je me le rappelais, et j'en avais vu souvent le portrait, ressemblait tout à fait à l'abbesse. *Ne pouvait-elle pas me faire rentrer dans la vie innocente et pieuse* comme elle fleurissait autrefois pour moi? Pour cela il ne lui fallait dans ma disposition présente qu'un seul de ses regards, avec tous les souvenirs qu'il viendrait réveiller. J'attendais du hasard qu'il m'amenât en sa présence.

A peine le jour commençait-il à poindre, que je distinguai dans la cour la voix du forestier. Je devais partir de bonne heure avec son fils, je m'habillai à la hâte. Lorsque je descendis, une charrette avec des siéges de paille était prête à partir. On amena le moine, qui, pâle et le visage bouleversé, se laissa conduire sans résistance. Il ne répondait à aucune question, et refusait toute nourriture, il semblait exister à peine. On le porta dans la voiture, et on l'attacha fortement, car on n'avait pas la certitude qu'un accès d'une fureur maintenant endormie n'éclatât tout à coup. Lorsqu'il sentit les liens autour de *ses bras, ses traits furent agités de mouvements convulsifs*, et il gémit doucement. Sa position me perça le cœur; il prenait ma place, et sa perte était peut-être mon salut. Christian et un domestique montèrent dans la voiture auprès de lui.

En partant, son regard tomba sur moi, et il parut tout à coup saisi du plus profond étonnement; et tant que la voiture s'éloigna (nous l'avions accompagnée hors des murs), il tint la tête tournée et les *regards dirigés vers moi*.

— Voyez-vous, me dit le vieux forestier, comme il nous regarde? Je crois que votre rencontre inattendue dans la salle à manger a beaucoup contribué à renouveler sa folie, car même dans ses moments de lucidité il était extrêmement craintif, et nourrissait l'idée qu'un étranger viendrait pour le tuer. Il avait, il est vrai, une peur incroyable de la mort, et souvent la menace de le faire fusiller à *l'instant a triomphé de ses accès*.

Je me sentis plus à l'aise en voyant s'éloigner ce moine qui me reflétait mon *moi* sous des traits affreusement décomposés. Je me réjouissais de l'espoir d'aller à la *résidence; il me semblait que là je* serais allégé du poids des événements horribles qui m'avaient écrasé, et que là aussi, prenant des forces nouvelles, je pourrais m'arracher au pouvoir méchant qui s'était emparé de ma vie. Après le déjeuner, la jolie voiture de voyage du forestier, attelée de chevaux rapides, s'avança. Je réussis avec peine à faire accepter à sa femme, en retour de l'hospitalité qui m'avait été donnée, quelques objets de modes que *j'avais apportés avec moi, par hasard, pour ses deux charmantes petites* filles. Toute la famille prit de moi un congé cordial, comme si j'avais depuis longtemps vécu dans la maison. Le vieillard plaisanta sur mon adresse de chasseur, et je m'éloignai tout joyeux.

IV.

La vie à la cour.

La résidence du prince formait un contraste frappant avec la ville commerçante que j'avais quittée tout récemment. Moins vaste dans son enceinte, elle était plus régulièrement et plus magnifiquement bâtie, mais assez peu peuplée. Plusieurs rues, où des arbres étaient plantés, avaient plutôt l'air d'appartenir aux allées d'un parc qu'à une ville. Tout avait un mouvement lent et solennel, interrompu à rares intervalles par le bruit d'une voiture. Dans le costume et la tournure des habitants même de la classe inférieure régnait une certaine recherche de manières, une distinction étudiée.

Le palais du prince n'était pas très-grand, et le style d'architecture en était médiocre; mais c'était, quant à l'élégance et à la justesse des proportions, un des plus beaux bâtiments que j'eusse jamais vus. A côté s'étendait un parc magnifique, que le prince mettait libéralement à la disposition des habitants.

On m'apprit, dans l'auberge où je descendis, que la famille avait l'habitude de faire chaque soir une promenade dans le parc. Je m'y rendis à l'heure indiquée, et le prince y vint avec sa femme, accompagné de quelques courtisans. Ah! bientôt je ne vis plus que la princesse, dont la ressemblance avec ma protectrice était frappante. C'était sa majesté, la grâce de ses mouvements, son œil brillant d'intelligence, le même front, le même sourire. Sa taille me parut seulement plus rondelette que celle de l'abbesse. Elle causait, toute bienveillante, avec plusieurs femmes de chambre qui se trouvaient dans l'allée, tandis que le prince paraissait plongé dans une conversation intéressante avec un homme d'un aspect grave. L'habillement, les manières de la noble famille, tout ce qui était en eux, restait dans une parfaite harmonie avec le ton général. L'on comprenait clairement que la tenue tranquille et pleine de convenance, et l'élégance sans prétention qui se faisait remarquer dans la ville, venaient de la cour. Je me trouvais par hasard auprès d'un homme assez vif, *qui répondit à toutes mes demandes*, et sut entremêler à ses paroles des observations spirituelles.

Lorsque la famille du prince fut passée, il me proposa de faire avec moi un tour dans le parc, et de me montrer, puisque j'étais étranger, les beautés remarquables que nous devions rencontrer à chaque instant. J'acceptai de grand cœur, et je trouvai en effet qu'il régnait partout une ordonnance sévère et délicate, bien que, dans le parc, *des monuments en ruines, dans la manière antique qui exige le grandiose*, me parussent plus d'une fois déceler chez l'architecte un goût un peu mesquin. Des colonnes grecques, dont un homme d'une taille un peu élevée peut toucher les chapiteaux de la main, sont généralement assez ridicules. Il se trouvait aussi, dans un genre tout opposé et dans une autre partie du parc, deux monuments gothiques ridicules dans leur petitesse.

Mon complaisant conducteur, auquel je fis part de *mes remarques*, fut de mon avis. — Le duc, me dit-il, aime les arts et les sciences; aussi chaque artiste, chaque savant, est le bienvenu chez lui, et la capacité est certaine d'être bientôt admise dans ses relations intimes; mais son éducation première a laissé chez lui un peu de pédantisme qui se fait jour à chaque instant. Il dessine à l'architecte chaque détail du bâtiment avec une scrupuleuse exactitude, et le moindre *changement à ses plans*, qu'il trace avec le *secours incessant des œuvres* de l'antiquité, lui causerait une contrariété très-vive. Au reste, on jouit ici de la liberté la plus grande; je parie qu'on ne vous a pas encore demandé votre nom dans l'hôtel où vous êtes descendu.

La nuit était arrivée, et nous quittâmes le parc; mon guide voulut bien accepter l'invitation que je lui fis de dîner avec moi à l'auberge, et il m'apprit enfin qu'il était l'inspecteur de la galerie de tableaux *du prince*.

Je lui fis part, lorsque le repas nous eut rendus plus expansifs, du désir que j'avais de voir de plus près la famille du duc.

— Rien n'est plus facile, me dit-il, chaque étranger instruit et de bonne éducation est bienvenu dans les salons de la cour. Il suffit pour cela d'aller rendre visite au maréchal du palais et de le prier de vous présenter.

Cette manière diplomatique d'arriver au prince me plut d'autant moins, que je ne voyais pas moyen d'échapper aux questions : d'où venez-vous? et autres tout aussi gênantes sur l'état, le caractère, etc. Je résolus donc de m'en reposer sur le hasard, qui me montrerait peut-être un chemin plus court, et en effet l'occasion se présenta bientôt.

Je me promenais un matin dans le parc au moment où il était ordinairement désert, et je rencontrai le prince couvert d'une redingote sans décorations. Je le saluai comme s'il m'eût été tout à fait inconnu, il s'arrêta, et ouvrit la conversation en me demandant si j'étais étranger.

— Je le suis en effet, lui dis-je; j'avais l'intention de ne m'arrêter ici qu'une couple de jours, mais les charmes de cet endroit, et surtout le calme et la gaieté qui se font remarquer partout, m'ont engagé à prolonger mon séjour, et maintenant, indépendant comme je le suis, et n'ayant d'autres occupations que les sciences et les arts, je suis décidé à y séjourner assez longtemps. Ici tout me plaît et m'attire.

Ce projet parut sourire au prince, et il me proposa de me servir de cicerone pour me montrer le parc en détail. Je me gardai bien de dire que j'avais déjà tout vu, mais je me laissai conduire dans les grottes, les temples, les chapelles gothiques, et écoutai patiemment ses commentaires à longue queue; partout il me signala spécialement les objets auxquels il avait travaillé, et s'étendit surtout sur les tendances qui avaient présidé à l'ordonnance du parc entier et qui devraient faire règle partout. Il me demanda mon avis; je louai le charme de l'endroit, la beauté séduisante de la végétation. Quant aux édifices, je hasardai de nouveau les observations que j'avais faites à l'inspecteur.

Il m'écouta attentivement, parut ne pas rejeter tout à fait certaines critiques, mais il trancha toute discussion ultérieure sur ce sujet, en disant que je pouvais avoir raison en théorie, mais que je semblais peu au fait de la pratique. La conversation se tourna sur l'art en général, je me montrai assez bon connaisseur en peinture et en musique; je me permis de ne pas toujours approuver ses assertions, qui, tout en exprimant parfaitement sa conviction, laissaient entrevoir que son éducation artistique, bien supérieure d'ailleurs à celle des grands, était toutefois trop superficielle pour pressentir les profondeurs d'où s'élance l'art sublime, et où vient s'allumer l'étincelle divine de l'aspiration vers la vérité. Mes contradictions, ma manière de voir, lui prouvèrent seulement un dilettantisme mal éclairé au point de vue de l'exécution. Il voulut m'instruire sur les véritables tendances de la peinture, de la musique, sur les règles à observer dans les tableaux, dans les opéras. Il me fit de grandes dissertations doctorales sur le coloris, les draperies, les groupes en pyramide, sur la musique sérieuse et légère, sur les scènes de prima donna, sur les chœurs, les effets de lampe, et ainsi de suite.

J'écoutai sans les interrompre ses périodes scientifiques, auxquelles il paraissait prendre un grand plaisir. Enfin il s'interrompit lui-même en me demandant :

— Jouez-vous le pharaon?

— Non, lui répondis-je.

— C'est un jeu charmant, continua-t-il, c'est le véritable jeu des gens d'esprit; il faut que vous l'appreniez, je serai votre professeur.

Je lui répondis que j'avais peu de goût pour ce jeu, qui, d'après ce que j'avais entendu dire, était ruineux et plein de dangers.

— C'est un radotage des gens crédules, me dit-il en riant et en attachant sur moi ses yeux clairs et pleins de feu : me prenez-vous pour un joueur qui vous tend un piége? Je suis le prince. Si la résidence vous plaît, restez-y longtemps, et venez à mes réunions. Nous jouerons le pharaon, et je prétends que ce jeu ne dérange personne, bien qu'il faille l'intéresser un peu, car le hasard devient paresseux quand on ne lui offre que des choses de peu d'importance.

Au moment de me quitter, le duc se retourna et me demanda :

— A qui ai-je parlé?

— Au sieur Léonard, un ami de la science; mais je ne suis pas noble, et peut-être conviendra-t-il que je n'accepte pas l'invitation gracieuse que vous m'avez faite de paraître dans les cercles de la cour...

— Noble, noble! s'écria violemment le prince : vous êtes, comme je m'en suis convaincu, un homme très-spirituel et très-instruit. La science anoblit, et elle rend digne de s'approcher de moi. Adieu, monsieur Léonard. Au revoir.

Ainsi mon désir s'était accompli plus tôt et plus facilement que je ne l'avais supposé! Pour la première fois de ma vie, j'allais paraître et même en quelque sorte vivre à la cour, et toutes les histoires de cabales, rang, intrigues, couvaient dans ma tête.

Au dire des gens, le duc était entouré de méchants qui l'aveuglaient : le maréchal était un niais, orgueilleux de ses ancêtres; le premier ministre un scélérat avide et haineux, le chambellan un débauché.

Là chaque visage est apprêté, mais dans le cœur sont la trahison et le mensonge. On parle d'amitié, on se courbe, mais chacun est l'ennemi mortel de l'autre, et avance traîtreusement la jambe pour le renverser sans espoir et prendre sa place jusqu'à ce qu'il tombe à son tour. Les dames de la cour sont laides, orgueilleuses, vindicatives et dissolues; elles tendent des piéges et des trappes qu'il faut fuir comme le feu!

Tel était le portrait de la cour que les lectures du séminaire avaient tracé dans mon âme. Il me semblait que le diable jouait là ouvertement son jeu; et malgré les récits nombreux de Léonard, qui y avait autrefois vécu, je conservais une espèce d'effroi de ceux qui la fréquentaient. Sur le point de m'y rendre moi-même, ces souvenirs venaient m'agiter; mais le désir de m'approcher de la princesse, et une voix sourde qui me criait incessamment que là devait se décider mon destin, m'entraînaient irrésistiblement. A l'heure indiquée, je me trouvai, non sans un violent serrement de cœur, dans l'antichambre du prince.

Mon séjour assez long dans la ville de richesse et de commerce que j'avais précédemment visitée m'avait servi à faire complétement disparaître tout ce que la vie du cloître pouvait m'avoir laissé de roide et de maladroit.

La souplesse et la perfection des formes de mon corps se prêtaient facilement aux mouvements libres et naturels de l'homme du monde. La pâleur, qui dans le couvent vient décolorer même les figures les plus charmantes, avait tout à fait quitté mon visage. Je me trouvais dans l'âge de la force, et elle donnait de l'éclat à mes joues et faisait briller mes yeux. Mes boucles brunes avaient recouvert jusqu'à la moindre trace de la tonsure. Je portais un habillement complétement noir dans le dernier goût, apporté de la ville, et mon apparition ne pouvait manquer de faire une impression favorable. Le duc, à l'instant où dans le parc il m'avait dit : « Je suis le prince, » avait entr'ouvert sa redingote, et m'avait laissé voir un grand crachat placé sur sa poitrine. Je me figurais que toutes les personnes qui l'entouraient d'habitude devaient être vêtues d'habits brodés avec des frisures roides et tout ce qui s'ensuit, et je ne fus pas peu surpris de voir partout des vêtements unis, mais pleins de goût. Je compris que mon idée de la vie de cour était basée sur un jugement d'enfant; je me sentis à mon aise, et le prince m'encouragea tout à fait lorsqu'il s'avança vers moi en me disant :

— Ah! vous voici, monsieur Léonard!

Et il se mit à plaisanter sur la rigidité de mes principes artistiques. Les portes de côté s'ouvrirent, et la princesse entra dans le salon de conversation, accompagnée de deux dames. Je me sentis trembler en la voyant; elle me parut, à l'éclat des lumières, ressembler encore davantage à sa sœur. Les dames l'entourèrent, et je lui fus présenté. Elle jeta sur moi un coup d'œil : un mouvement de surprise témoigna de son étonnement; elle murmura quelques mots que je n'entendis pas, et se penchant vers une dame âgée, elle lui parla à voix basse. Celle-ci parut inquiète, et me regarda fixement. Tout ceci fut l'affaire d'un clin d'œil. La société se partagea en plusieurs petits groupes; de vives conversations s'engagèrent. Il régnait partout un ton libre et aisé; et cependant on comprenait que l'on était à la cour, dans le voisinage du prince, sans que ce sentiment fût indiqué le moins du monde. A peine trouvai-je une seule figure qui portât le masque de l'endroit tel que je me l'étais autrefois figuré. Le maréchal était un vieillard éveillé et rempli de gaieté, le chambellan un jeune homme alerte, qui ne ressemblait en rien au noir portrait que l'on en avait tracé. Les deux dames de la cour paraissaient être sœurs; elles étaient très-jeunes, et par cela même n'avaient pas une grande importance. Leur toilette était extrêmement recherchée. Je remarquai surtout un petit homme au nez en l'air et aux yeux étincelants. Tout habillé de noir, une longue épée d'acier au côté, il se glissait et serpentait au milieu de la société avec une vivacité incroyable, tantôt ici, tantôt là, ne restant nulle part, ne soutenant aucune conversation, mais semant partout une foule de plaisanteries moqueuses. Il semblait tout animer. C'était le médecin du prince.

La dame âgée à laquelle la princesse avait dit quelques mots avait su manœuvrer d'une manière si adroite, que, sans m'en être aperçu, je me trouvai seul avec elle dans l'embrasure d'une fenêtre. Elle commença un entretien qui, malgré l'adresse du début, trahit aussitôt son intention véritable de me faire raconter les événements de ma vie. J'étais préparé; et persuadé que, dans un cas pareil, l'histoire la plus simple est toujours la moins dangereuse, je me bornai à lui dire que j'avais autrefois étudié la théologie, mais que, après avoir hérité des richesses de mon père, je me livrais avec plaisir à mon goût pour les voyages. J'indiquai la Prusse polonaise comme mon lieu de naissance, et je lui donnai un nom barbare et si bien fait pour endommager les dents et la langue, qu'il écorcha l'oreille de la vieille dame et lui ôta l'envie de se le faire répéter.

— Eh! eh! dit-elle, vous avez des traits, monsieur, qui seraient bien capables d'éveiller de tristes souvenirs, et vous êtes peut-être plus que vous ne voulez paraître, car votre tournure n'est certainement pas celle d'un étudiant en théologie.

Après avoir pris quelques rafraîchissements, on passa dans la salle, où une table de pharaon était dressée. Le maréchal de la cour était le banquier, mais il était, à ce qu'on m'assura, en communauté avec le prince : il gardait les bénéfices; le prince remplaçait les pertes aussitôt que les fonds de la banque commençaient à s'épuiser. Les messieurs s'assemblèrent autour de la table, à l'exception du médecin, qui ne jouait jamais, et restait auprès des dames, peu disposées à s'intéresser au jeu. Le prince me fit venir auprès de lui; il choisit mes cartes lui-même, et en peu de mots m'enseigna la marche à suivre. Les cartes du prince ne furent pas heureuses; et comme j'écoutais ses conseils, je me trouvai constamment en perte, et cette perte était considérable, car le moindre point coûtait un louis d'or. Ma caisse commençait à baisser. J'avais plus d'une fois pensé à ce qu'il me faudrait entreprendre lorsque j'aurais dépensé mon dernier argent, et le jeu, qui pouvait d'un seul coup me réduire à la misère, m'était d'autant plus fatal.

Une nouvelle taille se fit, et je priai le prince d'abandonner un joueur aussi peu heureux que moi, puisque je l'entraînais dans mes pertes. Le prince dit avec un sourire que j'aurais pu les réparer en suivant les conseils d'un joueur expérimenté, mais qu'il était curieux de savoir où me conduirait ma confiance en moi-même. Je tirai de mon jeu une carte au hasard et sans la voir.

C'était une dame.

Il serait peut-être ridicule de dire que je crus reconnaître dans la figure pâle de la carte les traits d'Aurélie. Je la regardai les yeux fixes. A peine pouvais-je maîtriser mon émotion. Le cri du banquier : « Le jeu est-il fait? » me tira de mon engourdissement. Sans réfléchir, je pris mes cinq derniers louis d'or et les posai sur la carte.

Elle gagna!

Et toujours et toujours je mis sur la dame, et je jetais plus d'or à mesure que le jeu s'augmentait.

Et la dame gagnait toujours!

Chaque fois les joueurs s'écriaient :

— C'est impossible! La dame doit être maintenant infidèle!

Et la dame gagnait toujours!...

— C'est miraculeux! c'est inouï! s'écriait-on de tous côtés.

Et moi, tranquille et silencieux, tout mon être tourné vers Aurélie, je faisais à peine attention aux sommes que le banquier poussait vers moi à chaque instant.

En un mot, dans les quatre dernières tailles, la dame avait considérablement gagné, et j'avais les poches pleines d'or. C'étaient deux cents louis qu'elle m'avait procurés. J'étais entièrement sorti d'embarras; mais je ne pouvais me défendre, en outre, d'une émotion profonde. Je trouvais une étrange coïncidence entre l'heureux coup de fusil, qui tout récemment avait abattu les faisans, et ma chance au jeu dans la soirée. J'étais certain que le pouvoir inconnu qui était entré dans ma vie faisait à ma place toutes ces choses extraordinaires, et que je n'étais que l'instrument involontaire dont se servait cette puissance pour arriver à des fins que je ne devinais pas.

La connaissance de ce partage, qui séparait hostilement mon être, me consolait en ce qu'elle m'annonçait le germe naissant en moi d'une force qui, en s'augmentant toujours, me mettrait à même de résister à l'ennemi et de le combattre. Le portrait d'Aurélie, sans cesse présenté à mes yeux, ne pouvait être qu'une tentation à des actions mauvaises, et ce criminel abus de cette pieuse et chère image me remplissait d'horreur et d'effroi.

Dans cette disposition d'esprit, j'allai de bon matin parcourir le parc, et je rencontrai le duc, qui avait aussi choisi cette heure pour sa promenade ordinaire.

— Eh bien! monsieur Léonard, s'écria-t-il, comment trouvez-vous mon jeu de pharaon? et que pensez-vous des caprices du hasard, qui vous a secondé dans tout ce que vous avez entrepris à tort et à travers, et vous a jeté l'or à pleines mains? Vous avez par bonheur rencontré la carte favorisée, mais il ne faut pas se fier aussi aveuglément à une carte.

Il s'étendit longuement sur l'idée de la carte favorite, me donna les règles bien certaines avec lesquelles il fallait se présenter devant le hasard, et termina en m'assurant que j'aurais encore le même bonheur dans la suite.

Je lui répondis avec tout le respect possible que j'étais bien déterminé à ne plus toucher une carte. Le prince me regarda, frappé d'étonnement.

— C'est mon bonheur d'hier lui-même, lui dis-je, qui m'a fait prendre cette détermination en me prouvant la vérité de ce que j'avais entendu dire autrefois des dangers de ce jeu. Il eut cela d'effroyable pour moi qu'en tirant à tout hasard une carte insignifiante, elle me rappela un souvenir déchirant et douloureux, et je fus entraîné par une puissance inconnue qui me jeta le gain, le bonheur au jeu, comme s'il fût venu de moi-même, comme si, en pensant à cet être qui à mes yeux brillait en couleurs brûlantes dans cette carte inanimée, je dusse commander au hasard et deviner ses replis les plus secrets.

— Je vous comprends, répondit le prince : vous avez un amour malheureux au cœur, et la carte a fait naître dans votre souvenir l'image de celle que vous avez perdue! Toutefois, avec votre permission, il y a bien quelque chose qui prête à rire de voir dans la carte inerte et décolorée qui vous tombe entre les mains la dame de vos pensées en chair et en os. Vous songiez à la bien-aimée, et vous avez été au jeu plus confiant, plus ouvert que vous ne l'êtes peut-être dans la vie habituelle! Mais je ne vois absolument pas ce qu'il y a là dedans d'effroyable, de terrible! il me semble, au contraire, qu'il y a lieu à se féliciter d'avoir été favorisé par le sort. En tout cas, si le bonheur au jeu vous paraît être en relation de mauvais présage avec votre bien-aimée, la faute n'en est pas au jeu, mais à votre disposition d'esprit particulière.

— Cela peut être, mon prince, répondis-je, mais je ne sens que trop vivement que le danger de ce jeu n'est pas tant d'être jeté par une perte considérable dans une position fâcheuse, que de combattre, comme en champ clos, une puissance inconnue qui, s'élançant brillante du sein de l'obscurité, nous attire à la suite de son image séduisante dans une région où elle nous saisit et nous brise avec un rire moqueur. Cette lutte mortelle offre un charme dans sa hardiesse même, et l'homme plein de confiance dans sa force d'enfant l'entreprend volontiers, et quand il l'a commencée, espérant toujours la victoire, il ne peut plus la cesser. Mais, même sous un point de vue moins élevé, la perte peut précipiter le joueur dans une misère profonde, lors même qu'il ne jouerait que contraint et forcé par son entourage. Je dois vous avouer, monseigneur, qu'hier j'ai vu le moment où ma caisse de voyage allait sauter.

— J'en aurais été informé, dit le prince, et je vous aurais remplacé votre perte au triple, car je ne veux que personne se ruine pour mon plaisir.

— Mais même cette restriction, lui répondis-je, ôte la liberté du jeu et met des bornes à certaines combinaisons du hasard dont l'observation a tant d'intérêt pour vous. Que Votre Altesse me pardonne ma franchise, mais toute barrière mise à la liberté, lors même qu'elle s'approcherait de la licence, est pesante, insupportable à la nature humaine, qui lui résiste sans cesse.

— Monsieur Léonard, me dit le prince, à ce qu'il paraît, vous ne serez pas une seule fois de mon avis. Et il s'éloigna rapidement en me jetant un léger adieu.

A peine pouvais-je comprendre moi-même comment j'en étais venu à m'expliquer si ouvertement. Jamais, bien que j'eusse assisté comme spectateur à des jeux importants dans la ville de commerce, je n'avais assez réfléchi sur ce sujet pour donner à mes convictions la forme qu'elles venaient de prendre en sortant involontairement de mes lèvres. Je fus attristé d'avoir perdu la faveur du prince et de m'être ainsi retiré le droit de paraître aux réunions de la cour et de m'approcher de la princesse. Je m'étais trompé, toutefois, car le même soir je reçus une lettre d'invitation pour un concert à la cour, et le prince me dit en passant d'un ton de bonne humeur :

— Bonsoir, monsieur Léonard! veuille le ciel que ma chapelle me fasse honneur aujourd'hui, et que ma musique vous plaise mieux que mon parc!

La musique était charmante, l'exécution en fut très-remarquable; toutefois il me sembla que le choix des morceaux n'était pas heureux, et que l'un détruisait l'effet de l'autre. Une scène principalement, qui me parut composée d'après une forme donnée, me procura un ennui cordial. Je me gardai de dire ma véritable pensée, et je fus d'autant mieux inspiré en cela, que j'appris plus tard que cette interminable scène avait été composée par le prince. Je me rendis sans arrière-pensée dans la prochaine réunion de la cour, et je me proposais même de prendre place au pharaon pour me concilier tout à fait avec le prince, lorsque, à ma grande surprise, aucune banque ne s'établit. Quelques parties de jeu ordinaire étaient seulement engagées, et le reste de la société, dames et messieurs, rassemblés en cercle autour du prince, commencèrent une conversation vive et spirituelle. On raconta des histoires amusantes; on n'épargna pas les anecdotes légèrement piquantes. Mon talent d'orateur trouva sa place, et je racontai d'une manière entraînante, et sous une enveloppe poétiquement romanesque, quelques-uns des événements de ma vie. Je sus ainsi conquérir l'attention et les applaudissements du cercle. Mais le prince aimait les histoires gaies, et personne en ce genre ne surpassait le médecin, qui était inépuisable en bons mots et en récits comiques. La conversation prit bientôt des proportions plus grandes en ce que celui-ci ou celui-là avait écrit quelque chose qu'il se mit à lire devant le monde, et il en arriva que la réunion revêtit l'apparence d'une académie littéraire présidée par le prince, et dans laquelle chacun choisit le sujet qui lui promettait le plus de suffrages.

Un savant, très-bon physicien, fixa l'attention en parlant de nouvelles découvertes intéressantes faites dans sa science; mais plus il attachait les personnes de la société assez instruites pour le comprendre, plus il devenait ennuyeux pour les personnes pour lesquelles ses paroles étaient incompréhensibles. Le prince lui-même paraissait ne pas suivre trop aisément le professeur, et attendre la fin de la dissertation avec un véritable désir. Enfin il eut terminé. Le médecin se montra très-joyeux et se répandit en louanges et en exclamations d'étonnement, tout en ajoutant qu'aux sciences profondes devait succéder quelque chose propre à rendre la gaieté aux esprits, et qu'il ne fallait penser qu'à atteindre ce but. Les moins savants, qui s'étaient courbés sous le poids de cet amas de connaissances étrangères, se redressèrent de nouveau, et le prince lui-même ne put retenir un sourire qui me prouvait assez son désir d'en revenir aux plaisirs de chaque jour.

— Votre Altesse n'ignore pas, dit le médecin en se tournant vers le prince, que j'ai l'habitude de noter fidèlement dans mon carnet de voyage, lorsque je suis en route, tous les gais événements qui se présentent dans la vie, et surtout les originaux ridicules que je rencontre, et je veux vous choisir dans ce journal même un récit qui, sans être trop significatif, ne manque pas de gaieté.

Dans le voyage que j'entrepris l'an passé, j'arrivai, au milieu de la nuit, dans un grand et beau village situé à quatre lieues de B. Je me décidai à descendre dans un hôtel de belle apparence, où un hôte affable vint me recevoir. Fatigué, brisé même, de mon long voyage, je me mis de suite au lit, disposé à bien dormir (il pouvait être alors une heure du matin), lorsque je fus éveillé par une flûte dont on jouait dans la chambre voisine. Jamais je n'avais entendu rien de pareil. L'amateur devait avoir de terribles poumons, car, sur un ton aigu et déchirant qui ôtait le caractère de l'instrument, il se mit à jouer et à rejouer continuellement le même passage, aussi affreusement, aussi déraisonnablement que l'on peut l'imaginer. Je maugréais et maudissais l'enragé musicien qui me privait de mon sommeil et m'écorchait les oreilles; mais le passage allait toujours comme la roue d'une horloge, lorsque j'entendis enfin un coup sourd comme si l'on eût lancé quelque chose contre le mur, puis tout resta tranquille, et je pus tranquillement me rendormir.

Au matin, j'entendis une bruyante dispute en bas dans la maison. Je distinguai la voix de l'hôte, et une autre voix qui criait sans cesse :

Que votre maison soit damnée! Plût au ciel que je n'en eusse jamais franchi le seuil! C'est le diable qui m'a conduit dans cet hôtel, où l'on ne trouve ni à manger ni à boire! Tout est affreusement mauvais et horriblement cher! Voici votre argent. Adieu! vous ne me reverrez plus dans votre maudite gargote!

En disant ces mots, un petit homme desséché, vêtu d'un habit de couleur café brun et une perruque d'un rouge de feu sur laquelle était martialement posé de côté un chapeau gris, s'élança hors de la maison et courut à l'écurie, dont je le vis bientôt sortir sur un cheval roide au pesant galop. Je pris naturellement cet homme pour un étranger qui s'était querellé avec l'aubergiste, et je le crus parti. Pour cela même, je ne fus pas médiocrement surpris lorsque sur le midi, comme je me trouvais seul dans la chambre des voyageurs, je vis entrer le même personnage comique à l'habit brun café et à la perruque d'un rouge ardent, et prendre sans façon une place à la table dressée. C'était la figure la plus lourde et la plus drôle que j'eusse jamais rencontrée.

Il y avait dans toute la personne de cet individu quelque chose de si plaisamment sérieux, qu'il était difficile en le regardant de s'empêcher de rire. Nous dinâmes ensemble, et il s'établit entre l'aubergiste et moi une conversation laconique à laquelle l'étranger, qui mangeait puissamment, ne prit pas la moindre part.

L'hôte conduisit adroitement l'entretien, avec une intention malicieuse, comme je le sus plus tard, sur les caractères des nations diverses, et il me dit :

— Avez-vous déjà vu des Irlandais, et savez-vous quelque chose de particulier sur leurs balourdises?

— Certainement, lui répondis-je tandis qu'il m'en revenait en mémoire toute une armée; et alors je lui racontai l'histoire de l'Irlandais auquel on demandait pourquoi il avait mis ses bas à l'envers, et qui répondit naïvement : Parce qu'il y a un trou à l'endroit.

Et cette autre naïveté de cet Irlandais qui se trouvait couché dans le même lit qu'un Écossais très-emporté et dont le pied nu dépassait la couverture. Un Anglais qui se trouvait dans la chambre en fit la remarque, et attacha rapidement au pied de l'Irlandais l'éperon d'une des bottes placées près de lui. L'Irlandais rentra, en dormant, son pied dans le lit, et écorcha l'Écossais avec l'éperon. Celui-ci, réveillé en sursaut, donna un rude soufflet à son camarade de lit, et alors s'établit entre eux le dialogue suivant :

— Quel diable te pousse? Pourquoi me frappes-tu?

— Parce que tu m'as écorché avec ton éperon.

— Comment est-ce possible, puisque je me suis couché nu-pieds.

— Eh bien, regarde?

— Dieu me damne! tu as raison; c'est cet affreux animal de garçon d'écurie qui m'a ôté la botte et m'a laissé l'éperon.

L'hôte s'abandonna à des rires immodérés; mais l'étranger, qui finissait de dîner au même instant, et venait d'avaler un grand verre de bière, me regarda avec un air sérieux, et me dit :

— Vous avez raison, les Irlandais font assez souvent des balourdises de ce genre. Cela n'est pas dans la nation, qui est vive et spirituelle; mais il court dans le pays un air maudit qui vous donne des attaques de bêtise comme on attraperait un rhume de cerveau. Et moi-même, monsieur, je suis Anglais; mais, comme je suis né en Irlande et que j'y ai été élevé, j'y suis sujet comme les autres.

L'aubergiste se mit à rire encore plus fort, et je ne pus m'empêcher d'en faire autant, car il était curieux de voir l'Irlandais, en parlant de naïvetés, commencer par en dire une des mieux conditionnées.

L'étranger, au lieu de s'offenser de nos rires, ouvrit de grands yeux, posa son doigt sur son nez, et dit :

— En Angleterre, les Irlandais sont le meilleur assaisonnement mêlé à une société pour la rendre agréable. Moi-même je suis en cela semblable à Falstaff : que non-seulement j'ai de l'esprit, mais que je sers à exercer l'esprit des autres; ce qui, dans ce temps de solvabilité intellectuelle, n'est pas un petit mérite. Pensez-vous, en bonne conscience, que cette âme vile et stupide de gargotier fût capable du moindre effort dans ce genre si je ne lui en fournissais le sujet? Mais, cet aubergiste est honnête, il n'entame pas son maigre capital de bons mots, seulement il en prête dans la société des riches à gros intérêts, et, quand il n'est pas sûr de rentrer dans ses avances, comme aujourd'hui, par exemple, il se contente de montrer la reliure de son grand livre, son gros rire, si vous aimez mieux, car tout son esprit est entortillé là dedans. Adieu, messieurs!

Et notre original partit.

Je priai l'hôte de me donner quelques détails sur sa personne.

— Cet Irlandais, me dit-il, s'appelle Ewson, et veut absolument être Anglais, parce que sa famille est originaire d'Angleterre. Il habite ici depuis deux ans environ.

J'étais tout jeune et je venais d'acheter cet hôtel, où je recevais une noce, lorsque M. Ewson, qui était jeune aussi, mais qui portait déjà la perruque rouge, l'habit café brun de la même forme qu'aujourd'hui, et le chapeau grisâtre, passa par ici en retournant dans son pays, et fut attiré par la musique qui résonnait joyeusement. Il jura que l'on ne savait danser qu'à bord des navires, et, pour le prouver, il sortit de sa poche une musette, tout en sifflant entre ses dents de la plus horrible manière, et se mit à faire de si terribles sauts qu'il se démit si bien le pied qu'il fut forcé de séjourner ici pour se faire guérir.

Depuis ce temps, il ne m'a jamais quitté; j'ai eu à souffrir passablement de ses excentricités. Chaque jour, depuis nombre d'années, il se dispute avec moi; il se plaint de la manière dont il est traité; il me dit que je le fais payer trop cher, qu'il lui est impossible de vivre plus longtemps sans porter et sans rosbif; il fait sa valise, met ses trois perruques l'une sur l'autre, prend congé de moi, et part sur son cheval, mais seulement pour prendre l'air. Il rentre à midi par l'autre porte, s'assied tranquillement à table, comme vous l'avez vu faire aujourd'hui, et mange comme quatre. Chaque année, il reçoit une forte somme d'argent; alors il me dit un adieu tout mélancolique, il verse des larmes, auxquelles je mêle celles que m'arrache mon rire mal contenu, et puis, après avoir fait son testament, où, d'après ce qu'il dit, il laisse sa fortune à ma fille aînée, il s'achemine à cheval, lentement et tout soucieux, vers la ville. Trois ou quatre jours après, il est de retour, en rapportant force habits café, force perruques, force chapeaux gris, et à ma fille aînée, qui est sa favorite, des sucreries comme à un enfant, bien qu'elle soit dans sa dix-huitième année, et puis il ne pense plus ni à son séjour à la ville ni à son voyage. Chaque soir, il se grise; et chaque matin il me jette, en colère, l'argent de son déjeuner, et s'éloigne au galop pour ne plus revenir.

Au demeurant, c'est le meilleur homme du monde : il fait de nombreux cadeaux à mes enfants et est très-bienfaisant pour les pauvres du village. Seulement il ne peut pas souffrir le prédicateur depuis qu'il a su du maître d'école qu'il avait changé en monnaie de cuivre une pièce d'or que lui, Ewson, avait jetée dans le tronc destiné aux malheureux. Il l'évite, et ne va jamais à l'église. Le pasteur, de son côté, va criant partout que c'est un athée. Comme je vous l'ai dit, les désagréments ne manquent pas avec lui, parce qu'il est colère et qu'il a toutes sortes d'idées fantasques. Hier, en rentrant, j'entendis des cris furieux, et je reconnus la voix d'Ewson; je le trouvai en violente querelle avec la fille de la maison. Il avait, ce qui arrive chaque fois qu'il s'emporte, jeté sa perruque, et il était là, la tête chauve, sans habits, en manche de chemise, tout près de la servante, et, en jurant et criant de toutes ses forces, il lui mettait sous le nez un livre, dans lequel il semblait lui indiquer un passage avec le doigt. La servante avait les mains sur la hanche, et criait à tue-tête :

— Allez-en chercher d'autres pour raconter vos bêtises, vous êtes un méchant homme qui ne croyez à rien!

J'eus toutes les peines du monde à les séparer et à apprendre ce dont il était question.

M. Ewson avait demandé des pains à cacheter pour une lettre, la fille n'avait d'abord rien compris du tout, et puis elle s'était imaginé qu'il demandait une hostie pour la profaner, parce que le prédicateur avait dit qu'il ne croyait pas en Dieu. Elle refusa, et Ewson, qui croyait n'avoir pas bien prononcé, montrait son vocabulaire anglo-allemand à la servante, qui ne savait pas lire, pour lui désigner ce qu'il désirait, si bien qu'il finit par ne plus lui parler qu'anglais, ce que la fille prit pour la langue du diable. Mon entrée empêcha la bataille, dans laquelle sir Ewson n'aurait probablement pas eu l'avantage.

J'interrompis l'hôte dans son récit pour lui demander si ce n'était pas ce singulier homme qui m'avait si fort agacé et tourmenté avec son affreux jeu de flûte pendant la nuit.

— Ah! monsieur, continua l'aubergiste, c'est un de ses tics, avec lequel il fait fuir la plupart de mes hôtes.

Il y a trois ans, mon fils vint de la ville. Le jeune homme joue très-bien de la flûte, et il étudiait beaucoup. Sir Ewson crut se rappeler qu'il avait autrefois connu cet instrument, et il ne lui laissa pas de repos qu'il ne lui eût cédé, à un prix très-élevé, sa flûte et un morceau de musique qu'il avait apporté avec lui.

Et alors il se mit, bien qu'il n'ait aucune disposition musicale ni le moindre tact, à souffler dans l'instrument en étudiant le morceau qu'il avait acheté. Il fut content de lui jusqu'au second *solo* du premier *allegro*, mais là il tomba sur un passage dont il lui fut impossible de se tirer! et, ce passage unique, il le souffle cent fois à peu près tous les jours depuis trois ans, jusqu'à ce que, de colère, il envoie la perruque et la flûte contre le mur. Comme à ce métier les flûtes ne tiennent pas longtemps, alors il lui en faut continuellement des neuves, et il en a pour l'ordinaire de trois à quatre en train, si une vis est dérangée ou qu'une touche soit en mauvais état :

— Dieu me damne! s'écrie-t-il, il n'y a que l'Angleterre pour faire de bons instruments. Et alors, par la fenêtre!

Ce qu'il y a de plus affreux, c'est que sa passion de musique le prend souvent au milieu de la nuit et qu'il réveille mes hôtes.

Croiriez-vous qu'il y a ici dans l'hôtel de ville un docteur anglais, nommé Green, qui y loge à peu près depuis le même temps que sir Ewson est chez moi, et qui sympathise parfaitement avec *lui*? Il est vrai qu'ils sont aussi originaux l'un que l'autre : ils se disputent sans cesse, et ne peuvent pas se quitter. Je me rappelle maintenant que sir Ewson m'a commandé pour ce soir un punch auquel il a invité le bailli et le docteur Green. S'il vous plaît de vous arrêter ici jusqu'à demain matin, vous verrez ce soir chez moi le trio le plus comique qu'il soit possible de rassembler.

Votre Altesse pense bien que je retardai volontiers mon voyage pour être à même d'admirer Ewson dans toute sa gloire.

Il entra dans la chambre aussitôt que la nuit fut venue, et eut l'amabilité de m'inviter au punch.

— Je suis confus, ajouta-t-il, de vous traiter avec la misérable boisson qu'on baptise ici du nom de punch. On ne boit de punch qu'en Angleterre, et, comme je compte y retourner bientôt, j'espère, si vous y venez jamais, vous prouver que je m'entends à préparer cette boisson délicieuse.

Je savais parfaitement ce que je devais en penser. Presque aussitôt entrèrent les invités.

Le bailli était un petit homme taillé en boule, bien gai, bien joyeux, avec des yeux où pétillait la bonne humeur et un petit nez tout rouge.

Le docteur Green était un homme robuste d'un âge mur, ayant bien le type de sa nation, habillé à la mode, mais avec un peu de laisser-aller. Il avait des lunettes sur le nez et son chapeau sur la tête.

L'aubergiste apporta un énorme bol de punch fumant. Ewson et Green le trouvèrent à peine digne d'être bu, tout en engloutissant verre sur verre. La conversation était traînante. Green était peu causeur. De temps en temps, il cherchait à contredire d'une manière comique. Le bailli parla du théâtre de la ville.

— Le héros joue admirablement, dit-il.

— Je ne trouve pas cela, dit aussitôt le docteur. Cet homme donne tout ce qu'il a dans l'âme, est-ce de sa faute si ses tendances sont pour le mauvais? Mais il a été si parfait dans le mauvais, qu'on ne peut lui refuser des applaudissements.

Le bailli était entre les deux insulaires comme le principe excitant, et ne cessait avec son talent de les amener l'un et l'autre à des idées excentriques et bouffonnes; et il continua ainsi jusqu'à ce que la force du punch commençât d'agir.

Ewson devint extraordinairement joyeux, il chanta avec sa voix piaillarde des chansons nationales, jeta son habit et sa perruque dans la cour, et se mit à danser avec les plus étranges grimaces, d'une manière si comique, que l'on riait à gorge déployée. Le docteur restait sérieux, mais avait des visions singulières. Il prenait le bol de punch pour une basse, et voulait absolument en jouer avec la cuiller pour archet, afin d'accompagner la chanson d'Ewson, et toutes les pressantes protestations de l'aubergiste ne pouvaient l'en détourner. Le bailli était devenu de plus en plus silencieux. Enfin il alla tomber dans un coin de la chambre, où il se mit à pleurer violemment. Je compris un signe de l'hôte, et je demandai au bailli la cause de son chagrin.

— Ah, ah, disait-il en sanglotant, le prince Eugène était un grand général et cependant il lui a fallu mourir!

Et en disant cela son chagrin augmenta tellement, que de grosses larmes coulaient le long de ses joues. Je cherchai à le consoler de la perte de ce valeureux prince, mort depuis plus de cent ans, mais ce fut en vain.

Le docteur Green avait, pendant ce temps, saisi une grande paire de mouchettes, et l'ouvrait et la fermait sans cesse devant la fenêtre ouverte. Il ne pensait à rien moins qu'à moucher la lune, qui brillait dans toute sa clarté. Ewson sautait, et criait comme s'il était possédé de mille diables. Enfin le valet d'auberge entra dans la chambre avec une grande lanterne allumée, en dépit du beau clair de lune, et leur cria à voix haute : — Me voici, mes maîtres, maintenant nous pouvons partir.

Ewson jura qu'il casserait le cou à ceux qui rentreraient chez eux, mais on n'y fit pas attention : le valet prit le docteur sous un bras, sous l'autre le bailli, qui déplorait toujours la mort du prince Eugène, et ils se mirent en marche, en trébuchant à travers les rues, vers la maison de ville.

Nous eûmes beaucoup de peine à faire rentrer Ewson dans sa chambre, où il fit rage sur la flûte pendant une partie de la nuit. Je ne pus fermer l'œil, et me reposai en dormant dans ma voiture de la folle nuit passée dans l'auberge.

Le récit du médecin fut souvent interrompu par des rires tels qu'on peut les entendre dans un cercle de cour... Le prince parut s'être beaucoup diverti. — Il y a, dit-il au médecin, une figure que vous avez trop laissée au second plan dans votre tableau, et c'est la vôtre : je parie que vous avez su à l'instant propice donner un peu de mauvaise humeur au fou Ewson, et entraîner le pathétique docteur dans mille excentricités désordonnées; enfin, que vous étiez le principe excitant que vous nous présentez sous la forme du lamentable bailli.

— Je vous assure, Altesse, s'écria le docteur, que ce club composé de rares folies allait si bien ensemble que toute chose étrangère eût causé une dissonance. Pour rester dans la comparaison musicale, ces trois personnes formaient l'*accord parfait;* chacune ayant un son différent, mais résonnant dans l'harmonie générale : l'aubergiste arrivait là comme la *septime*.

La conversation continua ainsi sur des sujets divers jusqu'au moment où la famille du duc se retira dans ses appartements. La société se sépara dans les dispositions les plus heureuses. Je vivais dans un nouveau monde charmant et joyeux. Plus ma vie à la résidence et à la cour devenait heureuse et tranquille, plus je voyais s'élargir devant moi une carrière où m'attendaient les applaudissements et les honneurs, et moins je pensais au passé. Il me semblait que ma position ne devait plus jamais changer. Le duc paraissait trouver un grand plaisir dans ma société, et d'autres signes qui se présentaient à chaque instant pouvaient me donner à penser qu'il désirait, d'une manière ou de l'autre, me placer auprès de lui. Je dois convenir qu'une certaine uniformité de façons, une certaine manière également adoptée dans la direction des arts et des sciences, qui de la cour s'étendait sur toute la résidence, aurait bientôt éloigné un homme d'une haute intelligence, habitué à une liberté d'esprit sans conditions; cependant, il m'arrivait, lorsque la contrainte imposée par la monotonie de la cour me devenait pénible, de me rappeler que j'avais été rompu autrefois, de bonne heure, à obéir à une forme imposée qui réglait même l'extérieur. Ma vie de cloître agissait ici sur moi; mais, certainement, sans se faire deviner. Plus le prince me distinguait, et plus je m'efforçais d'attirer sur moi l'attention de la duchesse, mais elle restait froide et réservée à mon égard. Ma présence semblait lui causer un trouble involontaire, et c'était avec peine qu'elle prenait sur elle de me jeter comme aux autres quelques paroles amicales. J'étais plus heureux auprès des dames de sa suite; mon extérieur paraissait avoir fait sur elles une impression favorable, et je réussis souvent, en m'aventurant dans leurs réunions, à rencontrer cette étrange forme du monde qu'on appelle galanterie, et dont tout le secret consiste à imiter dans la conversation la souplesse du corps, qui, dans la marche ou le repos, trouve toujours l'allure convenable. C'est le don singulier de pouvoir dire des riens avec des mots bien sonores, et de se conquérir auprès des femmes une bienveillance dont il leur serait difficile d'expliquer la cause; mais cette galanterie plus élevée a son cachet particulier, elle ne peut pas être distribuée avec de lourdes flatteries, elle coule de la chose dite elle-même, comme si dans chaque conversation intéressante, qui résonne comme un hymne à l'objet adoré, il vous était donné de lire clairement dans le fond de son âme. La femme croit se voir dans le portrait que vous lui présentez comme dans un miroir que vous dressez devant elle. Qui donc aurait reconnu le moine en moi? Le seul endroit dangereux peut-être était l'église, où il m'était difficile d'éviter ces exercices de dévotion du cloître qui ont un certain rhythme, un mode tout particulier. Le médecin était le seul qui n'eût pas entièrement admis le coin avec lequel toute pièce de monnaie était indistinctement frappée, et cela m'attirait vers lui. Lui, de son côté, s'attacha à moi, parce que, comme il le savait fort bien, j'avais risqué dès mon début une certaine opposition, et que mes franches observations avaient convaincu le prince, facile d'ailleurs à admettre les vérités hardies, et avaient fait cesser d'un seul coup le pharaon maudit.

Nous étions donc souvent ensemble, et nous discourions tantôt sur la science et l'art, tantôt sur la vie comme elle s'offrait à nous. Le médecin avait pour la duchesse autant d'estime que moi-même, et assurait qu'elle seule faisait souvent renoncer le prince à des projets de mauvais goût, comme elle seule aussi savait dissiper l'espèce d'ennui qui le poursuit superficiellement, en lui mettant dans les mains, sans qu'il s'en doute, quelque jouet innocent. Je saisis cette occasion de me plaindre de ce que la duchesse, sans que j'en pusse deviner la cause, paraissait éprouver à ma vue un déplaisir insurmontable.

Le médecin se leva et alla prendre dans un pupitre, car nous nous trouvions dans sa chambre, une petite miniature qu'il me mit dans les mains en m'invitant à la regarder avec attention. Je le fis, et je fus frappé d'étonnement en reconnaissant mon portrait dans la figure de l'homme que le peintre avait représenté. Le changement de coiffure, l'habit, qui était taillé à une très-ancienne mode et mes épais favoris, chef-d'œuvre de Belcampo, s'opposaient seuls à une ressemblance parfaite.

Je le dis franchement au médecin.

— Et c'est cette ressemblance même, me dit-il, qui effraye et inquiète la princesse dès que vous vous approchez d'elle; car vos traits renouvellent la mémoire d'un événement effroyable qui, il y a longtemps déjà, vint frapper la cour d'un coup terrible.

L'ancien docteur, qui mourut il y a quelques années, et dont je suis l'élève, me confia cette aventure et me donna en même temps ce portrait, qui est celui de Francesco, l'ancien favori du prince. C'est, comme vous pouvez le voir relativement à l'exécution, un véritable chef-d'œuvre. Il a été fait par un peintre étranger, homme très-singulier, qui se trouvait alors à la cour, et joua le rôle principal dans cette tragédie.

La contemplation de cette image fit naître en moi de vagues pressentiments, auxquels je cherchais en vain à donner une forme réelle. Il devait y avoir dans cette aventure un secret où je me trouvais mêlé; et pour cela même, je pressai vivement le docteur de me confier tout ce qui pourrait contribuer à me rendre compte de ma singulière ressemblance avec Francesco.

— Certes, me dit-il, cette merveilleuse circonstance est faite pour éveiller votre curiosité; et bien que je n'aime pas à parler de toute cette histoire, devant laquelle s'étend, pour moi du moins, un voile mystérieux que je ne cherche pas à soulever, je vous dirai cependant tout ce que j'en ai entendu raconter. Bien des années depuis se sont écoulées, et les principaux acteurs ont quitté la scène. Le souvenir seul existe encore, mais c'est un souvenir fatal. Ne parlez à personne, je vous prie, de ce que vous allez entendre.

Dans le moment même où notre prince se maria, son frère vint à la cour en compagnie d'un homme que l'on nommait Francesco, bien que l'on sût qu'il était Allemand, et d'un peintre qui revenait d'un long voyage.

Le prince, son frère, était un des plus beaux hommes que l'on eût jamais vus, et en cela il était bien supérieur à notre grand-duc, qu'il surpassait aussi en vigueur et en intelligence. Il fit une profonde impression sur la duchesse, qui avait toujours été vive jusqu'à l'extravagance, et pour laquelle le duc était trop froid et trop méthodique, et le prince, de son côté, devint épris de la charmante femme de son frère.

Sans penser l'un et l'autre à former une liaison criminelle, ils ne purent cependant repousser la force irrésistible qui les entraînait l'un vers l'autre. Francesco pouvait seul soutenir la comparaison avec son ami, et il fit sur la sœur aînée de la princesse le même effet que celui-ci sur sa belle-sœur.

Francesco s'aperçut bientôt de son bonheur, et par ses ruses calculées fit bientôt du penchant de la princesse un amour irrésistible.

Notre grand-duc était trop persuadé de la fidélité de sa femme pour ne pas mépriser des rapports hypocrites, bien qu'il fût tourmenté des attentions continuelles accordées à son frère; et Francesco, qui, à cause de son esprit rare et de sa manière sage d'envisager la vie, avait su gagner sa confiance, pouvait seul lui rendre sa tranquillité d'esprit. Le duc voulait lui donner les premières charges de la cour. Francesco se contenta d'être son favori et de plaire à la princesse. La cour allait dans ce moment comme elle pouvait aller; mais ces quatre personnes, liées par de secrètes chaînes du cœur, vivaient heureusement dans l'Eldorado d'amour qu'elles s'étaient formé.

Une princesse italienne, peut-être sur l'invitation secrète du grand-duc, apparut à la résidence avec beaucoup d'appareil. Elle avait été destinée à devenir la femme du prince, et dans un voyage qu'il avait fait à la cour de son père, il avait montré pour elle un penchant très-prononcé. Elle était probablement très-belle, comme le prouve son magnifique portrait, que vous avez pu voir dans la galerie.

Sa présence chassa le sombre ennui qui s'était emparé de la cour. Elle éclipsa toutes les femmes, et même la duchesse et sa sœur.

La manière d'être de Francesco changea d'une manière remarquable aussitôt après l'arrivée de l'Italienne. Il semblait qu'un secret chagrin rongeait la fleur de sa jeunesse, il devint soucieux, réservé, et négligea sa noble bien-aimée. Le frère du prince devint aussi pensif, et se sentit entraîné d'une manière irrésistible. L'arrivée de l'Italienne fut un coup de poignard au cœur de la duchesse, tandis que sa sœur, portée par sa nature aux illusions les plus tendres, voyait, avec l'amour de Francesco, s'envoler le bonheur de sa vie.

Ces quatre personnes, naguère si dignes d'envie, étaient maintenant plongées dans le plus profond désespoir. Le frère du prince se décida le premier, et, en présence de la vertu sévère de la duchesse, il s'abandonna sans réserve aux séductions de la belle étrangère. L'innocente passion qu'il avait éprouvée pour sa belle-sœur succomba sous les désirs inexprimables que l'Italienne éveillait en lui, et bientôt il avait repris les chaînes qu'il avait tout récemment brisées.

Plus le prince approuvait cet amour, et plus la manière d'être de Francesco devenait étrange. On ne le voyait presque plus à la cour, il se promenait solitaire et mélancolique, et restait souvent des semaines entières éloigné de la résidence. Par contre, le peintre étranger s'y montrait plus fréquemment, et travaillait volontiers dans un atelier que la princesse avait fait organiser pour lui dans sa maison. Il la peignit plusieurs fois avec une incomparable bonheur d'expression. Il paraissait ne pas aimer la duchesse, et ne voulait pas absolument la peindre, tandis qu'il fit un portrait admirable et très-ressemblant de la princesse sans qu'elle lui eût donné une seule séance. L'Italienne eut tant d'attentions pour le peintre, et lui, de son côté, se montra si souvent envers elle de la plus affable galanterie, que le prince devint jaloux. Il entra une fois dans l'atelier de l'artiste, et celui-ci, l'œil fixé sur la tête de l'Italienne, qui semblait sous l'influence d'un charme, ne parut pas s'apercevoir de sa présence.

— Faites-moi le plaisir, dit rudement le prince à l'artiste, de ne pas travailler plus longtemps ici, et de vous chercher un autre atelier.

Le peintre essuya tranquillement ses pinceaux, et enleva silencieusement la toile du chevalet.

Le prince la lui arracha des mains, et lui dit d'un ton de mauvaise humeur :

— Ce portrait est trop bien réussi, je désire le garder.

— Laissez-moi, lui répondit le peintre toujours calme et froid, le retoucher un peu, je vous prie, j'ai encore deux coups de pinceau à donner.

Le prince remit lui-même le portrait sur le chevalet.

Deux minutes après l'artiste lui rendit son œuvre, et se mit à rire bruyamment en voyant la surprise du prince. Le portrait était devenu d'un aspect horrible.

Le peintre sortit de la chambre à pas lents; mais à la porte il se retourna, jeta sur le prince un regard perçant, et lui dit d'une voix sourde et solennelle :

— Maintenant tu es perdu!

Lorsque ceci arriva, la princesse avait été déjà reconnue pour la fiancée du prince, et le mariage devait avoir lieu peu de jours après. Celui-ci attacha d'autant moins d'importance à la conduite du peintre, qu'on le croyait généralement atteint de folie.

On raconte qu'il retourna dans sa petite chambre, et s'occupa toute la journée à tendre une grande toile sur son châssis en disant qu'il travaillait déjà à un tableau magnifique. Et puis il oublia la cour, et fut oublié d'elle.

Le mariage du prince avec l'Italienne fut célébré dans le palais du grand-duc avec une magnificence extrême; la duchesse s'était résignée et avait renoncé à une passion qui ne pouvait être satisfaite; la princesse était comme illuminée, son cher Francesco était revenu plus beau, plus aimable que jamais. Le prince devait habiter avec sa femme une aile du château que le grand-duc avait fait élever déjà. Dans la direction de ce bâtiment, le duc se trouvait dans son centre, on l'avait vu constamment avec les architectes, les peintres, les tapissiers, ou bien feuilletant de gros livres, avec des cartes, des plans, des dessins, des esquisses qu'il avait en grande partie faits lui-même, et qui, entre nous, n'étaient pas merveilleux. Le prince et sa fiancée ne devaient rien connaître de la distribution intérieure jusqu'au soir de leur mariage. Alors ils furent conduits par le grand-duc, dont le visage brillait de plaisir, à travers les salles décorées en réalité avec une magnificence pleine de goût, dans un admirable salon dont les fleurs avaient fait un jardin, et où se termina la fête.

Dans la nuit, un bruit sourd s'éleva dans l'appartement du prince, et devint de plus en plus éclatant, de telle sorte que le duc lui-même en fut réveillé. Pressentant un événement funeste, il se leva en hâte, et courut accompagné de ses gardes vers l'aile éloignée. Et au moment même où il entrait dans les larges corridors, il aperçut le prince que l'on rapportait. On l'avait trouvé assassiné d'un coup de couteau dans la gorge devant la porte de la chambre nuptiale.

On ne peut se faire une idée de l'effroi du grand-duc, du désespoir de la princesse et du chagrin déchirant de la duchesse.

Lorsque le duc fut plus calme, il fit rechercher le meurtrier, et voulut savoir comment il avait pu s'enfuir à travers des corridors remplis de soldats armés. L'on visita jusqu'au plus petit coin. Tout fut inutile. D'après le récit du page qui avait servi le prince, son maître, saisi d'un pressentiment inquiet, avait paru très-agité, et après s'être promené longtemps dans son cabinet de long en large, il s'était enfin décidé à se laisser déshabiller. Et puis il lui avait ordonné de marcher devant lui un candélabre à la main jusqu'à l'antichambre de l'appartement de sa femme. Là, il lui avait pris la lumière des mains et l'avait congédié; mais en s'en allant, au bout de quelques pas, il avait entendu un cri sourd, un coup, et le bruit du candélabre qui tombait. Il était retourné précipitamment sur ses pas, et, à la lueur des lumières qui continuaient à brûler par terre, il avait aperçu le prince étendu sur le plancher devant la porte de la chambre; près de lui était un couteau plein de sang. Alors il avait appelé.

La mariée raconta que le malheureux prince était entré précipitamment, sans lumière, dans sa chambre, d'où elle venait de renvoyer ses femmes de chambre; qu'il avait tout éteint, et qu'après être resté une demi-heure auprès d'elle, il était sorti quelques minutes avant le meurtre.

Lorsque l'on s'épuisait en suppositions sur le meurtrier, et qu'on était prêt à renoncer à le connaître, une femme de chambre de la princesse entra. Elle avait d'une salle voisine remarqué, à travers la porte entr'ouverte, ce qui s'était passé entre le prince et le peintre étranger, et elle raconta tout dans le plus grand détail.

Personne ne mit en doute que le peintre, après être parvenu à se glisser dans le palais par un moyen que l'on ne pouvait comprendre, n'eût assassiné le prince. On donna l'ordre de l'arrêter à l'instant; mais il avait déjà disparu de sa maison depuis deux jours, et personne ne savait où il était allé. Les recherches furent vaines. La cour resta plongée dans une douleur mortelle, qui rejaillit sur la résidence tout entière; et Francesco dès lors, continuellement fixé à la cour, sut encore faire briller dans le cercle de famille quelques rayons de soleil magiquement amenés à travers tant de nuages obscurs.

Écrasé de repentir, je tombai à genoux.

La princesse se sentit enceinte; et comme il était certain que le meurtrier avait imité la tournure du comte pour faire réussir sa ruse infâme, elle alla se retirer dans un château éloigné appartenant au duc, afin que son accouchement demeurât secret, pour que le fruit d'un crime infernal ne fût pas révélé au monde par l'indiscrétion des domestiques qui connaissaient les aventures de la nuit des noces, et ne vînt pas souiller la mémoire du malheureux époux.

Les rapports de Francesco avec la sœur du prince devinrent, pendant le temps du deuil, de plus en plus intimes, et furent pour lui un droit de plus à l'amitié du duc et de sa femme. Celui-ci connaissait déjà depuis longtemps le secret de Francesco, et ne pouvant résister davantage aux sollicitations de la duchesse et de sa sœur, consentit à un mariage secret. Francesco irait dans une cour éloignée se conquérir un haut grade militaire, et on publierait alors officiellement son mariage.

Le jour du mariage arriva. Le duc et sa femme, assistés de deux hommes de confiance (mon prédécesseur était un de ces deux hommes), furent les seules personnes appelées comme témoins de cette union. Elle devait se faire dans la petite chapelle ducale.

Les fiancés étaient devant l'autel. Le confesseur du duc, un vieux prêtre vénérable, après une messe basse, commença la formule. Alors Francesco pâlit, et les yeux fixes, arrêtés sur un pilier formant l'angle de l'autel, il s'écria d'une voix sourde :

— Que veux-tu de moi?

Le peintre était appuyé contre ce pilier même dans un singulier costume d'un autre pays; il portait un manteau de couleur violette jeté sur l'épaule, et pénétrait Francesco d'un regard de spectre qui jaillissait de l'orbite creuse de ses yeux noirs. La princesse était sur le point de s'évanouir, et tous tremblaient d'effroi. Le prêtre seul restait calme, et dit à Francesco :

— Pourquoi t'effrayes-tu de l'apparition de cet homme, si ta conscience est tranquille?

Alors Francesco, encore à genoux, se leva tout à coup, et se précipita sur l'apparition un petit couteau dans la main; mais, avant de l'atteindre, il tomba sans connaissance avec un gémissement étouffé, et le peintre disparut derrière le pilier. Tous se réveillèrent comme d'un éblouissement. On courut au secours de Francesco, qui, étendu par terre, paraissait privé de vie. Pour éviter d'attirer l'attention, les deux amis dévoués le portèrent dans la chambre du duc.

Lorsqu'il reprit le sentiment, sans répondre un seul mot aux questions du duc sur le mystérieux événement arrivé à l'église, Francesco demanda instamment à être laissé seul dans sa demeure.

Le lendemain il s'était enfui de la résidence, emportant tous les bijoux qu'il devait aux libéralités du grand-duc et de la princesse. Le duc n'épargna rien pour que la présence fantastique du peintre fût expliquée. La chapelle n'avait que deux entrées, dont l'une conduisait de l'intérieur du palais aux loges de la cour placées près du grand autel, et l'autre allait du large corridor principal dans l'intérieur de la chapelle. Cette dernière entrée était gardée par un page qui avait pour mission d'écarter les curieux; l'autre était fermée. Il fut impossible de comprendre comment le peintre avait pu pénétrer dans la chapelle et en sortir.

Le couteau dont Francesco avait voulu frapper le fantôme était resté fixé dans sa main par une contraction nerveuse pendant son évanouissement, et le page posté de garde à la chapelle (c'était le même qui avait déshabillé le prince dans la nuit des fiançailles) le reconnut pour être celui qui était resté à terre près de son ancien maître assassiné. Il en donnait pour preuve le manche d'argent, dont l'éclat avait attiré ses yeux.

Peu de temps après ces événements mystérieux, on reçut des nouvelles de la princesse. Le jour même où le mariage de Francesco devait avoir lieu, elle avait mis au monde un fils, et était morte peu de temps après sa délivrance.

Ce fils, fruit d'un crime infâme, fut élevé dans des pays éloignés sous le nom de Victorin. La princesse (la sœur de la duchesse), le cœur déchiré de tant d'horreurs arrivées en si peu de temps, se retira dans un cloître.

Aurélie.

C'est, vous le savez, l'abbesse des bénédictines de..... Une aventure extraordinaire et mystérieuse, et qui se rattache aux faits arrivés à notre cour, vient, il y a peu de temps, comme autrefois ici, de disperser la famille du baron F*** à son château. L'abbesse, touchée de la misère d'une pauvre femme qui était venue s'arrêter au cloître avec un enfant au retour d'un pèlerinage au saint tilleul, avait...

Ici une visite interrompit le récit du médecin et me permit de maîtriser l'orage qui bouleversait mon sein. Il était certain pour moi que Francesco était mon père; il avait assassiné le prince avec le même couteau qui m'avait servi pour frapper Hermogen à mort. Je résolus de partir pour l'Italie sous peu de jours, et de sortir ainsi une fois du cercle dans lequel m'avait enfermé un pouvoir hostile et méchant. Je parus, le soir, dans le cercle de la cour; on parla beaucoup d'une demoiselle d'une beauté ravissante qui devait paraître le jour même pour la première fois comme dame d'honneur de la grande-duchesse et qui était arrivée la veille.

Les portes s'ouvrirent à deux battants, la grande-duchesse entra avec l'étrangère.

Je reconnus Aurélie.

V.

Aurélie.

Y a-t-il une seule existence où l'étrange secret d'un amour enfoui dans le plus profond du cœur ne se soit au moins une fois trahi? Qui que tu sois, toi qui liras bientôt ces feuilles, rappelle tes souvenirs de ce temps d'éclatant soleil! regarde encore une fois la gracieuse image de femme qui s'est autrefois présentée à tes yeux comme l'esprit de l'amour! Tu n'as pas encore oublié comment les sources murmurantes, les buissons frémissants, le babillard vent du soir te parlaient magnifiquement d'elle, de ta *bien-aimée?* Ne vois-tu pas encore les fleurs te regarder de leurs yeux souriants en t'apportant d'elle un salut et un baiser? Et elle est venue, elle a voulu être à toi tout entière. Tu la recevais plein de brûlants désirs, et tu voulais, abandonnant les chaînes terrestres, te consumer dans une passion fervente; mais le mystère resta inaccompli, un sombre pouvoir te retint en arrière lorsque tu voulais t'envoler avec elle bien loin au delà des mondes, dans les espaces qu'appelaient tes désirs, et il te renversa rudement sur le sol. Avant d'avoir osé l'espérer, tu l'avais déjà perdue. Toute voix, tout son s'étaient évanouis, et la plainte inconsolable du délaissé gémissait effroyable à travers la sombre solitude.

Toi, étranger, inconnu, si jamais un pareil chagrin t'a brisé l'âme, prends pitié de la misère sans espoir du moine tandis que, pensant dans sa noire cellule aux jours de soleil de son amour, il baigne de ses larmes sanglantes sa dure couche, et que ses sanglots mortels retentissent dans la tranquillité de la nuit, à travers les longs corridors du cloître. Mais toi, toi, qui, comme moi, as souffert, tu crois aussi comme moi, n'est-ce pas, que le plus grand bonheur de l'amour, l'accomplissement du mystère se trouve dans la mort?

Le geôlier me demanda si je désirais autre chose. Je refusai, et restai enfin seul.

C'est ce que nous disent ces voix prophétiques qui résonnent vers nous de ces temps anciens dont aucune mesure humaine ne peut calculer la distance; et comme dans ces mystères que célébraient les premiers enfants de la nature, la mort est pour nous la fête de mai de l'amour.

Un éclair sillonna mon âme, ma respiration devint haletante, mon pouls battait avec violence, mon cœur était serré, ma poitrine était prête à éclater.

Ah! aller à elle! aller à elle! l'attirer vers moi dans ma rage d'amour!

Tu résisterais en vain, infortunée, au pouvoir qui t'enchaîne à moi; tu m'appartiens, tu m'appartiens pour *toujours*.

Cependant je maîtrisai mieux les élans de ma passion insensée que lorsque j'aperçus pour la première fois Aurélie dans le château du baron. En outre, tous les yeux étaient attachés sur elle, et je pus en agir à mon aise dans cette foule de gens indifférents sans qu'un seul m'eût seulement remarqué, ce qui m'eût été insupportable, puisque c'était elle seule que je voulais voir, elle seule à laquelle je voulais penser.

Qu'on ne vienne pas me dire que le simple costume de la maison soit la vraie parure de la jeune fille réellement belle : la toilette donne aux femmes un charme secret auquel il nous est difficile de résister; elle déploie chez elles, et cela est peut-être un des secrets de leur nature, un éclat, une beauté qui semblent être reflétés par leur âme, comme les fleurs ne sont en aucun moment plus complétement admirables que lorsqu'elles s'épanouissent en étalant mille couleurs diverses. Lorsque l'on voit pour la première fois sa bien-aimée en grande parure, ne se sent-on pas courir un frisson inexplicable dans les veines et les nerfs? Elle vous paraît changée, et cela même lui donne un charme immense. On se sent une joie et des désirs ineffables lorsque, sans être observé, on peut lui serrer la main.

Je n'avais jamais vu Aurélie qu'en costume très-simple, aujourd'hui elle apparaissait, selon les exigences de la cour, en riche toilette. Comme elle était belle! comme en la regardant je me sentais pénétré d'un profond ravissement, d'une volupté douce! Mais le malin esprit s'emparait de moi en élevant sa voix que j'écoutais d'une oreille complaisante.

— Vois-tu, Médard, murmurait-il, comme tu commandes au destin! comme le hasard t'obéit!

Il y avait dans le cercle de la cour des femmes que l'on pouvait regarder comme des beautés accomplies; mais elles étaient complétement effacées par les charmes d'Aurélie, qui s'emparaient du cœur. Une sorte d'enthousiasme saisissait aussi les plus insensibles, les vieillards même brisaient brusquement le fil de cette conversation de cour, qui consiste seulement en mots où l'on attache un sens quelconque venu du dehors, et c'était plaisir de les voir les uns et les autres visiblement préoccupés du désir d'étaler devant l'étrangère leurs paroles et leur mine des grands jours.

Aurélie recevait ces hommages les yeux baissés, gracieuse et rougissante; mais lorsque le duc eut rassemblé autour de lui tous les hommes âgés, et que les jeunes s'approchèrent d'elle, timides, en cherchant des paroles aimables, elle se trouva plus à son aise et devint plus gaie. Un major des gardes du corps parvint à attirer son attention sur lui, et ils parurent bientôt plongés dans une conversation assez vive. Je connaissais le major comme un grand adorateur des femmes. Il avait l'art de mêler du sens et de l'esprit dans les sujets les plus insignifiants, et de faire ressortir ces qualités chez ses interlocuteurs. Evitant d'une oreille exercée les sons mêmes les plus légèrement *désagréables à l'oreille*, il savait, en instrumentiste habile, faire vibrer à son gré des accords toujours en parfaite harmonie, de sorte que celle qui l'écoutait, abusée, croyait dans des tons étrangers entendre sa propre musique intime.

J'étais à peu de distance d'Aurélie, et elle ne paraissait pas me voir. Je voulais m'avancer vers elle, mais une main de fer me tenait fixé à la même place. En regardant plus attentivement le major, il me sembla voir en lui Victorin près d'Aurélie.

— Ah! ah! infâme! es-tu donc couché si mollement dans le trou du Diable que tu puisses, dans ta folle ardeur, aspirer à la maîtresse de Médard?

J'ignore si je prononçai véritablement ces paroles, mais je m'entendis rire moi-même, et je crus sortir d'un songe lorsque le maréchal de la cour me demanda :

— Pourquoi riez-vous ainsi, mon cher monsieur Léonard?

Je me sentis glacé.

N'était-ce pas les mêmes paroles que m'avait adressées le pieux frère Cyrille lors de ma prise d'habit, en entendant mon rire impie?

Je parvins à grand'peine à balbutier quelques mots se tenant à peu près raisonnablement ensemble. Je vis qu'Aurélie n'était plus près de moi; mais je n'osai pas jeter mes regards dans l'assemblée, et je parcourus rapidement les salons resplendissants de lumière. Il était probablement facile de lire sur mon visage, car je remarquai que tout le monde s'éloignait de moi comme effrayé; je sautai plutôt que je ne descendis les marches de l'escalier principal.

J'évitai de retourner à la cour, car il me paraissait impossible de revoir Aurélie sans courir le danger de trahir mon secret le plus profond. Je parcourais les forêts et les campagnes, ne pensant qu'à elle, ne voyant qu'elle. J'étais toujours plus fermement convaincu qu'un sombre destin unissait nos existences l'une à l'autre, et ce qui autrefois m'avait paru un horrible crime était maintenant pour moi l'accomplissement d'une décision éternelle et invariable. En m'encourageant ainsi, je souriais au péril qui pouvait me menacer lorsque Aurélie reconnaîtrait en moi l'assassin d'Hermogen. Et cependant cela me semblait presque impossible. Combien étaient misérables à mes yeux tous ces petits jeunes gens qui s'efforçaient en vain de lui plaire, à elle, qui était si bien à moi, que le plus faible souffle de sa vie ne lui était accordé que pour m'appartenir! Que sont ces comtes, ces chevaliers, ces chambellans, ces officiers dans leurs habits de couleurs diverses, avec l'éclat de l'or et leurs décorations resplendissantes, sinon d'impuissants insectes chamarrés, que je pense, s'ils me déplaisent, écraser sous mon doigt? Je veux venir au milieu d'eux en robe de religieux, tenant dans mes bras Aurélie brillamment parée en fiancée; et cette orgueilleuse duchesse ennemie doit elle-même préparer le lit nuptial du moine qu'elle méprise!

Tourmenté de semblables pensées, j'appelais Aurélie à voix haute, et je riais et hurlais tour à tour comme un insensé. Mais bientôt l'orage s'apaisa. Je devins plus calme et en même temps plus capable de former des projets pour me rapprocher d'elle. Un jour j'allai me promener dans le parc pour me consulter et décider s'il était convenable de me rendre à une soirée que le prince avait fait annoncer, lorsque je me sentis frapper sur l'épaule; je me retournai, le médecin était devant moi.

— Laissez-moi tâter votre pouls, me dit-il. Et aussitôt il me prit le bras en me regardant fixement entre les deux yeux.

— Que veut dire cela? lui demandai-je étonné.

— Peu de chose, me répondit-il. Il doit s'être glissé par là, sans bruit et en secret, une folie quelconque qui, semblable au bandit, attaque un jour les hommes à l'improviste et les traite de façon qu'ils ne peuvent s'empêcher de crier, ou, ce qui revient quelquefois au même, d'éclater de rire. Après tout, ce fantôme ou ce diable enragé n'est parfois qu'une légère fièvre avec quelques accès un peu forts; et à cause de cela, laissez-moi tâter votre pouls.

— Je vous assure, lui dis-je, que je ne comprends pas un mot à tout ceci.

Mais déjà le médecin comptait les pulsations les yeux fixés vers le ciel : — Un... deux... trois.

Sa conduite étrange était une énigme pour moi, je le priai de me dire positivement ce qu'il désirait.

— Ainsi, vous ne savez pas, mon cher Léonard, me dit-il, que vous avez mis tout récemment la cour en émoi? La maîtresse des cérémonies a depuis ce temps des attaques de nerfs, et le président du consistoire manque d'assister aux sessions les plus importantes, parce qu'il vous a plu d'écraser en courant son pied goutteux et de le fixer sur sa chaise longue, et tout cela parce que, dans un accès de folie, vous vous êtes précipité hors de la salle après avoir, sans raison, fait entendre un éclat de rire qui a effrayé tous les assistants, et vous a à vous-même fait dresser les cheveux sur la tête.

— Oui, lui répondis-je, je me souviens très-bien d'avoir voulu rire en moi-même, mais il est impossible que les conséquences en aient été aussi terribles que vous voulez bien le dire, puisque le maréchal de la cour m'a demandé d'une voix bien tranquille et bien douce pourquoi je riais ainsi.

— Mais cela ne veut absolument rien dire, reprit le médecin : le maréchal est une espèce de *homo impavidus* qui s'embarrasse fort peu du diable même; il est resté dans sa tranquille *dolcezza*, bien que le président consistorial eût cru reconnaître dans votre rire celui du diable, et que notre chère Aurélie ait été si effrayée que tous les efforts des princes n'ont pu la calmer, et qu'elle a dû se retirer, au grand désespoir de tous les hommes, dont la chevelure fumait déjà d'amour. On dit qu'au moment où vous vous êtes mis, mon cher Léonard, à rire d'une manière si charmante, Aurélie s'était écriée avec un accent à déchirer le cœur : « Hermogen! que signifie tout ceci? » Vous le savez sans doute, vous êtes, mon cher Léonard, un homme aimable, gai et intelligent, et je ne suis pas fâché de vous avoir raconté la mémorable histoire de Francesco, cela pourra vous servir.

Le médecin tenait toujours mon bras en me regardant dans les yeux.

— Je sais, lui dis-je en me dégageant doucement, que vos étonnantes paroles n'ont pas de signification, monsieur; mais je dois avouer que lorsque j'aperçus Aurélie assiégée d'hommes élégants, dont, comme vous l'avez spirituellement dit, la chevelure fumait d'amour, je sentis s'élever en mon âme un amer souvenir de ma vie passée, et que, saisi d'une moquerie mordante excitée par les ridicules efforts de ces messieurs, je me mis à rire tout haut sans le savoir. Je suis désolé d'avoir, bien malgré moi, causé tant de mal, et je m'en suis puni le premier en me tenant éloigné de la cour.

— Eh! mon cher Léonard, répliqua le médecin, on a parfois d'étranges mouvements, mais on y résiste facilement quand on a le cœur pur.

— Qui peut se vanter de l'avoir? répondis-je d'une voix sourde.

Le médecin changea tout d'un coup de ton.

— Vous me paraissez véritablement malade, me dit-il d'une voix douce et sérieuse. Vous êtes pâle et abattu, votre œil est injecté et brille d'un singulier éclat rougeâtre, votre pouls bat avec une force fiévreuse, dois-je vous ordonner un remède?

— Ordonnez-moi du poison, repris-je d'une voix que l'on entendait à peine.

— Oh! oh! s'écria le docteur, en êtes-vous là? Eh bien! au lieu de poison, je vous ordonne la distraction d'une société aimable. Est-ce que par hasard... pourtant c'est bien étonnant... peut-être..

— Je vous en prie, monsieur, interrompis-je irrité, ne me tourmentez pas avec vos réticences insensées, dites plutôt tout bonnement.

— Halte! dit le médecin, halte! Il y a des erreurs bien étranges, mon cher Léonard; je suis presque certain que l'on a bâti sur l'impression du moment une hypothèse qui peut-être s'écroulera d'elle-même en quelques instants. La duchesse vient de ce côté avec Aurélie, mettez à profit cette rencontre due au hasard, excusez votre conduite. Mon Dieu! certainement vous avez ri, et d'une manière singulière; est-ce de votre faute si vous avez effrayé des personnes nerveuses? Adieu!

Le médecin s'éloigna avec sa vivacité habituelle.

La duchesse descendait l'allée avec Aurélie. Je tremblais. Je rassemblai toutes mes forces. Je comprenais, d'après les paroles du médecin, qu'il fallait me justifier à l'instant même. J'allai hardiment à leur rencontre. Lorsque Aurélie m'aperçut, elle tomba évanouie en poussant un cri étouffé. Je voulais courir à son aide; mais la duchesse, d'un geste plein d'horreur et d'effroi, m'ordonna de m'éloigner et appela hautement au secours.

Je traversai le parc, déchiré par le fouet des démons et des furies; j'allai m'enfermer dans ma chambre, et je me jetai sur mon lit en grinçant les dents de rage et de désespoir.

Le soir vint, la nuit arriva, alors j'entendis s'ouvrir la porte de la maison : plusieurs voix murmuraient et parlaient bas ensemble; on montait doucement et sans bruit les marches de l'escalier; enfin on frappa à ma porte, et au nom de la loi on m'ordonna d'ouvrir. Sans savoir précisément ce qui me menaçait, je compris que j'étais perdu. Je pensai à la fuite, et j'ouvris la fenêtre : des soldats armés étaient postés devant la maison, et l'un d'eux m'aperçut. — Où aller? me disais-je, et en même temps la porte de ma chambre était déjà brisée. Plusieurs hommes entrèrent. A la lueur de la lanterne que portait l'un d'eux, je les reconnus pour des soldats de la police. On m'exhiba l'ordre émané du tribunal criminel, toute résistance eût été insensée. On me jeta dans une voiture arrêtée devant la maison; et lorsque je fus arrivé à ce qui paraissait être ma destination, je demandai :

— Où suis-je?

— A la prison de la forteresse, me répondit-on.

Je savais que l'on enfermait seulement en ce lieu les criminels les plus dangereux pendant la durée de leur procès. On m'apporta un lit, et le geôlier me demanda si je désirais autre chose. Je refusai, et restai enfin seul.

Le bruit longtemps prolongé des pas, joint à celui de plusieurs portes que l'on ouvrait et fermait, me fit comprendre que j'étais dans une des plus secrètes prisons de la citadelle.

Par une circonstance inexplicable pour moi-même, j'étais resté pendant tout le voyage, d'ailleurs assez long, tranquille et plongé dans une sorte d'engourdissement des sens. Toutes les figures qui passaient devant mes yeux me semblaient revêtues de couleurs effacées à demi. J'étais non pas plongé dans le sommeil, mais dans une sorte d'évanouissement qui laissait errer la pensée et la fantaisie. Lorsque je m'éveillai au grand jour, je me rappelai peu à peu ce qui m'était arrivé et où l'on m'avait conduit. La chambre voûtée et semblable à une jolie cellule où je me trouvais n'aurait pas eu l'apparence d'une prison si la fenêtre, garnie de forts barreaux de fer, n'eût été placée si haut qu'il m'était impossible d'y atteindre avec la main, et par conséquent de regarder au dehors. Quelques rayons d'un soleil rare y descendaient. Je voulais jeter un coup d'œil sur les alentours de ma prison. J'approchai mon lit, sur lequel je posai ma table. Je voulais y monter, lorsque le geôlier entra et parut surpris de ma tentative. Il me demanda ce que je faisais là, je lui répondis que je désirais regarder au dehors. Il emporta le lit et la table sans rien dire, et me renferma. Une heure ne s'était pas écoulée, qu'il était de retour avec deux hommes, et me conduisit, à travers de longs corridors, après bien des escaliers montés et descendus, à une petite salle où m'attendait le juge criminel. Près de lui était assis un jeune homme, auquel il dictait à voix haute toutes les demandes qui m'étaient adressées. Je devais à mes rapports récents avec la cour et à la considération dont j'avais réellement joui si longtemps les égards avec lesquels on me traitait, et j'en étais induit à penser que mon arrestation était principalement basée sur des suppositions vaguement inspirées par les pressentiments d'Aurélie. Le juge m'invita à raconter franchement l'histoire de ma vie; je le priai, avant tout, de me dire ce dont j'étais accusé. Il me répondit que j'en serais informé lorsque le temps de le faire serait venu; qu'il s'agissait pour le moment de connaître exactement les événements de mon existence avant mon arrivée dans la résidence, et qu'il était de son devoir de me prévenir que le tribunal criminel ne manquerait pas de moyens de contrôler de la manière la plus exacte la vérité de ce que j'avancerais, et que par cette raison même il m'engageait à ne pas m'écarter un instant de la vérité.

Cette exhortation que m'adressa le juge, un petit homme aux cheveux *rouges*, à *la voix rauque* et ridiculement *criarde*, ne tomba pas sur un terrain ingrat, car je me souvins que je devais continuer à conduire et tresser le fil de mon discours comme je l'avais fait en donnant mon nom et le lieu de ma naissance à mon arrivée à la cour. Il fallait aussi, évitant tout ce qui n'avait pas une apparence naturelle, placer le lieu des événements de ma vie à une grande distance, de manière que les informations fussent difficiles à prendre et demandassent beaucoup de temps. Je me rappelai aussitôt un jeune Polonais avec lequel j'avais étudié au séminaire de B***, et je résolus de m'approprier l'histoire de sa vie. Ainsi préparé, je commençai en ces termes :

— Se peut-il que l'on m'accuse? J'ai vécu ici sous les yeux du grand-duc et de la ville tout entière, et pendant ce temps on n'a pas entendu parler de crime que j'aie pu commettre, ou bien auquel j'aie participé. Je dois être accusé par une personne étrangère d'une chose arrivée dans un temps antérieur, et comme je me sens tout à fait innocent, il se peut qu'une malheureuse ressemblance ait amené sur moi des préventions fâcheuses, et je trouve dur alors que sur de simples suppositions, on en arrive à me jeter comme un criminel dans une dure prison. Pourquoi ne pas me confronter avec mon méchant ou pour le moins bien léger accusateur? car il faut être un insensé pour...

— Doucement, doucement, monsieur Léonard! coassa le juge, ménagez vos expressions, vous pourriez les appliquer à des personnes haut placées, et celle qui vous a reconnu, monsieur Léonard ou monsieur... — il se mordit vivement les lèvres — n'est ni légère ni insensée... et nous avons de bonnes nouvelles de ***. — Il nomma la contrée où étaient placés les biens du baron, et le jour se fit aussitôt pour moi.

Il était évident qu'Aurélie avait reconnu en moi le moine qui avait assassiné son frère; mais ce moine était Médard, le célèbre orateur du couvent de capucins à B***. Reinbold l'avait dit lui-même. La belle savait que Francesco était le père de ce Médard, et ma ressemblance avec *lui, qui tout d'abord avait tant frappé la duchesse*, changeait presque en certitude les suppositions dont elle et l'abbesse s'étaient probablement entretenues dans leur correspondance. Il se pouvait aussi que l'on eût été prendre des renseignements au couvent des capucins à B***; que l'on eût suivi ma trace et décidé l'identité de mon personnage avec le moine Médard. Tout ceci me passa rapidement dans le cerveau, et je sentis le danger de ma position. Le juge bavardait toujours, et cela me fut utile, car je pus me rappeler le nom de la petite ville polonaise que j'avais donné à une dame de la cour pour mon lieu de naissance, nom que j'avais oublié moi-même et que je cherchais en vain depuis quelque temps. Le juge terminait à peine son sermon en m'invitant à parler sans détour, que je commençai à parler en ces termes :

— Mon nom est Léonard Krezynski, et je suis fils d'un gentilhomme qui, après avoir vendu ses biens, s'établit dans la ville de Kwiecziczewo.

— Comment? comment? s'écria le juge en cherchant en vain à prononcer à son tour le nom de mon lieu de naissance. Le greffier ne savait aussi comment il devait écrire ces deux noms. Je dus m'en charger moi-même, et je continuai :

— Vous remarquerez, monsieur, combien mon nom, riche en consonnes, est difficile à prononcer dans la langue allemande, et vous comprendrez dès lors facilement pourquoi je m'en débarrassai dès mon entrée en Allemagne et gardai seulement le prénom de Léonard. Aucun homme n'a eu une vie plus simple que la mienne, j'ose le dire.

Mon père lui-même, assez instruit, approuva mon goût décidé pour les sciences, et il avait l'intention de m'envoyer à Cracovie chez un ecclésiastique de ses parents, Stanislas Krczyaski, lorsqu'il mourut. Personne ne s'occupa de moi, je vendis mes biens, j'encaissai quelques arrérages qui m'étaient dus, et je me retirai tout à fait à Cracovie, où j'étudiai plusieurs années sous la direction de mon parent; et puis j'allai à Dantzig et à Kœnisberg. Enfin je fus, *comme par un pouvoir irrésistible*, entraîné à faire un voyage au sud. J'espérais, avec le reste de ma petite fortune, pouvoir vivre en attendant une place dans quelque université. Cependant je me serais trouvé dans une position pénible, si un gain considérable fait au jeu de pharaon, organisé chez le grand-duc, ne m'avait mis à même de m'arrêter ici pour mon plaisir en attendant qu'il me plût de continuer mon voyage vers l'Italie. Je dois ajouter qu'il m'eût été facile de prouver irrécusablement la vérité de ce que j'avance, si un hasard singulier ne m'eût fait perdre mon portefeuille, où se trouvaient mon passe-port et différents papiers importants.

Le juge tressaillit visiblement, me fixa avec attention, et me demanda d'un ton presque railleur quel hasard m'avait mis dans l'impossibilité d'établir mon identité.

— Il y a quelques mois, continuai-je, je voyageais dans les montagnes de ce pays. Le charme de la saison et leur beauté romantique m'engagèrent à voyager à pied. Fatigué, j'entrai un jour dans l'auberge d'un petit village; je m'étais fait donner quelques rafraîchissements, et j'avais atteint un papier de mon portefeuille pour y écrire une idée qui m'était venue. Le portefeuille était placé sur la table. Presque aussitôt descendit un cavalier dont le singulier costume et l'aspect farouche attirèrent mon attention. Il entra dans la chambre, se fit servir à boire, et vint s'asseoir en face de moi, à la même table, tout en me jetant un regard sombre et sauvage. Cet homme me gênait; je me levai, et je me tins au dehors. Le cavalier sortit aussi peu de temps après, paya l'aubergiste, et s'éloigna en me faisant un léger salut. J'allais m'en aller à mon tour, lorsque mon portefeuille me revint en idée. Je l'avais laissé sur la table dans la chambre; il était encore à la même place. Le jour suivant, en le tirant de ma poche, je m'aperçus que ce n'était pas le mien, mais celui de l'étranger, qui sans doute s'était trompé comme moi. Je n'y trouvai que des notes incompréhensibles; il contenait plusieurs lettres adressées à un comte Victorin. On trouvera ce portefeuille et les objets qu'il contient dans mes effets. Dans le mien se trouvaient, comme j'ai dit, mon passe-port, et même, comme je me le rappelle maintenant, mon extrait de baptême, toutes choses que cet échange m'a fait perdre.

Le juge me pria de lui faire des pieds à la tête le portrait de cet étranger, et je ne manquai pas de le faire autant qu'il m'était possible d'après la personne du comte Victorin, en y joignant la description de la mienne après ma fuite du château du baron de B. Le juge ne cessait de me demander les particularités les plus minutieuses, et, tout en lui répondant de la manière la plus satisfaisante, je complétais la figure, bien sûr de ne pas me trouver en danger d'être démenti. Au surplus, je pouvais regarder comme heureuse une idée qui, tout en expliquant la possession des lettres adressées au comte Victorin, lettres qui dans le fait se trouvaient dans le portefeuille, tendait en même temps à mettre en scène un personnage imaginaire qui représenterait tour à tour, selon les circonstances, le fugitif Médard ou le comte Victorin. Je pensais en outre que peut-être se trouvait-il dans ces papiers une lettre d'Euphémie sur le plan concerté de l'introduire en moine dans le château, ce qui viendrait de nouveau compliquer et embrouiller l'affaire.

Ma fantaisie allait toujours, tandis que le juge me questionnait, et de nouveaux moyens de m'empêcher d'être reconnu surgissaient à chaque instant et de telle manière, que je me croyais préparé contre ce qui pourrait arriver de plus embarrassant. J'attendais donc, croyant le juge assez édifié sur les événements de ma vie en général, qu'il entrât dans les détails du crime qui m'était *imputé, mais il* n'en fut pas ainsi. Bien plus, il me demanda pourquoi j'avais voulu m'enfuir.

Je lui répondis que je n'en avais pas eu l'idée un seul instant; mais le témoignage du geôlier, qui m'avait surpris grimpant à la fenêtre, parut faire un effet défavorable pour moi. Le juge me menaça de me faire enfermer plus étroitement si j'essayais une nouvelle tentative.

Je fus reconduit dans la prison. On avait enlevé le lit et étendu par terre quelques bottes de paille. La table était attachée par des vis, et en place de la chaise je trouvai un banc très-bas. Trois jours se passèrent sans que je fusse de nouveau interrogé. Je ne voyais que le visage refrogné d'un vieux domestique qui m'apportait ma nourriture et allumait ma lampe. Je sentais s'en aller cette joyeuse *disposition d'esprit, dans laquelle il me semblait que j'entreprenais* un combat à mort dont j'étais sûr de sortir en vainqueur. Je tombai dans une sorte de léthargie sombre; tout me paraissait indifférent. L'image d'Aurélie elle-même s'était envolée. Bientôt l'esprit reprit ses forces, mais seulement pour éprouver plus vivement ce sentiment maladif qui naît de la solitude et de l'air épais du cachot, et auquel je ne pouvais pas résister. Je ne dormais plus. Dans les reflets étranges que la lueur tremblotante de la lampe projetait sur les murs et le plancher, je distinguais des figures grimaçantes. J'éteignais ma lampe, je me cachais sous ma paille, et alors les gémissements étouffés des prisonniers, le bruit de leurs chaînes résonnaient terriblement dans l'horrible silence de la nuit. Souvent il me semblait entendre le râle de mort d'Euphémie ou de Victorin.

— Suis-je donc la cause de votre perte? n'êtes-vous pas venus *vous-mêmes vous jeter sous mon bras vengeur? leur criais-je*; et en même temps j'entendais retentir sous les voûtes un long soupir de mort, et, dans un désespoir sauvage, je disais en jetant des cri affreux :

— C'est toi, Hermogen! La vengeance approche! Plus de salut pour moi!

Peu s'en fallut, la neuvième nuit, que, d'horreur et d'effroi, je ne restasse étendu sans connaissance sur le carreau de la prison.

J'entendis *distinctement au-dessous de moi frapper doucement* et en mesure. Je prêtai l'oreille ; les coups continuaient toujours, et je distinguai comme un rire étrange à travers le plancher. Je me redressai rapidement, et j'allai me jeter sur le lit de paille ; mais le bruit durait toujours, entremêlé de rires et de gémissements. Enfin on appela bas, tout bas, mais avec une voix rauque, affreuse et en bégayant ces mots entrecoupés :

— Mé-dard ! Mé-dard !

Une sueur glacée m'inonda à l'instant. Je repris courage, et j'appelai.

— Qui est là ? qui est là ?

Le rire devint plus fort, les coups *continuaient*, et *puis la voix* sanglotait, gémissait et balbutiait toujours plus rauque :

— Mé-dard ! Mé-dard !

Je me relevai de la couche.

— Qui que tu sois, dis-je, qui viens ici jouer au revenant, dresse-toi devant mes yeux, que je te voie, et cesse de frapper avec ton effroyable rire ! Je t'appelle dans l'obscurité profonde ; mais alors, juste au-dessous de moi, sous mes pieds, on frappa plus fort et on bégaya :

— Hi hi hi ! hi hi hi ! Mon bon pe-tit frère, mon bon pe-tit frère Mé-dard, Mé-dard-dard, je suis là, suis là ! ou-ou-vre-moi-moi ; *nous irons à la fo... à la for... à la forêt !*

Cette voix retentissait en mon cœur comme une voix que j'avais déjà entendue, mais non pas, il me semblait, aussi entrecoupée, aussi bégayante. Je croyais avec effroi reconnaître mon propre son de voix. Involontairement, comme si je voulais m'en convaincre, je répétai en bégayant : Mé-dard ! Mé-dard ! Alors j'entendis encore un rire menaçant et moqueur, et la voix dit : Pe-tit frère ! pe-tit frère, tu m'as reconnu... reconnu ; ouvre... ouvre, nous irons dans la... dans la... la forêt !

— Pauvre fou ! s'écria, terrible, une voix partie de ma poitrine ; pauvre fou ! je ne peux pas t'ouvrir, je ne peux pas aller avec toi dans la belle forêt, à l'air du beau printemps qui souffle au dehors ; je suis comme toi enfermé dans un obscur cachot ! Alors j'entendis des sanglots et des gémissements douloureux, et les coups devinrent peu à peu moins distincts, et finirent par cesser tout à fait.

Le jour parut à travers les fenêtres : un bruit de clefs se fit entendre, et le geôlier, que je n'avais pas aperçu pendant tout ce temps, entra dans la prison.

— On a entendu cette nuit bien du bruit dans votre prison, dit-il, et l'on a parlé à voix haute. Qu'est-ce que cela ?

— J'ai, lui répondis-je aussi tranquillement qu'il me fut possible de le faire, l'habitude de parler haut en dormant, et, lors même que je parlerais sans dormir, il me semble que cela ne m'est pas défendu.

— On vous a probablement averti, continua le geôlier, que toute tentative d'évasion, toute communication avec les autres prisonniers vous est interdite sous les peines les plus sévères ?

Je lui répondis que je n'avais aucune idée de ce genre.

Quelques heures après l'on me conduisit au tribunal criminel. Je vis à la place du premier juge un homme assez jeune, chez lequel je reconnus d'abord une intelligence et une finesse bien supérieures à celui qui m'avait déjà interrogé. Il s'avança vers moi d'une manière aimable, et m'invita de m'asseoir. Je le vois encore à présent. Il paraissait plus que son âge ; sa tête était presque chauve, et *il portait* des lunettes. Tout en lui respirait la bienveillance et la douceur, et je sentis que par cela même tout criminel, à moins d'être entièrement endurci, devait lui résister avec peine. Il faisait ses demandes naturellement, presque avec le ton de la conversation, mais elles étaient si sages et si précises, qu'elles demandaient une réponse positive. Il commença ainsi :

— Je dois vous demander d'abord si tout ce que vous avez avancé sur les événements de votre vie est bien réel, ou si en y réfléchissant vous ne vous êtes pas aperçu que vous aviez omis telle ou telle particularité importante.

— J'ai dit tout ce que j'avais à dire.

— N'avez-vous pas connu des moines, des ecclésiastiques ?

— Oui, à Cracovie... Dantzig... Frauenbourg... Kœnisberg... Dans cette dernière ville, je fréquentais le prêtre et le chapelain de l'église.

— Vous n'aviez pas fait mention de Frauenbourg dans votre premier interrogatoire ?

— Parce que *je ne pensais pas qu'il fût nécessaire de mentionner* le court séjour de huit jours que j'y fis dans mon voyage de Dantzig à Kœnisberg.

— Ainsi vous êtes né à Kvieczicezevo ?

Cette question fut faite en polonais, et même avec le véritable accent polonais, et par cela même avec facilité. Je fus un moment troublé, mais je me remis aussitôt, et me rappelai de ce que mon ami Kresginski m'avait appris de polonais, et je répondis :

— Dans un bien de mon père, près de Kvieczicezevo.

— Comment s'appelle ce bien ?

— Kreinievo ; c'est un bien de famille de père en fils.

— *Pour un homme né en Pologne, vous n'avez pas un accent très-polonais. Pour dire la vérité,* vous avez la *prononciation allemande* ; d'où vient cela ?

— Il y a déjà bien des années que je ne parle plus qu'allemand ; déjà même à Cracovie je vivais continuellement avec des Allemands qui me demandaient des leçons de polonais. Sans m'en apercevoir, je me suis approprié votre dialecte, comme il arrive aux Allemands, sans le vouloir, d'adopter des prononciations provinciales et d'oublier la leur.

Le juge me regarda ; un léger sourire courut sur son visage. Cependant il se tourna vers le greffier, et lui dicta quelque chose à voix basse. J'entendis distinctement les mots : visiblement embarrassé...

Je voulais en dire davantage sur mon mauvais polonais. Mais le juge me demanda :

— Avez-vous quelquefois été à B. ?

— Jamais.

— Le chemin de Kœnisberg peut vous avoir conduit par là.

— J'ai pris une autre route.

— Avez-vous connu à B. un moine d'un couvent de capucins ?

— Non.

Le juge sonna, et remit en secret une lettre au domestique qui se présenta. Bientôt la porte s'ouvrit, et je tremblai d'effroi lorsque je vis entrer le père Cyrille. *Le juge me dit :*

— Connaissez-vous monsieur ?

— Non... je ne l'ai jamais vu.

Cyrille attacha son regard sur moi, fit quelques pas en avant, et s'écria à voix haute, tandis que ses joues étaient baignées de larmes :

— Médard ! frère Médard ! au nom du Christ, comment dois-je te retrouver ? tout chargé de crimes. Médard, reviens à toi ! repens-toi, avoue ! la clémence de Dieu est grande !

Le juge paraissait mécontent des paroles de Cyrille. Il l'interrompit avec cette demande :

— Reconnaissez-vous cet homme pour le frère Médard du couvent des capucins à B. ?

— Aussi vrai que le Christ m'aide pour mon salut, dit le père Cyrille, aussi vrai je dois croire que cet homme, bien que portant un costume mondain, est ce Médard qui était novice au couvent des capucins à B. et qui a pris l'habit en ma présence ! Cependant Médard porte au côté gauche du cou une marque rouge en forme de croix, et si cet homme...

— Vous remarquerez, interrompit le juge en se tournant vers moi, que l'on vous prend pour le capucin Médard du cloître de B., et que ce Médard est déjà accusé de crimes très-graves. Si vous n'êtes pas ce moine, il vous est facile de le prouver, puisque ce Médard *porte au cou un signe particulier que vous ne devez pas avoir.* Voilà une admirable occasion ! Découvrez votre cou.

— Cela n'est pas nécessaire, répondis-je tranquillement ; un singulier jeu du hasard semble m'avoir donné avec l'accusé Médard, que je ne connais pas, une ressemblance parfaite, car je porte aussi moi-même une marque rouge en forme de croix au côté gauche du cou.

En effet, la blessure que m'avait faite au cou la croix de diamant de l'abbesse avait laissé une cicatrice en forme de croix que le temps n'avait pu faire disparaître.

— Découvrez votre cou, répéta le juge.

J'obéis, et Cyrille s'écria :

— Sainte mère de Dieu ! c'est elle, c'est la marque rouge de la croix ! Médard, frère Médard ! as-tu renoncé à ton salut éternel ?

Il tomba sur sa chaise tout en pleurs et presque sans connaissance.

— Que répondrez-vous à ce que vient de dire ce vénérable religieux ? demanda le juge.

En ce moment, je me sentis comme traversé par le feu de la foudre. Le découragement, qui allait s'emparer de moi, disparut tout à coup. Ce fut le démon lui-même qui me murmura à l'oreille :

— Que peuvent ces niais contre la force de ton intelligence ? Aurélie ne doit-elle pas t'appartenir ?

Je repris d'un ton brusque et ironique :

— Ce moine qui est là évanoui sur sa chaise est un pauvre vieillard, simple d'esprit, qui, dans un moment de folie, me prend pour un capucin évadé de son cloître, avec lequel j'ai peut-être quelque ressemblance.

Le juge était resté jusqu'alors impassible, conservant toujours le même ton et le même regard. Pour la première fois, sa figure prit une expression sombre et sérieuse. Il se leva, et me regarda dans les yeux. Je dois l'avouer, le scintillement même de ses verres de lunettes avait quelque chose d'agaçant, d'effroyable. Je perdis la parole.

Saisi de fureur, d'un affreux désespoir, je m'écriai, *le poing sur le* front :

— Aurélie !

— Que veut dire ce nom ? me demanda violemment le juge.

— Un sombre destin, répondis-je sourdement, me jette une mort méprisable, mais je suis innocent... oui, je suis innocent !... Laissez-moi !... ayez pitié !... Je sens que le délire commence à circuler dans mes veines et agite mes nerfs... Laissez-moi.

Le juge, redevenu calme, dicta au greffier beaucoup de choses que je ne compris pas; enfin il lut à voix haute un résumé de ses demandes et de mes réponses, ainsi que les paroles de Cyrille. Je dus signer mon nom, et puis le juge m'ordonna d'écrire différentes choses en allemand et en polonais, et je le fis. Le juge prit la page allemande, et la mit dans les mains de Cyrille, qui, pendant ce temps, avait repris ses forces avec cette demande :

— Cette écriture a-t-elle de l'analogie avec celle du Médard de votre cloître?

— Elle est tout à fait semblable, répondit celui-ci en se tournant vers moi pour me parler encore. Un regard du juge le fit taire.

Le juge examinait avec attention la feuille que j'avais écrite en polonais, puis il se leva, s'avança tout près de moi, et me dit d'un ton sérieux et convaincu :

— Vous n'êtes pas Polonais. Cette feuille est pleine de fautes de grammaire et d'orthographe. Nul Polonais, même d'une instruction bien inférieure à la vôtre, n'écrirait ainsi.

— Je suis né à Krcinievo, et par conséquent très-Polonais. Lors même que je ne le serais pas, et que des circonstances mystérieuses me forceraient à cacher mon rang et mon nom, je ne serais pas plus pour cela le capucin Médard, qui, selon les apparences, s'est enfui du couvent de B.

— Ah! frère Médard, interrompit Cyrille, notre révérend père Léonard, se confiant en ta foi et ta piété, ne t'avait-il pas envoyé à Rome? Frère Médard, au nom du Christ! ne renie pas plus longtemps d'une manière impie la sainte profession que tu as délaissée.

— Je vous prie de ne pas nous interrompre, dit le juge, et, se tournant vers moi, il continua ainsi :

— Je dois vous faire remarquer que la déposition non suspecte de ce vénérable moine fait présumer de la manière la plus concluante que vous êtes le véritable Médard. Je ne vous cacherai pas non plus que l'on vous mettra en présence de plusieurs personnes qui affirment vous reconnaître pour ce moine. Parmi ces personnes, il en est une que, selon toute apparence, vous devez surtout beaucoup redouter. L'on a même trouvé dans vos effets certains objets qui fournissent des preuves contre vous. Enfin nous aurons bientôt des renseignements sur votre famille, et l'on a déjà écrit à la police de Posen à ce sujet.

Je vous dis ceci sans arrière-pensée, comme ma charge me l'ordonne, afin de vous faire bien comprendre qu'il n'y a pas lieu pour vous de compter sur des artifices, et que ce que vous pouvez faire de mieux est d'avouer la vérité.

Prenez le parti qui vous conviendra. Si vous êtes le véritable Médard, l'œil de la justice, soyez-en certain, saura pénétrer ce mystère, et alors vous saurez ce dont on vous accuse. Si vous êtes, au contraire, Léonard de Kczinski, et que la nature se soit plu à vous donner même dans les signes particuliers de la ressemblance avec Médard, vous trouverez certainement des moyens de fournir les preuves. Vous me semblez maintenant dans un état d'étrange surexcitation, et c'est principalement pour cela que j'ai levé l'audience; je voulais vous donner aussi le temps de réfléchir mûrement. Après ce qui est arrivé aujourd'hui, les sujets ne vous manqueront pas.

— Ainsi, demandai-je, vous ne croyez rien à ce que j'avance, et vous croyez toujours voir en moi le moine Médard?

Le juge me regarda, et dit avec un léger salut :

— Adieu! monsieur de Kczinski. Et l'on me reconduisit dans ma prison.

Les paroles du juge me pénétrèrent comme des lames de fer rougies au feu. Tout ce que j'avais avancé devenait absurde et de mauvais goût. La personne qui devait me confondre et que je devais redouter, c'était Aurélie sans aucun doute.

Comment pourrais-je supporter sa présence? Je me mis à réfléchir à ce que l'on pouvait avoir trouvé de suspect parmi mes affaires, je me rappelai qu'il s'y trouvait une bague au nom d'Euphémie qui me venait de mon séjour au château du baron de F..., et que la valise de Victorin, que j'avais emportée dans ma fuite, était encore maintenant attachée avec le cordon de capucin. Je me regardai comme perdu. Je parcourais mon cachot en désespéré, alors j'entendis comme une voix qui me chuchotait à l'oreille :

— Fou que tu es! pourquoi trembles-tu, ne penses-tu donc pas à Victorin?

Je m'écriai tout haut :

— Rien n'est perdu, j'ai gagné la partie.

J'avais déjà pensé que dans les papiers de Victorin, il devait se trouver quelque chose qui expliquerait sa présence au château sous l'habit d'un moine. Ceci aidant, je voulais composer le récit d'une rencontre avec Victorin, et même avec Médard, pour lequel on voulait me faire passer. Je raconterais les aventures du château, qui avaient eu une fin si terrible, comme en ayant entendu parler, et je trouverais moyen d'entremêler adroitement quelques mots peu compromettants sur ma ressemblance avec tous les deux. La moindre particularité devait être attentivement pesée, je résolus de mettre au net le roman qui devait me sauver. On me donna tout ce que je demandai pour écrire, sous le prétexte d'expliquer différentes circonstances de ma vie que je n'avais pas mentionnées. Je travaillai assidûment jusque bien avant dans la nuit. Mon imagination s'enflammait au mouvement de ma plume; le tout prenait une forme poétique, et je rendais à chaque moment plus épaisse la trame des mensonges sans fin qui devaient voiler la vérité au juge.

La cloche de la citadelle avait sonné minuit, lorsque j'entendis de nouveau, doucement et au loin, les coups de la veille qui m'avaient tant troublé. Je voulus n'y pas faire attention, mais on frappait toujours à coups mesurés, et les rires et les gémissements recommencèrent à éclater par intervalles. Je m'écriai en frappant fortement sur la table :

— Silence là-bas!

Je croyais ainsi éloigner l'effroi qui commençait à me gagner; mais un rire assourdissant et aigu retentit sous la voûte, et l'on bégaya :

— Petit frère... pe-tit frère... je monte à toi... à toi... Ou-vre-moi... ouvre-moi...

Et juste au dessous de mes pieds on commença à gratter, à racler; mais toujours avec des rires et des plaintes. Le bruit et les raclements allaient toujours en augmentant, et de temps en temps je distinguais des coups sourds, semblables à la chute de lourdes masses. Le plancher commença à se mouvoir sous mon pied, je fis un pas en avant, et une brique se souleva du carreau. Je la saisis, et sans peine je la détachai tout à fait. Une lueur d'espoir brilla dans mon âme. Un bras nu se présenta, tenant dans la main un couteau étincelant. Un tremblement d'effroi me fit me jeter en arrière, alors on bégaya d'en bas : Petit frè-re Mé-dard... est là... Prends... prends... brise... brise... dans la fo .. dans la for... la fo-rêt.

Je pensai tout à coup à la fuite, à la délivrance, et bannissant toute crainte, je saisis le couteau que la main m'abandonna sans résistance, et me mis à détacher avec ardeur le mortier qui scellait les pavés. Celui qui était au-dessus les poussait avec force en dedans. Quatre ou cinq pierres étaient là jetées de côté; alors un être nu sortant d'en bas s'éleva tout à coup jusqu'à la ceinture, et me regarda fixement de ses yeux de fantôme avec le rire affreux de la folie. La clarté de la lampe tomba sur son visage.

Je me reconnus en lui!

Je tombai sans connaissance. Une douleur violente, que je ressentis au bras, me tira de mon évanouissement. Tout était clair. Le geôlier était là, devant moi, ayant à la main une lanterne qui m'éblouissait; un bruit de chaînes et de coups de marteaux faisait retentir la voûte. On était occupé à me forger des fers. Outre les chaînes des mains et des pieds, on en passa autour du corps une autre qui fut scellée dans le mur.

— Il faut espérer, me dit le geôlier, que monsieur renoncera maintenant à ses goûts de destruction.

— Et qu'a fait ce drôle? demanda un des ouvriers forgerons. Eh! comment, tu ne le sais pas, Jost? La ville entière ne parle que de cela. C'est un capucin déserteur, qui a tué trois personnes. On tient toute l'affaire. Dans trois jours, il y aura grand gala. On va faire jouer la roue.

Je n'en entendis pas davantage, car je perdis de nouveau le sentiment et la pensée.

Je m'éveillai péniblement de mon engourdissement. J'étais dans l'obscurité; enfin quelques pâles rayons de lumière pénétrèrent sous la voûte haute de six pieds à peine, où je vis avec effroi que l'on m'avait transporté. J'étais brûlant de soif, je pris la cruche d'eau placée près de moi; je sentis glisser sur ma main quelque chose de froid et humide, et j'en vis sortir pesamment un crapaud affreusement enflé. De dégoût, je laissai tomber la cruche.

— Aurélie! m'écriais-je dans le sentiment de la misère qui m'écrasait, et pourquoi tous ces misérables mensonges devant la justice? tous ces artifices d'une hypocrisie diabolique, pour allonger de quelques instants une vie déchirée et pleine de douleurs? Que veux-tu, insensé?... Posséder Aurélie, qui ne pourrait t'appartenir que par un crime inouï. Car en vain tu jettes au monde le mensonge de ton innocence, elle reconnaîtra toujours en toi le meurtrier féroce de son frère, et ne pourra que te haïr. Malheureux fou! Où sont maintenant tes plans superbes? ta confiance dans un pouvoir surhumain qui devait soumettre le destin lui-même à tes caprices?

Je me jetai sur mon lit de paille au milieu de ces lamentations, et je sentis en cet instant sur ma poitrine le contact d'un corps dur qui paraissait être dans la poche de mon habit. J'y plongeai la main, et je la retirai avec un petit couteau.

Depuis que j'étais en prison, je n'avais jamais eu de couteau; ce devait être celui que le spectre m'avait apporté.

Je me levai péniblement, et tins le couteau dans le rayon de la lumière. J'en vis briller le manche d'argent. Incroyable fatalité!... c'était le même qui avait frappé Hermogen, et que j'avais perdu depuis un mois; mais l'infamie même fit briller subitement en moi une lueur de consolation et de délivrance. La manière incompréhensible dont j'avais retrouvé le couteau me parut un signe de la Providence, qui m'indiquait comment je devais expier mon crime et mériter par ma mort le pardon d'Aurélie. Mon amour pour elle brûla dans mon âme comme un feu allumé par un rayon céleste, tout désir terrestre avait disparu.

Il me semblait la voir comme autrefois, lorsqu'elle m'apparut au confessionnal.

— C'est toi que j'aime, Médard! Mais tu ne me comprends pas : mon amour, c'est la mort.

J'entendais murmurer autour de moi cette voix si chère, et j'étais décidé à avouer au juge l'étonnante histoire de mes erreurs et à me donner la mort.

Le geôlier entra, et m'apporta une meilleure nourriture et une bouteille de vin.

— C'est par ordre du duc, dit-il en couvrant la table qu'apportait un valet et détachant ensuite la chaîne qui m'attachait au mur.

Je le priai de dire au juge que je désirais être entendu, parce que j'avais à lui avouer beaucoup de choses qui me pesaient sur la conscience.

Il me promit de faire ma commission, cependant j'attendis en vain que l'on vînt me chercher pour cet interrogatoire. Personne ne parut. Un valet seul entra le soir, lorsque la nuit fut venue pour allumer la lampe suspendue à la voûte. J'étais plus calme que jamais, mais j'étais épuisé, et tombai bientôt dans un profond sommeil.

Alors je fus conduit dans une longue et obscure salle voûtée, dans laquelle j'aperçus une foule d'ecclésiastiques vêtus de longues robes traînantes. Ils étaient assis sur de hautes stalles placées le long du mur. Devant eux, à une table couverte d'un tapis rouge, était le juge, et près de lui un dominicain dans l'habit de son ordre.

— Maintenant, dit le juge d'une voix haute et solennelle, tu appartiens à la justice ecclésiastique, à laquelle, moine endurci dans le crime, tu as en vain caché ton état et ton nom. Franciscus, nommé Médard, du surnom du cloître, réponds. Quels crimes as-tu commis?

Je voulais raconter tout ce que j'avais fait de coupable; mais, à mon grand effroi, mes paroles dirent le contraire de ma pensée. Au lieu de faire des aveux, je me perdis dans des discours sans ordre et sans suite.

Alors le dominicain, qui se tenait debout devant moi dans sa taille gigantesque, dit en me pénétrant d'un regard d'où jaillissait d'effroyables lueurs :

— A la question le moine endurci !

Les singulières figures se levèrent toutes ensemble, et étendirent leurs longs bras vers moi en criant dans un rauque et cruel accord :

— A la question !

J'atteignis mon couteau et me frappai au cœur, mais mon bras monta malgré moi vers mon cou, et la lame se brisa sur le signe de la croix, comme un morceau de verre, sans me faire de blessure. Les valets du bourreau me saisirent, et me précipitèrent dans une voûte souterraine.

Le dominicain et le juge descendirent derrière moi. Celui-ci m'invita encore une fois à avouer. Encore une fois ma parole et ma pensée se séparèrent. Repentant, écrasé de honte, je reconnaissais tout en moi-même, ce que disait la bouche était ridicule et insensé.

Sur un signe du dominicain, les valets du bourreau me mirent tout nu et me lièrent les mains derrière le dos, et je sentais mes articulations tendues sur le point de se disjoindre en craquant. Je m'évanouis dans d'horribles douleurs.

Je sentais encore une douleur aux mains et aux pieds, et aussi aux yeux, que je ne pouvais ouvrir. Enfin il me fut comme enlevé un poids de dessus le front, je me levai rapidement, un moine dominicain était debout devant la paille de mon lit. Un sang glacé circula lentement dans mes veines. Immobile comme une statue, les bras croisés, le moine était là me fixant de ses yeux caves et noirs.

Je reconnus l'effroyable peintre et retombai évanoui sur ma couche. Peut-être n'était-ce qu'une illusion des sens encore tourmentés du rêve? Je repris courage, je me remis sur mes pieds; mais le moine était là, toujours me fixant de ses yeux caves et noirs. Alors, dans un désespoir délirant, je m'écriai :

— Homme épouvantable, va-t'en!... Non! tu n'es pas un homme, tu es le démon lui-même, et tu veux m'entraîner dans ma perte éternelle. Va-t'en, va-t'en, infâme!

— Pauvre fou, ce n'est pas moi qui, sans cesse, t'enlace dans des liens de fer, moi qui veux te détourner de l'œuvre sainte où t'appelle le pouvoir éternel. Médard, insensé à courte vue, je te suis apparu terrible, effroyable, lorsque tu dansais imprudemment audessus de la tombe ouverte de la damnation sans fin. Je t'avertis, mais tu ne m'écoute pas, lève-toi... Approche-toi de moi...

Le moine prononça ces paroles avec le ton sourd d'une vive plainte qui déchirait le cœur. Son regard, autrefois pour moi si affreux, était doux et aimant; son visage était agréable à voir. Une ineffable mélancolie inondait mon âme, et le peintre, autrefois si redoutable, m'apparaissait maintenant comme envoyé du ciel pour me ranimer et me consoler dans ma misère infinie. Je me levai de mon lit, je m'approchai; ce n'était pas un fantôme, je touchai son habit. Je m'inclinai devant lui, et posai sa main sur ma tête, comme si je l'avais prié de me bénir.

Alors de magnifiques tableaux s'animèrent en moi, parés de couleurs éclatantes. Ah! j'étais à Saint-Tilleul; c'était bien la même place où, dans ma tendre enfance, j'avais rencontré le pèlerin revêtu d'un costume étranger. L'étonnant enfant me souriait; je voulais m'avancer, je voulais entrer dans l'église, qui était tout près de moi. Là, je devais (je le pensais ainsi) trouver dans la pénitence et le repentir l'absolution de graves péchés. Mais je restais immobile, je ne pouvais plus regarder, plus toucher l'être qui était moi, et une voix sourde et creuse disait :

— La pensée, c'est le fait.

Les songes se dissipèrent, c'était le peintre qui avait prononcé ces mots : Être incompréhensible, n'étais-tu pas, dans cette matinée funeste, au cloître des capucins à B...? N'étais-tu pas dans la ville? Et maintenant?...

— Arrête! interrompit le peintre, j'étais bien toujours près de toi pour te sauver de la perte et de la honte; mais ton intelligence dormait toujours! Tu dois, pour ton salut, accomplir l'œuvre à laquelle tu es destiné.

— Ah! m'écriais-je plein de désespoir, pourquoi n'as-tu pas arrêté mon bras lorsque, dans un crime infâme, ce jeune homme...

— Cela ne m'était pas permis, reprit le peintre, je n'en demande pas davantage; il est défendu de s'opposer à ce qui a été résolu par le pouvoir suprême, Médard ! Tu marches à ton but demain !

Je me sentis glacé, car je croyais le comprendre; il connaissait et approuvait mon suicide. Il s'avança doucement vers la porte du cachot.

— Quand te reverrai-je? lui dis-je.

— Au but! répondit-il se tournant encore une fois vers moi, solennel, mais avec une voix tellement forte, que la voûte trembla.

— Ainsi, demain?

Et doucement la porte tourna sur ses gonds, le peintre avait disparu.

Lorsque le jour brilla plus clair, le geôlier entra suivi de ses valets, qui détachèrent les chaînes de mes pieds et de mes bras meurtris. Je devais, me dirent-ils, être bientôt conduit en haut pour être interrogé de nouveau.

Profondément recueilli en moi-même, occupé de la pensée d'une mort prochaine, je montai à salle de justice. J'avais mis mes aventures bien en ordre dans ma pensée pour faire au juge un récit court, mais saisissant et embrassant jusqu'au plus petit détail. Le juge vint rapidement à ma rencontre. Je devais paraître bien abattu, car à ma vue le sourire amical qui illuminait son visage fut remplacé par l'expression de la compassion la plus profonde. Il me prit les deux mains et me fit doucement asseoir dans son fauteuil; et puis, me regardant en face, il me dit lentement et d'une voix solennelle :

— Monsieur de Krczinski, j'ai d'heureuses nouvelles à vous apprendre. Vous êtes libre! L'enquête est abandonnée par ordre du prince. On vous a pris pour une autre personne. La faute en est à votre incroyable ressemblance avec elle. Votre innocence est bien authentiquement reconnue. Vous êtes libre!

J'entendis autour de moi comme un bourdonnement, comme un murmure, et il me semblait que tous les objets se mouvaient en rond. La figure du juge brillait, se perdant en mille plis dans de sombres brouillards; puis tout disparut dans une épaisse nuit.

Je sentis enfin que l'on me frottait le front avec de l'eau froide, et je revins de l'évanouissement dans lequel j'étais tombé. Le juge me lut un rapport laconique, dans lequel il était dit qu'il m'avait annoncé l'abandon du procès et m'avait remis en liberté. Je signai en silence; je n'étais pas capable de prononcer un seul mot. Un sentiment d'accablement inexprimable empêchait la joie de se faire jour. Comme le juge me regardait d'un air de bonté qui me pénétrait jusqu'au cœur, et maintenant qu'il croyait à mon innocence et voulait me rendre la liberté, il me semblait que je devais lui faire un franc aveu et me plonger un couteau dans le cœur. Je voulais parler. Le juge parut désirer mon départ; je m'avançai vers la porte. Alors il me suivit quelques pas et dit doucement :

— Maintenant j'ai cessé d'être juge, et vous m'avez singulièrement intéressé dès le premier moment où je vous ai vu. Plus les apparences étaient contre vous (et il vous faut bien en convenir), plus je désirai que vous ne fussiez pas l'odieux moine criminel pour lequel on vous prenait. Maintenant je vous le dis en confidence, vous n'êtes pas Polonais, vous n'êtes pas né à Krcinicyo, vous ne vous appelez pas Léonard de Krczinski...

Je répondis avec calme et résolution :

— Non!

— Vous n'êtes pas ecclésiastique? demanda encore le juge, mais en baissant les yeux, probablement pour m'éviter son regard d'inquisiteur.

Il se fit un combat dans mon âme.

— Eh bien! écoutez, lui dis-je.

— Assez, assez! interrompit le juge. Ce que j'ai pensé dès le principe et ce que je pense encore se confirme. Je vois que des circonstances se présentent enveloppées de mystère, et où vous êtes mêlé avec différentes personnes de la cour par un jeu secret du destin. Il ne m'est pas donné de pénétrer plus avant, et chercher à en apprendre davantage sur votre personne et vos relations serait un acte d'inconvenante curiosité. Vous quitterez, n'est-ce pas, un lieu où votre repos est menacé? Après tout ce qui vous est arrivé, le séjour ici ne doit pas vous plaire.

Comme le juge prononçait ces paroles, toutes les joyeuses images qui se pressaient en foule autour de moi s'envolèrent.

J'avais retrouvé la vie, et dans toute sa force, elle faisait bouillonner mon sang.

— Quitter Aurélie! pensais-je en moi-même.

Et je dis en soupirant : — Et l'abandonner, elle!

Le juge me regarda avec l'expression du plus profond étonnement, et dit alors rapidement :

— Ah! maintenant je crois avoir deviné! Le ciel veuille, monsieur Léonard, que mes tristes pressentiments ne se réalisent pas!

Tout avait changé en moi; j'avais perdu le repentir, et dans une criminelle audace je demandai au juge avec un calme hypocrite :

— Vous me croyez donc coupable?

— Permettez, me répondit-il très-sérieusement, que je garde pour moi une conviction basée seulement sur mes impressions personnelles. Il est établi de la manière la plus formelle que vous ne pouvez pas être le moine Médard, puisque le moine Médard se trouve ici et a été reconnu par le père Cyrille, que la ressemblance avait abusé. D'ailleurs le coupable avoue être le moine. Maintenant qu'il est arrivé tout ce qui pouvait arriver pour écarter de vous cette prévention, je dois être d'autant plus porté à croire que vous n'avez rien à vous reprocher.

Un officier de justice appela en ce moment le magistrat, et l'entretien se termina juste au moment où il commençait à me devenir pénible.

Je me rendis dans mon logement, et le trouvai tout comme je l'avais laissé; on avait seulement saisi mes papiers; ils étaient assemblés en un paquet cacheté placé sur mon pupitre. Toutefois, je ne retrouvai plus l'anneau d'Euphémie, les lettres de Victorin et le cordon du capucin. Ceci justifiait mes suppositions faites au cachot. J'étais là depuis peu de temps, lorsqu'un domestique du grand-duc m'apporta un billet de sa main, accompagné d'une tabatière d'or garnie de pierres précieuses.

« On a joué un vilain jeu avec vous, m'écrivait-il; mais ni moi ni mes tribunaux n'en avons la faute. Vous avez une incroyable ressemblance avec un grand criminel; mais tout s'est éclairci à votre justification. Je vous envoie une marque de ma bienveillance, et j'espère bientôt vous revoir. »

La faveur du prince m'était aussi indifférente que son présent. Une sombre tristesse se glissait en moi en tuant l'esprit : c'était la suite de ma prison sévère. Je sentais que j'avais besoin de secours corporels, et je fus enchanté lorsque je vis apparaître le médecin du grand-duc. Nous parlâmes d'abord médecine.

— N'est-ce pas, me dit-il ensuite, une merveilleuse coïncidence du sort que, juste au moment où l'on est convaincu que vous êtes l'effroyable moine qui a semé tant de malheurs dans la famille du baron de F..., ce moine lui-même apparaisse pour vous tirer d'embarras?...

— Je dois vous avouer que je ne suis nullement au fait des événements qui ont amené ma délivrance; seulement le juge m'a dit en somme que le capucin Médard, que l'on cherchait, et pour lequel on me prenait, avait été trouvé ici.

— Trouvé, non pas, dit le médecin, mais bien conduit ici, garrotté dans une voiture, et, par un hasard singulier, au même moment où vous êtes arrivé. Je me rappelle justement à ce sujet que, lorsque je vous racontai dernièrement les étranges événements arrivés en cette cour, je fus justement dérangé au moment où j'allais vous parler du dangereux Médard, fils de Francesco, et des crimes commis par lui au château du baron de F... Je vais donc reprendre le fil de notre conversation à l'endroit même où il a été brisé. La sœur de notre duchesse, abbesse, comme vous le savez, au couvent de l'ordre de Cîteaux, accueillit un jour avec bonté une pauvre femme qui revenait accompagnée d'un enfant du pèlerinage de Saint-Tilleul...

— La femme était la veuve de Francesco, et l'enfant était justement ce Médard.

— C'est la vérité; mais comment savez-vous cela?

— Les aventures du capucin Médard sont venues à ma connaissance de la manière la plus extraordinaire. Je suis instruit de toutes ses actions jusqu'au moment où il s'est enfui du château du baron de F...

— Mais comment?... par qui?...

— Un rêve vivant m'a tout révélé.

— Vous plaisantez?

— En aucune façon. Il me semble avoir entendu en rêve l'histoire d'un malheureux instrument d'un pouvoir infernal, qui, emporté çà et là, a été poussé de crime en crime. A..., le postillon, m'avait égaré pendant mon voyage ici; j'arrivai à la maison du forestier, et là...

— Ah! je comprends, vous avez rencontré le moine.

— C'est la vérité, mais il était fou.

— Il paraît avoir recouvré la raison. Déjà, à cette époque, il avait des moments de lucidité. Et il vous a confié...

— Non, la chose ne se passa pas ainsi tout fait. Pendant la nuit, n'étant pas instruit de mon arrivée, il entra dans ma chambre, ma ressemblance l'effraya; il me prit pour son double personnage, dont l'apparition lui annonçait la mort. Il bégaya, essaya de raconter ses confessions. J'étais fatigué du voyage; un sommeil involontaire s'empara de moi. Il me sembla que le moine continua à parler, mais distinctement et avec calme, et je ne sais en vérité pas à quel moment le songe commença et comment il commença. Il me semble que le moine prétendait que l'assassin d'Hermogen et d'Euphémie n'était pas lui, mais le comte Victorin.

— Incroyable, incroyable! Mais pourquoi n'avoir pas raconté cela au juge?

— Comment pouvais-je espérer que le juge accorderait la moindre confiance à un récit qui se présentait d'une manière si bizarre? Connaissez-vous un tribunal d'instruction criminelle qui ajoute foi au merveilleux?

— Vous auriez dû au moins pressentir que l'on vous confondait avec le moine insensé, et désigner celui-ci comme le vrai Médard.

— Certes, oui, et surtout sans doute après qu'un vieux niais de capucin, qui s'appelait, je crois, Cyrille, venait de me reconnaître absolument pour son frère de couvent. Je ne savais pas que le moine s'appelât Médard, et que les crimes qu'il m'avait confessés fussent la cause du procès où j'étais impliqué; mais le forestier m'avait dit qu'il ne savait pas son nom : comment cette découverte s'est-elle faite?...

— De la manière la plus simple. Le moine, comme vous le savez, avait vécu quelque temps chez le forestier. Il parut guéri, et sa folie lui revint d'une manière si dangereuse, que le forestier crut devoir l'envoyer ici, où il fut enfermé dans une maison de fous. Là il resta nuit et jour, le regard fixe, sans mouvement, comme une statue. Il ne prononçait pas une parole, et il fallait le nourrir, car il ne remuait pas les mains. Plusieurs moyens de le tirer de cette immobilité furent employés, mais sans succès; on n'osait pas employer de traitement trop énergiques, de peur de le faire retomber dans un accès de rage folle. Il y a quelques jours, le fils aîné du forestier vient à la ville; il se rend à la maison de fous pour visiter le moine, lorsqu'il rencontre le père Cyrille du couvent des capucins à B... Il lui parle, et le prie de venir voir avec lui un malheureux frère d'un couvent, pensant que la vue d'un religieux de son ordre hâterait peut-être sa guérison. Lorsque Cyrille aperçoit le moine, il recule épouvanté.

— Sainte mère de Dieu! Médard, malheureux Médard! s'écrie le capucin; et à son aspect les yeux fixes du moine s'animent. Il se lève et tombe sans force sur le plancher en poussant un cri sourd. Cyrille, avec les témoins de cette scène, se rend aussitôt chez le président du tribunal criminel, et lui raconte tout ce qui vient de se passer. Le juge, celui-là même qui vous a interrogé, se rend avec le père Cyrille à la maison des fous. On trouve le moine brisé, mais tout à fait dans son bon sens. Il avoue qu'il est bien le capucin Médard du cloître des capucins à B... Cyrille certifie, de son côté, que votre incroyable ressemblance avec Médard l'a trompé. Il remarque combien M. Léonard est différent d'accent, de regard et de tournure du moine Médard, qui est là devant ses yeux. On découvre aussi la marque significative de la croix au côté gauche de son cou, et qui est d'une si grande importance dans le procès. On l'interroge sur les faits passés au château du baron de F...

— Je suis un affreux, un infâme criminel, dit-il d'une voix éteinte, je me repens profondément de ce que j'ai fait. Ah! je me suis laissé tromper, et j'ai donné mon âme, mon âme immortelle... Ayez pitié de moi... laissez-moi le temps... j'avouerai tout!...

Le grand-duc, en apprenant ce qui se passe, ordonne de cesser le procès et de vous remettre en liberté. Voici l'histoire de votre délivrance. On a conduit le moine dans la prison criminelle.

— Et il a tout avoué? N'est-il pas vrai, il a tué Euphémie et Hermogen? Parle-t-il du comte Victorin?

— Autant que j'en sais, le procès intenté au moine commence aujourd'hui même. Quant à ce qui a rapport à Victorin, il paraît que tout ce qui se trouve lié avec les événements passés à notre cour doit rester obscur et incompréhensible.

— Comment, les événements du château du baron de F...! mais je ne vois pas en quoi cette catastrophe arrivée au château du baron de F... peut se trouver liée à votre cour?

— En vous en parlant j'avais plutôt en vue les acteurs que le drame en lui-même.

— Je ne vous comprends pas.

— Vous souvenez-vous dans mon récit de la catastrophe qui amena la mort du prince?

— Parfaitement.

— N'avez-vous pas vu clairement que Francesco nourrissait un amour criminel pour l'Italienne, et que l'homme qui se glissa dans la chambre de la princesse, et assassina le prince, c'était lui? Victorin est le fruit de ce crime infâme. Lui et Médard sont fils du même père. L'on n'a plus entendu parler de Victorin; toute recherche est devenue inutile.

— Le moine l'a précipité dans le trou du Diable. Que la malédiction frappe l'assassin d'un frère!

Comme je prononçais ces paroles avec force, un bruit faible, semblable aux coups frappés par le fantôme de la prison, se fit entendre.

Je cherchais en vain à surmonter mon effroi. Le médecin parut y faire aussi peu d'attention qu'à l'émotion nerveuse qui s'emparait de moi. Il continua ainsi :

— Comment! le moine vous a avoué que sa main avait poussé Victorin dans le gouffre?

— Oui! ou du moins je suis porté à croire, autant que j'ai pu le remarquer dans ses paroles sans suite, et en pensant à la disparition de Victorin, que la chose s'est passée ainsi. Que la malédiction frappe l'assassin d'un frère!

Les coups augmentèrent violemment; ils étaient mêlés de sanglots et de gémissements. Un éclat de rire, qui vint vibrer dans la chambre, résonna comme en disant : Médard!

— Hi! hi! hi! hi! A moi!

Le médecin, sans rien remarquer, continuait toujours :

— Un autre secret paraît encore être attaché à la descendance de Francesco. Il est à peu près certain qu'Euphémie est la fille...

Je reconnus l'effroyable peintre.

La porte s'ouvrit sous un effroyable coup qui en fit craquer les gonds; un rire strident retentit dans l'appartement.

— Ho! ho! ho! ho! petit frère, m'écriais-je comme un insensé; ho! ho! ho!... Allons, si tu veux combattre avec moi... le hibou fait ses fiançailles, montons sur le toit et luttons ensemble, et celui qui précipitera l'autre en bas sera roi, et pourra boire du sang.

Le médecin me saisit le bras et me dit :

— Qu'est-ce? qu'est-ce? vous êtes malade, très-malade! Vite! vite! au lit!

Mais j'avais les yeux fixés sur la porte comme si j'attendais l'effroyable apparition de mon second moi-même. Mais rien ne parut, et je me remis bientôt du terrible effroi qui m'avait dominé.

Le médecin persistait à me croire plus malade que je ne le pensais moi-même, et attribuait tout cela à la prison et aux émotions diverses qui m'avaient assailli à l'occasion de mon procès. J'employai les remèdes qu'il me prescrivit; mais ce qui me procura une guérison plus prompte, c'est que les coups cessèrent : ma terrible doublure paraissait m'avoir abandonné!

Le soleil du matin étendait joyeusement ses rayons dorés dans ma chambre, de douces odeurs de fleurs montaient à ma fenêtre, je me sentis un désir irrésistible d'aller respirer l'air libre du dehors, et, malgré la défense du médecin, je courus dans le parc. Je respirais comme si je sortais d'un songe, et de profonds soupirs de ravissement étaient les paroles muettes que je mêlais au gazouillement des oiseaux, au joyeux bourdonnement des abeilles et au murmure de mille insectes divers. Oui! tout le temps récemment écoulé, ou plutôt toute ma vie, depuis la sortie du cloître, me semble un songe pénible fait à l'ombre d'un platane. J'étais dans le jardin des capucins à B. Au milieu du bocage lointain s'élevait la grande croix au pied de laquelle j'allais implorer avec ardeur la force de résister aux tentations. La croix me semblait devoir être le but vers lequel il me fallait diriger mes pas pour me repentir et faire pénitence les genoux dans la poussière du péché des songes criminels que Dieu m'avait envoyés; et je me mettais en route les mains jointes et levées en l'air et les yeux tournés vers la croix. Le vent soufflait de plus en plus; je croyais entendre les chants des frères, mais c'étaient les bruits étranges de la forêt que le vent éveillait en passant avec un sifflement léger à travers les branches. Il oppressait ma poitrine, et bientôt, épuisé à demi, je fus forcé de m'arrêter et de me soutenir à un arbre pour ne pas tomber sur la terre; mais un pouvoir irrésistible m'entraînait vers la croix lointaine. Je rassemblai mes forces et continuai ma marche chancelante, mais je ne pus atteindre le banc de mousse placé juste à l'entrée du bosquet. Un accablement mortel paralysa tout à coup mes membres; je me laissai tomber à terre comme un débile vieillard. Je cherchai à diminuer l'oppression de ma poitrine par mes sanglots étouffés. Dans l'allée, à côté de moi, on murmura :

— Aurélie!

Elle était devant moi aussi vite que la pensée qui m'arrivait comme un éclair.

Des larmes d'une douce mélancolie coulaient de ses yeux célestes, mais à travers les larmes brillait un rayon de feu.

— Pourrez-vous jamais me pardonner? murmura-t-elle.

Alors je me précipitai à ses pieds, fou d'un ravissement ineffable. Je saisis ses mains.

— Aurélie! Aurélie! pour toi le martyre... la mort!

Je me sentis relevé doucement. Aurélie s'appuya sur ma poitrine. Je me perdis dans les délices de brûlants baisers. Surprise par un bruit rapproché, elle s'arracha de mes bras. Je n'osai pas la retenir.

— Tout mon espoir, tous mes désirs sont exaucés, dit-elle à voix basse, et dans le même instant je vis la grande-duchesse monter l'allée.

J'entrai dans le bosquet, et je m'aperçus alors que, par un singulier hasard, j'avais pris un tronc d'arbre gris pour un crucifix.

Toute fatigue avait disparu, les baisers d'Aurélie m'avaient enflammé d'une force nouvelle, il me semblait que le secret de mon âme s'était montré au jour tout brillant de lumière. Ah! c'était l'étrange secret de l'Amour qui m'entourait des rayons de sa gloire. Je n'avais plus de tristes souvenirs, l'amour d'Aurélie avait tout purifié, et, par une incroyable illusion, je ne me croyais plus l'infâme criminel qui avait frappé Euphémie et Hermogen. Le moine insensé, celui que j'avais rencontré dans la maison du forestier, était le seul coupable. Tout ce que j'avais raconté au médecin me semblait être le récit véritable d'événements incompréhensibles pour moi.

Le prince m'avait reçu de nouveau comme un ami que l'on retrouve après l'avoir cru perdu. C'était donner le ton avec lequel tous les autres devaient se mettre en accord. La duchesse seule était, il est vrai, plus affable que par le passé, mais elle conservait avec moi son air sévère et réservé. Aurélie laissait voir ses sentiments avec la naïveté de l'enfance. Pour elle, son amour n'était pas une chose qu'elle crût devoir cacher; et il m'était aussi impossible de dissimuler un penchant qui était ma vie. Tout le monde remarqua mes relations avec Aurélie; mais personne n'en parla, parce que l'on voyait dans les yeux du prince que sans peut-être favoriser notre amour il ne croyait pas devoir y mettre obstacle. Il advint de là qu'il m'était facile de voir Aurélie, et souvent même sans témoins. Je la serrais dans mes bras, elle me rendait mes baisers; mais la sentant trembler dans son effroi virginal, je dominais tout coupable désir. Elle semblait toutefois ne pas pressentir de danger pour elle, et il n'y en avait pas non plus; car souvent, lorsqu'elle était assise près de moi dans ma chambre, lorsque ses charmes célestes brillaient avec plus d'éclat, lorsque la flamme d'amour allait s'emparer de moi, elle me regardait de ses yeux doux et candides, et il me semblait qu'il m'était accordé par la Providence, à moi le repentant coupable, de m'approcher d'une sainte sur terre. Ce n'était plus Aurélie, c'était sainte Rosalie elle-même! et alors je tombais à ses pieds, et je m'écriais à voix haute :

— O pieuse et illustre sainte! un amour terrestre peut-il trouver place en ton cœur?

Elle me tendait la main, et me disait de sa voix si douce :

— Ah! je ne suis pas une sainte, mais je suis bien pieuse, et je t'aime bien.

Je n'avais pas vu Aurélie depuis plusieurs jours, elle était allée avec la duchesse dans un château du voisinage; je ne pus y résister plus longtemps, je m'y rendis en hâte.

La soirée était déjà avancée; je rencontrai dans le jardin une femme de chambre, qui m'indiqua l'appartement d'Aurélie. J'ouvris doucement la porte; j'entrai, un air tiède, un singulier parfum de fleurs vinrent m'entourer et enivrer mes sens. Des souvenirs s'élevèrent en moi comme des songes sinistres.

— N'est-ce pas ici la chambre d'Aurélie... au château du baron... où je...

Et en même temps que ces pensées je sentis comme s'élever derrière moi une sombre figure, et une voix cria en moi :

— Hermogen!

Plein d'effroi, je me jetai en avant; la porte du cabinet était entr'ouverte. Aurélie était étendue le dos tourné devant un tabouret sur lequel était un livre. Par un mouvement de crainte involontaire, je regardai derrière moi; je ne vis rien, et je m'écriai dans un ravissement extrême :

— Aurélie! Aurélie!

Elle se retourna; mais, avant qu'elle eût le temps de se relever, j'étais auprès d'elle, et je l'avais entourée de mes bras.

— Léonard, mon bien-aimé! murmura-t-elle doucement.

Un désir dévorant, un transport sauvage et criminel s'allumaient en moi. Elle était sans défense entre mes bras, ses cheveux nattés s'étaient détachés et inondaient mes épaules de leurs boucles séduisantes, son jeune sein gonflé écartait sa robe, ses soupirs étaient étouffés; je ne me connaissais plus.

Je la serrai dans mes bras.

Je l'enlevai dans mes bras! elle était sans forces, une flamme inconnue brûlait dans ses yeux; elle répondait pleine d'ardeur à mes brûlants baisers.

Alors il se fit derrière nous comme un frémissement d'ailes puissantes. Un bruit déchirant, semblable au cri de détresse d'un homme frappé à mort, retentit dans la chambre.

— Hermogen! s'écria Aurélie, et elle s'évanouit dans mes bras.

Saisi d'une crainte terrible, je m'élançai au dehors.

Sur le palier je rencontrai la duchesse, qui revenait de la promenade.

Elle me regarda sérieuse et pleine d'orgueil en me disant :

— Je suis très-surprise de vous trouver ici, monsieur Léonard!

Je dominai mon trouble, et je lui répondis du ton le plus calme qu'il me fût possible de prendre :

— Il est des impulsions tellement violentes, qu'il est souvent impossible de leur résister; et souvent ce qui paraît peu convenable est dicté par la convenance la plus haute.

Tandis que je m'en retournais à la résidence en pleine nuit, il me sembla que quelqu'un courait à côté de moi et qu'une voix murmurait :

— Je suis toujours... près... de toi... petit... petit frère... petit frère Médard.

En regardant de toutes parts, je m'apercevais bien que le fantôme mon Sosie ne faisait d'apparition que dans mon esprit; mais je ne pouvais me débarrasser de la terrible image.

A peine arrivé, je fus mandé chez le prince; il vint à ma rencontre avec un air très-affable.

— Vous avez, mon cher Léonard, me dit-il, conquis toute ma faveur; je ne peux pas vous cacher que ma bienveillance pour vous est devenue une amitié véritable. Je désirerais ne pas vous perdre, et je voudrais aussi vous rendre heureux. L'on vous doit, au reste, toutes sortes de dédommagements pour ce que vous avez souffert. Savez-vous, mon cher Léonard, qui avait entamé seule votre procès, qui vous accusait?

— Non, Altesse!

— La baronne Aurélie... Vous êtes stupéfait? Oui, oui, la baronne Aurélie vous a pris pour un capucin! Et, par Dieu, vous ne l'êtes guère; vous êtes l'homme le plus aimable qu'il soit possible de trouver. Dites franchement, monsieur Léonard, êtes-vous un échantillon du cloître?

— Altesse, je ne sais quelle destinée veut absolument faire un moine de moi. Le...

— Bien, bien! je ne suis pas un inquisiteur. Ce serait une mauvaise chose si vous étiez lié par un vœu ecclésiastique. Mais allons au fait! Aimeriez-vous à vous venger du mal que vous a fait la baronne Aurélie?

— A quel homme pourrait donc venir une pensée de ce genre envers cette pure image du ciel?

— Vous aimez Aurélie?

Le duc me fit cette demande d'un ton sérieux et en attachant sur moi un regard pénétrant. Je ne répondis pas et posai la main sur mon cœur. Le prince continua :

— Je le sais, vous l'avez aimée dès le moment où elle entra pour la première fois dans cette salle même avec la duchesse. Elle vous aime aussi, et même avec une ardeur que je n'aurais pas soupçonnée chez elle. Elle ne vit qu'en vous; c'est la duchesse qui me l'a dit. Croiriez-vous qu'après votre arrestation Aurélie s'abandonna à un désespoir si grand, qu'elle tomba malade et fut en danger de mort? Aurélie vous croyait l'assassin de son frère, et nous ne pouvions rien comprendre à sa douleur; mais elle vous aimait déjà. Maintenant, monsieur Léonard, ou plutôt monsieur de Krcinski, vous êtes noble. Je vous fixe à ma cour d'une manière qui vous sera agréable. Vous épouserez Aurélie. Dans quelques jours nous célébrerons les fiançailles, et je me propose d'être votre témoin principal.

Je fis une courte prière.

Je restai là muet, et agité de mille sentiments contraires.

— Adieu, monsieur Léonard! dit le prince; et il sortit de la chambre en me faisant un signe d'amitié.

Aurélie! ma femme! la femme d'un moine parjure! Non! les sombres pouvoirs ne le veulent pas ainsi, quelle que soit d'ailleurs la destinée de la pauvre enfant. Cette pensée s'éleva en moi écrasant toutes les objections que je voulais lui opposer. Il fallait prendre un parti à l'instant même, je le sentais, mais je cherchais en vain un moyen de me séparer d'Aurélie sans douleur. La pensée de ne plus la voir m'était insupportable, mais l'idée de m'unir à elle me glaçait d'un inexplicable effroi. Je pressentais clairement que lorsque le moine criminel serait devant l'autel du Seigneur, pour jouer en infâme avec un vœu sacré, la figure du peintre étranger m'apparaîtrait, non pas douce et consolante comme dans mon cachot, mais apportant, terrible, la ruine et la vengeance... comme aux fiançailles de Francesco; elle viendrait, je le savais d'avance, me précipiter dans l'infamie, et le malheur dans ce monde et dans l'autre. Mais j'entendis une voix sourde qui me criait en moi-même :

— Et pourtant il faut qu'elle soit à toi. Pauvre fou! crois-tu donc pouvoir résister au destin qui vous entraîne tous les deux?

Et d'un autre côté l'on me disait :

— Dans la poussière! dans la poussière à deux genoux! aveugle criminel! Elle ne peut pas t'appartenir. C'est sainte Rosalie elle-même que tu veux envelopper dans ton amour terrestre.

Poussé çà et là par le conflit de ces deux puissances cruelles, ne remarquant rien de ce qui se passait autour de moi, je sortis dans la rue. La voix des cochers, le bruit des voitures m'éveillèrent, et je me jetai rapidement de côté. La voiture de la duchesse passa, le médecin se pencha au dehors, et me fit un signe d'amitié; je le suivis jusqu'à sa demeure, il descendit rapidement et me fit entrer dans sa chambre en me disant :

— Je sors à l'instant même de chez Aurélie, j'ai bien des choses à vous dire... Ah çà! étourdi que vous êtes, qu'avez-vous donc fait? Aurélie a cru voir tout à coup un spectre dans votre personne, et la pauvre fille, bien nerveuse, en a été malade.

Le médecin remarqua ma pâleur subite :

— Allons, continua-t-il, ce n'est rien; elle se promène maintenant dans le jardin, et reviendra demain avec la duchesse à la résidence. Elle parle beaucoup de vous, mon cher Léonard, et elle éprouve un vif désir de vous revoir, et de s'excuser auprès de vous, elle craint de vous avoir semblé fantasque et un peu folle.

— Je savais bien, pensai-je en moi-même, que ce qui s'est passé au château n'influerait en rien sur l'affection d'Aurélie pour moi.

Le médecin semblait parfaitement au fait des projets du duc à mon égard, il me le fit clairement comprendre et, grâce à sa brillante vivacité qui tourbillonnait en emportant tout après elle, il réussit à m'arracher à la triste disposition qui s'était emparée de moi; de sorte que notre conversation prit une tournure enjouée. Il me décrivit encore une fois comment Aurélie lui était apparue; semblable à un enfant, qui a de la peine à se remettre d'un rêve pénible, elle était étendue sur un lit de repos, ses yeux à moitié fermés, souriant à travers ses larmes, sa petite tête appuyée sur sa main, et elle lui avait raconté sa vision fiévreuse. Il répéta ses paroles, en imitant la voix de la jeune fille, entrecoupée par des soupirs, et il sut, tout en répétant ses doléances d'une manière assez moqueuse, faire si bien ressortir cette gracieuse image par des regards brillants d'une audacieuse ironie, que je devins vif et gai à mon tour. Et puis, il me représenta pour faire contraste la gravité de la duchesse; ce qui me divertit beaucoup aussi.

— Auriez-vous jamais pensé, en venant à la résidence, me dit-il enfin, qu'il vous arriverait tant d'événements extraordinaires? D'abord l'étrange méprise qui vous a jeté dans les bras de la justice criminelle, et ensuite le bonheur, vraiment digne d'envie, que le duc vous prépare par amitié...

— Je vous avouerai, en effet, que le bienveillant accueil du duc m'a d'abord été très-sensible, mais je sens que je dois surtout à l'injustice dont j'ai été la victime la considération que m'accordent le duc et la cour.

— Pas tant à cela peut-être qu'à une légère particularité que vous devinez sans doute.

— Pas le moins du monde.

— Eh bien! l'on vous nomme, puisque vous le désirez, Léonard, comme toujours, mais tout le monde sait maintenant que vous êtes noble; car les renseignements reçus de Posen confirment tout ce que vous aviez avancé.

Ainsi le hasard me servait à souhait; je m'étais fait ma destinée à moi-même et m'étais donné la noblesse en jetant à une vieille dame de la cour le nom de Kvieçgiczewo : c'était là ce qui avait déterminé le duc à m'accorder la main de celle que j'aimais.

La duchesse était de retour, je me rendis en toute hâte auprès d'Aurélie. Elle me reçut avec une pudeur virginale. Je la serrai dans mes bras, et crus en ce moment qu'elle pourrait être ma femme. Elle était plus tendre et plus confiante qu'autrefois. Ses yeux étaient pleins de larmes, et le son de sa voix avait de la mélancolie de la prière. Il ressemblait à ceux de l'enfant boudeur qui a commis une faute et dont la colère s'éteint dans les larmes. J'osai penser à ma visite au château de la duchesse; je la pressai vivement de tout me révéler, de me dire ce qui avait pu l'effrayer ainsi.

Elle se tut, baissa les yeux; mais, saisi moi-même par la terrible idée de mon second moi-même, je m'écriai :

— Aurélie! au nom de tous les saints! quelle affreuse figure vois-tu là, derrière nous?

Elle me regarda stupéfaite, son regard devint de plus en plus fixe, et tout à coup elle se leva comme si elle voulait s'enfuir; pourtant elle s'arrêta et sanglota, et mettant ses deux mains devant ses yeux :

— Non, non, non! dit-elle, il n'y est pas!

Je la saisis doucement, elle se laissa aller sur moi épuisée.

— Qui? qui n'y est pas? demandais-je violemment, pressentant déjà ce qui se déployait en elle-même.

— Ah! mon ami, mon bien-aimé, reprit-elle tout bas et pleine de tristesse, ne me prendrais-tu pas pour une insensée si je te disais tout? tout?... ce qui me tourmente dans le plus grand bonheur du plus pur amour? Un songe affreux traverse ma vie, il met entre nous deux son épouvantable image. Dès le premier jour où je te vis, je sentis autour de moi comme le souffle froid des ailes d'un spectre lorsque tu entras tout à coup dans ma chambre au château de la duchesse. Écoute! naguère, comme toi, un moine infâme était à genoux près de moi, cherchant à employer la sainte prière pour commettre un crime affreux! et, lorsqu'il m'entourait comme une bête féroce qui guette sa proie, il devint l'assassin de mon frère! Ah! et toi! toi!... tes traits... ton son de voix... cette image... Laisse-moi me taire! oh! laisse-moi me taire!

Aurélie se rejeta en arrière, à demi penchée sur le coin du sofa, la tête appuyée sur la main, les riches contours de son jeune corps apparaissant dans leur plus grande séduction... J'étais debout devant elle, mon œil avide savourait ses attraits infinis. Et avec le désir combattait la voix moqueuse de l'enfer, qui criait :

— Toi, malheureuse, vendue à Satan, as-tu échappé au moine qui dans la prière te poussait au péché? Maintenant tu es sa fiancée... sa fiancée!

Dans ce moment, l'amour pur pour Aurélie, qui semblait allumé par un rayon du ciel lorsque je la vis dans le parc au sortir de ma prison, à peine échappé à la mort, avait disparu de mon cœur. La pensée que sa perte pouvait être la plus éclatante gloire de ma vie me remplissait tout entier. On appela Aurélie chez la duchesse.

Il me sembla deviner alors que la vie d'Aurélie avait avec moi-même de certains rapports encore inconnus! et, cependant, je ne pouvais rien apprendre, puisque Aurélie, résistant à mes prières, ne voulait pas expliquer quelques mots jetés sans réfléchir. Le hasard me découvrit ce qu'elle pensait me cacher.

Un jour je me trouvais dans la chambre de l'employé chargé de la direction de la poste particulière du duc et de la cour. Il était absent. Une servante d'Aurélie entra et mit sur la table, parmi beaucoup d'autres qui s'y trouvaient déjà, une épaisse lettre. Un regard furtif jeté sur l'adresse m'apprit qu'elle était écrite par Aurélie et envoyée à l'abbesse sœur de la duchesse. Un pressentiment aussi rapide que l'éclair m'avertit que là devait se trouver ce que je tâchais en vain d'éclaircir. Avant que l'employé fût de retour, j'étais parti avec la lettre d'Aurélie.

O toi qui veux tirer de ma vie des enseignements ou des avertissements utiles, moine! ou homme du monde! lis les pages suivantes, lis l'aveu de la pure et pieuse jeune fille baigné des larmes amères du pécheur sans espoir et repentant; que leur sentiment religieux t'apparaisse comme un phare consolateur dans ce temps de crime et de péché!

*Aurélie à l'abbesse du couvent de l'ordre de Cîteaux à***.*

« Ma bonne mère,

Avec quelles paroles dois-je t'annoncer que ton enfant est heureuse, et que l'effroyable image qui était entrée dans ma vie, brisant toutes les fleurs, dispersant toutes les espérances, a été enfin mise en fuite par un prodige du divin amour? Mais à présent je me fais de graves reproches de ne pas t'avoir ouvert mon cœur, comme dans la sainte confession, lorsque tu me rappelais la mémoire de mon malheureux frère et de mon père, mort victime de son chagrin, et que tu me soutenais dans mon inconsolable douleur. Et pourtant c'est seulement aujourd'hui que je pense à te confier le noir secret caché depuis si longtemps dans mon âme. On dirait qu'un occulte pouvoir ennemi faisait voltiger devant moi le bonheur de ma vie comme un fantôme cruel et trompeur. Comme sur une mer irritée, j'étais portée çà et là et peut-être perdue sans retour. Mais le ciel me vint en aide, par une espèce de miracle, au moment où j'allais être écrasée par un inexprimable malheur.

Mais il me faut retourner en arrière, au temps de mon enfance, pour dire tout, absolument tout, car déjà je portais en moi-même le germe qui a fatalement prospéré si longtemps.

J'étais âgée de trois ou quatre ans à peine, lorsque je jouais un jour, par une belle matinée de printemps, dans le jardin du château de mon père. Hermogen était avec moi. Nous cueillions des fleurs l'un et l'autre, et, sans que je l'y eusse invité, il prit plaisir à tresser des couronnes dont je me parais.

— Maintenant, allons voir maman, lui dis-je lorsque je fus toute couverte de fleurs.

Mais Hermogen se releva brusquement, et me dit d'une voix sauvage :

— Restons ici, petite; notre mère est dans la chambre bleue, et elle parle avec le diable.

Je ne savais pas ce que cela voulait dire, mais je fus effrayée, et je me mis à pleurer de toutes mes forces.

— Petite niaise de sœur, qu'as-tu à crier ainsi? reprit Hermogen. Notre mère parle tous les jours avec le démon, et il ne lui fait pas de mal.

J'eus peur des regards terribles que lançait Hermogen et de la rudesse de sa voix, et je me tus.

Ma mère, déjà depuis longtemps, était mal portante, et elle était souvent saisie d'attaques terribles de spasmes nerveux qui lui donnaient l'aspect de la mort. On nous écartait alors tous les deux. Je ne cessais de pleurer, mais Hermogen se disait à lui-même à voix basse : — C'est le démon qui lui a fait mal.

Ainsi naquit dans mon jeune esprit l'idée que ma mère entretenait des rapports avec un spectre hideux et méchant. Ce fut ainsi que, n'ayant pas reçu les instructions de l'Église, je me figurais le démon.

Un jour on m'avait laissée seule; j'éprouvais une impression inconnue, et l'effroi m'empêchait de m'enfuir. Je remarquai soudain que je me trouvais dans la chambre bleue, où, d'après les récits d'Hermogen, ma mère conversait avec le diable. La porte s'ouvrit; ma mère entra pâle comme une morte, et se plaça devant un mur que rien ne couvrait. Elle appela d'une voix sourde et plaintive :

— Francesco! Francesco!

Alors il se fit un bruit et un mouvement derrière le mur, qui se sépara, et le portrait d'un bel homme de grandeur naturelle, singulièrement couvert d'un manteau violet, se montra tout à coup. La tournure, la figure de cet homme firent sur moi une impression inexprimable, et je me mis à pousser des cris de joie. Ma mère, en se retournant, m'aperçut, et me dit avec violence :

— Que fais-tu donc ici, Aurélie?

Elle paraissait, elle ordinairement si douce et si bonne, en proie à une colère des plus violentes. Je crus en être la cause.

— Ah! dis-je en bégayant avec des torrents de larmes, on m'a laissée seule dans cette chambre, et je ne voulais pas y rester. Mais, lorsque je vis que l'apparition s'était envolée, je m'écriai :

— Ah! la belle figure! où est la belle figure?

Ma mère me leva en l'air, m'embrassa et me couvrit de caresses en disant :

— Tu es mon enfant chéri! L'image ne doit voir personne; aussi maintenant la voilà partie pour toujours.

Je ne parlai pas de ce que j'avais vu; seulement une fois je dis à Hermogen :

— Écoute. Ma mère ne parle pas avec le diable, mais avec un bel homme, et ce n'est qu'une image qui sort du mur quand elle l'appelle.

Hermogen regarda fixement devant lui, et murmura :

— Le démon peut prendre la figure qu'il lui plaît, mais il ne fait pourtant rien à notre mère.

Je fus saisie d'effroi, et je priai Hermogen, avec bien des pleurs, de ne plus me parler du démon.

Nous allâmes à la ville; l'image s'effaça de ma mémoire, et ne reparut plus lorsque nous revînmes à la campagne après la mort de ma bonne mère. L'aile du château où se trouvait la chambre bleue fut abandonnée; mon père ne pouvait entrer dans les appartements de ma mère sans éprouver les plus douloureux souvenirs. Une réparation du bâtiment força enfin d'ouvrir la chambre. J'entrai dans la chambre bleue à l'instant même où les ouvriers étaient occupés à défaire le plancher. En enlevant une table placée au milieu de l'appartement, un bruit se fit entendre derrière le mur. Il se sépara, et le portrait de l'inconnu, de grandeur naturelle, se fit voir. On découvrit dans le plancher des ressorts qui, en appuyant dessus, mettaient en mouvement une machine placée derrière le mur, qui séparait en deux un panneau de la boiserie dont la muraille était couverte. Alors un souvenir d'un instant de ma jeunesse me revint vivement en mémoire; ma mère était là devant moi. Je versai d'abondantes larmes, mais je ne pouvais détacher mes yeux de l'image du bel étranger, qui me regardait avec des yeux qui semblaient pleins de vie. On avait probablement averti mon père de ce qui venait d'arriver, car il entra dans la chambre comme j'étais encore devant la figure. A peine y avait-il jeté un coup d'œil, qu'il resta fixé à la même place comme saisi d'effroi, et murmura d'une voix sourde :

— Francesco! Francesco!

Puis il se retourna vers les travailleurs, et leur cria avec l'accent du commandement :

— Qu'on détache ce portrait du mur, qu'on enroule la toile, et qu'on la donne à Reinhold.

Il me sembla que je ne devais plus revoir le bel homme qui, avec son vêtement étrange, semblait être un prince des esprits, et cependant une timidité insurmontable m'empêcha de supplier mon père de ne pas faire détruire le portrait. Cependant l'impression que la découverte de cette peinture avait faite sur moi disparut au bout de quelques jours sans laisser de traces. J'étais alors déjà âgée de quatorze ans, j'étais encore vive et étourdie et je faisais un contraste assez singulier avec Hermogen, toujours tranquille et solennel. Mon père disait souvent que si Hermogen avait l'apparence d'une jeune fille, je ressemblais à un garçon très-décidé. Cela devait bientôt changer.

Hermogen s'adonna avec passion aux exercices chevaleresques. Il ne vivait plus que pour les combats et la bataille, son âme entière en était remplie; et comme une guerre était imminente, il pria notre père de lui laisser prendre aussitôt du service.

J'éprouvai, au contraire, justement à la même époque, des sentiments inconnus dont je ne pouvais me rendre compte et qui troublèrent tout mon être. Un malaise étrange semblait prendre sa source dans l'âme et s'emparer violemment de toutes les sources de la vie. Je me sentais souvent sur le point de m'évanouir. Alors il me venait de singulières rêveries; il me semblait qu'un ciel éclatant de bonheur et de joie allait se présenter à mes yeux, et, semblable à l'enfant que le sommeil accable, je ne pouvais les ouvrir. Sans savoir pourquoi, j'étais parfois triste jusqu'à la mort, parfois joyeuse à l'excès. La moindre circonstance m'arrachait des larmes; un désir inexplicable s'emparait souvent de moi jusqu'à la douleur, de sorte que tous mes membres étaient tourmentés de crampes douloureuses.

Mon père remarqua ma position, l'attribua à une surexcitation nerveuse, et demanda l'assistance du médecin. Celui-ci ordonna divers remèdes qui restèrent sans effet.

Je ne sais moi-même comment, mais tout à coup l'image oubliée de l'homme inconnu m'apparut, mais si distincte, qu'il me semblait le voir devant moi me regarder les yeux pleins de compassion.

— Ah! me faudra-t-il mourir? d'où vient le mal qui me torture ainsi?

Ainsi parlais-je à l'image inconnue, et elle me répondait en souriant :

— Tu aimes, Aurélie! c'est ta souffrance; mais peux-tu briser les vœux de ceux qui appartiennent au Seigneur?

Et, dans mon étonnement, je remarquai que l'inconnu portait l'habit des capucins.

Je rassemblai alors toutes mes forces pour sortir de cet état de rêve, et j'y parvins. J'étais fermement persuadée que ce moine était un simple jeu de mon imagination, et cependant je pressentais que le mystère de l'amour était ouvert pour moi. Oui, j'aimais l'inconnu avec toute la violence d'une âme qui s'éveille, avec toute la passion, toute l'ardeur dont un jeune cœur est capable. Dans ces moments de songes intérieurs, lorsque je croyais voir l'inconnu, mon malaise semblait avoir atteint son plus haut degré; je me trouvais visiblement mieux, mes nerfs se calmaient, et seulement la présence immuable de cette image, le fol amour pour un être qui ne vivait que dans ma fantaisie me donnaient un aspect rêveur. J'étais muette pour tous; je restais assise au milieu du monde sans faire un seul mouvement; et tout occupée de mon idéal, sans écouter ce qu'on me disait, je jetais des réponses au hasard, de sorte que l'on me prenait pour une sotte jeune fille.

Dans l'appartement de mon frère, un livre étranger était placé sur une table; je l'ouvris, c'était un roman traduit de l'anglais, le *Moine*.

Avec un frisson glacé m'arriva la pensée que mon bien-aimé inconnu était un moine. Jamais je n'avais compris que l'amour pour un cloîtré devait être un péché. Aussitôt les paroles de l'image des rêves me revinrent en mémoire :

— Peux-tu briser les vœux de ceux qui appartiennent au Seigneur?

Et maintenant ces paroles m'étonnaient et me retombaient sur le cœur comme un poids immense. Il me sembla que ce livre devait m'instruire. Je le pris, je commençai à le lire. L'étrange histoire m'entraîna; mais lorsque le premier meurtre arrive, lorsque le moine affreux entasse crimes sur crimes, lorsque enfin il fait un pacte avec le démon, alors je fus saisie d'une crainte indicible. Alors je me rappelai les paroles d'Hermogen :

— Notre mère parle avec le démon!

Alors je pensai que l'inconnu, comme le moine du roman, était un esprit vendu à l'enfer, qui voulait m'entraîner dans ma perte; et cependant je ne pouvais pas commander à l'amour qui vivait en moi. Seulement je savais maintenant qu'il existait des amours criminels, et mon horreur combattait avec le sentiment qui remplissait mon cœur. Souvent, près d'un homme, un sentiment inconnu s'emparait de moi, et je me figurais tout à coup que c'était le moine qui voulait me saisir et me perdre.

Reinhold revint d'un voyage, et parla beaucoup d'un capucin Médard qui s'était acquis une immense réputation d'orateur sacré et qu'il avait entendu lui-même avec admiration. Je pensai au moin du roman, et un pressentiment singulier sembla me dire que l'imag chérie et redoutée pouvait être ce Médard lui-même.

Cette pensée me fit trembler sans savoir pourquoi.

Ma position se compliqua de plus de peines et de troubles que je n'étais capable d'en supporter. Je nageais dans une mer de pressentiments et de songes. Je cherchais en vain à éloigner l'image du moine. Malheureuse enfant! je ne pouvais résister au coupable amour qui m'entraînait vers un homme consacré au Seigneur!

Un ecclésiastique vint un jour, selon son habitude, rendre visite à mon père. Il s'étendit longuement sur les tentations diverses du malin esprit, et mainte étincelle tomba dans mon âme lorsque le prêtre dépeignit l'état déplorable et peu disposé à la résistance où se trouve le jeune esprit dans lequel le démon veut se frayer un chemin. Mon père ajouta beaucoup de choses à ce discours, comme s'il parlait de moi.

— Une confiance sans bornes, dit enfin l'ecclésiastique, non pas dans des personnes étrangères, mais bien dans la religion et ses serviteurs, peut seule apporter le salut. Cette conversation remarquable me détermina à chercher les consolations de l'Église et à soulager mon cœur par un aveu repentant fait au tribunal de la confession.

Le jour suivant, dans la matinée, je voulus, puisque nous nous trouvions dans la résidence, me rendre à un cloître placé à très-peu de distance de notre maison. J'avais passé une nuit horrible, d'affreuses et criminelles images, comme il ne m'en était pas encore apparu, voltigeaient autour de moi; *mais au milieu d'elles était le moine*; il m'offrait la main pour me sauver et s'écriait :

— Dis seulement que tu m'aimes, et tu seras délivrée de tous tes tourments.

Alors j'étais forcée de dire :

— *Oui, Médard, je t'aime!*

Et aussitôt les esprits des enfers disparaissaient. Enfin je me levai, m'habillai et me dirigeai vers l'église du cloître.

Le soleil du matin lançait à peine ses rayons colorés à travers la peinture des vitraux. Des valets nettoyaient l'église. Non loin de la porte latérale par laquelle j'étais entrée se trouvait un autel consacré à sainte Rosalie; j'y fis une courte prière, et me dirigeai vers le confessionnal, dans lequel se trouvait un moine. Secourez-moi, juste ciel! c'était Médard.

Aucun doute n'était possible, *une puissance suprême me le disait*. Alors une folie pleine d'espoir et d'amour s'empara de moi, je sentais qu'un courage inébranlable pouvait seul me sauver. Je confessai moi-même ma passion coupable à l'homme consacré à Dieu!

— C'est toi, lui dis-je, c'est toi, Médard, que j'aime d'un amour *inexprimable!*

Ce furent les derniers mots que je pus prononcer. Mais alors coula, comme un baume divin, la douce consolation de l'Église des lèvres du moine, qui ne me parut plus être Médard. Bientôt un vieux et respectable pèlerin me prit le bras et me conduisit à pas lents jusqu'au dehors du grand portail. Il dit de saintes et magnifiques paroles, mais je fus forcée de m'endormir comme s'endort à un murmure doux et monotone l'enfant au berceau. Je perdis connaissance. Lorsque je m'éveillai, j'étais couchée sur un sofa de ma chambre tout habillée.

— Grâce et louange à Dieu et aux saints! la crise est passée, elle revient à elle, dit une voix.

C'était le médecin qui parlait à mon père.

On me dit que l'on m'avait trouvée, le matin, roidie et dans un *état semblable à la mort*, et que l'on avait craint une attaque de nerfs.

Tu vois, ma bonne et pieuse mère, que ma confession au moine Médard était le rêve vivant d'une grande surexcitation; mais sainte Rosalie, que j'ai souvent implorée, et dont j'invoquai aussi l'image dans mon songe, m'a tout fait apparaître ainsi, afin de me délivrer des serpents que le malin esprit a jetés vers moi.

L'amour insensé pour le fantôme en habit de moine m'avait abandonnée; je me remettais tout à fait, et, joyeuse, je rentrais librement dans la vie. Mais, Dieu juste! le moine odieux devait encore une fois m'atteindre d'une manière épouvantable : je reconnus à l'instant dans le capucin qui vint dans notre château ce Médard auquel je m'étais confessée dans un songe.

— C'est le diable qui parlait à notre mère; garde-toi! garde-toi! il te poursuit.

Ainsi me cria *le malheureux Hermogen en moi-même, mais* cet avertissement m'était inutile. Du premier instant où le moine me regarda, les yeux brillants de désirs criminels, et dans un enthousiasme hypocrite invoqua sainte Rosalie, il m'était dévoilé et me faisait peur.

Tu sais toutes les choses horribles qui arrivèrent, bonne mère *chérie*; mais il ne faut pas t'avouer que le moine me devint d'autant plus redoutable qu'il s'élevait dans le plus profond de mon âme un sentiment semblable à celui qui avait fait naître en moi la pensée du péché, et qu'il me fallait combattre les charmes séducteurs qui me portaient vers le méchant. Il y avait des instants dans lesquels je m'abandonnais fascinée aux discours pieusement hypocrites du moine, et il me semblait alors que de lui s'élançait l'étincelle céleste qui devait allumer en moi la flamme d'un pur amour placé bien au delà des passions terrestres. Avec une malice infernale il savait même, dans les élans de la prière, mêler un feu *qui lui venait de l'enfer. Alors* les saints que j'implorais avec ferveur m'envoyaient mon frère comme un ange gardien.

Pense à mon effroi, chère mère, lorsque je vis devant moi, ici, la première fois que je parus à la cour, un homme que je crus à l'instant *même reconnaître pour le moine Médard*, bien qu'il portât le costume des gens du monde. Je perdis connaissance; je m'éveillai dans les bras de la duchesse, et je m'écriai :

— C'est lui, c'est lui, l'assassin de mon frère!

— Oui, c'est lui! dit la duchesse, c'est le moine Médard déguisé après s'être échappé de son couvent; cette ressemblance frappante avec son père Francesco...

O ciel, aidez-moi! pendant que j'écris ce nom, un froid glacial parcourt tout mon corps. Ce portrait trouvé chez ma mère, c'était Francesco... la figure trompeuse du *moine qui m'a torturée* avait tous ses traits! *J'ai reconnu* Médard dans l'étrange songe du confessionnal. Médard est le fils de Francesco, c'est Franz, que toi, ma bonne mère, tu as fait si pieusement élever, et qui est tombé dans le crime et le péché. Quelle liaison ma mère avait-elle donc avec ce Francesco, *dont elle gardait secrètement l'image?* Ne semblait-elle pas, à son aspect, vouloir faire revivre le souvenir d'un temps de bonheur? Comment se fait-il que dans ce portrait Hermogen crut reconnaître le démon, et que de là vinrent toutes mes erreurs? Je suis constamment plongée dans le doute et les pressentiments. Grand Dieu! ai-je donc enfin échappé au pouvoir méchant qui me tenait enchaînée?

Je ne peux pas en écrire davantage; il me semble que je suis entourée d'une nuit sombre; la brillante étoile de l'espérance ne vient pas, amicale, me montrer le chemin que je dois suivre. »

Quelques jours plus tard.

« Non! aucun doute obscur ne doit ternir les beaux jours de soleil qui se lèvent pour moi. Le vénérable père Cyrille t'a, je le sais, annoncé la *mauvaise tournure que prenait* le procès de Léonard, que ma précipitation a jeté dans les mains du tribunal criminel. Il t'a dit aussi que le véritable Médard a été arrêté, qu'il a laissé sa folie peut-être feinte, qu'il a avoué ses crimes et attend son châtiment, et... Mais restons-en là; le sort misérable du criminel qui t'a été si cher comme enfant brise ton cœur. Ce merveilleux procès est le seul entretien de la cour. On prenait Léonard, parce qu'il niait tout, pour un scélérat obstiné. Dieu du ciel! certains discours étaient pour moi des coups de poignard, car une voix me criait :

— Il est innocent, et cela devient clair comme le jour!

Je pris pour lui une pitié immense, et je dois m'avouer à moi-même que son image faisait renaître en moi des émotions que je ne pouvais méconnaître. Oui! je l'aimais déjà d'une manière inexprimable, même lorsqu'aux yeux du monde il était encore un criminel infâme. Un prodige pouvait *seul nous sauver tous les deux*, car je serais morte si Léonard était tombé sous la main du bourreau. Il est innocent, il m'aime, et bientôt il m'appartiendra. Oh! pieuse mère, donne-moi ta bénédiction, donne-la aussi à mon bien-aimé. Ah! pourquoi ton heureuse enfant ne peut-elle, pleine d'une *joie céleste, pleurer* son bonheur sur ton sein? Léonard ressemble à Francesco, mais il semble plus grand, et un trait caractéristique de sa nation (tu sais qu'il est Polonais) l'en distingue très-remarquablement comme du moine Médard. Mais l'impression occasionnée par cette horrible aventure dans le château ducal est encore si forte, que souvent lorsque Léonard s'approche de moi sans avoir été remarqué, et me regarde de ses yeux brillants, qui, hélas! ressemblent trop à ceux de Médard, je me sens saisie d'un effroi involontaire, et je cours le danger, dans mon naturel enfantin, de blesser le bien-aimé. Il me semble que la bénédiction du prêtre doit bannir les sombres images qui projettent maintenant leurs ombres hostiles sur le bonheur de ma vie. Nomme-nous dans tes prières, bonne mère, moi et mon bien-aimé. Le duc désire que notre mariage se fasse dans peu de temps; je t'en informerai dans une lettre, afin que tu puisses penser à ton enfant au moment le plus solennel de sa vie.

« Aurélie. »

Je lisais et relisais sans cesse la lettre d'Aurélie; c'était pour moi comme un rayon de l'esprit céleste qui pénétrait dans mon âme et éteignait de sa vive flamme l'ardeur criminelle du péché.

A l'aspect d'Aurélie, je me sentis comme une sainte frayeur; je n'osais plus la couvrir de violentes caresses comme autrefois. Aurélie remarqua ce changement, je lui avouai le vol de sa lettre à l'abbesse; je m'excusai en alléguant une impulsion inconnue à laquelle je n'avais pu résister; je prétendis même que le pouvoir supérieur qui me faisait agir avait voulu me faire connaître l'aventure du confessionnal pour me montrer qu'elle avait décidé notre union intime.

— Oui, pieuse enfant du ciel, lui dis-je, j'ai eu aussi un rêve dans lequel tu m'avouais ton amour, et *moi j'étais un malheureux moine* persécuté par le sort, et mon cœur était déchiré d'horribles tourments. Je t'aimais d'un amour inexprimable; mais mon amour était un double crime, car j'étais un moine, et tu étais à mes yeux sainte Rosalie.

Aurélie fit un mouvement d'effroi.

— Dieu le sait, dit-elle, il existe sur notre vie un profond et secret mystère, ah! Léonard, gardons-nous d'approcher la main du voile qui le couvre; qui sait tout ce qui se trouve d'effroyable par delà? Soyons pieux et unissons-nous l'un à l'autre par un fidèle amour, ainsi nous résisterons au sombre pouvoir dont les esprits nous menacent peut-être déjà. Si tu as lu ma lettre, c'est que tu devais la lire. Ah! pourquoi ai-je eu des secrets pour toi? il ne doit plus y en avoir entre nous. Et pourtant il me semble que toi aussi tu me caches quelque chose de fatal de ta vie passée, dont tu crains de me faire l'aveu. Sois franc, Léonard! tu respireras plus à l'aise, et notre amour y trouvera un éclat nouveau.

Je sentis à ces paroles la présence en moi du démon du mensonge; je venais quelques instants auparavant de tromper encore la pauvre enfant, et ce sentiment m'agitait de plus en plus. Il me fallait tout lui dire et ne pas gagner son amour.

— Aurélie, lui dis-je, ma sainte, toi qui m'as sauvé...

Au même instant la duchesse entra dans la chambre; son regard me rejeta aussitôt dans l'enfer.

— Elle me souffrira maintenant, me dis-je.

Et je m'avançai audacieusement à sa rencontre comme le fiancé d'Aurélie. Ordinairement j'étais auprès d'Aurélie délivré de mauvaises pensées, et je sentais alors descendre sur moi la sérénité du ciel; mais maintenant je désirais vivement mon mariage.

Une nuit ma mère m'apparut; je voulais prendre sa main, et je ne trouvai qu'une vapeur.

— Pourquoi suis-je ainsi trompé? m'écriai-je en courroux.

Alors des larmes s'échappèrent des yeux de ma mère, et à mesure qu'elles tombaient, elles se changeaient en étoiles d'argent étincelantes qui venaient se poser autour de ma tête comme l'auréole des saints; mais une main noire et terrible les en arrachait toujours, et ma mère disait d'une voix douce :

— Toi que j'ai mis pur au monde, ta force est-elle donc brisée, que tu ne sais pas résister aux séductions de Satan? Maintenant que j'ai brisé les liens de la terre, il m'est permis de lire en ton cœur. Relève-toi, Francisque! je veux te couvrir de rubans et de fleurs; car le jour de la Saint-Bernard est venu, et tu dois redevenir un enfant pieux.

Alors je devais entonner l'hymne à la louange des saints; mais un bruit terrible s'élevait tout à coup, mon chant se changeait en un hurlement sauvage, et un voile noir tombait avec un bruit semblable à un frémissement entre l'image de ma mère et moi.

Quelques jours après cette vision, je rencontrai dans la rue le juge du tribunal criminel.

— Avez-vous entendu raconter, me dit-il, que le procès du capucin Médard soit ajourné? Le jugement qui très-probablement le condamnera à mort devrait être déjà rendu; mais il a ressenti de nouvelles attaques de folie. Le tribunal a appris la mort de sa mère, je la lui ai annoncée, alors il a laissé échapper un rire farouche, et s'est écrié d'une voix capable de donner de l'effroi au plus brave :

— Ah! ah! ah! la princesse de... (et il nomma l'épouse du frère assassiné du grand-duc) est morte depuis longtemps!... On a fait une nouvelle consultation médicale, et l'on croit cependant que sa folie est une feinte.

Je me fis dire le jour et l'heure de la mort de ma mère. Elle m'était apparue à l'instant même où elle avait cessé de vivre. Et s'insinuant au fond de mon cœur, c'était encore elle, cette mère trop oubliée, qui devenait la médiatrice entre moi et la pure âme du ciel qui devait m'appartenir.

Le jour fixé par le duc pour la cérémonie était arrivé. Aurélie voulait être mariée de bonne heure, à l'autel de Sainte-Rosalie, dans l'église d'un couvent voisin.

Je passai la nuit, pour la première fois depuis bien longtemps, à prier avec ardeur. Hélas! aveugle que j'étais, je ne pensais pas que ma prière pour me préparer au péché était un crime infernal.

Lorsque j'entrai chez Aurélie, elle vint à ma rencontre, vêtue de blanc et ornée de roses parfumées, dans la beauté d'un ange. Son vêtement et sa coiffure avaient quelque chose qui rappelait les temps antiques. Un sombre souvenir s'éleva en moi, avec un effroi qui fit trembler tous mes membres, lorsque je crus voir vivante, devant moi, la figure de l'autel où l'on devait nous unir. Elle représentait le martyre de sainte Rosalie, et son costume était en tout semblable à celui d'Aurélie. J'eus peine à cacher mes terreurs.

Elle me donna la main avec un regard où brillait tout un ciel d'amour et de félicité, je l'attirai sur ma poitrine avec un baiser du ravissement le plus pur. Et je sentis clairement une fois encore qu'elle seule pouvait sauver mon âme.

Un domestique du prince vint annoncer que ses maîtres étaient prêts à nous recevoir. Aurélie tira vivement son gant, et je pris son bras. Alors sa femme de chambre s'aperçut que ses cheveux s'étaient dérangés, et elle alla vivement chercher des épingles de coiffure. Nous attendîmes devant la porte, et ce retard paraissait vivement contrarier Aurélie.

Dans ce moment, il se fit un grand bruit dans la rue; on entendait des voix rauques qui s'appelaient, et l'on distinguait aussi le roulement d'une lourde voiture qui marchait au pas. Je me précipitai à la fenêtre. Juste près du palais ducal était la charrette du bourreau, et sur cette charrette était assis le moine, le dos tourné, en compagnie d'un capucin qui priait avec lui ardemment et à voix haute. La pâleur de la mort et une barbe hérissée changeaient son visage, mais je ne reconnus que trop mon double moi-même.

Lorsque la voiture, un moment arrêtée par la foule épaisse, recommença à s'avancer, il jeta sur moi un affreux regard de ses yeux étincelants, puis il se mit à rire en hurlant :

— Fiancé! fiancé! viens... viens sur le toit... sur le toit... Là, nous lutterons ensemble, et celui qui jettera l'autre en bas sera roi et pourra boire le sang!

Je m'écriai : — Affreux moine! que veux-tu de moi?

Aurélie m'enlaça dans ses bras et m'arracha de la fenêtre en disant :

— Au nom de Dieu et de la sainte Vierge! Ils conduisent Médard, le meurtrier de mon frère, à la mort. Léonard... Léonard!...

Alors les esprits de l'enfer s'éveillèrent en moi et se dressèrent avec la force qui leur est accordée sur le criminel. Je saisis Aurélie avec une fureur menaçante qui la fit tressaillir.

— Ah! ah! ah! femme insensée! moi... moi, ton amant! ton fiancé! Je suis Médard... l'assassin de ton frère!... Toi, la fiancée du moine, avec tes cris, veux-tu faire descendre la mort sur ton bien-aimé?... Oh! oh! oh! je suis roi.... Je bois ton sang!

Je tirai mon couteau, je la frappai et la laissai tomber sur le plancher. Ma main fut inondée de flots de sang. Je me précipitai en bas de l'escalier, à travers le peuple, j'arrivai à la voiture, je saisis le moine et le jetai en bas. Je me sentis prendre de tous côtés, et je me mis à frapper autour de moi avec le couteau; on me lâcha et je m'échappai. Je me sentis blessé au côté; mais agitant ma lame de la main droite et frappant en désespéré de la gauche, je me frayai un chemin jusqu'au mur du parc que je franchis par un saut terrible!

— A l'assassin! à l'assassin! arrêtez le meurtrier! criaient des voix derrière moi. J'entendis comme un bruit de fer qui bruissait; on voulait forcer la porte fermée du parc et je courais toujours sans m'arrêter.

J'arrivai au large du fossé qui sépare le parc de la forêt; d'un bond incroyable, il était franchi. Et toujours, et toujours, je courais à travers la forêt, jusqu'à ce que je fusse tombé sans connaissance au pied d'un arbre.

Il était nuit pleine lorsque je m'éveillai comme d'un évanouissement profond. Je n'avais qu'une seule idée, celle de fuir comme une bête féroce poursuivie. Je me levai, mais à peine avais-je fait quelques pas qu'un homme fit frissonner le feuillage et se précipitant sur mon dos, m'étrangla de ses deux bras. En vain j'essayai de m'en débarrasser, je me roulais à terre, je frappais les arbres avec lui, tout était inutile.

L'homme continuait son rire moqueur. La lune pénétra brillante l'obscurité du bois de sapins et l'affreuse figure, pâle comme la mort, du moine, du faux Médard, de mon double moi-même, me regarda fixe de son œil effrayant comme du haut de sa charrette.

— Hi... hi... hi... petit frère... petit frère... je suis toujours avec toi... je ne... te... laisse pas... je ne peux pas... cou...rir... comme toi... tu me porteras.... Je viens de la... de la potence.... Ils ont... voulu... me rompre.... Hi! hi! hi!

Ainsi riait et hurlait le spectre effroyable, et moi, trouvant de nouvelles forces dans la frayeur, je me redressai comme un tigre enlacé par un monstrueux serpent. Je me pressais contre les arbres et les roches, pour, sinon le tuer, du moins le forcer à me quitter en le blessant grièvement. Alors il riait plus fort, et je me sentais atteint d'une douleur soudaine; j'essayais de détacher ses mains de dessous mon menton, mais la force du fantôme en résistant menaçait de m'étouffer. Enfin, après un accès de folie, il tomba tout à coup; mais à peine avais-je fait quelques pas en courant, qu'il était de nouveau sur mon dos, riant et bégayant ses paroles épouvantables. A de nouvelles attaques furieuses, je devenais libre, et de nouveau le spectre avait ses bras autour de mon cou.

Il ne m'est pas possible de dire exactement combien de temps je courus à travers la forêt sombre, poursuivi de mon double moi-même; il me semble que ce temps dura tout le mois, et que pendant ce temps je ne pris ni boisson ni nourriture. Je ne me souviens que d'un instant où je tombai sans connaissance. J'avais réussi à me débarrasser du spectre, lorsqu'un rayon de soleil traversa la forêt, en y éveillant une douce et agréable musique. Je distinguai une cloche de couvent qui sonnait les matines.

— Tu as assassiné Aurélie!

Telle fut la pensée qui me sourit comme les bras glacés de la mort. Et je tombai sur terre évanoui.

VI.

Le repentir.

Une douce chaleur se répandit en moi. Et puis je sentis dans mes veines un singulier travail. Ce sentiment devint la pensée. Mais mon être était partagé en cent parties diverses. Chaque partie avait une parcelle de connaissance vitale séparée, et la tête commandait en vain aux membres qui, semblables à des vassaux infidèles, refusaient de se rassembler sous ses ordres. Alors les pensées des parties séparées commencèrent à tourner sur elles-mêmes comme des points lumineux, toujours de plus vite en plus vite, et, en tournant ainsi, elles formaient un cercle de feu qui se rétrécissait à mesure que la rapidité devenait plus grande. De sorte qu'à la fin, elles s'arrêtaient en formant une boule de feu, et de cette boule sortaient des rayons d'un rouge ardent, qui dansaient en formant un jeu de flammes coloriées.

— Ce sont mes membres qui se meuvent, maintenant je m'éveille, pensais-je distinctement; mais dans ce moment une vive douleur me pénétra, des sons argentins de cloche résonnaient à mes oreilles.

— Il faut fuir, fuir plus loin, m'écriai-je, et je voulus me lever rapidement, mais je retombai sans force.

Je pus ouvrir les yeux.

Les sons de cloche continuaient toujours. Je croyais être encore dans la forêt, mais quel fut mon étonnement lorsque je regardai autour de moi et me regardai moi-même!

J'étais dans une chambre simple, étendu sur un épais matelas et couvert d'un habit de capucin. Deux chaises de roseaux, une petite table et un lit bien simple étaient les seuls meubles de la chambre.

Je compris que mon évanouissement avait duré longtemps, et que j'avais été, d'une manière ou de l'autre, transporté dans un couvent destiné aux malades. Peut-être mes vêtements s'étaient-ils trouvés déchirés, et l'on m'avait provisoirement habillé d'une robe de religieux. Il me semblait que le danger avait disparu.

Ces réflexions me tranquillisèrent, et je résolus d'attendre les événements, prévoyant que l'on viendrait bientôt rendre visite au malade. Je me sentais fatigué, mais je n'éprouvais pas de douleur.

Au bout de quelques minutes j'avais repris presque toute ma connaissance, lorsque j'entendis s'approcher des pas qui venaient d'un long corridor. On ouvrit ma porte, et j'aperçus deux hommes dont l'un portait l'habit bourgeois, tandis que l'autre était revêtu du costume de l'ordre des frères de la Miséricorde. Ils s'avancèrent vers moi sans parler. L'homme en habit de ville me regarda fixement dans les yeux, et parut très-surpris.

— Je suis revenu à moi, monsieur! lui dis-je d'une voix éteinte. Que le ciel soit loué de m'avoir rendu à la vie! Mais où suis-je, et comment me trouvé-je ici?

Sans me répondre, le bourgeois se tourna vers l'ecclésiastique, et dit en italien :

— C'est surprenant, en effet; le regard est changé, la parole distincte, il est seulement abattu. Il doit être survenu une violente crise.

— La guérison, répondit le religieux, ne me semble plus douteuse.

— Cela dépend, répondit l'autre interlocuteur, de la manière dont il passera la nuit prochaine. Comprenez-vous assez d'allemand pour vous entretenir avec lui?

— Hélas! non, répondit le moine.

— Je comprends l'italien et le parle aussi, leur dis-je alors. Dites-moi où je suis et d'où je viens?

Le bourgeois, un médecin, comme je le remarquai, s'écria, joyeusement étonné :

— Oh! voilà qui est heureux! Vous vous trouvez, mon révérend, dans un endroit où l'on vous donnera tous les soins possibles pour votre rétablissement. Vous avez été apporté ici, il y a trois mois, dans un état qui donnait beaucoup à craindre. Vous avez été très-malade, mais, grâce à nos soins, vous paraissez être maintenant en voie de guérison. Si nous avons le bonheur de vous rendre tout à fait la santé, vous pourrez vous remettre en route. N'alliez-vous pas à Rome, il me semble?

— Suis-je, leur demandai-je encore, venu ici avec le costume que je porte maintenant?

— Certainement, répondit le médecin; mais cessez vos questions, calmez-vous, tout s'expliquera. Votre santé est maintenant la chose principale.

Il posa sa main sur mon pouls; tandis que le religieux apportait une tasse, qu'il me présenta.

— Buvez, dit le médecin, et dites-moi ensuite ce que vous croirez avoir bu.

— C'est, lui répondis-je après avoir vidé la tasse, un bouillon très-fort.

Le médecin sourit d'un air satisfait, et dit au religieux :

— Bien! très-bien!

Et tous deux se retirèrent.

Maintenant mes suppositions me paraissaient justes. Je me trouvais dans une maison consacrée aux malades. On me donna une nourriture fortifiante et l'on employa des moyens médicaux plus efficaces, et trois jours après j'étais en état de me tenir debout. Le religieux ouvrit la fenêtre : un air tiède et délicieux comme je n'en avais jamais respiré se répandit dans la chambre. Un jardin était au pied du bâtiment; de beaux arbres étrangers verdissaient et portaient des fleurs; la vigne charmante s'élevait en rampant le long du mur; mais, avant tout, le ciel vaporeux, d'un bleu sombre, me semblait une apparition d'un monde enchanté.

— Où suis-je donc? m'écriai-je plein d'enthousiasme. Les saints m'ont-ils trouvé digne d'habiter un paradis?

Le religieux sourit agréablement, et me dit :

— Vous êtes en Italie, mon frère, en Italie!

Mon étonnement était au comble.

— Ah! racontez-moi, demandai-je au religieux, les moindres détails de mon entrée dans cette maison?

Il me montra le docteur.

— Il y a trois mois, raconta celui-ci, un homme étranger vous apporta ici en priant de vous y recevoir. Vous vous trouviez dans une maison de malades qui appartient au couvent de la Miséricorde.

Plus mes forces me revenaient, plus je remarquais que mes deux visiteurs engageaient des conversations avec moi et me donnaient des occasions de leur faire de longs récits. Mes connaissances étendues dans toutes les branches des sciences m'ouvraient pour cela une large carrière, et le médecin m'invita à écrire plusieurs choses, qu'il lisait ensuite en ma présence, et dont il paraissait très-satisfait.

Cependant, il me semblait très-étrange qu'au lieu de louer mes œuvres il répétât constamment :

— En effet, c'est très-bien. Je ne me suis pas trompé... C'est surprenant, surprenant!

On me permettait de descendre à de certaines heures dans le jardin, où je voyais parfois des hommes, cruellement défaits, pâles comme la mort, et d'une maigreur de squelettes, soutenus par des frères de la Miséricorde.

Je rencontrai, une fois, au moment où j'allais rentrer, un grand homme maigre, couvert d'un singulier manteau d'un jaune de terre, soutenu par deux religieux. Après chacun de ses pas, il faisait un saut comique et faisait entendre un sifflement aigu. Je m'arrêtai surpris; mais l'ecclésiastique qui était avec moi me tira vivement à lui en disant :

— Venez, venez, cher frère Médard, ne vous occupez pas de cela.

— Au nom du ciel! m'écriai-je, comment savez-vous mon nom?

La vivacité avec laquelle je prononçai ces paroles parut inquiéter mon guide; il me répondit :

— Eh! pourquoi ne saurions-nous pas votre nom? La personne qui vous a conduit ici vous a nommé très-distinctement, et vous êtes inscrit sur les registres sous le titre de : **Médard, frère du cloître des capucins de B***.**

Je me sentis frissonner.

Mais, d'ailleurs, quel que fût l'étranger qui m'avait conduit dans cette maison de malades, lors même qu'il serait enveloppé dans mon secret affreux, il ne pouvait avoir dit de mal de moi, car on me traitait de la manière la plus amicale, et j'étais libre.

J'étais près de la fenêtre ouverte, et je respirais à longs traits l'air délicieux et chaud qui, inondant ma poitrine, m'apportait une vie nouvelle, lorsque je vis une petite figure sèche, un étroit chapeau pointu sur la tête, et enveloppée d'un pardessus en très-mauvais état, prendre en sautant plutôt qu'en marchant le chemin de la maison. Il me semblait avoir déjà vu ce petit homme, mais je ne reconnaissais qu'imparfaitement ses traits, et il avait disparu sous les arbres avant que j'eusse pu me rappeler qui ce pouvait être. Mon doute fut bientôt éclairci : on frappa à ma porte, j'ouvris, et la même figure que j'avais vue dans le jardin entra dans la chambre.

— Beauchamp! m'écriai-je stupéfait, Beauchamp! comment vous trouvez-vous ici? au nom du ciel!

C'était le comique coiffeur de la ville de commerce, celui qui autrefois m'avait sauvé d'un grand danger.

— Ah! ah! ah! fit-il en soupirant en même temps que sa figure prenait une comique expression de chagrin, comment puis-je venir ici autrement que poussé, balayé par le mauvais destin qui poursuit tout génie sur terre? J'ai dû fuir à cause d'un meurtre.

— A cause d'un meurtre! m'écriai-je.

— Oui, un meurtre! continua-t-il. J'avais tué le favori gauche du plus jeune conseiller de commerce de la ville... et blessé grièvement le favori droit.

— Je vous en prie, interrompis-je encore, laissez là vos plaisanteries, soyez au moins une fois raisonnable, et racontez-moi une chose qui ait de la suite, ou allez vous-en.

— Eh! cher frère Médard, me dit-il très-sérieusement, tu veux me renvoyer maintenant que tu es guéri; et tu m'as pourtant bien supporté lorsque tu étais malade, et que moi, ton camarade de chambre, je couchais dans ce lit.

— Qu'est-ce ceci! m'écriai-je épouvanté, comment savez-vous que je m'appelle Médard?

— Regardez, me dit-il en souriant, regardez, s'il vous plaît, à gauche le bord de votre robe.

Je le fis, et je fus frappé d'étonnement et d'effroi, car j'y vis cousu le nom de Médard, et je reconnus de la manière la plus positive, en l'examinant avec attention, que c'était la robe même que j'avais cachée dans le creux d'un arbre en m'enfuyant du château du baron de F***.

Beauchamp remarqua mon émotion, et se mit à rire d'une manière étrange. Le doigt indicateur sur le nez, et se levant sur la pointe des pieds, il me regarda dans les yeux.

Je restai muet, alors il dit bas et d'un ton soupçonneux :

— Le révérend s'étonne du bel habit qu'on lui a donné, il paraît fait pour lui et lui aller beaucoup mieux que cet habit brun de noix avec les vilains boutons de soie que mon habile démon lui avait apporté.... Ce fut moi... moi... Pierre Beauchamp, le banni, l'exilé! qui vous couvris de ce costume. Frère Médard! vous n'étiez pas dans la position la plus brillante, car vous portiez en guise de pardessus, de gilet, de frac anglais, enfin, votre simple peau. Quant à la frisure, il n'y avait pas à y penser, vous soigniez vous-même, en empiétant sur mon art, votre caracalla, avec le peigne à dix dents que vous portez au bout des poignets.

— Assez de folies, Beauchamp! lui criai-je.

— Je m'appelle Pietro Belcampo, interrompit-il plein de colère, oui, Pietro Belcampo, ici, en Italie, et, sache-le bien, Médard, c'est moi! c'est moi qui suis la Folie qui est toujours auprès de toi pour venir en aide à ta raison. Et, que tu le remarques ou non, c'est toujours la Folie qui te tire d'affaire, car ta raison est misérable et ne peut pas seulement se tenir droite; elle chancelle çà et là comme un faible enfant, et doit se donner la Folie pour compagne. Celle-ci la soutient et sait la conduire par le véritable chemin à la patrie désirée, à la maison de fous...

Et nous y sommes arrivés tous les deux, frère Médard!

Je tressaillis en pensant aux figures que j'avais vues, à l'homme qui sautait avec son manteau jaune. Je ne doutai pas que Beauchamp, au milieu de toutes ses sottises, ne m'eût dit la vérité.

— Oui! frère Médard, continua-t-il en élevant la voix et en gesticulant avec véhémence, la Folie apparait sur terre comme la véritable reine des esprits. La Raison est un gouverneur paresseux qui s'inquiète fort peu de ce qui se passe au delà des bornes du royaume, et ne fait exercer ses soldats sur la place de parade que lorsqu'il s'ennuie, et ils ne sont plus capables de faire un feu réglé lorsque l'ennemi se présente. Mais la Folie, la vraie reine du peuple, appelle avec ses trompettes et ses timbales : — Hussa! hussa! et derrière elle s'élèvent des cris de joie. Les vassaux sortent des places où les avait enfermés la Raison; ils ne veulent plus se lever et s'asseoir comme la pédante l'ordonne; alors elle les compte et se dit :

— Mes élèves sont fous.

J'interrompis Beauchamp encore une fois.

— Laissez, je vous en prie, encore tout ce bavardage, lui dis-je, si cela vous est possible, et racontez comment vous êtes venu ici et ce que vous savez de moi et de l'habit que je porte.

En disant ces paroles, je le pris par les deux mains et le fis asseoir sur une chaise.

Il parut se recueillir, baissa les yeux en respirant profondément, et prononça ces mots à voix basse :

— Je vous ai sauvé deux fois la vie : la première fois, lorsque je favorisai votre fuite de la ville de commerce; la seconde fois, lorsque je vous apportai ici.

— Mais, au nom du ciel! où m'avez-vous trouvé? m'écriai-je en le laissant libre.

Alors il sauta en l'air et vociféra en jetant sur moi des regards étincelants.

— Eh! frère Médard, si, petit et faible comme je suis, je ne t'avais pas emporté sur mes épaules, tu serais maintenant étendu les os brisés sur la roue.

Je tremblai, et tombai anéanti sur une chaise. Au même moment entra le religieux qui me soignait.

— Que faites-vous ici? qui vous a permis de venir dans cette chambre? dit-il en s'emparant de Belcampo.

Mais des larmes s'échappèrent des yeux de celui-ci, et il dit d'une voix suppliante :

— Ah! mon révérend, je ne pourrais supporter le chagrin de ne plus pouvoir causer avec un ami que j'ai arraché à une mort certaine!...

Je repris courage.

— Dites-moi, cher frère, demandai-je à l'ecclésiastique, est-ce réellement cet homme qui m'a apporté ici?

Il hésitait.

— Je sais maintenant où je me trouve, continuai-je, je dois supposer que j'étais dans un état déplorable; mais je suis, vous le voyez, complétement guéri et tout à fait en état d'apprendre sans danger ce que l'on m'a caché jusqu'à présent.

— Eh bien! donc, reprit l'ecclésiastique, cet homme vous a apporté en effet ici, il y a de cela six semaines environ. Selon lui, il vous aurait trouvé étendu par terre dans la forêt de ***, qui dépend de mes domaines, et vous croyait mort. Il avait reconnu en vous le moine Médard du cloître de B..., qui avait autrefois séjourné, en se rendant à Rome, dans une ville où il demeurait lui-même.

Vous étiez dans un état complet d'apathie, vous marchiez quand on vous conduisait, vous vous arrêtiez quand on restait tranquille, vous vous asseyiez quand on vous faisait asseoir. Il fallait vous faire boire et manger. Vous ne profériez que des sons sourds et inintelligibles. Vos yeux semblaient ne pas voir. Belcampo ne vous quitta jamais, et devint votre garde-malade. Au bout de quatre semaines, vous fûtes attaqué d'une folie furieuse, et l'on fut obligé de vous transporter dans un logement consacré à cette sorte de maladie. Vous ressembliez à une bête féroce; mais je ne pousserai pas plus loin une description qui pourrait vous être pénible. Votre ancien état d'apathie succéda de nouveau à ces accès de fureur, et fut suivi d'un évanouissement qui amena votre guérison.

Beauchamp avait écouté ce récit la tête appuyée sur sa main, comme plongé dans des réflexions profondes.

— Oui, dit-il, je sais bien que je ne suis souvent *qu'un fou radoteur*; mais l'air de cette maison, funeste aux gens sensés, a eu sur moi de bons effets. Je commence à me raisonner, et ce n'est pas un mal. J'existe surtout par ma connaissance de *mon être*, et *il arrive* de là que, me trouvant préférable à tous les arlequins qui m'entourent, je deviens un solide gentilhomme. O Dieu! un coiffeur de génie n'est-il pas même à ses yeux un plaisant original? *L'originalité* préserve de la folie, et je peux vous assurer, mon révérend, que, même par un vent de nord-nord-ouest, je saurais très-bien faire la différence entre un clocher et le poteau d'une lanterne.

— Si c'est la vérité, lui dis-je, donnez-m'en donc la preuve en me racontant tranquillement de quelle manière vous m'avez trouvé et comment vous m'avez apporté ici.

— Je vais le faire, répondit Beauchamp, malgré la mine refrognée de ce religieux. Permets-moi donc, frère Médard, de te tutoyer en ami!...

Le peintre étranger était parti le matin même qui suivit la nuit où tu t'échappas de la ville; sa galerie avait aussi disparu d'une manière incompréhensible. Une foule de particularités vinrent augmenter l'intérêt que cette affaire avait tout d'abord excité.

Lorsque l'histoire du château du baron de F. fut connue, lorsque l'on apprit que la justice de ..... poursuivait le capucin Médard, on se rappela que ce peintre avait, dans le restaurant, raconté l'histoire tout entière et l'avait donné le nom de Médard. Le maître de l'hôtel où tu logeais vint donner par son témoignage du poids aux suppositions que l'on faisait sur moi en m'accusant *d'avoir favorisé ta fuite*. On me surveilla, on voulut même me jeter en prison. Je me décidai sans peine à quitter la vie misérable que j'avais toujours trainée terre à terre. Je résolus d'aller en Italie, où l'on trouve des abbés et des frisures. Sur mon chemin, je te vis à la résidence du duc de ..... On parlait de ton mariage avec Aurélie et de l'exécution du moine Médard. Je vis aussi ce moine. *Eh bien! qu'il soit ce qu'il* voudra, je reconnus toujours en toi le vrai Médard. Je me plaçai sur ton passage, mais sans être remarqué, et je quittai la résidence pour continuer ma route.

Après un long voyage, je me préparais un jour à traverser, aux premières lueurs du crépuscule, une épaisse et obscure forêt. Les premiers rayons du soleil se montrèrent; j'entendis *alors du bruit* dans le plus épais du taillis, et un homme, les cheveux et la barbe en désordre, mais dans un riche costume, passa en bondissant près de moi. Son regard était sauvage et troublé. *En un instant*, il *était* hors de ma vue. Je continuai à marcher; mais quel ne fut pas mon effroi lorsque j'aperçus sur la route même et à mes pieds un homme nu étendu sur la terre! *J'eus l'idée qu'il s'était commis un meurtre* et que le fuyard était l'assassin. Je me penchai sur la victime et je te reconnus. Je vis en même temps que tu respirais encore. Tout près de toi était étendue *à terre la robe de moine que tu portes maintenant*. Je t'en revêtis avec beaucoup de peine, et je t'emportai. Enfin tu te réveillas de ton évanouissement, mais tu restas dans l'état que vient de décrire le révérend père. J'eus toutes les peines du monde à t'entraîner, et nous arrivâmes, à la tombée de la nuit, à une auberge située au milieu de la forêt. Je te laissai, comme ivre de sommeil, sur une pelouse, et j'entrai dans l'auberge pour y chercher de quoi manger et boire. Là je trouvai des dragons qui, au dire de l'hôtesse, devaient chercher jusqu'à la frontière les traces d'un moine qui s'était échappé de la manière *la plus incroyable* au moment où il allait être exécuté pour de grands crimes dans la ville de ..... Je ne savais nullement comment tu étais venu de la résidence dans la forêt, *mais, convaincu que tu étais* le vrai Médard que l'on poursuivait, je pris toutes les précautions possibles pour t'arracher au danger. Je te fis sortir de la frontière par des chemins détournés, et j'arrivai enfin dans cette maison, où l'on nous a reçus tous les deux lorsque j'eus déclaré que je ne voulais pas me séparer de toi.

Ici tu étais en sûreté, car on ne livrerait, *sous aucun* prétexte, un malade à la justice. Tu n'étais pas précisément bien en possession de tes cinq sens lorsque je vins habiter ici dans cette chambre et te donner mes soins, *et les mouvements de tes membres n'étaient pas aussi* des plus gracieux. Navarre et Vestris auraient eu un profond mépris pour toi, car ta tête était collée sur ta poitrine et, lorsqu'on voulait te faire *tenir debout, tu chancelais comme une quille mal posée*. Ton talent d'orateur était en outre assez triste, car tu ne parlais que par monosyllabes et tu disais pendant des heures entières : Hu! hu! et Mé... Mé..., ce qui *donnait à penser que ta volonté et ta pensée* t'étaient l'une et l'autre devenues infidèles et qu'elles s'amusaient à vagabonder sur leurs propres jambes. Une fois enfin tu devins joyeux à l'excès, *tu sautais en l'air*, tu beuglais de joie et jetais ta robe à bas pour être libre de toute contrainte en dehors de la nature. Ton appétit...

— Halte là, Beauchamp, *m'écriai-je* en interrompant ses plaisanteries de mauvais goût, halte-là! on m'a déjà parlé de l'état terrible où j'étais descendu. Que le Seigneur soit béni de sa miséricorde et *de sa bonté! que* les saints et les élus soient bénis, qui m'ont sauvé par leur intercession puissante!

— Eh! mon révérend, continua Beauchamp, que vous revient-il de *tout ceci? Je pense que cette fonction particulière de l'esprit* que l'on appelle la conscience n'est autre chose que l'activité maudite d'un douanier maudit, d'un sous-inspecteur, d'un contrôleur qui a établi son comptoir impie dans la chambre d'en haut, et dit pour toutes les marchandises qu'il ne veut pas recevoir : L'entrée est interdite! dehors! dehors!

Les plus beaux joyaux sont fourrés dans la terre comme de vils grains d'orge! et s'il en sort quelque chose, ce sont des betteraves;

et en les utilisant, l'industrie, avec mille quintaux bon poids, parvient à faire un quart d'once d'un sucre détestable! tandis que si l'entrée était permise, on établirait un commerce d'échange avec la belle ville de Dieu, là-haut, où tout est fier et sublime! Dieu du ciel! monsieur! j'aurais jeté au plus profond de la rivière ma poudre si chèrement payée *à la maréchale* ou *à la reine de Golconde* si j'avais pu recevoir par le commerce de transit un peu de poussière du soleil venu de là-haut pour en poudrer les perruques des professeurs ou de leurs collègues d'école, et la mienne avant toutes les autres! Que dis-je! le plus vénérable des moines vénérés, si mon démon, en place de votre habit couleur puce, vous eût couvert d'un matin de soleil que les fiers habitants de la ville de Dieu mettent pour aller à la garde-robe, vous eussiez obtenu une considération bien plus grande, et le monde vous eût pris pour un homme *glebæ adscriptus*, et le diable pour son cousin germain.

Je me redressai comme un tigre enlacé par un monstrueux serpent.

Beauchamp s'était levé et marchait ou plutôt sautillait avec force grimaces en gesticulant de toutes ses forces d'un bout de la chambre à l'autre. Il était en train, comme d'habitude, de s'animer à la folie par la folie. Je le saisis par les deux mains, et lui dis :

— Veux-tu donc qu'on te garde ici à ma place? Ne t'est-il donc pas possible, après une minute de bon sens, de laisser là tes extravagances?

Il sourit d'une manière étrange, et s'écria :

— Tout ce que je dis quand l'esprit m'arrive est-il donc si déraisonnable?

— C'est là où est le malheur, lui répondis-je, que tes bavardages cachent souvent un sens très-profond; mais tu garnis le tout de lambeaux si variés, qu'une bonne pensée d'une couleur bien franche devient bientôt aussi ridicule qu'un habit où pendraient des haillons de mille couleurs. Comme un homme ivre, tu ne peux marcher en droite ligne, tu vas sautant çà et là, tu suis une fausse direction...

— Qu'entendez-vous par direction? interrompit doucement Beauchamp avec un sourire mêlé d'amertume; qu'est-ce que la direction, révérend capucin? n'est-ce pas le but que nous prenons pour guide? Et qui répond que votre but soit le véritable, cher moine? ne craignez-vous pas d'avoir fait provision de trop peu de cervelle, ou d'avoir pris trop de choses spiritueuses dans l'auberge placée près de la ligne à suivre, et de voir deux buts, comme le couvreur des tours, que saisit le vertige, sans savoir où est le véritable? Et, en outre, capucin! n'est-il pas permis aux gens de mon état de se servir de la plaisanterie comme d'un agréable assaisonnement, comme du poivre d'Espagne dans les choux-fleurs? Sans cela, un artiste en cheveux est une pauvre figure, un triple imbécile qui porte un privilége dans sa poche sans savoir l'utiliser pour son plaisir et sa joie.

Le religieux portait ses yeux tantôt sur moi, tantôt sur le grimacier Beauchamp, avec une attention toute particulière. Comme nous parlions allemand, il lui était impossible de comprendre un mot de notre conversation. Il nous interrompit en disant :

— Permettez-moi, messieurs, de terminer une conversation qui peut vous faire du mal à tous deux. Vous êtes encore trop faibles, mes frères, pour vous occuper aussi longtemps de choses qui renouvellent probablement de douloureux souvenirs de votre vie antérieure. Vous pourrez apprendre peu à peu tout ce que votre ami a à vous dire, car il vous accompagnera probablement lorsque vous sortirez complétement guéri de cette maison. Vous avez surtout, monsieur (et il se tourna vers Beauchamp), une manière de vous exprimer qui vous est particulière, et fait vivre aux yeux des auditeurs tout ce que dit votre bouche. En Allemagne on doit vous regarder comme un fou, et même parmi nous vous seriez un excellent bouffon; vous feriez fortune dans un théâtre comique.

Beauchamp regarda fixement le religieux les yeux tout grands ouverts, puis il se haussa sur la pointe des pieds, frappa ses mains ensemble au-dessus de sa tête, et s'écria en italien :

— Voix des esprits! voix du destin! tu m'as parlé par la bouch de cet homme vénérable! Belcampo! Belcampo! méconnaîtras-tu ta vocation véritable! Le sort en est jeté. Et il se précipita au dehors.

Le matin suivant il se présenta devant moi en tenue de voyage.

— Mon cher frère Médard, me dit-il, tu es dès à présent complétement guéri, tu n'as plus besoin de moi, je vais où m'appelle ma vocation intime. Adieu! mais permets que pour la dernière fois j'exerce sur toi mon art, qui bientôt va me devenir inutile.

Il tira son rasoir, ses ciseaux, son peigne, et avec mille grimaces et mille plaisants discours il arrangea ma tonsure.

Cet homme, malgré la fidélité qu'il m'avait montrée, était trop indiscret. Je le vis partir avec joie. Le médecin m'avait presque entièrement rétabli par des remèdes fortifiants, j'avais retrouvé mes couleurs, et mes forces m'étaient revenues à la suite de promenades

— Beauchamp! m'écriai-je stupéfait.

dans le jardin, prolongées chaque jour. Je croyais être en état de faire un voyage à pied, et je quittai cette maison salutaire pour les malades, mais effrayante et terrible pour un homme en bonne santé. On m'avait engagé à faire un pèlerinage à Rome, je résolus de le faire véritablement, et je m'abandonnai sur la route que l'on m'indiqua comme devant y conduire. Bien que mon esprit fût guéri, je remarquai cependant en moi un manque complet de sensations, qui jetait un crêpe funèbre sur les images qui voulaient germer en moi-même. De sorte que tout me semblait sans couleur et gris sur gris. Sans me souvenir distinctement du passé, j'étais surtout occupé des soins du moment. Je regardais au loin pour découvrir un endroit où je pourrais m'adresser pour mendier ma nourriture et mon lit, et j'étais plein de joie lorsque mon bissac et ma gourde s'étaient bien remplis en retour des prières que je marmottais machinalement. Mon esprit était descendu au niveau d'un stupide moine quêteur.

J'atteignis ainsi le grand cloître de moines qui, à peu de distance de Rome, s'élève solitaire, entouré seulement de quelques auberges. L'on devait là bien m'accueillir, et je comptais y trouver toutes mes aises. Je racontai que j'avais pris le bâton de pèlerin après la suppression de mon couvent en Allemagne, et j'ajoutai que j'étais disposé à entrer dans un autre cloître de mon ordre. On me traita gracieusement, avec la bienveillance naturelle aux moines italiens; et le prieur déclara que si je n'étais pas obligé par un vœu à continuer de courir le monde en pèlerin, j'étais libre de séjourner dans le cloître aussi longtemps que cela pourrait me convenir.

C'était l'heure des vêpres; les moines se rendirent au chœur, et j'entrai dans l'église. L'admirable hardiesse du vaisseau du monument ne me causa pas d'admiration; mon esprit, tourné vers la terre, ne pouvait pas s'élever comme cela était autrefois arrivé lorsque, enfant à peine né, j'avais aperçu le saint tilleul. Après avoir adressé ma prière au grand autel, je me mis à me promener dans les galeries latérales, regardant les tableaux des autels, qui représentaient, comme d'habitude, les martyres des saints auxquels ils sont consacrés. Enfin, j'entrai dans une chapelle de côté dont l'autel était magiquement éclairé par les rayons du soleil qui pénétraient à travers les vitraux de couleur. Je voulus regarder le tableau de plus près, je montai les marches.

Je confessai tout, tout

J'aperçus sainte Rosalie! le tableau d'autel de mon cloître, fidèlement copié! Ah! c'était Aurélie!..... Toute ma vie, mes mille crimes, mes méfaits, la mort d'Hermogen, d'Aurélie, tout, tout m'apparut à la fois dans une effroyable pensée. Comme un fer brûlant et aigu, elle traversait mon cerveau; ma poitrine, mes fibres, mes veines étaient déchirées par la douleur d'une effroyable torture, et la mort ne venait pas la calmer!

Je me jetai à terre, je déchirai mon vêtement dans un désespoir furieux. Dans ma misère, je criais, et mes cris faisaient retentir les voûtes.

— Je suis maudit! je suis maudit! Plus de grâce, plus de consolation, ici et partout!... Dans l'enfer, dans l'enfer! La damnation éternelle m'attend, moi l'infâme pécheur!

On me releva. Les moines étaient dans la chapelle. Devant moi se tenait le prieur, vénérable vieillard. Il me regarda avec une sévérité mêlée d'une inexprimable douceur, et me prit les mains; et il me parut un saint qui, rempli d'une piété céleste, soutient dans les airs le condamné prêt à tomber dans le gouffre infernal.

— Tu es malade, frère, me dit-il, nous te porterons dans le cloître et tu reprendras tes esprits.

Je baisais ses mains, ses habits; je ne pouvais parler, de profonds soupirs annonçaient la souffrance terrible de mon âme déchirée. On me conduisit dans le réfectoire; les moines s'éloignèrent sur un signe du prieur, et je restai seul avec lui.

— Tu parais, me dit-il, mon cher frère, écrasé sous le poids du péché, car un repentir profond et sans espoir peut seul se trahir ainsi au dehors. Mais la clémence de Dieu est grande, et l'intervention des saints est puissante et forte; ne perds pas courage. Confesse-toi à moi, et, si tu fais pénitence, l'Église t'apportera ses consolations.

Il me sembla alors que le prieur était l'ancien pèlerin du saint tilleul, le seul sur toute la terre auquel je pusse confier ma vie souillée de meurtres et de péchés. Je ne pouvais pas parler encore, je me jetai devant lui dans la poussière.

— Je me rends dans la chapelle du couvent, reprit-il d'un ton solennel; et il se retirait.

J'étais décidé. Je courus après lui. Il s'assit dans le confessionnal, et à l'instant même, irrésistiblement poussé par l'esprit, je confessai tout, tout!

La pénitence que le prieur m'imposa fut terrible.

Repoussé de l'Eglise, banni comme un lépreux des assemblées des frères, je fus relégué dans le caveau des morts du couvent, soutenant ma vie avec des légumes cuits dans une eau insipide, me fouettant et me punissant avec les instruments de supplice inventés par la cruauté la plus ingénieuse, élevant seulement la voix pour me plaindre ou faire une prière désespérée pour échapper à l'enfer, qui brûlait en moi déjà. Mais lorsque le sang sortait par mille blessures, que la douleur me brûlait par ses mille dards de scorpion et que la nature succombait enfin, jusqu'à ce que le sommeil l'eût enveloppée de ses bras protecteurs comme un enfant évanoui, alors s'élevaient des songes ennemis qui m'apportaient de nouveaux tourments. Tout le tableau de ma vie m'apparaissait d'une manière horrible. Je voyais Euphémie s'approcher de moi dans tout l'éclat de sa séduisante beauté; mais je lui criais :

— Que me veux-tu, infâme? Non, l'enfer ne peut rien sur moi!

Alors elle déchirait son manteau, et je me sentais saisi de l'effroi de la damnation. Son corps était un squelette desséché; mais, parmi les os, d'innombrables serpents se formaient en tresses, et étendaient vers moi leurs têtes et leurs dards rouges de feu.

— Va-t'en! tes serpents dévorent ma poitrine déchirée, ils veulent s'engraisser du sang de mon cœur! eh bien! alors, je vais mourir et échapper à ta vengeance, m'écriais-je. Mais le fantôme hurlait :

— Mes serpents peuvent se nourrir du sang de ton cœur, mais tu ne le sentiras pas : ton tourment n'est pas là; ton tourment est dans toi-même et ne te tuera pas, car tu vis pour lui. C'est la pensée de ton crime, et celle-là durera toujours!

Hermogen se dressait couvert de sang, Euphémie fuyait devant lui, et il passait près de moi avec bruit en me montrant au cou sa blessure, qui avait la forme d'une croix. Je voulais prier : alors commençaient un murmure et un bruit qui troublaient les sens; des hommes que j'avais vus autrefois m'apparaissaient sous mille formes fantastiques; des têtes de travers avec des pattes de sauterelle qui leur commençaient aux oreilles me regardaient d'un air moqueur; d'étranges oiseaux, des corbeaux avec des têtes d'homme, faisaient frissonner l'air. Je reconnaissais le maître de chapelle de B*** avec sa sœur, qui tournait dans une valse sauvage; tandis que le frère l'accompagnait en jouant, mais sur sa propre poitrine devenue un violon!

Belcampo, avec une horrible tête de lézard, à cheval sur un ver ailé d'un aspect repoussant, piquait sur moi et voulait lisser ma barbe avec un peigne de fer rouge; mais il ne pouvait y réussir. Le bruit s'élevait de plus en plus fort, et les figures devenaient toujours plus extraordinaires et plus étranges; depuis la petite fourmi qui danse avec des pieds humains, jusqu'à la grande carcasse de cheval qui va s'allongeant toujours, avec des yeux brillants, et dont la peau forme une selle où trône un cavalier avec une tête de hibou flamboyante; un gobelet sans fond est sa cuirasse; il a pour casque un entonnoir avec un rebord tout autour. Les folies de l'enfer sont montées vers moi.

Je m'entends rire, mais ce rire déchire ma poitrine. La douleur devient plus cuisante, et le sang de mes blessures coule plus fort.

La figure d'une jeune fille apparaît éclatante : les autres s'affaiblissent, elle s'avance vers moi. Ah! c'est Aurélie!

— Je vis, et je suis toute à toi! dit le fantôme.

Alors le crime se réveille en moi. Transporté de désirs sauvages, je la serre dans mes bras, je me sens renaître! mais un poids de feu oppresse ma poitrine, des soies rudes viennent blesser mes yeux, et Satan rit en criant d'une voix perçante :

— Maintenant, tu m'appartiens !

Je m'éveille avec des cris d'effroi, et bientôt mon sang coule à flots sous les coups redoublés de la discipline garnie de pointes dont je me déchire dans mon désespoir. Car, même les crimes des songes, chaque pensée coupable demande une double expiation.

Enfin, le temps que le prieur avait fixé pour la dure pénitence se passa ; et je sortis de la voûte des morts pour continuer, dans le couvent même, mais dans une cellule particulière et éloignée de celle des frères, les exercices de pénitence qui m'étaient imposés à moi seul. Alors l'entrée de l'église et dans le chœur des frères m'était permise. Mais la dernière sorte de pénitence qui allait en s'adoucissant toujours et consistait dans une flagellation de chaque jour, ne me paraissait pas suffisante ; je refusais la nourriture plus succulente qui m'était offerte ; je restais des journées entières étendu sur le froid pavé de marbre devant l'autel de sainte Rosalie ; je me martyrisais moi-même, dans ma cellule, de la manière la plus cruelle, espérant par des souffrances extérieures engourdir l'horrible martyre de mon âme.

Mais c'était en vain.

Ces images formées dans ma pensée revenaient sans cesse et j'étais abandonné à Satan, qui, en me raillant, m'excitait au péché.

Mes sévères pénitences, la manière inusitée dont je les remplissais éveillaient l'attention des moines ; ils me regardaient avec réserve, et je les entendais murmurer entre eux :

— C'est un saint !

Ces mots m'étaient insupportables, car ils me rappelaient trop vivement l'affreux moment où, dans l'église des capucins, à B***, je m'étais écrié, sous l'influence de la folie excitée par les regards fixes du peintre :

— Je suis saint Antoine !

Le dernier temps de pénitence fixé par le prieur s'était aussi écoulé sans que j'eusse cessé de tourmenter mon corps, bien qu'il parût trop affaibli pour ne pas y succomber. Mes yeux étaient éteints, mon corps était un squelette sanglant, et il m'arrivait que lorsque j'étais resté quelque temps étendu sur les dalles je ne pouvais me redresser sans le secours des frères. Le prieur me fit venir dans son oratoire.

— Frère, me dit-il, te sens-tu rafraîchi par la pénitence, la consolation du ciel est-elle descendue sur toi ?

— Non, mon révérend ! répondis-je dans un sombre désespoir. Le prieur reprit d'une voix plus forte :

— En t'ordonnant, mon frère, après le récit de tes épouvantables crimes, la plus sévère pénitence, j'ai obéi aux règlements de l'Église. Ils veulent que le malfaiteur que le bras de la justice des hommes n'a pas atteint, et qui confesse repentant ses forfaits au serviteur de Dieu, prouve aussi par ses actions la sincérité de son repentir. Il doit tourner son âme tout entière vers le ciel, et cependant tourmenter la chair pour que le martyre terrestre écarte toute tentation du démon. Pourtant, je crois, et en cela je suis d'accord avec les Pères de l'Église, que les peines affreuses que s'inflige le patient ne diminuent *en rien le poids de ses péchés* s'il y attache une excessive confiance et se croit digne à cause de cela du pardon de l'Éternel. Il n'est permis à aucun esprit humain de savoir comment nos actions sont pesées dans la balance divine. Celui-là est perdu qui, même pur de péché, croit escalader le ciel par une piété extérieure, et le pénitent qui s'imagine avoir racheté ses fautes par la pénitence prouve que son repentir intérieur n'était pas véritable. Toi, cher frère Médard, tu ne te sens pas soulagé ; c'est une preuve que tes remords étaient réels. Maintenant, je le veux, cesse tes flagellations, prends une nourriture meilleure, et n'évite plus la société des frères. Sache que ta vie mystérieuse, avec tous ses replis étranges, m'est mieux connue qu'à toi-même. Une destinée à laquelle tu ne pouvais pas échapper a donné à Satan du pouvoir sur toi, et en commettant des crimes tu as été un instrument dans sa main. Ne crois pas toutefois que tu parais par cela même moins coupable aux yeux du Seigneur, car il t'avait donné la force nécessaire pour vaincre le démon. Y a-t-il un seul cœur d'homme où le mal n'attaque pas et où le bien ne fasse pas résistance ? Mais sans ce combat la vertu n'existerait pas, car elle n'est que la victoire du bon sur le mauvais principe, et c'est du système opposé que le péché jaillit.

Sache donc en premier que tu t'accuses d'un crime dont tu n'as eu que l'intention.

Aurélie vit !

Tu t'es blessé toi-même dans ton délire sauvage, et le sang qui couvrait ta main était ton propre sang.

Aurélie vit ! Je le sais.

Je tombai à genoux, et levai mes mains en priant vers le ciel ; de profonds soupirs s'échappaient de ma poitrine, des pleurs sortaient de mes yeux.

— Apprends aussi, continua le prieur, que cet ancien peintre dont tu m'as parlé dans ta confession a, d'aussi longtemps qu'il m'en souvienne, visité parfois notre couvent, et qu'il y reviendra très-probablement bientôt. Il m'a confié en garde un livre qui contient plusieurs dessins, et, entre autres choses, une histoire à laquelle il a ajouté quelque chose toutes les fois qu'il nous a visités. Il ne m'a pas défendu de montrer ce livre, et je suis d'autant plus disposé à te le laisser lire que c'est mon plus strict devoir d'en agir ainsi. Tu y apprendras l'enchaînement de la singulière destinée qui t'a parfois entraîné dans un monde de visions étranges et t'a parfois conduit sur terre. On dit que les miracles ont quitté notre globe : pour moi, je n'en crois rien. Les prodiges sont restés ; mais si nous ne voulons plus nommer ainsi les admirables merveilles que nous voyons tous les jours parce que nous avons découvert les règles du retour exact d'une suite d'apparitions, toutefois il se présente souvent, dans cette suite même, un phénomène qui confond notre sagesse, et auquel nous refusons de *croire, dans notre aveugle obstination, par cela même qu'il nous* est incompréhensible. Nous nions aussi avec entêtement les apparitions qui se présentent à nos yeux intérieurs, parce qu'elles sont trop transparentes pour se refléter dans le grossier miroir des yeux du dehors.

Je range cet étrange peintre dans les apparitions extraordinaires qui se rient de toutes les règles de l'observation. Je ne sais pas si la présence de son corps est ce que nous nommons vraie. Ce qu'il y a de certain, c'est que personne n'a remarqué en lui les fonctions ordinaires de la vie. Je ne le vis jamais écrire ou dessiner, bien que nous ayons toujours trouvé, lorsqu'il est venu près de nous, un plus grand nombre de pages écrites dans le livre où il paraissait seulement lire. Il est aussi bien remarquable que tout, dans ce livre, semblait un griffonnage embrouillé, esquisse obscure de la fantaisie du peintre, et n'est devenu distinct et lisible que lorsque toi, mon cher Médard, tu m'as eu fait ta confession. Je ne peux m'ouvrir à toi davantage sur ce que je pense ou je pressens de ce peintre. Tu le devineras, ou, pour mieux dire, le secret se découvrira de lui-même. Va, prends de nouvelles forces, et si tu te sens, comme je le pense, dans quelques jours l'esprit plus tranquille, alors je te remettrai le livre merveilleux du peintre étranger.

Dès ce moment, en effet, pour obéir au prieur, je mangeai avec les frères, je cessai mes pénitences et me contentai de prières ferventes devant l'autel des saints, et si les blessures de mon cœur saignaient encore, si le chagrin qui me dévorait ne se calmait pas, les rêves terribles s'étaient au moins éloignés, et souvent, lorsque dans une fatigue mortelle j'étais étendu sans dormir sur mon dur grabat, je me sentais rafraîchi comme par le battement d'ailes des anges, et je voyais la douce image d'Aurélie, qui se penchait sur moi les yeux pleins de larmes de compassion. Elle étendait sa main sur ma tête comme pour me protéger, alors mes paupières s'appesantissaient, et un doux sommeil répandait dans mes veines une vie nouvelle.

Lorsque le prieur s'aperçut que mon esprit avait retrouvé un peu d'énergie, il me donna le livre du moine et m'invita à le lire attentivement dans sa cellule. Je l'ouvris, et ce que j'aperçus en premier furent les dessins bien arrêtés avec leurs lumières et leurs ombres des fresques peintes de Saint-Tilleul. Je n'éprouvai pas la moindre surprise, ni le moindre désir de deviner à l'instant l'énigme. Non ! ce n'était plus une énigme pour moi, je savais déjà depuis longtemps ce que devait contenir ce livre du peintre. Ce qu'il avait nouvellement ajouté sur les dernières feuilles du livre, avec une petite écriture de diverses couleurs à peine lisible, étaient mes songes, mes pressentiments, mais clairement et distinctement exprimés, comme je n'aurais pu le faire moi-même.

OBSERVATIONS FAITES PAR L'ÉDITEUR.

Le frère Médard continue ici son histoire, sans s'étendre davantage sur ce qu'il avait vu dans le livre. Il nous dit comment il prit congé du saint et mystérieux prieur et des moines bienveillants, et puis comment il se rendit en pèlerin à Rome, et s'agenouilla et pria dans chaque église : à Saint-Pierre, Saint-Sébastien et Saint-Laurent, Saint-Jean de Latran, Sainte-Marie-Majeure, etc. ; comment enfin il *fut remarqué du pape, et se conquit un renom* de sainteté qui fut la cause de son départ de la ville, car il était devenu un pécheur réellement repentant. Nous autres, je veux dire toi et moi, mon cher lecteur, nous savons trop peu de chose des pressentiments et des rêves du frère Médard pour qu'il nous soit possible, sans connaître le livre du peintre, de pouvoir rassembler le ruban qui réunit comme en un seul nœud les fils épars et embrouillés du récit du moine. La comparaison serait peut-être plus juste si nous disions que nous ne connaissons pas le foyer d'où se sont élancées tant de diverses étincelles. Je réussis avec une peine infinie à classer les lettres et les mots, et ma stupéfaction fut grande, lorsque je découvris, à n'en pas douter, que l'histoire racontée dans le livre du moine parle de Médard. Elle est écrite en ancien italien, dans le style des chroniques ; son ton étrange a quelque chose de dur comme un verre qui se casse. Cependant il fallait, pour l'intelligence du tout, en donner ici la traduction ; je le fais donc, non sans faire remarquer tristement ce qui suit :

La famille princière de laquelle descendait le Francesco déjà si souvent nommé existe encore en Italie, et les descendants du duc, dans la résidence duquel séjourna Médard, existent aussi ; il devenait donc impossible de nommer personne : et aucun homme au monde n'est plus désorienté et plus maladroit que celui qui te met, cher lecteur, ce livre entre les mains, lorsqu'il lui faut inventer des noms... là où il en a sous la main, de véritables, *tous très-beaux* et résonnant de la manière la plus romantique. Jusqu'à présent, l'éditeur s'était flatté de se tirer parfaitement d'affaire, avec les titres de duc, de baron, et ainsi de suite; comme le vieux peintre met en lumière les rapports de parenté les plus embrouillés et les plus secrets, il a dû prendre garde à ne pas devenir trop intelligible, en employant des désignations ordinaires, et il lui a fallu entortiller et broder d'éclaircissements et de notes cette simple histoire.

Je remplace donc l'éditeur, et je te prie, aimable lecteur, avant d'aller plus avant, d'avoir la bonté de remarquer ce que je vais te dire :

Camillo, duc de P., représente le chef de la famille de laquelle descend Francesco, le père de Médard; Théodore, duc de V., est le père du duc Alexandre de V., à la cour duquel a vécu Médard.

Son frère Albert, prince de V., s'est marié avec la princesse italienne Giacinta B.

La famille du baron F. est connue dans les montagnes, il est à remarquer seulement que la baronne de F. était originaire d'Italie; car elle était fille du comte San-Pietro, fils lui-même du comte Philippo S.

Tout ceci s'éclaircira, cher lecteur, si tu gardes ces prénoms et ces lettres dans ta mémoire. Et maintenant suit, en place de la continuation de l'histoire,

LE LIVRE DU VIEUX PEINTRE.

..... Et il arriva que la république de Gênes, bloquée par les corsaires algériens, implora le secours du grand héros maritime Camillo, duc de P., en le suppliant d'entreprendre une croisière contre ces audacieux pirates avec quatre galères bien armées, et garnies d'un nombreux équipage. Camillo, plein du désir d'acquérir une gloire nouvelle, écrivit aussitôt à son fils aîné Francesco de venir gouverner le pays pendant son absence. Francesco s'adonnait à l'étude de la peinture dans l'école de Léonard de Vinci, et l'amour de l'art absorbait en lui toute autre pensée. Il craignait de s'éloigner de son maître, qui était déjà âgé, et il écrivit à son père qu'il désirait ne pas abandonner les pinceaux pour le sceptre et qu'il voulait rester auprès de Léonard. Le vieux duc Camillo fut violemment irrité, et envoya quelques-uns de ses serviteurs chargés de lui ramener son fils; mais lorsque Francesco eut fermement déclaré qu'il ne reviendrait pas, en ajoutant qu'un prince lui paraissait bien inférieur à un artiste célèbre, et que les plus hauts faits de guerre ne valaient pas à beaucoup près les inventions d'un artiste de génie, alors notre grand homme de mer Camillo jura, plein de fureur, d'abandonner Francesco, et d'appeler à lui succéder son jeune frère Zenobio. Francesco en fut enchanté, et il assura à son frère, par un acte si parfaitement en règle, la succession au trône ducal, que, lorsque le duc Camillo eut perdu la vie dans un combat sanglant livré aux Algériens, Zenobio prit les rênes du gouvernement, et Francesco, abandonnant son titre et son nom, se fit peintre et vécut très-simplement d'une petite rente que son frère lui avait assurée. Francesco était alors un fier et arrogant jeune homme. Le vieux Léonard pouvait seul dompter son rude caractère, et il était pour le peintre célèbre un fils dévoué. Il l'aida à terminer maintes œuvres importantes, et il arriva bientôt que l'élève, rivalisant avec le maître, eut à décorer plus d'une église et plus d'un maître-autel. Le vieux Léonard l'aida de ses conseils et de son exemple, jusqu'au jour où sonna, dans une vieillesse avancée, l'heure de sa mort. Alors, comme un feu longtemps étouffé, se réveilla tout à coup l'orgueil de Francesco. Il se regarda comme le premier peintre de son temps, et, joignant son titre à sa perfection d'artiste, il se nomma le prince des peintres. Il rabaissa le talent de Léonard, et, abandonnant le style simple, il se créa une manière nouvelle qui séduisait la foule par la recherche maniérée des formes agréables et le ton exagéré des couleurs éclatantes; les louanges excessives qu'il en recevait augmentaient encore son insurmontable orgueil. Il se rencontra à Rome avec de jeunes débauchés; et comme il voulait être en tout le premier et le plus remarqué, il devint bientôt le plus intrépide rameur sur l'océan orageux du vice. Fascinés par l'éclat trompeur du paganisme, les jeunes gens dont Francesco était devenu le chef formèrent une société secrète dans laquelle, tournant le christianisme en ridicule, ils imitaient les usages des anciens Grecs, et célébraient avec des femmes éhontées des fêtes criminelles et infâmes. Parmi eux se trouvaient des peintres, mais surtout des sculpteurs, qui prétendaient connaître l'art antique, et se moquaient de toutes les œuvres sublimes que les nouveaux artistes enflammés par le christianisme ont inventées et exécutées pour sa gloire. Francesco, dans un enthousiasme maudit, peignait de nombreux tableaux du temps menteur des fables. Personne ne pouvait mieux que lui donner aux figures de femme une plus lascive séduction : il empruntait aux modèles vivants leur carnation, aux antiques statues de marbre leurs formes et leur aspect. Au lieu de se complaire, comme autrefois, à admirer dans les cloîtres et les églises les magnifiques peintures des anciens maîtres, et de les conserver en son cœur avec la ferveur de l'artiste, il dessinait sans cesse des images des dieux du paganisme. Aucune figure ne l'avait tant frappé qu'une célèbre statue de Vénus, qui ne sortait pas de sa pensée. La rente que son frère Zenobio lui avait assurée tarda une fois à venir, et il arriva que Francesco, dont la vie de désordre dissipait à l'instant toutes les ressources procurées par son talent, se trouva dans un grand besoin d'argent. Il se rappela alors que, depuis longtemps déjà, un couvent de capucins lui avait demandé à un prix très-élevé un tableau de sainte Rosalie; il résolut d'exécuter rapidement ce travail, qu'il avait refusé obstinément jusqu'alors par haine pour les saints du christianisme. Il voulut la peindre nue, semblable pour la forme et les traits du visage à la Vénus.

Le projet plut aux masses, et ses criminels camarades applaudirent fort à l'idée infâme de mettre dans l'église des pieux moines, en place d'une sainte chrétienne, une idole du paganisme. Mais, lorsque Francesco commença à peindre, une autre image vint remplacer celle qu'il portait dans ses sens et sa pensée, et un esprit plus puissant vainquit le honteux esprit du mensonge qui l'avait dominé. La figure d'un ange descendu du royaume du ciel sortit d'abord des nuages obscurs, et Francesco, effrayé de l'idée de commettre un sacrilége et de mériter la punition du Seigneur, n'osa pas terminer le visage, et un chaste vêtement d'un rouge obscur et un manteau azur vinrent en plis gracieux se placer sur la figure dessinée toute nue. Les capucins avaient, dans leur lettre au peintre Francesco, pensé à la seule figure de sainte Rosalie, et l'idée du peintre était si peu de représenter une histoire remarquable de sa vie qu'il avait placé la figure au milieu du tableau; mais, maintenant, il peignit, poussé par l'esprit, des figures accessoires, qui s'arrangeaient *admirablement* ensemble pour représenter le martyre de la sainte. Francesco était tout à fait absorbé dans son œuvre; ou plutôt le tableau était devenu le pouvoir qui le saisissait de son bras puissant, et l'élevait au-dessus de la vie criminellement mondaine qu'il avait menée jusque-là. Mais il ne pouvait terminer la tête de la sainte; c'était pour lui un tourment horrible qui traversait son esprit de pointes acérées. Il ne pensait plus à la figure de Vénus; mais il lui semblait voir son vieux maître de Léonard qui le regardait avec des gestes désapprobateurs, et lui disait d'une voix inquiète et douloureuse :

— Ah! je voulais te venir en aide, mais cela ne m'est pas permis, il faut avant que tu renies tes coupables instincts, et que tu implores dans un profond repentir l'intercession des saints que tu as insultés.

Les jeunes gens que Francesco évitait depuis longtemps vinrent le voir dans son lieu de travail, et le trouvèrent étendu sur son lit comme un malade impuissant. Et comme Francesco se plaignait qu'un mauvais esprit avait brisé ses forces et l'empêchait de finir le tableau de sainte Rosalie, ils se mirent à rire en disant :

— Eh! frère! comment es-tu tout d'un coup tombé si malade? Faisons un sacrifice de vin à Esculape et à l'aimable Hygie pour chasser ta faiblesse.

On apporta du vin de Syracuse, et ils en remplirent des coupes qu'ils versèrent en libations aux dieux païens devant la figure inachevée. Mais lorsqu'ils eurent commencé à boire, et qu'ils offrirent du vin à Francesco, celui-ci refusa de boire et de prendre part à la débauche de ses fougueux camarades, malgré leurs toasts en l'honneur de Vénus. Alors un d'eux se mit à dire :

— Ce fou de peintre est réellement malade de corps et d'esprit, et je vais aller chercher un docteur.

Il s'enveloppa de son manteau, attacha son épée et sortit. Il rentra peu d'instants après en disant :

— Mais voyez! je suis moi-même le docteur, et je vais le guérir.

Le jeune homme, qui voulait imiter dans sa démarche et sa tournure un vieux médecin, marchait les genoux ployés, et avait chargé son jeune visage de rides et de plis si étranges, qu'il ressemblait à s'y méprendre à un vieillard très-laid. Les jeunes gens éclatèrent de rire, et s'écrièrent :

— Eh! voyez donc comme le docteur a la figure d'un savant!

Le docteur s'approcha de Francesco, et lui dit d'une voix sourde et d'un ton moqueur :

— Eh! pauvre diable, je te tirerai de ton ennuyeuse maladie. Eh! pauvre diable! pourquoi es-tu si pâle et abattu, cela ne plaît pas à dame Vénus. Il est possible que donna Rosalia s'empare de toi quand tu seras guéri. Allons, impuissant compagnon, goûte de ma médecine miraculeuse. Puisque tu veux peindre les saints, ma boisson te donnera des forces, c'est du vin de la cave de saint Antoine.

Le faux docteur tira une bouteille de dessous son manteau et la déboucha. Il s'en éleva une vapeur qui étourdit les jeunes gens au point qu'ils tombèrent sur leurs siéges, et fermèrent les yeux comme vaincus par le sommeil. Mais Francesco arracha la bouteille des mains du docteur et but à longs traits.

— Grand bien te fasse! lui dit le jeune homme, qui avait repris son jeune visage et sa démarche assurée.

Alors il réveilla les autres jeunes gens, et ils descendirent l'escalier tous ensemble en chancelant.

Comme le Vésuve vomit des flammes dévorantes avec des mugissements affreux, ainsi l'âme de Francesco se répandait au dehors dans un fleuve de feu. Il voyait devant ses yeux toutes les figures païennes qu'il avait déjà peintes, et il s'écriait d'une voix retentissante :

— Viens aussi, ma déesse bien-aimée, revis et sois à moi, ou je me voue aux dieux infernaux !

Alors il aperçut Vénus placée tout près du portrait, et lui faisant des signes d'amitié.

Il se précipita de son lit et commença à peindre la tête de sainte Rosalie en l'ornant des charmes de Vénus; mais il lui semblait que sa main refusait d'obéir à sa volonté : son pinceau s'écartait des nuages qui entouraient la tête de sainte Rosalie, et se portait involontairement sur les têtes des hommes barbares dont elle était entourée. Et cependant la figure céleste de la sainte devenait de plus en plus distincte, et regardait tout à coup Francesco, avec des yeux si pleins de vie, que celui-ci tomba tout à coup sur le plancher comme frappé de la foudre.

Lorsqu'il revint à lui, il se redressa lentement et n'osa plus lever les yeux sur l'image qui lui avait paru si terrible; mais il se traina en baissant la tête vers la table où était la bouteille du docteur, et but un peu de vin. Il se sentit à l'instant de nouvelles forces, et regarda son tableau. La figure était tout à fait terminée, et ce n'était plus celle de sainte Rosalie, mais celle de Vénus, qui lui souriait d'un air voluptueux. Alors Francesco fut enflammé de coupables désirs. Dans sa passion insensée, il se mit à crier en se rappelant le sculpteur Pygmalion, dont il avait peint l'histoire, et suppliait comme lui Vénus de donner la vie à son image. Quelquefois il lui semblait que la statue commençait à se mouvoir; mais lorsqu'il voulait la serrer dans ses bras, il ne trouvait qu'une toile insensible. Alors il arrachait ses cheveux, et gesticulait comme un homme possédé du démon. Francesco avait ainsi passé déjà deux jours et deux nuits; au troisième jour, comme il était encore devant le tableau, immobile comme une statue, la porte s'ouvrit, et il entendit derrière lui le frémissement d'une robe. Il se retourna et aperçut une femme qu'il reconnut pour l'original de son œuvre. Peu s'en fallut qu'il ne perdit ses sens quand il aperçut devant lui, dans une ineffable beauté, l'image qu'il avait créée dans son esprit d'après le souvenir d'une statue de marbre, et il éprouva une espèce d'effroi lorsqu'il regarda l'image, qui lui parut un reflet de la femme étrangère.

Il lui arriva ce qui arrive toujours à l'apparition d'un esprit, sa langue resta muette, et il tomba à genoux devant cette femme, les mains levées comme pour l'adorer. Mais celle-ci le releva en souriant et lui dit qu'elle était venue souvent autrefois, étant toute jeune, dans l'atelier de Léonard de Vinci, et qu'elle avait conçu pour lui une passion violente : depuis elle avait abandonné ses parents et sa famille et s'était mise en route vers Rome pour le retrouver, car une voix intérieure lui disait qu'elle était aimée, et que dans sa passion il avait fait son portrait, ce qui était la vérité.

Francesco remarqua alors qu'une secrète intelligence d'âme avait régné entre eux, et avait créé l'étonnante image qui lui était apparue et l'avait enflammé du plus ardent amour. Plein d'une passion brûlante, il embrassa sa bien-aimée et voulait la conduire aussitôt à l'autel pour se lier à jamais avec elle par la sainteté du sacrement du mariage; mais la femme parut effrayée, et s'écria :

— Eh! mon cher Francesco, n'es-tu plus le véritable artiste qui ne veut pas se laisser enchaîner par l'Église chrétienne? N'es-tu pas dévoué de corps et d'âme à la joyeuse antiquité et à ses dieux favorables? Qu'importe à notre union la présence d'un triste prêtre qui passe sa vie à pleurer sous de sombres voûtes sa plainte éternelle? Célébrons plus joyeusement la fête de nos cœurs.

Francesco fut séduit par les paroles de cette femme; et il célébra le soir même, avec ces jeunes gens légers et criminels qui se disaient ses amis, sa fête de mariage avec l'étrangère, d'après les rites des païens.

La femme avait apporté avec elle une cassette pleine de bijoux et d'argent comptant, et Francesco, abandonnant son art, vécut longtemps avec elle dans des jouissances coupables. La femme se sentit enceinte; devenant plus belle chaque jour, elle semblait être l'image vivante de Vénus. Francesco était presque écrasé sous le poids du bonheur de sa vie.

Un sourd et douloureux gémissement réveilla une nuit brusquement Francesco; lorsqu'il se précipita plein d'effroi une lumière à la main pour voir sa femme, il vit qu'elle était accouchée d'un petit garçon. Les domestiques furent aussitôt envoyés à la recherche du médecin et de la sage femme. Francesco prit l'enfant du sein de la mère, mais celle-ci poussa un cri perçant et se tordit comme sous l'étreinte d'une main puissante. La sage-femme arriva avec sa domestique, et fut bientôt suivie du médecin; mais ils reculèrent d'effroi lorsqu'ils voulurent lui porter secours, car ils la trouvèrent roidie par la mort, le cou et la poitrine couverts d'affreuses taches bleuâtres, et ils aperçurent en place de sa belle figure un visage ridé, affreusement décomposé, et les yeux fixes tout grands ouverts. Aux cris poussés par les deux femmes, le voisinage accourut.

On avait déjà raconté bien des choses de la jeune femme, la libre manière de vivre qu'elle avait avec Francesco avait scandalisé tout le monde; et l'on était sur le point de dénoncer aux tribunaux ecclésiastiques leur union coupable, faite sans la bénédiction du prêtre. Mais, en voyant le cadavre ainsi décomposé par la mort, il resta évident pour tous qu'elle avait vécu avec le démon, qui venait de s'emparer d'elle. Sa beauté n'était qu'une apparence menteuse produite par des sortiléges maudits.

Tous s'enfuirent de la maison sans oser toucher son corps. Francesco sut bientôt avec qui il avait vécu, et il fut saisi d'un terrible effroi. Toutes ses actions mauvaises apparurent à ses yeux, et la punition du ciel commença sur terre; car les flammes de l'enfer brûlaient en son cœur. Le jour suivant, un envoyé du tribunal ecclésiastique vint avec des sbires pour arrêter Francesco; mais il sentit se réveiller à la fois son courage et son orgueil, et, tirant son épée, il s'ouvrit un passage et s'échappa. D'une assez grande distance de Rome, il aperçut une caverne, dans laquelle il se cacha, accablé de fatigue. Sans s'en rendre compte, il avait enveloppé l'enfant nouveau-né dans son manteau et l'avait emporté avec lui. Il eut un moment l'idée, dans sa colère, de briser contre les rochers l'enfant de la femme infernale; mais lorsqu'il le leva en l'air, il fit entendre des plaintes qui semblaient supplier. Il s'arrêta plein de compassion, et, le plaçant sur un lit de mousse, il lui fit sucer le suc d'une orange qu'il avait apportée avec lui. Francesco, comme un solitaire, vécut plusieurs semaines dans cette grotte, et, abandonnant l'état criminel dans lequel il avait vécu, il pria dévotement les saints; mais il implorait, avant tous, sainte Rosalie, qu'il avait si gravement offensée, et la suppliait de parler pour lui devant le trône du Seigneur.

Un soir Francesco priait, à genoux, dans cette solitude, les regards attachés sur le soleil, qui, en se plongeant dans la mer, élevait à l'orient les vapeurs enflammées. Mais, au moment où ces flammes s'éteignaient dans la brume grise du soir, Francesco remarqua dans les airs une éclatante lueur rose, qui prit bientôt la forme d'une apparition.

Il vit sainte Rosalie entourée d'anges et agenouillée sur les nuages, et un doux murmure disait :

— Seigneur! pardonne à l'homme qui, dans sa faiblesse et son impuissance, n'a pu résister aux piéges de Satan.

Alors des éclairs traversèrent la lueur rose, et un sombre tonnerre dit en faisant retentir la voûte du ciel :

— Quel homme coupable a péché comme celui-ci? Il ne trouvera ni grâce ni repos dans la tombe, tant que la race née de sa faute persévérera dans le crime.

Francesco tomba sur la poussière; car il savait que son jugement était prononcé, et qu'une effroyable destinée le pousserait çà et là sans espoir. Il s'enfuit sans penser davantage à l'enfant resté dans la caverne, et vécut, comme il ne pouvait pas peindre, dans la misère la plus profonde. Quelquefois il lui vint dans l'idée d'entreprendre de belles pages en l'honneur de la religion chrétienne, et il arrangea dans sa tête la composition et l'effet de grands tableaux qui devaient représenter les légendes de sainte Rosalie; mais comment pouvait-il commencer de pareilles peintures, lui qui ne possédait pas un écu pour acheter une toile et des couleurs et qui soutenait sa misérable existence avec des aumônes distribuées à la porte des cathédrales? Un jour que dans une église il regardait fixement le mur nu qu'il peignait en pensée, deux femmes voilées s'approchèrent de lui; et l'une d'elles lui dit d'une voix angélique :

— Dans la Prusse lointaine, se trouve une église élevée à la vierge Marie, dans l'endroit même où les messagers du Seigneur ont porté son image sur un tilleul. Ce monument manque de peintures. Pars pour ce pays, exerces-y ton art avec une pieuse ferveur, et ton âme déchirée sera rafraîchie par la consolation céleste.

Lorsque Francesco leva les yeux sur ces femmes, il les vit se perdre dans les rayons d'une douce lumière et un parfum de lis et de rose embauma l'église. Alors il sut qui elles étaient, et il résolut de partir le lendemain. Mais, le soir du même jour, un envoyé de Zenobio, qui le cherchait depuis longtemps en vain, lui remit le montant de deux années de pension, et l'invita à se rendre à la cour de son maître. Francesco garda une faible somme d'argent, et distribua le reste aux indigents; puis il se mit en route pour la Prusse lointaine. Le chemin passait par Rome, et il entra dans le couvent des capucins, situé à peu de distance de la ville, pour lequel il avait peint une sainte Rosalie. Il vit le tableau en place sur l'autel; cependant il s'aperçut, en l'examinant avec attention, que c'était seulement une copie de son tableau. Les moines n'avaient pas pu garder l'original, à cause des histoires étranges que l'on racontait sur le peintre; ils l'avaient vendu au couvent des capucins de B..... Après en avoir fait prendre une copie Francesco arriva, après un pénible pèlerinage, au couvent de Saint-Tilleul en Prusse, et remplit la mission que la sainte lui avait donnée. Il peignit l'église d'une manière si admirable, qu'il s'aperçut que l'esprit de grâce commençait à agir en lui. La consolation du ciel descendit dans son cœur.

Il arriva que le comte Philippe G... fut surpris à la chasse, dans une contrée sauvage, par un orage terrible. La tempête mugissait à travers les ravins, la pluie se précipitait en torrents, comme si un nouveau déluge allait détruire la race des hommes et des animaux. Alors le comte Philippe aperçut une caverne où il se mit à l'abri avec son cheval, qui refusait d'y entrer. Des nuages noirs avaient couvert l'horizon tout entier, et, à cause de cela, tout était si sombre dans la grotte, que le comte Philippe ne pouvait rien distinguer ni découvrir ce qui faisait du bruit auprès de lui. Il craignit qu'un animal sauvage ne fût caché dans la grotte, et il tira son épée pour se tenir sur la défensive. Mais lorsque l'orage fut apaisé, et que le soleil pénétra dans la grotte, il découvrit, couché sur un lit de feuilles, un enfant nu qui attachait sur lui ses yeux brillants et clairs. Près de lui était un gobelet d'ivoire, dans lequel le comte Philippe trouva encore quelques gouttes d'un vin parfumé que l'enfant suça avec avidité. Le comte sonna du cor, peu à peu ses gens se réunirent, et l'on attendit, sur l'ordre du prince, pour voir si celui qui avait placé l'enfant dans la grotte viendrait le chercher; mais lorsque la nuit commença à tomber, le comte dit :

— Je ne peux pas abandonner ainsi cet enfant, mais je le prendrai avec moi, et je ferai publier ce que j'ai fait, afin que les parents, ou au moins celui qui habite cette caverne, puissent venir le réclamer.

Mais des semaines, des mois, des années se passèrent, et personne ne se présenta. Le comte fit donner à l'enfant trouvé, sur les fonts de baptême, le nom de Francesco. L'enfant grandit, et devint un jeune homme remarquable par l'intelligence et la beauté; et le comte, se trouvant sans enfants, eut l'intention, à cause de ses rares avantages, de lui laisser toute sa fortune.

Francesco avait déjà vingt-cinq ans, lorsque le comte se prit d'un fol amour pour une jeune fille d'une rare perfection corporelle, et l'épousa, bien qu'elle fût dans la fleur de la jeunesse et que lui fût déjà vieux. Francesco ressentit pour la comtesse un amour coupable; et, bien qu'elle fût pieuse et pleine de vertus, bien qu'elle voulût rester fidèle à la foi jurée, il parvint, au moyen de ruses diaboliques, à la forcer de céder à ses désirs, et il récompensa son bienfaiteur par l'ingratitude et la trahison.

Deux enfants, le comte Pietro et la comtesse Angiola, furent les fruits de ce commerce criminel. Le vieux Philippo les pressa sur son cœur avec toute la joie d'un père, et le secret infâme ne fut jamais connu de lui ni de personne au monde.

Poussé par l'esprit intérieur, j'entrai chez mon frère Zenobio et le lui dis :

— J'ai renoncé au trône; et, lors même que tu viendrais à mourir avant moi, sans enfants, je veux rester un pauvre peintre, et passer ma vie dans une piété tranquille en exerçant mon art. Cependant notre petit pays ne doit pas passer dans des mains étrangères. Francesco, élevé par le comte Philippe S..., est mon fils. C'est moi qui l'abandonnai *en me sauvant précipitamment* dans la caverne où l'a trouvé le comte. Nos armes sont gravées sur le gobelet d'ivoire qui était placé près de lui; mais, plus encore que tout cela, la figure du jeune homme démontre clairement qu'il descend de notre famille, et rend toute erreur impossible. Frère Zenobio, adopte ce jeune homme pour ton fils et ton héritier.

Les doutes de Zenobio sur sa naissance illégitime furent levés par le pape, qui sanctionna l'acte d'adoption, et il arriva que la vie criminelle de mon fils cessa, et qu'il eut, d'un mariage régulier, un fils qui reçut le nom de Paul Francesco. La souche du crime a grandi par le crime. Mais le repentir de mon fils ne peut-il effacer ses fautes? J'étais devant lui comme la justice vengeresse du Seigneur, car je lisais dans son cœur, et ce qui est caché au monde m'était dévoilé par l'esprit qui est en moi toujours plus puissant, l'esprit qui m'élève au-dessus des vagues mugissantes de la vie, si bien que je peux plonger mes yeux dans les profondeurs, sans que ce regard m'attire en bas vers la mort.

L'éloignement de Francesco précipita dans la tombe la comtesse S..., car alors seulement elle sentit toute la grandeur de son crime, et elle ne put résister au combat de son amour pour le criminel, et au repentir de sa faute. Le comte Philippe mourut en enfance, à l'âge de quatre-vingt-dix ans. Son fils présumé, Pietro, vint avec sa sœur Angiola à la cour de Francesco. Les fiançailles de Francesco avec la duchesse Victoria de M... furent célébrées avec la plus grande magnificence; mais lorsque Pietro aperçut la fiancée dans tout l'éclat de sa beauté il fut enflammé d'un violent amour, et, sans s'inquiéter des dangers qu'il courait, s'efforça de mériter ses faveurs. La conduite de Pietro échappa cependant aux regards de Paolo Francesco violemment épris lui-même d'Angiola, qui repoussait froidement ses avances. Victoria s'éloigna de la cour, pour aller, disait-elle, remplir avant son mariage, dans le calme de la solitude, un saint vœu qu'elle avait formé. Elle revint un an plus tard. La noce devait se faire, et aussitôt après le comte Pietro se retirerait avec sa sœur Angiola dans la ville de son père.

L'amour de Paolo Francesco pour Angiola s'augmentait toujours de plus en plus par le refus, et en vint aux désirs furieux de la bête sauvage que l'espérance de la possession peut seule calmer.

Il arriva que le jour même du mariage, avant de se rendre dans la chambre nuptiale, il pénétra dans l'appartement d'Angiola par une trahison infâme, et contenta ses criminels desseins. Il l'avait fait endormir au moyen d'opium qu'on avait jeté dans son verre pendant le repas de noces, et elle ignora son déshonneur. Cependant les suites de cet attentat la mirent en danger de mort, et alors, tourmenté par le cri de sa conscience, Paolo avoua ce qui s'était passé. Dans le premier moment de colère, Pietro voulut frapper le traître; mais son bras s'abaissa bientôt, lorsqu'il réfléchit que sa vengeance avait devancé le crime. La petite Jacinthe, duchesse de B..., qui passait pour la sœur de Victoria, était le fruit d'un commerce criminel entre lui et la fiancée de Francesco.

Pietro se retira avec Angiola en Allemagne, où elle accoucha d'un fils qui fut élevé avec les plus grands soins et qui fut nommé Frantz. L'innocente Angiola se consola enfin, et devint plus belle et plus gracieuse encore. Le prince Théodore de W... en devint éperdument amoureux et parvint à s'en faire aimer. Il l'épousa peu de temps après. Le comte Pietro se maria à la même époque avec une dame allemande, qui lui donna une fille. Angiola, de son côté, devint mère de deux enfants. La conscience de cette pieuse princesse pouvait être pure, et cependant elle tombait dans une mélancolie profonde lorsque le crime de Paolo lui revenait en mémoire; et elle se figurait souvent qu'elle serait punie malgré son innocence, et que le péché retomberait sur elle et ses descendants. La confession et l'absolution ne l'avaient même pas rassurée. Après de longs tourments la pensée lui vint de tout découvrir à son mari, et elle la crut envoyée par le ciel. Après de longs combats intérieurs elle se décida enfin à hasarder cette démarche difficile, et elle fit ce qu'elle s'était proposé. Le duc Théodore apprit avec effroi cette action infâme; il en fut violemment ému, et il parut même rejeter sur son innocente épouse une partie de son ressentiment. Celle-ci se retira dans un château éloigné quelques mois après. Pendant son absence, le duc parvint à triompher si bien des tristes impressions qui le tourmentaient, que non-seulement il se réconcilia avec sa femme, mais qu'il se chargea même de l'éducation du jeune Frantz.

Après la mort du duc et de sa femme, le comte Pietro et le jeune Alexandre V... apprirent le secret de la naissance de Frantz. Aucun des descendants du peintre ne ressemblait autant que ce jeune homme pour l'esprit et la tournure à ce Francesco élevé par le comte Philippe.

Étrange garçon animé de la plus haute intelligence, plein de feu, actif de fait et de pensée, fasse le ciel que les péchés de son père et ceux de son aïeul ne pèsent pas sur lui! puisse-t-il résister aux séductions de Satan! Avant la mort du duc Théodore, ses deux fils, Alexandre et Jean, entreprirent un voyage dans la belle Italie; mais ils se séparèrent à Rome, non pas tant par mauvaise intelligence que par une différence complète d'inclinations. Alexandre se rendit à la cour de Francesco Paolo, et s'éprit tellement de sa plus jeune fille, élevée avec Victoria, qu'il désira l'épouser. Le duc Théodore refusa cette union avec un sentiment d'horreur incompréhensible au duc Alexandre; mais à la mort du duc Théodore, le duc Alexandre se maria avec la fille de Paolo Francesco.

Le prince Jean avait appris à connaître en route son frère Frantz, et il fut tellement enchanté de ce jeune homme, dont il ignorait l'étroite parenté avec lui, qu'il ne voulut plus qu'il le quittât. Frantz fut cause que le prince retourna en Italie au lieu de se fixer dans la résidence de son frère. La destinée éternelle et impénétrable voulut qu'ils tombassent amoureux l'un et l'autre de la petite Jacinthe, fille de Pietro et de Victoria.

Le crime est en germe, qui peut résister aux sombres pouvoirs?

Les péchés et les fautes de ma jeunesse sont effroyables; mais, par l'intercession des élus et de sainte Rosalie, je suis sauvé de la damnation éternelle, et il m'est accordé de souffrir ici-bas les tourments de l'enfer jusqu'à ce que la souche infâme soit desséchée et ne porte plus de fruits. Le poids terrestre domine les forces de l'esprit et m'oppresse, et, tout en pressentant les secrets d'un sombre avenir, l'éclat trompeur des couleurs de la vie m'aveugle, et mon œil débile s'égare dans les images qui passent devant lui sans pouvoir en discerner la véritable forme intime. Je vois souvent le fil qu'un pouvoir terrible tourne sur le fuseau en s'accordant sur le salut de mon âme, et je crois dans ma folle erreur pouvoir le saisir et le briser. Mais je dois souffrir, et, pieux et croyant, supporter dans un repentir incessant le martyre qui m'est imposé pour racheter mes erreurs.

J'ai éloigné Frantz et Giacinta l'un de l'autre; mais Satan prépare sans relâche la perte de Frantz, et il doit succomber.

Frantz se rendit avec le prince dans le lieu où le comte Pietro se trouvait avec sa femme et sa fille Aurélie, âgée de quinze ans à peine. Comme Paolo, son père criminel, fut autrefois saisi d'une passion ardente en apercevant Angiola, ainsi il sentit s'allumer en son cœur, en voyant Aurélie, la flamme d'un violent désir. Il sut si bien envelopper la pauvre et douce jeune fille des filets de la séduction, qu'elle se donna à lui tout entière. Et elle avait péché avant de savoir ce que c'était que le péché. Lorsqu'il fut impossible de cacher sa faute, Frantz, plein de désespoir, alla se jeter aux pieds de la mère d'Aurélie et avoua son crime. Celle-ci accabla Frantz de reproches, et le menaça d'aller découvrir ce qu'elle venait d'apprendre au comte Pietro; cependant elle parvint à cacher à son mari les fautes de sa fille, qui alla mettre un enfant du sexe féminin au monde dans un pays éloigné. Mais Frantz ne pouvait se séparer d'Aurélie. Il apprit le lieu de son séjour, s'y rendit en hâte, et entra dans sa chambre dans un moment où les gens de la maison s'étaient éloignés. La comtesse était assise près du lit de sa fille, et tenait sa petite-fille, alors âgée de huit ans, sur ses genoux. Elle se leva pleine d'effroi en apercevant le criminel, et lui ordonna de s'éloigner.

— Va-t'en, va-t'en, lui dit-elle, ou tu es perdu! le comte Pietro est instruit de ta conduite infâme.

En parlant ainsi, elle le poussa vers la porte; mais Frantz, saisi d'une fureur diabolique, arracha l'enfant des bras de la comtesse, qu'il repoussa violemment. Celle-ci tomba sur la terre, et il se précipita au dehors. Lorsque Aurélie revint de l'évanouissement que cette scène lui avait causée, sa mère n'existait plus; sa tête avait porté sur une caisse garnie de fer, et elle était morte sur le coup.

Frantz voulait tuer l'enfant. Il l'enveloppa dans un linge, descendit l'escalier, et allait sortir de la maison, lorsqu'il entendit des gémissements partir des chambres du rez-de-chaussée. Il s'arrêta malgré lui, et écouta en s'approchant de la porte. Et dans le même instant sortit une femme avec de grands cris. Il reconnut en elle la domestique chargée de surveiller les enfants de la baronne de S..., dans la maison de laquelle il demeurait.

— Ah! monsieur, lui dit-elle, je suis perdue! A l'instant même la petite Euphémie était sur mes genoux; mais elle a tout d'un coup laissé retomber sa tête, et elle est morte subitement. Elle a des marques bleuâtres sur le front, et on dira sans doute que je l'ai laissée tomber.

Frantz entra sur-le-champ et, en considérant l'enfant qui venait d'expirer, il lui sembla que le sort voulait que son enfant vécût, puisqu'il ressemblait d'une manière merveilleuse à la petite Euphémie, qui avait cessé de vivre. La domestique, peut-être plus coupable qu'elle ne voulait l'avouer, et gagnée d'ailleurs par l'or de Frantz, consentit à la substitution. Frantz emporta l'autre enfant dans le linge, et le jeta dans le fleuve. L'enfant d'Aurélie fut élevé comme la fille de la baronne sous le nom d'Aurélie, et le secret de sa naissance demeura inconnu. L'infortunée ne fut pas admise dans le sein de l'Église par le sacrement du baptême, car l'enfant dont la mort lui avait sauvé la vie avait été baptisé. Aurélie se maria, plusieurs années après, avec le baron de F.... Deux enfants, Hermogen et Aurélie, furent les fruits de cette union.

L'éternelle puissance m'avait accordé de lier connaissance avec le prince et son favori Francesco (c'est ainsi qu'il appelait Frantz en donnant à son nom une forme italienne), lorsqu'il eut le projet de se rendre à la résidence de son frère. Je voulus retenir Francesco de toute ma puissance lorsqu'il s'approchait de l'abîme ouvert sous ses pieds. Efforts insensés de l'impuissant pécheur qui n'a pas trouvé grâce devant le trône du Seigneur!

Francesco assassina son frère après avoir assouvi sa flamme coupable sur Giacinta. Le fils de Francesco est le malheureux enfant que le prince a fait élever sous le nom du comte Victorin. Le meurtrier Francesco voulait épouser la pieuse sœur du prince; mais je parvins à empêcher le crime au moment où il allait se consommer aux pieds des autels.

La profonde misère dans laquelle Frantz fut plongé après sa fuite lui était bien nécessaire pour le porter au repentir. Accablé de chagrin, miné par la maladie, il se réfugia chez un campagnard, qui le reçut avec bienveillance. La fille de cet homme, une pieuse et tranquille enfant, devint éperdument amoureuse de lui, et lui prodigua les soins les plus tendres. Francesco recouvra la santé et répondit à l'amour de la jeune fille, et ils furent unis par le saint sacrement du mariage. Il réussit, par sa science et sa grande intelligence, à ressaisir la fortune, que vint augmenter aussi la riche succession de son beau-père. Il goûta la prospérité de ce monde; mais le bonheur de l'homme qui n'a pas obtenu le pardon divin est éphémère. Frantz retomba dans une affreuse misère: elle était d'autant plus cruelle, qu'il sentait disparaître à la fois dans une langueur fiévreuse les forces de son esprit et de son corps. Sa vie fut une expiation continuelle. Enfin le ciel lui envoya un rayon de consolation. Il va faire un pèlerinage à Saint-Tilleul, et la naissance d'un enfant doit lui annoncer là le pardon de Dieu.

Dans la forêt qui entoure le cloître de Saint-Tilleul, je m'approchai de la malheureuse mère, lorsqu'elle pleurait sur l'enfant nouveau-né privé de son père, et je la consolai par de douces paroles.

La grâce de Dieu se montre bien grande pour ce fils né dans le sanctuaire béni des élus. Souvent l'enfant Jésus se montre à lui, et éveille déjà dans sa jeune âme l'étincelle de l'amour.

La mère a fait donner à l'enfant dans le saint baptême le nom de son père Frantz.

— Sera-ce toi, Franciscus, toi, né dans un lieu sacré, qui effaceras, par tes actions pieuses, le crime de ton aïeul, et lui procureras le repos de la tombe?...

Loin du monde et de ses tentations séductrices, il doit se tourner tout entier vers le ciel.

Il se fera religieux! ainsi l'a annoncé à sa mère le saint homme, qui a versé la consolation dans mon âme, et c'est peut-être la prophétie du pardon qui brille à mes yeux dans un merveilleux éclat, de sorte qu'il me semble voir en moi-même la vivante image de l'avenir.

Je vois le jeune homme engager un combat mortel avec l'esprit des ténèbres, qui l'attaque avec de terribles armes! Il succombe! mais une femme divine lève sur sa tête la couronne du vainqueur! C'est sainte Rosalie elle-même qui l'a sauvé! Autant que me le permettra le ciel, je serai près de l'enfant, du jeune homme, de l'homme; je le protégerai autant que mes forces pourront me le permettre. Il sera comme...

REMARQUE DE L'ÉDITEUR.

Ici, cher lecteur, l'écriture de l'ancien peintre devient si illisible qu'il est impossible d'en déchiffrer davantage. Retournons donc au manuscrit de l'étrange capucin Médard.

VII.

Le retour au couvent.

Cela alla si loin, que, partout où je me laissais voir dans les rues de Rome, plusieurs hommes du peuple s'arrêtaient, et dans une humble posture demandaient ma bénédiction. Il pouvait se faire que mes exercices de pénitence que j'avais continués eussent attiré l'attention; mais il paraissait certain que mon étrange extérieur avait été pour la vive imagination des Romains le sujet d'une légende, et que l'on m'avait choisi pour le héros d'une pieuse histoire. Souvent des soupirs plaintifs ou le murmure de prières dites à voix basse venaient me distraire des méditations profondes auxquelles je me livrais sur les marches de l'autel, et je remarquais alors que j'étais entouré de fidèles qui, agenouillés près de moi, paraissaient implorer mon intercession. Comme dans le couvent des capucins, j'entendais près de moi ces mots: « Il santo, » et je sentais la douleur déchirer ma poitrine de ses mille poignards. Je voulais quitter Rome, mais je fus effrayé lorsque le prieur du couvent où je m'étais arrêté m'annonça que le pape désirait me recevoir. De sombres pressentiments m'assiégèrent; je craignais de nouveaux efforts du démon pour me charger encore de ses chaînes. Cependant je pris courage, et je me rendis au Vatican à l'heure indiquée.

Le pape, un homme d'une haute distinction, me reçut assis sur un fauteuil surchargé de riches ornements. Deux admirables enfants portant l'habit ecclésiastique me présentèrent de l'eau glacée. Ils entretenaient la fraîcheur dans la chambre en agitant de grands éventails de plumes de héron. Je m'avançai humblement et fis les génuflexions usitées. Le saint-père me regarda fixement. Ses yeux avaient une singulière douceur; au lieu de la sévérité rigide que j'avais cru de loin distinguer sur ses traits, je ne trouvai qu'un doux sourire. Il me demanda d'où je venais et ce qui m'avait appelé à Rome, m'interrogea en peu de mots sur mes relations personnelles, et se leva en disant:

— Je vous ai fait appeler, parce que l'on m'a beaucoup parlé de votre piété singulière. Pourquoi, moine Médard, fais-tu tes exercices de piété en public, devant le peuple et dans les églises fréquentées? Penses-tu passer pour un saint du Seigneur et te faire adorer du peuple fanatique? Alors descends en toi-même, et cherche dans tes plus secrètes pensées celle qui t'a porté à agir ainsi. Si tu n'es pas pur devant le Seigneur et devant moi, son remplaçant sur terre, alors tu auras bientôt une fin misérable, moine Médard.

Le pape prononça ces paroles d'une voix forte et pénétrante, et ses yeux brillaient comme la foudre. Pour la première fois depuis bien longtemps, je ne me sentais pas coupable; et il en arriva que non-seulement je ne perdis pas contenance, mais je me sentis élevé par la pensée que ma pénitence venait d'un véritable désespoir intérieur. J'eus la force de répondre comme un inspiré:

— Vous, très-saint remplaçant du Seigneur, la puissance vous est donnée de pénétrer dans mon âme, vous devez savoir que le poids immense de mes péchés m'écrase sur le sol; mais vous allez reconnaître la sincérité de mon repentir. Loin de moi la pensée d'une basse hypocrisie! loin de moi l'ambitieux désir de tromper le peuple d'une manière infâme! Permettez au moine repentant, ô très-saint seigneur! de vous raconter en peu de mots sa vie criminelle, et de vous dévoiler aussi ce qu'il a entrepris dans le remords et l'abattement du repentir.

Alors je commençai à raconter aussi brièvement que possible, et en cachant les noms, le cours de ma vie tout entière. L'attention du pape allait en augmentant toujours. Il s'assit dans son fauteuil, la tête appuyée sur la main; puis il se relevait subitement, les mains posées l'une sur l'autre, les yeux enflammés, et avançant le pied comme s'il voulait marcher sur moi.

Lorsque j'eus fini, il alla de nouveau s'asseoir.

— Frère Médard, me dit-il, votre histoire est la plus étonnante que j'aie jamais entendue. Croyez-vous à l'influence visible du méchant pouvoir que l'Église appelle le diable?

J'allais répondre, le pape continua :

— Croyez-vous que le vin que vous avez dérobé dans la chambre des reliques et bu ensuite vous ait poussé aux crimes que vous avez *commis?*

— Comme une eau chargée de miasmes empoisonnés, il fit fructifier le mauvais germe qui dormait en moi.

A cette réponse, le pape se tut quelques instants; puis il continua avec le regard sérieux d'une réflexion profonde :

— Comment! si la nature suivait aussi pour l'esprit les règles de l'organisme du corps, qui veulent qu'un germe enfante un germe pareil; si les *inclinations* et la *volonté, comme la force cachée dans* le noyau qui colore de nouveau les feuilles des arbres en vert, se transmettaient, irrésistibles, de père en fils : il y a des familles d'assassins et de voleurs, alors ce serait le péché de famille, la malédiction éternelle d'une race criminelle, que toute expiation serait impuissante à effacer.

— Si le pécheur de race pèche à son tour par la transmission de l'organisation, alors il n'y a plus de péché! dis-je en interrompant le pape.

— Cependant, répliqua-t-il, l'esprit éternel a créé un géant qui a le pouvoir de vaincre et d'enchaîner la bête féroce qui rugit en nous, et ce géant s'appelle *conscience*. Son triomphe est la vertu, comme le péché est le triomphe de la bête féroce.

Le pape se tut quelques moments, puis son regard s'anima, et il reprit d'une voix douce :

— Frère Médard, nous nous comprendrons, je n'en doute pas, demeure ici; dans quelques jours peut-être seras-tu prieur, plus tard peut-être aussi te prendrai-je pour mon confesseur. Va, ne te fais plus remarquer dans les églises, ne cherche pas à te faire mettre au nombre des saints, le calendrier est au grand complet. Va!

Ces dernières paroles du pape m'étonnèrent profondément. Il n'était pas douteux pour moi qu'il supposait que j'avais voulu me faire passer pour un saint, et que j'étais décidé, puisqu'il me fermait cette route, à me créer d'autres moyens de conquérir de l'influence et de la considération. Et en cela il était disposé à m'aider par des motifs qui m'étaient inconnus.

Je résolus, sans réfléchir que j'avais voulu quitter Rome avant d'avoir été appelé par le pape, de continuer mes exercices de piété; mais je me sentais trop ému pour pouvoir comme autrefois tourner vers le ciel ma pensée tout entière. Je pensais involontairement, pendant ma prière, à ma vie future. L'image de mes péchés pâlissait et l'idée de continuer comme confesseur du pape et, qui sait? peut-être plus encore, la carrière que j'avais commencée comme favori d'un prince, se présentait brillante aux yeux de mon esprit. Et involontairement, et non pas pour obéir seulement aux ordres du pape, j'abandonnai mes exercices de piété et les remplaçai par des promenades dans les rues de Rome.

Un jour, dans la place d'Espagne, une grande foule était amassée devant un spectacle de marionnettes. J'entendis le bredouillement comique de Polichinelle et les rires retentissants de la foule. Le premier acte était terminé, on allait commencer le second.

La petite toile se leva, et le jeune David apparut avec sa fronde et un sac plein de cailloux. Avec une foule de postures risibles, il promit d'abattre certainement l'invincible Goliath et de sauver Israël. Tout à coup un grand bruit se fit entendre, et le géant Goliath se leva avec une énorme tête. Quel ne fut pas mon étonnement lorsque je reconnus, au premier coup d'œil jeté sur la tête, la face de Belcampo! Par un arrangement particulier, il avait ajouté à la tête un petit corps avec de petits bras et de petites jambes; ses épaules et ses bras étaient cachés sous une draperie qui représentait le large manteau du Philistin. Avec les grimaces les plus étranges et les mouvements les plus grotesques de son corps de nain, il adressa à David un orgueilleux discours que celui-ci interrompait de temps en temps par de fines saillies. Le peuple riait de toutes ses forces, et moi-même, singulièrement intéressé par cette nouvelle apparition fantastique de Belcampo, je me livrai tout à fait et je m'abandonnai au rire, dont j'avais perdu depuis longtemps l'habitude, avec un plaisir d'enfant. Hélas! combien de fois mes éclats de rire n'avaient-ils été que des crampes convulsives d'un cœur déchiré par la souffrance!

Le combat fut précédé d'une longue contestation, et David prouva habilement et avec toutes les arguties de la science qu'il devait tuer son redoutable adversaire. Belcampo fit jouer tous les muscles de son visage comme une traînée de poudre qui pétille et commença à faire mouvoir ses bras contre le petit des petits David, qui évitait adroitement ses coups en se baissant et se trouvait tantôt ici, tantôt là, souvent même dans les plis du manteau de Goliath. Enfin, le caillou vola à la tête du géant : il tomba, et l'on baissa la toile.

Je riais de toutes mes forces, charmé par le fou génie de Belcampo, lorsque je me sentis frapper doucement sur l'épaule.

Un abbé était près de moi.

— Je suis enchanté de voir, mon révérend, dit-il, que vous n'ayez pas perdu le goût des plaisirs terrestres. J'aurais presque supposé, d'après vos merveilleuses dévotions, qu'il vous eût été impossible de rire de pareilles folies.

Il me sembla, en entendant ces paroles, que je devais m'excuser de ma gaieté, et involontairement je lui répondis, non sans m'en repentir à l'instant même :

— Croyez-moi, monsieur l'abbé, celui qui fut toujours un vigoureux nageur dans les plus grandes tempêtes de la vie trouve toujours la force de s'élever sur le courant terrible et de dresser hardiment la tête.

L'abbé me regarda avec des yeux étincelants.

— Belle image! me dit-il, aussi bien inventée qu'exprimée. Je crois vous connaître parfaitement, et je vous admire du plus profond de mon cœur.

— Je ne sais, monsieur, comment un pauvre moine pénitent peut exciter votre admiration.

— Très-bien, très-bien, *mon révérend*, vous revenez à votre rôle. Vous êtes le favori du pape?

— Il a plu au représentant du Seigneur de m'honorer de l'un de ses regards. Je l'ai salué dans la poussière, comme il convient de le faire en presence de la dignité que le pouvoir éternel a confiée à la vertu céleste conservée dans son cœur.

— Bien, très-digne vassal du trône de celui dont le front porte *trois couronnes*; *tu feras vaillamment ton devoir*. Mais, crois-moi, le représentant du Seigneur est un pur diamant auprès d'Alexandre VI, et tu as peut-être mal calculé. Cependant, joue ton rôle; une comédie joyeusement commencée est bien vite terminée. Adieu, mon très-vénéré monsieur.

Et l'abbé s'éloigna avec un rire strident. Je restai immobile d'étonnement. En réunissant ses dernières paroles avec mes propres observations faites sur le pape, il me fallait bien me persuader que, pour les personnes placées dans les ordres, mes pénitences avaient été regardées comme un moyen de parvenir. Blessé jusqu'au cœur, je rentrai dans mon couvent et priai avec ardeur dans l'église solitaire. Alors, comme si les écailles tombaient de mes yeux, je reconnus aussitôt la séduction du sombre pouvoir qui cherchait encore à m'envelopper, et j'aperçus en même temps ma faiblesse et la punition du ciel. Une prompte fuite pouvait seule me sauver, et je résolus de partir au point du jour. La nuit commençait à tomber, lorsqu'on tira fortement la cloche du couvent. Presque aussitôt le frère portier entra dans ma cellule, et m'annonça qu'un homme singulièrement vêtu voulait absolument me parler. Je me rendis au parloir.

C'était Belcampo!

Il s'élança sur moi à sa manière, m'entoura de ses bras, et me conduisit dans un coin.

— Médard, me dit-il précipitamment et à voix basse, tu peux faire tout ce que tu voudras pour courir à ta perte ; la Folie est derrière toi sur les ailes du vent d'ouest, sud, ou sud-sud-ouest, ou ailleurs, et te saisit par le bord de ta robe de moine pour te tirer de l'abîme. O Médard! reconnais cela! vois ce que peut l'amitié, ce que peut l'amour, crois à David et à Jonathan, cher capucin!

— Je vous ai admiré dans le rôle de Goliath, dis-je en interrompant son bavardage; mais, dites-moi vite, que voulez-vous, qui vous amène ici?

— Ce qui m'amène ici? dit Belcampo; il me le demande!... Un attachement insensé pour un capucin à qui j'ai autrefois arrangé la tête, et qui m'a jeté un sanglant ducat d'or; un capucin qui avait des relations avec des revenants affreux, et qui, après avoir quelque peu assassiné, voulait épouser la plus belle fille du monde et des plus nobles par-dessus le marché.

— Assez! m'écriai-je, assez! fou cruel! j'ai payé chèrement ce que tu me reproches dans ton criminel badinage!

— Oh! reprit Belcampo, la place où le pouvoir ennemi vous a profondément blessé est-elle si sensible encore? Alors vous n'êtes pas guéri tout à fait. Bien, bien, je serai doux et tranquille comme un *enfant bien sage, et je me modérerai. Je ne veux plus sautiller ni de* corps ni d'esprit, et veux dire à **vous**, capucin chéri, que je vous aime surtout pour votre folie sublime. Et parce qu'il faut que chaque principe fou vive et prospère aussi longtemps que possible sur terre, je te sauve de chaque danger de mort où te jette ta fantaisie.

J'ai entendu, dans ma boîte à marionnettes, une conversation qui te concerne. Le pape veut faire de toi le prieur de ce couvent même, et t'élever à la dignité de son confesseur. Fuis vite, vite de Rome, les poignards t'épient, je connais le bravo qui doit t'expédier pour le royaume du ciel. Tu es un obstacle pour le dominicain maintenant confesseur du pape. Il ne faut pas que demain te retrouve ici.

Ces rapports s'accordaient parfaitement avec les propos de l'abbé inconnu; mais mon étonnement fut tel que je remarquai à peine que Belcampo me pressa plusieurs fois de suite sur son cœur et prit enfin congé de moi avec les grimaces et les sauts étranges qui lui étaient familiers.

Minuit pouvait être passé, lorsque j'entendis s'ouvrir la porte extérieure du cloître; et le bruit d'une voiture qui entrait résonna sourdement sur le pavé de la cour. Bientôt on monta l'escalier, et l'on frappa à la porte de ma cellule. J'ouvris, et le père gardien entra suivi d'un homme enveloppé d'un grand manteau et portant une torche à la main.

— Frère Médard, me dit le gardien, un mourant demande vos consolations spirituelles et veut recevoir de vous l'extrême-onction. Faites votre devoir en suivant cet homme, qui vous conduira où vous devez aller.

Je sentis un frisson parcourir mon corps; je pressentais que l'on voulait me conduire à la mort. Cependant, je ne voulus pas refuser. Je suivis l'homme au manteau, qui ouvrit la portière de la voiture et me fit monter. Là, je trouvai deux hommes qui me firent asseoir entre eux.

Je demandai où l'on allait et qui demandait mes consolations et l'extrême-onction.

Pas de réponse.

Nous traversâmes plusieurs rues en silence. Je crus distinguer, au bruit des roues, que nous étions sortis de Rome; mais bientôt je compris que nous passions sous une porte et que nous nous trouvions de nouveau dans des rues pavées.

Et bientôt tout mon sang coula sous les coups de la discipline garnie de pointes de fer...

La voiture s'arrêta enfin, et tout à coup on me lia les mains et on me jeta un capuchon sur la figure.

— Il ne vous arrivera pas de mal, me dit une voix rude; seulement vous ne direz rien de ce que vous allez voir et entendre, sinon votre mort est certaine.

Et à l'instant même on me porta hors de la voiture. J'entendis grincer des serrures, et une porte trembla en s'ouvrant sur ses lourds gonds mal assurés. On me conduisit à travers de longs corridors, et enfin l'on descendit des marches nombreuses. Le bruit des pas m'apprit que nous étions arrivés sous une voûte dont une odeur de cadavres m'apprit la destination. Enfin l'on s'arrêta. On me délia les mains, et mon capuchon fut enlevé.

Je me trouvai dans un souterrain spacieux, faiblement éclairé par une seule lampe. Un homme encapuchonné dans un manteau noir, probablement le même qui m'avait amené, était debout près de moi. Des moines dominicains étaient assis à l'entour sur des bancs assez bas. Je me rappelai le songe cruel que j'avais fait autrefois dans ma prison; je regardai comme certaine ma mort amenée par des tourments. Cependant, je restai tranquille et priai avec ferveur en moi-même, non pour échapper à la mort, mais pour mourir saintement.

Après quelques minutes d'un silence menaçant, un moine s'avança vers moi et me dit d'une voix sombre :

— Médard, nous avons condamné un religieux de votre ordre : le jugement doit s'accomplir. Il attend de vous, saint homme, l'absolution et l'exhortation à la mort. Allez, et faites votre devoir!

Alors, toujours enveloppé du manteau, il me prit le bras et me conduisit, à travers un étroit passage, dans un petit cachot voûté. Là était couché dans un coin, sur un lit de paille, un squelette vivant, pâle, défait, couvert de haillons. Mon guide posa la lampe qu'il tenait à la main sur une table de pierre placée au milieu du caveau, et s'éloigna. Je m'approchai du prisonnier. Il se tourna péniblement vers moi.

Je restai immobile lorsque je reconnus la figure respectable du père Cyrille.

Un céleste sourire de joie illumina son visage.

— Ainsi, dit-il d'une voix faible, les épouvantables serviteurs de l'enfer qui demeurent ici ne m'ont pas trompé. J'ai appris par eux, mon cher Médard, que tu te trouvais à Rome; et comme j'avais un vif désir de te voir, toi, envers qui j'ai été si injuste, ils m'ont promis de t'amener ici à l'heure de ma mort. Elle est maintenant la bienvenue, et ils ont tenu leur parole.

Je m'agenouillai près du pieux et vénérable vieillard, et je le suppliai avant tout de me dire comment il était possible qu'on l'eût emprisonné et condamné.

— Cher frère Médard, dit Cyrille, maintenant que je t'ai exprimé mon repentir de ma coupable erreur à ton égard, maintenant que tu m'as réconcilié avec Dieu, je peux te parler de ma misère, de mon malheur terrestre. Tu sais que moi et avec moi le cloître entier nous t'avons considéré comme un pécheur infâme; tu avais, c'était notre idée, accumulé sur ta tête les crimes les plus épouvantables, et nous t'avions banni de la société. Et cependant le moment où le démon jeta ses serpents autour de ton cou, et t'arracha de la sainte demeure, pour te précipiter dans les tourbillons impies du monde, était resté enveloppé pour nous d'un mystère impénétrable. Un infâme hypocrite, empruntant ton nom, ton costume, ta ressemblance, commit tous ces forfaits qui furent sur le point de te livrer à la mort honteuse des assassins. Le pouvoir éternel a prouvé d'une manière miraculeuse que tu avais péché par légèreté en brisant ton vœu, mais que tu n'as rien de plus à te reprocher. Retourne dans notre couvent, Léonard; les frères, qui t'ont cru perdu, te recevront avec joie et amour, ô Médard!

Le vieillard, abattu par la faiblesse, tomba dans un évanouissement profond. Ses paroles semblaient annoncer quelque événement singulier, mais je réprimai la curiosité qu'elles avaient éveillée en moi; et, pensant à lui seul, au salut de son âme, je cherchais, n'ayant pas d'autres moyens de lui venir en aide, à rappeler chez lui la vie en frottant doucement et avec lenteur sa tête et sa poitrine de ma main droite, comme c'était l'usage du couvent pour faire revenir les malades sur le point de mourir.

Cyrille se remit bientôt, et se confessa, lui, l'homme de bien, au misérable pécheur. Mais en donnant au vieillard l'absolution de ses fautes, dont les plus grandes étaient même douteuses, je me sentis animé de l'esprit du ciel, comme si j'avais été seulement l'instrument, l'organe corporel dont la puissance éternelle se servait pour parler à l'homme mourant par une bouche humaine. Cyrille éleva vers le ciel un regard plein de ferveur, et dit :

— O mon frère Médard, combien tes paroles m'ont calmé! Je vais marcher joyeusement à la mort que me préparent ces scélérats infâmes! Je succombe victime de l'épouvantable fourberie qui entoure le trône de celui qui porte les trois couronnes!

J'entendis un bruit sourd de pas qui devenaient à chaque instant plus distincts. Les clefs grincèrent dans la serrure. Cyrille se redressa avec force, prit ma main, et me dit à l'oreille :

— Retourne dans notre cloître; Léonard est instruit de tout, il connaît la cause de ma mort : supplie-le de la tenir secrète. Un vieillard comme moi n'avait plus longtemps à vivre. Adieu, frère; prie pour le salut de mon âme. Je serai près de vous lorsque dans le couvent vous célébrerez ma messe mortuaire. Promets-moi de ne rien révéler de tout ce que tu auras appris ici, car tu te perdrais et jetterais notre couvent dans les mains des méchants.

Je le jurai.

Les gens encapuchonnés entrèrent; ils enlevèrent le vieillard de son lit, et le traînèrent, car la faiblesse ne lui permettait pas de marcher, à travers les corridors, vers le souterrain que j'avais déjà vu. J'avais suivi sur un signe des exécuteurs. Les dominicains formèrent un cercle au milieu duquel on amena le vieillard, que l'on fit agenouiller sur un amas de terre fraîchement apportée. J'étais, ainsi que le voulaient mes fonctions, entré dans le cercle avec la victime, et je priais à voix haute. Un dominicain me prit par le bras et m'en fit sortir. Au même instant, je vis briller un glaive dans la main d'un homme masqué, qui venait d'entrer dans le cercle à reculons, et la tête sanglante du père Cyrille roula à mes pieds.

Je tombai évanoui sur le sol.

Lorsque je revins à moi dans une jolie chambre en forme de cellule, un dominicain s'approcha de moi et me dit avec un sourire hypocrite :

— Vous avez été bien effrayé, mon frère, et, en bonne conscience, vous devriez vous réjouir que l'on vous ait procuré le spectacle d'un beau martyre. C'est ainsi que vous nommez la mort méritée que subit un des frères de votre couvent; car vous êtes tous des saints, en général et en particulier?

— Nous ne sommes pas des saints, répondis-je, mais dans notre couvent on n'assassine pas un innocent. Laissez-moi m'en aller. J'ai rempli mon devoir avec joie, l'esprit de l'élu sera près de moi lorsqu'il me faudra mourir sous le poignard des meurtriers!

— Je ne doute pas, reprit le dominicain, que le frère Cyrille ne soit très-capable de vous assister dans un cas pareil; mais, mon cher frère, ne nommez pas, je vous prie, son exécution un assassinat. Le frère Cyrille avait offensé le souverain pontife, et c'est lui-même qui a ordonné sa mort. Mais il doit vous avoir fait sa confession tout entière, et il est inutile de nous entretenir de cela plus longtemps. Prenez ceci pour vous remettre et vous fortifier. Vous êtes pâle et tout défait.

En disant ces paroles, le dominicain me présenta une coupe de cristal dans laquelle bouillonnait un vin odorant d'un rouge sombre. Je ne sais quel pressentiment me saisit lorsque je portai la coupe à mes lèvres.

Le troisième jour, comme il était encore devant le tableau, il entendit...

Je reconnus à n'en pas douter l'odeur du vin qu'Euphémie m'avait offert dans cette nuit aventureuse; et, sans y penser positivement, je le versai dans la manche de ma robe, en tenant ma main gauche devant mes yeux comme pour éviter l'éclat de la lampe.

— Grand bien vous fasse! s'écria le dominicain tout en me poussant dehors.

On me jeta dans la voiture, dans laquelle, à mon grand étonnement, je ne trouvai personne, et l'on m'emmena.

L'effroi de la nuit, la tension d'esprit, la douleur profonde de la perte du malheureux Cyrille me jetèrent dans un tel état de torpeur, que je me laissai aller sans résistance lorsqu'on me tira de la voiture pour me laisser assez rudement tomber sur le sol.

Le jour commençait à poindre et je me trouvai à la porte de mon couvent, dont je tirai la cloche aussitôt que j'eus repris mes sens. Le portier recula de surprise en voyant mon visage pâle et abattu et annonça sans doute au prieur la manière dont j'étais revenu, car celui-ci, aussitôt après les matines, entra dans ma cellule avec un regard inquiet.

Je répondis banalement à ses demandes, en disant que la mort de celui que je devais absoudre avait été trop horrible pour ne pas m'avoir vivement ému. Mais bientôt une horrible douleur que je ressentis au bras gauche m'empêcha d'en dire davantage, et me fit pousser des cris affreux.

Le médecin du couvent arriva; on m'arracha ma manche, qui tenait à la chair, et l'on vit le bras déchiré par une matière dévorante.

— J'ai dû boire du vin et je l'ai versé dans ma manche, balbutiai-je épuisé par la violence de la douleur.

— Il y avait dans le vin un poison très-actif, s'écria le médecin.

Et il alla en grande hâte chercher des remèdes, qui diminuèrent bientôt mes souffrances.

Il parvint, par son talent, et grâce aux soins empressés que me fit donner le prieur, à me conserver le bras qu'il avait d'abord cru perdu; mais les muscles se desséchèrent jusqu'aux os, et les mouvements en devinrent pénibles et sans force.

— Je ne vois que trop, me dit le prieur, les conjectures que l'on doit tirer d'un événement pareil. Le père Cyrille a disparu de notre couvent et de Rome d'une manière incompréhensible; et vous aussi, mon cher Médard, vous disparaîtrez de même, si vous restez plus longtemps ici. On a pris sur vous, à différentes reprises, pendant que vous étiez malade, des informations qui m'ont paru suspectes; et vous devez à ma vigilance et à l'union de nos frères bien pensants d'avoir été préservé du meurtre, qui venait vous poursuivre jusque dans votre cellule. Comme vous êtes surtout pour moi un homme étrange, attaché de tous côtés par des liens mystérieux, vous êtes devenu, pendant le temps de votre séjour à Rome, beaucoup trop remarquable, sans doute malgré vous, pour ne pas donner à certaines personnes le désir de vous écarter de leur chemin. Retournez dans votre patrie, dans votre couvent, et que la paix soit avec vous!

Je sentais bien que ma vie serait en danger tant que je resterais à Rome; mais je n'attachais aucun prix à l'existence, dont je serais débarrassé par une prompte mort comme d'un pesant fardeau. Je m'habituais à l'idée de périr sous le poignard, et je l'envisageais même comme un glorieux martyre accordé à ma pénitence. Je me voyais même frappé devant les portes du couvent. La foule s'assemblait autour du cadavre sanglant. Médard, le pieux pénitent, Médard est mort assassiné! criait-on à travers les rues. Et la foule désolée s'assemblait toujours plus épaisse autour du cadavre. Des femmes s'agenouillaient, et essuyaient avec leur mouchoir blanc le sang qui coulait des blessures; alors l'une d'elles aperçoit la croix marquée sur mon cou et s'écrie:

— C'est un saint! c'est un martyr! voyez cette croix sur son cou!

Alors tous se jettent à genoux. Heureux ceux qui peuvent toucher le corps d'un saint ou seulement ses habits! On enlève le corps, couvert de fleurs, et on le porte à Saint-Pierre en triomphe, avec un concert de chants et de prières.

Tout à coup un grand bruit se fit entendre, et le géant Goliath se leva...

Ainsi ma fantaisie composait un tableau où ma glorification était peinte avec les plus vives couleurs et, ne m'apercevant pas que le démon de l'orgueil cherchait à me séduire encore, je résolus après ma complète guérison de rester à Rome, de continuer mon genre de vie habituel, et de mourir glorieusement ainsi, ou de m'élever, après avoir vaincu mes ennemis, à l'aide du pape, aux plus hautes dignités de l'Eglise.

La force de mon tempérament surmonta la douleur occasionnée par le poison. Le médecin annonça ma guérison prochaine, et, en effet, je ne ressentis plus d'accès de fièvre que dans ces moments de délire qui précèdent le sommeil; alors j'étais tout rempli de l'idée de mon martyre, et je me voyais moi-même, comme il arrive souvent en pareil cas, tué d'un coup de poignard. Seulement, au lieu de me voir sur la place d'Espagne entouré par la foule, j'étais étendu, solitaire, sous une allée du jardin du couvent à B.... Au lieu de sang, il coulait de la blessure une eau impure, sans couleur, et une voix disait:

— Est-ce là le sang du martyr? Je veux purifier et colorer cette eau, et alors le feu qui a vaincu la lumière viendra le couronner.

C'était moi qui prononçais ces paroles; mais, comme je me sentais séparé de mon moi inanimé, je remarquais que j'étais seulement ma pensée sans corps, et je me reconnaissais dans une vapeur rouge nageant dans l'air. Je m'élevais sur les sommets éclatants des montagnes, je voulais entrer par la porte des images dorées du matin dans la ville qui me servait de patrie, mais des éclairs semblables à des serpents de feu sillonnaient la voûte du ciel, et je retombais en brouillard humide et décoloré.

— C'est moi, disait ma pensée, c'est moi qui colore vos fleurs et votre sang, les fleurs et le sang sont votre parure de noces que je prépare.

Et, comme je tombais toujours plus bas, je voyais le cadavre avec de larges blessures béantes à la poitrine, d'où cette eau impure coulait par torrents. Mon souffle voulait changer cette eau en sang, mais cela ne se faisait pas; et le cadavre se dressait, me regardait avec ses horribles yeux creux et hurlait comme le vent du nord dans les profonds abîmes.

Aveugle et folle pensée! Il n'y a pas de combat entre la lumière et le feu, mais la lumière est le baptême du feu par le rouge que tu veux empoisonner.

Et le cadavre retombait. Toutes les fleurs de la prairie courbaient leur tête fanée. Des hommes semblables à des spectres se jetaient sur la terre, et une inconsolable misère aux mille voix disait en montant dans les airs :

— O Seigneur! Seigneur! le poids de nos péchés est-il si grand que tu donnes à l'ennemi de notre sang le pouvoir de détruire nos sacrifices expiatoires!

Et la plainte allait en s'augmentant, toujours plus forte et plus forte, comme le bruit mugissant des vagues de la mer.

La pensée voulait aller se perdre dans le son puissant de ces inconsolables pleurs, mais j'étais arraché de mon rêve par un coup de tonnerre.

La cloche du couvent sonnait minuit, une lumière aveuglante entrait des fenêtres de l'église dans ma cellule.

— Les morts se lèvent et leurs tombeaux disent la messe divine.

Ainsi parlait une voix en moi-même, et je commençais à prier. Alors j'entendais des coups légers frappés à ma porte. Je croyais qu'un moine voulait entrer, mais j'entendais, je distinguais aussi avec un profond effroi ce rire et ce grincement affreux de *mon double moi*, et il disait en cajolant et en ricanant :

— Petit frère... petit frère!... me voici près de toi... Encore... la blessure saigne... la blessure saigne!... Rouge... rouge!... Viens avec moi... petit frère Médard... viens avec moi!

Je voulais m'élancer de mon lit, mais la [illegible] sur moi sa couverture de glace, chaque mouvement que j'essayais devenait une crampe qui déchirait mes muscles, et la pensée seule restait et était une prière fervente.

— Que je sois délivré des sombres pouvoirs qui se jettent sur moi des portes ouvertes de l'enfer!

Et ma prière, pensée en moi-même, s'entendait distinctement prononcée, et dominait les coups frappés, le grincement et l'affreux bavardage du *double moi*. Mais en dernier elle se perdait dans un murmure étrange, semblable au bruit des essaims d'insectes nuisibles éveillés par le vent du sud qui détruisent la moisson florissante par leurs morsures empoisonnées.

Ainsi résonnaient les plaintes des hommes, et mon âme disait :

— Est-ce donc là le rêve prophétique qui viendra guérir tes sanglantes blessures et te consoler?

Et aussitôt la couleur de pourpre du couchant couvrit le sombre nuage sans couleur, et dans son sein se leva une figure immense.

C'était le Christ!

Mais à chacune de ses blessures perlait une goutte de sang, et la couleur était rendue à la terre! et les gémissements des hommes étaient changés en un hymne de joie, car le pardon du Seigneur était étendu sur eux. Le sang de Médard seul coulait décoloré de sa blessure, et il disait en implorant avec ardeur :

— Dois-je moi seul sur la vaste terre, moi seul souffrir du tourment éternel promis aux damnés?

— Alors un bruit se faisait entendre dans le bosquet, une rose, toute brillante du reflet des feux du ciel, levait sa tête et regardait Médard avec un doux sourire angélique, une légère vapeur l'entourait, et cette vapeur avait l'admirable éclat de l'air le plus pur du printemps.

Le feu n'a pas triomphé, il n'y a pas de combat entre la lumière et le feu.

Ces paroles, la rose semblait les avoir prononcées; mais la rose était une charmante image de femme. Elle s'avançait vers moi en vêtement blanc, des roses mêlées dans les tresses de ses cheveux noirs.

— Aurélie! m'écriai-je en sortant de mon rêve.

Un singulier parfum de roses emplissait ma cellule, et je dus regarder comme une erreur de mes sens surexcités l'image d'Aurélie, que je croyais véritablement voir attachant sur moi son regard sévère, et qui parut se perdre en vapeur dans les rayons du matin qui pénétrèrent dans ma cellule. Je reconnus la tentation du démon et ma coupable faiblesse. Je descendis en hâte et priai ardemment à l'autel de sainte Rosalie; mais je ne mortifiai point ma chair.

Lorsque le soleil du midi vint envoyer ses rayons, j'étais déjà éloigné de plusieurs lieues de Rome. Ce n'était pas seulement la recommandation de Cyrille qui m'entraînait au dehors, c'était une nostalgie irrésistible qui m'attirait sur les mêmes chemins que j'avais parcourus en allant à Rome. Sans le vouloir, j'avais, en désirant fuir mon destin, pris la route que m'avait indiquée Léonard.

J'évitai la résidence du prince, non parce que je craignais d'être reconnu et de tomber une seconde fois dans les mains du tribunal criminel, mais parce que je ne pouvais sans un affreux déchirement de cœur fouler le lieu où dans une criminelle apostasie j'avais osé aspirer à un bonheur mondain défendu à celui qui appartient à Dieu! où, hélas! abandonnant l'esprit de l'amour pur et éternel, j'avais pris le moment de satisfaction d'un instinct terrestre pour le plus haut point de lumière de la vie où ce qui appartient à nos sens et ce qui est au-dessus de nos sens vient se réunir dans une même flamme. Mais je sentais surtout dans mon âme, en dépit des forces que m'avaient apportées mes dures pénitences, que je serais incapable de soutenir un combat où viendrait m'inviter le sombre et terrible pouvoir dont j'avais trop souvent éprouvé la puissance.

Revoir Aurélie!

La revoir peut-être dans tout l'éclat de sa grâce et de sa beauté, c'était là ce que je ne pourrais supporter sans être vaincu par l'esprit du démon qui, de ses flammes infernales, brûlait encore mon sang qui se précipitait en bouillonnant dans mes veines. Combien de fois l'image d'Aurélie ne m'était-elle pas apparue! mais combien de fois aussi ne s'étaient pas élevés dans mon âme des mouvements dont je reconnaissais la souillure, et que j'étouffais de toutes les forces de mon âme!

Je fus bientôt dans les montagnes, et, un matin, un château sortit des nuages de la vallée qui se déroulait à mes pieds. Je le reconnus en m'avançant davantage. J'étais sur les terres du baron de F. Les promenades du parcs étaient négligées et sauvages, les allées étaient couvertes de mauvaises herbes, des troupeaux paissaient sur la pelouse autrefois si belle qui s'étendait devant le château, les fenêtres étaient çà et là brisées, le portique s'était écroulé, on ne voyait aucune figure humaine.

Muet et immobile, j'étais là dans une solitude pleine d'effroi. Un léger gémissement partit d'un bosquet encore assez bien conservé, et je remarquai un vieillard assis sous les arbres. Il ne paraissait pas me voir bien que je fusse assez près de lui. Lorsque je m'approchai davantage, je distinguai ces paroles :

— Morts! ils sont tous morts, ceux que j'aimais. Ah! Aurélie! Aurélie! toi aussi, la dernière, morte pour ce monde!

Je reconnus le vieux Reinhold, je restai fixé à la même place.

— *Aurélie morte! lui dis-je*, tu te trompes, le pouvoir éternel l'a protégée contre le couteau d'un infâme assassin.

Le vieillard tressaillit comme s'il eût été frappé de la foudre et s'écria :

— Qui est là? qui est là? Léopold! Léopold!

Un jeune garçon accourut en sautant, lorsqu'il m'aperçut il s'inclina profondément.

— *Laudatur Jesus Christus!* me dit-il.

Et je lui répondis :

— *In omnia sæcula sæculorum!*

Alors le vieillard se leva et cria encore plus fort :

— Qui est là? qui est là?

Je m'aperçus qu'il était aveugle.

— C'est, dit le garçon, un révérend père de l'ordre des capucins.

Le vieillard parut saisi d'un violent effroi, et s'écria :

— Qu'il sorte! qu'il sorte! Garçon, emmène-moi; rentrons, rentrons, ferme les portes! Que Pierre fasse bonne garde! rentrons, rentrons!

Le vieillard rassembla tout ce qui lui restait de forces pour s'éloigner de moi comme d'une bête féroce. Le garçon me regarda tout étonné et prêt à s'effrayer, et Reinhold, au lieu de se faire guider par lui, l'attira; et bientôt ils avaient fermé sur eux la porte, que j'entendis verrouiller en dedans.

Je m'éloignai à grands pas du théâtre de mes plus grands crimes, qui, plus que jamais, me revenaient alors en mémoire, et je me trouvai bientôt dans le plus épais du bois. Fatigué, je me couchai sur la mousse au pied d'un arbre. Non loin de là était une petite colline formée d'un amas de terre rapportée, et surmontée d'une croix. Je m'endormis accablé de sommeil. A mon réveil, un vieux paysan était assis près de moi; et, aussitôt qu'il me vit les yeux bien ouverts, il ôta respectueusement son bonnet, et me dit avec l'affabilité la plus polie :

— Vous êtes sans doute venu de bien loin, et vous deviez être bien fatigué; car sans cela vous ne vous seriez pas endormi aussi profondément dans un endroit aussi redouté, ou peut-être vous ne saviez pas ce qui s'est passé dans cet endroit?

— J'arrive d'Italie en pèlerin, lui répondis-je, et je ne sais rien de ce qui est arrivé dans ces lieux.

— Cela regarde surtout vous et ceux de votre ordre, reprit le paysan; et j'avouerai que lorsque je vous trouvai ainsi endormi, je voulus m'asseoir auprès de vous pour détourner de vous tout danger. On raconte qu'un capucin a été égorgé ici il y a quelques années. Ce qu'il y a de certain, c'est qu'à cette époque un capucin vint coucher dans notre village. Il partit le lendemain pour la montagne. Le même jour, mon voisin descendit le chemin creux qui conduit au fond de la vallée du Trou du Diable, et entendit tout d'un coup de loin un cri horrible qui résonnait étrangement dans les airs. Il prétend même avoir vu tomber une personne du haut de la montagne dans l'abîme; et dans le village nous avons cru, sans trop savoir pourquoi, que le capucin avait pu y être jeté. Plusieurs d'entre nous y sont descendus, autant qu'il était possible de le faire sans mettre sa vie en danger, pour rapporter au moins le cadavre de ce malheureux homme. Ils ne trouvèrent rien, et l'on se moquait beaucoup du voisin, lorsqu'une nuit, par un beau clair de lune, il revenait chez lui en passant par le fond de la vallée, et il aperçut, glacé de frayeur, une figure nue qui s'efforçait de sortir du précipice du Trou du Diable. C'était pure imagination! mais cependant on apprit plus tard que le capucin, Dieu sait pourquoi! avait été assassiné ici par un grand seigneur qui avait jeté son corps dans le gouffre.

C'est à cette place même que le meurtre a dû être commis, et j'en suis convaincu, car, voyez-vous, mon révérend, j'étais un jour assis ici, et je regardais en rêvant cet arbre creux près de nous, et il me sembla voir passer de la fente un morceau de drap brun. J'allai de suite voir ce que c'était, et j'en tirai un habit de capucin tout neuf. A une manche il y avait du sang coagulé, et on avait écrit en bas le nom de Médard. Je crus, pauvre comme je le suis, faire une bonne œuvre en vendant le costume pour faire dire des messes pour le repos de l'âme du religieux tué ici. Mais, lorsque je le portai à la ville, aucun fripier n'en voulut, parce qu'il ne s'y trouvait pas de couvent de capucins. Enfin un homme (il semblait, d'après sa mise, devoir être un forestier ou un chasseur) dit qu'il avait justement besoin d'une robe semblable, et me paya largement ma trouvaille. Alors je fis dire à monsieur notre curé une bonne messe, et dressai une croix ici, parce qu'on n'en met pas au-dessus du trou du Diable, en mémoire de la mort misérable du capucin. Il paraît que le capucin n'avait pas la conscience bien pure, car il revient ici de temps en temps, et la messe du curé ne paraît pas lui avoir été très-utile. C'est pourquoi je vous prie, mon révérend, lorsque vous serez de retour de votre voyage en bonne santé, dites une messe pour l'âme de votre frère en religion Médard!

— Vous vous trompez, mon bon ami, lui dis-je, le capucin Médard, qui passa par votre village il y a quelques années en se rendant en Italie, n'a pas été assassiné; il n'a pas besoin de messe, et peut travailler lui-même à son salut éternel,

Je suis Médard!

En disant ces mots j'écartai ma robe et je lui montrai le nom de Médard brodé. A peine le paysan l'eût-il aperçu, qu'il pâlit et me regarda d'un air effaré; puis il se mit à courir à perdre haleine, et entra en criant dans la forêt.

Il était évident qu'il me prenait pour l'ombre errante du moine assassiné, et ma peine pour le détromper eût été inutile. La solitude, le silence de ces lieux, interrompu seulement par le sourd mugissement du torrent, étaient bien faits pour éveiller de terribles images. Je pensais à mon affreux double moi-même, je sentis l'effroi du paysan me gagner aussi, mon cœur se glaça, il me semblait que j'allais à chaque instant le voir sortir de ce bosquet sombre. Je me remis en route en m'encourageant moi-même, et, lorsque l'effrayante idée du spectre de moi-même, pour qui le paysan m'avait pris, fut dissipée, je m'expliquai comment le capucin fou s'était trouvé en possession de mon costume, qu'il m'avait abandonné dans sa fuite, et que je reconnus bien certainement pour être le mien. Le forestier, qui le gardait près de lui, et auquel il avait demandé un habit de son ordre, l'avait acheté à la ville de ce paysan. Les événements mystérieux du trou du Diable, si étrangement dénaturés, me frappèrent singulièrement, car tout paraissait s'être réuni pour amener ce malencontreux échange avec Victorin. L'étonnante vision du voisin peureux me parut très-importante; et j'espérai avec confiance des éclaircissements encore plus positifs, sans pressentir comment et où je pourrais les obtenir. Enfin, après un voyage sans but pendant plusieurs semaines, je m'approchai de mon pays. J'aperçus avec un vif battement de cœur s'élever devant moi les tours du cloître de l'ordre de Citeaux. J'arrivai au milieu du village, sur la grande place en face du couvent. Une hymne, chantée par des voix d'hommes, s'entendait venant des lointains; une croix se faisait voir, et derrière elle s'avançaient des moines, deux à deux, comme dans une procession. Ah! je reconnus les frères de mon ordre, et à leur tête Léonard, devenu vieux, et conduit par un jeune novice que je ne connaissais pas. Ils passèrent en chantant près de moi sans me voir, et disparurent sous la grande porte ouverte du couvent. Bientôt arrivèrent dans le même ordre les dominicains et les franciscains de B***; après eux des voitures soigneusement fermées entrèrent dans la cour : c'étaient les nonnes de B.... Tout me fit présumer qu'une grande fête allait être célébrée. Les portes de l'église étaient ouvertes toutes grandes; j'entrai, et je remarquai qu'elle avait été nettoyée et parée avec un soin extrême.

On ornait le grand autel et les autels latéraux de guirlandes de fleurs; et un gardien de l'église parlait beaucoup de roses nouvelles que l'on avait envoyées le matin en grande hâte, parce que l'abbesse avait ordonné que le grand autel fût paré de ces seules fleurs.

Décidé à me joindre de suite aux frères, j'entrai dans le cloître, après avoir fait une fervente prière, et je fis demander le frère Léonard. On me conduisit dans une grande salle, où je vis le prieur assis sur un fauteuil et entouré des frères. L'âme brisée, et fondant en larmes, je me jetai à ses pieds sans pouvoir prononcer un seul mot.

— Médard! s'écria-t-il.

Et un sourd murmure circula parmi les frères.

— Médard! le frère Médard est enfin revenu!

On me releva, les frères m'embrassèrent.

— Le ciel soit loué de ce que tu as pu échapper aux serpents d'un monde trompeur! Mais, raconte, raconte, frère!

Ainsi s'écriaient les moines. Le prieur se leva. Sur un signe de lui, je le suivis dans une chambre qui lui était ordinairement destinée lorsqu'il séjournait au monastère de Citeaux.

— Médard, dit-il, tu as brisé criminellement tes vœux, tu as trompé le couvent en t'enfuyant lâchement au lieu de remplir la mission qui t'était confiée. Je devrais te faire jeter dans un cachot si je suivais à la lettre la règle sévère du cloître.

— Jugez-moi, révérend père, lui dis-je, comme la règle l'ordonne. Ah! je déposerais avec joie l'accablant fardeau d'une vie misérable! Je ne sens que trop que les plus dures pénitences que j'ai subies n'ont pu m'apporter la consolation.

— Reprends courage, continua Léonard; le prieur a parlé, maintenant c'est l'ami, c'est le père, qui va s'entretenir avec toi! Tu as échappé par un miracle à la mort qui te menaçait à Rome, Cyrille a été la seule victime...

— Ainsi vous savez... interrompis-je plein d'étonnement.

— Je sais, reprit le prieur, que tu l'as assisté à l'heure de sa mort, et que l'on pensait se défaire de toi en te donnant à boire un vin empoisonné. Tu as probablement trouvé le moyen de le répandre sans être vu de ton argus, car une goutte seule t'eût donné la mort en un instant.

— Regarde, dis-je en écartant la manche de ma robe et en lui montrant mon bras desséché jusqu'aux os, je soupçonnais un crime, tu vois où j'ai versé le vin...

Léonard fit un mouvement d'horreur, et continua d'une voix sourde :

— Tu as été puni de tes péchés, mais, Cyrille, le pieux vieillard...

— Je n'ai jamais su la cause de sa mort, m'écriai-je.

— Tu aurais eu sans doute le même sort, reprit le prieur, si tu t'étais présenté comme envoyé par notre couvent. Tu sais que les droits de notre cloître détruisent certains revenus que s'attribue injustement le cardinal... Et ceci fut cause que ce cardinal se lia avec le confesseur du pape, dont il avait été jusque-là l'ennemi acharné; il s'acquit ainsi un puissant allié à opposer au père Cyrille. Le rusé moine trouva bientôt le moyen de perdre notre pauvre frère. Il l'introduisit lui-même auprès du pape, et en fit un tel portrait à celui-ci, qu'il le considéra comme une merveilleuse apparition, et l'admit au nombre des ecclésiastiques de son entourage.

Cyrille remarqua bientôt que le représentant du Seigneur mettait trop son royaume dans ce monde, dont il recherchait les plaisirs. Notre pieux ami en eut l'âme navrée de tristesse, et il se crut appelé à détourner par la ferveur de ses paroles l'esprit de son maître des choses de la terre. Le pape, comme il arrive avec les esprits faibles, fut en effet touché des remontrances du vieillard, et il fut dès lors facile au dominicain de préparer le coup qui devait frapper Cyrille. Il persuada au pape qu'il existait une conjuration qui avait pour but de lui arracher la tiare, comme à un homme indigne de la porter. « Cyrille, disait-il, avait pour mission de l'amener à une pénitence publique qui fournirait l'occasion attendue par les cardinaux. » Le pape fut aisément convaincu, et le vieillard lui devint odieux. Il le laissa cependant auprès de lui pour éviter un éclat. Lorsque Cyrille eut de nouveau trouvé l'occasion d'entretenir le pape sans témoins, il lui dit précisément que « celui qui ne rompt pas avec le monde, pour suivre un sentier saint, est un indigne remplaçant du Seigneur, et pour l'Eglise une honte et un fardeau dont elle doit se défaire. » Presque aussitôt après qu'on eut vu Cyrille pénétrer dans l'appartement particulier du pape, on s'aperçut que l'eau glacée que le pape avait l'habitude de boire était empoisonnée. Je ne n'ai pas besoin de te dire, à toi qui connaissais le pieux vieillard, que Cyrille était innocent. Cependant le pape le crut, et l'ordre donné aux dominicains de l'exécuter secrètement en fut la conséquence.

Tu fis à Rome une sensation singulière. Ta manière de te conduire avec le pape, et surtout l'histoire de ta vie, lui fit concevoir l'idée qu'il existait entre lui et toi une certaine ressemblance d'esprit. Tes exercices de piété lui semblèrent une comédie très-bien conçue pour atteindre un but plus élevé. Il conçut de l'admiration pour toi, et se réchauffa complaisamment au soleil brillant de tes discours louangeurs. Et sans que le dominicain eût pu le prévoir, tu t'élevais et devenais plus dangereux à la troupe de nos ennemis que le père Cyrille n'eût jamais été. Tu le vois, Médard ! j'étais instruit de ta conduite à Rome, je sais même chaque parole de ta conversation avec le pape, et tu ne verras là dedans rien d'impossible quand je t'aurai dit qu'il se trouve dans un couvent, dans le voisinage du saint-père, un ami qui m'instruisait de tout. Même lorsque tu croyais être seul avec le pape, il était assez près pour entendre tout.

Lorsque tu commenças tes exercices de pénitence dans le couvent des capucins, dont le prieur est un de mes parents, je ne doutai nullement de la sincérité de ton repentir. Il en fut aussi convaincu; mais à Rome le funeste esprit de l'orgueil, qui jadis triompha de toi dans ce couvent, vint de nouveau t'assaillir. Pourquoi t'es-tu accusé auprès du pape de crimes que tu n'as pas commis? As-tu donc jamais été au château du baron de F...?

— Ah! révérend père, m'écriais-je, ce lieu fut le théâtre de mes crimes les plus affreux, et c'est la punition la plus terrible infligée par le pouvoir incompréhensible qui nous domine, de ne pouvoir me laver sur terre des péchés que m'a fait commettre mon aveugle folie. Ainsi, pour vous aussi, mon père, je suis un hypocrite?

— Je suis, reprit le prieur, presque persuadé, maintenant que je te parle e te vois, que tu es incapable de mentir, surtout après tes rigoureuses pénitences. Mais il règne cependant, surtout ici, un mystère jusqu'à présent inexplicable. Bientôt après ta fuite de la résidence, et après que le moine que Cyrille prit aussi pour toi se fut échappé miraculeusement, on apprit que ce n'était pas toi, mais bien le comte Victorin, qui s'était présenté dans le château du baron sous un costume de capucin. Des lettres trouvées à la mort d'Euphémie en donnaient la preuve ; mais on supposait qu'Euphémie elle-même aurait été trompée, car Reinhold prétendait l'avoir trop bien reconnu pour avoir pu le confondre avec Victorin.

Le valet du comte apparut tout à coup, et il raconta que son maître, qui, depuis plusieurs mois, vivait solitairement dans les montagnes, et laissait pousser sa barbe, s'était présenté à lui à l'improviste en habit de capucin près du trou du Diable. Bien qu'il ne devinât pas comment il s'était procuré ce costume, il n'en fut cependant pas autrement surpris; car il savait que le comte avait le projet de se présenter sous ce déguisement dans le château du baron, et qu'il s'était exercé déjà depuis près d'une année à prendre la tournure et les manières du couvent. Le domestique avait à peu près deviné comment son maître se trouvait en la possession de la robe d'un religieux en entendant raconter la veille qu'un capucin avait été vu dans le village se rendant dans la forêt. Or il n'avait pas rencontré de capucin; mais il avait entendu un grand cri, et le bruit s'était répandu dans le village que ce religieux avait été assassiné dans la forêt. Il connaissait trop bien son maître, et lui avait parlé trop longtemps au moment de sa fuite du château, pour avoir pu prendre un autre pour lui.

Ces récits du valet ôtaient toute probabilité aux assertions de Reinhold, et la disparition de Victorin paraissait seule incompréhensible. La duchesse prétendait que le Krcnynski de Kvieczczevo était le comte Victorin lui-même, et basait sa présomption sur sa ressemblance frappante avec Francesco, dont la faute n'était plus un mystère, et aussi sur l'émotion que lui causait sans cesse sa présence. Un grand nombre de personnes se rangeaient à son avis, et prétendaient avoir remarqué une grande et noble tournure dans cet aventurier que l'on avait ridiculement pris pour un moine déguisé. Ce que le forestier racontait du moine insensé qui vivait d'abord dans la forêt, et qu'il avait ensuite recueilli chez lui, trouvait aussi sa place dans la manière d'être de Victorin, en admettant toutefois bien des choses invraisemblables.

Un frère du cloître de Médard l'avait très-bien reconnu dans le moine insensé, ainsi ce devait être bien lui. Victorin l'avait précipité dans l'abime, et il pouvait avoir été sauvé par un hasard qui n'avait rien de miraculeux. Revenu de son évanouissement, mais gravement blessé à la tête, il parvint à sortir du gouffre; la douleur de sa blessure, la faim, la soif l'avaient rendu fou, et fou furieux. Alors il avait parcouru les montagnes, recevant çà et là des vivres des paysans, et couvert de haillons, jusqu'au moment où il atteignit la contrée où se trouvait la maison du garde.

Deux choses restaient encore inexplicables :

Comment Médard avait-il pu rester si longtemps sans être arrêté après avoir quitté les montagnes? Et comment, lui, dont la conscience, au dire des médecins, était si tranquille dans ses intervalles de bon sens, pouvait-il s'accuser de crimes qu'il n'avait pas commis?

Ceux qui admettaient la probabilité de cet enchaînement de circonstances faisaient observer que l'on ne savait rien du Médard sauvé du trou du Diable, et qu'il était possible qu'il eût été seulement atteint de folie dans le pays où se trouvait le forestier. Quant à l'aveu de ses crimes, il était à supposer qu'il n'avait jamais été parfaitement guéri, bien qu'il eût de temps en temps des semblants de raison, et que le souvenir d'actions coupables était devenu chez lui une idée fixe. Le juge criminel, sur la sagacité duquel on comptait beaucoup, répondit, lorsqu'on le consulta, que le Krczenski n'était ni Polonais ni comte Victorin ou autre; mais qu'il n'était évidemment pas innocent. Il avait reconnu la nécessité de l'enfermer par mesure de prudence; mais le duc, profondément frappé des crimes commis au château du baron, avait changé l'emprisonnement contre la mort. Mais comme il arrive ordinairement, dans notre vie misérable, que tout perd à la longue son éclat et sa couleur, ce qui avait éveillé d'abord à la cour l'intérêt et l'effroi y tomba bientôt au rang de misérable caquetage. L'hypothèse que le fiancé fugitif d'Aurélie était le comte Victorin remit en mémoire l'aventure de l'Italienne; ceux même qui ignoraient ou n'en étaient pas instruits partagèrent un secret que l'on ne croyait plus nécessaire de cacher, et tous ceux qui avaient vu Médard trouvèrent tout naturel qu'il ressemblât à Victorin puisqu'ils étaient l'un et l'autre du même père.

Le médecin resta convaincu que l'on devait envisager la chose ainsi, et dit au prince : — Nous devons nous réjouir d'être débarrassés de ces êtres, qui nous sont maintenant connus, et nous en tenir à la première poursuite, qui a été infructueuse. Cette manière de voir fut entièrement partagée par le prince, qui comprenait que le double Médard l'avait entraîné d'une méprise dans une autre.

— Il faut, disait-il, que tout ceci reste secret, gardons-nous de soulever le voile qu'un incroyable événement est venu jeter à propos sur cette affaire. Aurélie seule...

— Aurélie! m'écriai-je avec véhémence en interrompant le prieur, au nom de Dieu! dites-moi, mon père, qu'est-ce qu'Aurélie est devenue?

— Frère Médard, me dit en souriant le prieur, le feu terrible de ton cœur brûle-t-il encore? Le plus léger choc peut-il donc faire jaillir la flamme? Dis-moi, Médard, au milieu de tes pénitences, ta ferveur, tes extases vers le pouvoir éternel étaient-elles entièrement pures lorsque le souvenir d'Aurélie venait t'assiéger?

Je restai silencieux et les yeux baissés.

— Tu es franc, Médard, continua le prieur, ton silence est un aveu. Je savais à n'en pas douter que tu jouais le rôle d'un gentilhomme polonais dans la résidence, et que tu voulais épouser la baronne Aurélie. J'avais suivi assez fidèlement ta route, un singulier homme (il nomma le coiffeur Belcampo), que tu as vu récemment à Rome, me donnait de tes nouvelles. J'étais persuadé que tu avais assassiné Hermogen et Aurélie, et j'éprouvais d'autant plus d'horreur à te voir enlacer Aurélie dans tes liens infernaux. J'aurais pu te perdre; mais, loin de me croire appelé à jouer le rôle du bourreau, je t'abandonnai, toi et ton destin, à la puissance éternelle du ciel. Un prodige t'a conservé, et cela même me persuade que ta mission n'est pas encore finie sur la terre. Apprends par quel concours de circonstances j'ai été amené à croire plus tard que c'était réellement le comte Victorin qui s'était présenté au château du baron de F....

Il y a peu de temps, le frère Sébastien, le portier du couvent, fut réveillé par des gémissements qui ressemblaient aux derniers soupirs d'un mourant. Le matin commençait déjà, il se leva, ouvrit la porte, et trouva un homme couché près de l'entrée et roidi par le froid; il lui dit en parlant avec peine qu'il était le frère Médard, autrefois échappé de notre couvent. Sébastien m'apprit, tout effrayé, ce qui se passait en bas. Je descendis avec les frères, et nous portâmes dans le réfectoire cet homme évanoui. En dépit de l'accablement de sa figure, nous crûmes reconnaître ses traits, et plusieurs pensèrent que la différence de costume pouvait seule diminuer la parfaite ressemblance. Il avait la barbe et la tonsure, mais son habit tout déchiré était celui d'un homme du monde et témoignait encore d'une ancienne élégance. Il portait des bas de soie, une boucle d'or sur un seul soulier, un gilet de velours blanc...

— Un habit marron du plus beau drap, interrompis-je alors, du linge brodé, un anneau d'or au doigt.

— En effet, reprit Léonard étonné; mais comment sais-tu...

Oh! c'était le costume que je portais le jour de cette noce si remplie d'événements. Je voyais devant mes yeux mon double moi lui-même. Non! ce n'était pas l'affreux démon imaginaire de la folie qui courait derrière moi, qui, semblable à un animal dévorant, s'était précipité sur mon dos; c'était le moine insensé qui me poursuivait, et qui, lorsque j'étais étendu sans connaissance, prenait mes habits et jetait la robe en échange. C'était lui qui gisait à la porte du couvent, et d'une manière effrayante me représentait moi-même.

Je suppliai le prieur de continuer son récit, tandis que je sentais poindre en moi le pressentiment de la vérité étrange et mystérieuse.

Je n'eus pas besoin de beaucoup de temps pour reconnaître chez cet homme les traces manifestes de la plus incurable folie, malgré sa ressemblance exacte avec toi et bien qu'il criât sans cesse :

— Je suis Médard le moine fugitif, je veux faire pénitence parmi vous!...

Je restai bientôt convaincu que l'idée fixe de l'étranger était de se faire passer pour toi. Nous le revêtîmes d'un habit de capucin, nous le conduisîmes dans l'église, et là il dut faire ses exercices de dévotion. Malgré tous ses efforts, il nous fut facile de nous convaincre qu'il n'avait jamais vécu dans un cloître.

L'idée me vint : Si c'était le moine échappé de la résidence, si c'était Victorin?

L'histoire qu'il avait autrefois racontée au forestier m'était connue; cependant je trouvai que certaines circonstances, comme la trouvaille de l'élixir du diable, dont il prétendait avoir bu, la vision de la prison, en un mot le séjour dans le cloître, qui témoignait une individualité étrangement enlacée à la tienne, étaient les rêves d'un esprit en délire.

Il était à remarquer à ce point de vue que le moine avait toujours crié dans ses moments de folie, qu'il était comte et puissant seigneur.

Je résolus de l'envoyer à la maison de santé de Sainte-Foi parce que la connaissance profonde que le directeur de cet établissement a de ces sortes de maladies me faisait espérer sa guérison, qui aurait pu nous mettre à même de dévoiler une partie de ce jeu mystérieux d'un pouvoir inconnu.

Il n'en fut pas ainsi. Dans la troisième nuit, je fus réveillé par la cloche que l'on sonne, ainsi que tu le sais, quand un malade de la maison réclame mes secours.

J'entrai. On me dit que l'étranger m'avait instamment demandé, et, selon toute apparence, dès que sa folie l'eut abandonné. Il voulait probablement se confesser, car il était si faible qu'il ne semblait pas pouvoir passer la nuit.

— Pardonnez-moi, me dit-il lorsque je lui eus adressé quelques paroles pieuses, pardonnez-moi d'avoir eu l'audace de vouloir vous tromper. Je ne suis pas le moine Médard, qui s'est enfui de votre cloître; vous voyez devant vous le comte Victorin; je pourrais dire le duc, car je descends d'une famille ducale; et je vous invite à y prendre garde, car autrement mon courroux pourrait vous atteindre.

— Lors même que vous seriez duc, lui répondis-je, ceci aurait peu d'importance dans nos murs, et surtout dans la position où vous vous trouvez. Il me semblerait plus sage de laisser là les choses terrestres, et d'attendre humblement ce que le pouvoir éternel tient suspendu sur votre tête.

Il me regarda fixement, et parut perdre ses sens; on lui donna quelques gouttes fortifiantes, qui le ranimèrent, et il continua ainsi :

— Il me semble que je vais mourir, et je veux avant soulager mon cœur. Vous êtes plus puissant que moi, car, vous avez beau vous cacher, je sais que vous êtes saint Antoine et que vous connaissez parfaitement les malheurs causés par votre élixir.

J'avais de grands projets dans l'esprit! et je résolus de me présenter comme un ecclésiastique, avec une grande barbe et une robe brune. Lorsque je pris cette résolution, il me sembla que mes plus secrètes pensées sortaient de mon corps et formaient ensemble un être humain, effroyable, mais qui était moi.

Ce second moi avait une force extrême, et il me précipita du haut des pierres noires qui dominent le profond abîme dans les tourbillons écumeux d'un torrent. En bas la princesse, blanche comme la neige, sortit des eaux. Elle me prit dans ses bras, essuya le sang de mes blessures, et je ne sentis plus la douleur.

J'étais certainement devenu moine; mais le moi de mes pensées était plus fort, et me porta à assassiner la princesse, qui m'avait sauvé et que j'aimais tendrement, ainsi que son frère. On me jeta dans un cachot; mais vous savez, saint Antoine, de quelle manière vous m'enlevâtes à travers les airs après que j'eus bu votre boisson maudite! Le vert roi des bois me reçut mal, bien qu'il connût ma naissance ducale. Le moi de ma pensée apparut chez lui, me reprocha de vilaines choses, et voulut, parce que nous les avions commises ensemble, vivre en société avec moi. Cela arriva; mais bientôt nous nous sommes brouillés, parce que l'on voulait nous trancher la tête. Mais comme ce ridicule moi voulait toujours se nourrir de ma pensée, je le renversai, le frappai violemment et pris ses habits.

Les discours de ce malheureux furent en quelque façon compréhensibles jusque-là, et alors il se perdit dans le singulier bavardage de la folie la plus grande.

Une heure après, lorsqu'on sonna les matines, il poussa un cri perçant et sembla expirer. Je le fis porter dans la chambre des morts, et il devait être enterré dans le cimetière de notre jardin. Mais tu peux te figurer notre étonnement et notre effroi, lorsqu'en revenant pour faire enlever le cadavre et le faire mettre dans le cercueil nous ne le trouvâmes plus!

Toute recherche fut vaine, et je dus renoncer à recevoir jamais une explication raisonnable des relations merveilleuses qui existent entre le comte et toi. Cependant en rassemblant les événements passés autrefois au château, et maintenant bien connus, avec ces paroles embrouillées et défigurées par le délire, il me semble impossible de douter que le mourant ne fût réellement le comte Victorin.

Il avait sans doute, comme son valet le racontait, tué un capucin en pèlerinage quelque part dans la montagne, et pris son habit pour suivre son aventure dans le château du baron. Comme il n'avait peut-être plus son bon sens, le crime commencé se termina par l'assassinat d'Euphémie et d'Hermogen. Peut-être était-il déjà fou, comme le prétend Reinhold, ou bien il le devint plus tard par suite de ses remords.

Le costume qu'il portait et le meurtre du capucin lui firent naître l'idée fixe qu'il était vraiment un capucin lui-même, et que son être était séparé en deux personnages ennemis. La seule période depuis sa fuite du château jusqu'au moment de son arrivée chez le forestier reste obscure, comme aussi l'on ne peut comprendre d'où lui vient le récit de son séjour au couvent et de sa délivrance du cachot. Il n'y a pas de doute que d'autres motifs doivent exister; mais il est singulièrement remarquable que ce récit contient, quoique défiguré, l'histoire de tes aventures. Seulement l'époque de l'arrivée du moine chez le forestier ne coïncide pas avec le jour indiqué par Reinhold, comme celui où Victorin s'enfuit du château, et, d'après les assertions du forestier, le fou Victorin avait été aperçu dans la forêt après avoir été reçu au château du baron...

— N'allez pas plus loin, révérend père, dis-je en interrompant le prieur, que mon espoir dans la clémence du Seigneur abandonne mon âme, que je meure dans le désespoir en maudissant mon existence si je ne vous raconte, brisé de repentir, toute ma vie depuis le départ du cloître, comme je l'ai déjà fait dans la sainte confession!...

Le prieur, lorsque je lui racontai ma vie dans le plus grand détail, ne pouvait revenir de son étonnement.

— Je te crois, frère Médard, me dit-il lorsque j'eus terminé mon récit, car j'ai remarqué en toi lorsque tu parlais toutes les marques d'un profond repentir. Qui pourrait pénétrer le mystère formé par la ressemblance d'esprit de deux frères nés d'un père criminel et criminels aussi tous les deux? Il est certain que Victorin fut miraculeusement sauvé du précipice où tu l'avais jeté, et qu'il était le moine recueilli par le forestier; et c'est aussi lui qui te poursuivit comme ton double personnage, et mourut ici dans le cloître. Il servait seulement d'instrument au sombre pouvoir qui t'assaillait. Ce n'était pas ton égal mais une nature inférieure à la tienne, qui fut placée dans ton chemin pour distraire tes yeux du but qu'ils auraient aperçu peut-être. Ah! frère Médard, le démon rôde sans cesse sur la terre en offrant aux hommes son élixir. Qui de nous n'a pas une fois porté son infernal breuvage à ses lèvres et ne l'a pas trouvé délicieux? Mais c'est la volonté du ciel que l'homme apprenne à connaître les dangers d'un moment de légèreté, et qu'il puise dans cette connaissance même la force de lui résister. Et là se voit le pouvoir du Seigneur : que, de même que la vie de la nature est subordonnée au poison, le bon principe moral qui existe en elle est subordonné au mal. Je peux te parler ainsi, Médard, car je sais que tu me comprends.

Retourne près des frères.

Dans ce moment, je fus tout à coup saisi d'une douleur qui faisait trembler mes nerfs et bouillonner mon sang. C'était le désir du plus ardent amour.

— Aurélie! Aurélie! m'écriai-je à voix haute.

Le prieur se leva et me dit d'un ton sévère :

— Tu as sans doute remarqué dans le cloître les préparatifs d'une grande fête? Demain Aurélie prend le voile sous le nom de sœur Rosalie.

Je restai devant le prieur sans mouvement, sans parler.

— Retourne auprès des frères, me dit-il d'un ton de voix presque colère.

Et, sans savoir ce que je faisais, je descendis au réfectoire, où les frères étaient rassemblés. L'on m'accabla de nouvelles questions, mais j'étais incapable de raconter un seul mot de l'histoire de ma vie. Toutes les images du passé s'obscurcissaient en moi, la seule figure d'Aurélie m'apparaissait en pleine lumière.

Sous le prétexte d'exercices de dévotion, je quittai les frères et me rendis dans la chapelle située à l'extrémité du grand jardin du couvent. Je voulais prier là, mais le plus léger bruit, le moindre mouvement du feuillage m'arrachaient à mes pieuses méditations.

La voici! elle vient! je vais la revoir! Voilà ce que j'entendais en mon cœur tout tremblant d'angoisse et d'effroi.

Je repris mon courage et je sortis de la chapelle. Tout près de moi passèrent en se promenant deux nonnes, et entre elles marchait une novice.

Ah! c'était, bien sûr, Aurélie!

Je me mis à trembler, ma respiration était haletante, je voulais marcher, mais je tombai sur la terre, incapable de faire un seul pas. Les nonnes et la novice disparurent dans le bosquet.

Quel jour! quelle nuit! Aurélie! toujours Aurélie! Aucune autre pensée ne pouvait entrer dans mon âme!

Aux premiers rayons du soleil levant, les cloches du couvent annoncèrent la fête de la prise de voile d'Aurélie. Bientôt après, les frères se rassemblèrent dans la grande salle. L'abbesse entra accompagnée de deux sœurs.

Un sentiment inexprimable me pénétra lorsque je revis celle qui avait tant aimé mon père. Et, bien qu'il eût brisé par un crime une alliance qui pour elle était le bonheur sur la terre, elle reportait sur le fils une affection qui l'avait rendue si malheureuse. Ce fils, elle voulait l'élever pour la vertu et la religion ! et lui, semblable à son père, avait amassé crimes sur crimes et brisé l'espoir de la pieuse protectrice. La tête baissée, les yeux attachés sur la terre, j'entendis les quelques paroles par lesquelles l'abbesse annonçait encore aux religieux rassemblés l'entrée d'Aurélie dans le cloître, et leur recommanda de prier avec ardeur dans le moment décisif du vœu pour empêcher l'esprit malin de tourmenter la jeune fille par ses artifices séducteurs.

— La jeune fille, dit l'abbesse, a subi de rudes épreuves. L'ennemi voulait l'entraîner à sa perte, et il employa toutes les ruses de l'enfer pour la conduire imprévoyante au péché et lui laisser au réveil la honte et le désespoir. Cependant le pouvoir céleste a protégé la pauvre enfant; et si l'ennemi tente encore aujourd'hui de s'approcher d'elle, sa victoire en sera d'autant plus glorieuse. Priez, priez, mes frères, non pas pour que la fiancée du Seigneur ne vienne pas à chanceler, car sa pensée est irrévocable et tournée seulement vers le ciel, mais priez pour qu'aucun accident terrestre ne vienne interrompre la pieuse cérémonie. Car une inquiétude s'est emparée de mon âme, et je ne puis la dominer...

Il était évident que l'abbesse m'appelait, moi, moi seul, le démon de la séduction, et que mon arrivée, au moment même de la prise de voile d'Aurélie, lui faisait soupçonner de ma part un projet criminel.

Le sentiment de la vérité de mon repentir, la conviction du changement de mes pensées me firent relever la tête. L'abbesse ne m'honora pas d'un regard. Renfermé en moi-même, j'étais blessé de cette haine méprisante et amère comme je l'avais été autrefois à la résidence en voyant la duchesse.

Avant qu'elle prononçât ces paroles j'étais prêt à me jeter dans la poussière devant elle, et maintenant je voulais m'avancer audacieusement et lui dire :

— As-tu donc toujours été une femme au-dessus de l'humanité, et n'as-tu jamais été entraînée par les plaisirs de la terre? Lorsque tu vis mon père, étais-tu tellement forte que l'idée du péché n'est pas entrée dans ton âme? et même couverte de la mitre et tenant la crosse en main, son image ne t'a-t-elle pas fait rêver aux plaisirs du monde? qu'éprouvais-tu donc, orgueilleuse, lorsque tu pressais sur ton sein le fils du bien-aimé, et que tu prononçais son nom avec tant de douleur? As-tu jamais lutté comme moi avec le sombre pouvoir, et peux-tu te glorifier d'une victoire sans avoir eu de rudes combats à soutenir?

Le changement subit de mes pensées devait se deviner sur mon visage, car un frère placé près de moi me demanda :

— Qu'as-tu donc, Médard? pourquoi jettes-tu sur la sainte femme des regards si courroucés?

— Oui, lui répondis-je à demi-voix, elle fut une grande sainte, car elle fut toujours placée si haut que les choses profanes ne pouvaient l'atteindre; mais elle me semble, non pas une prêtresse du Christ, mais du paganisme, qui se prépare à immoler la victime humaine le couteau nu à la main.

Je ne sais comment je fis pour prononcer ces dernières paroles, qui sortaient du cercle de mes idées; mais, en même temps qu'elles se précipitaient de mes lèvres, une foule d'images, toujours plus affreuses l'une que l'autre, se pressaient dans un mouvant tumulte.

Aurélie allait quitter le monde pour toujours, elle allait, comme moi, l'abjurer par un vœu qui me paraissait maintenant enfanté par la religion en délire : comme autrefois, lorsque, vendu à Satan, je croyais voir dans le crime et le péché toute la lumière de l'existence, je pensais aujourd'hui que nous devrions goûter, ne fût-ce qu'un seul moment, la plus grande jouissance terrestre, et puis après mourir dévoués au pouvoir infernal !

Oui, comme un hideux fantôme, comme Satan lui-même, la pensée du meurtre se dressait devant moi! Ah! insensé! je ne voyais pas qu'en m'appliquant le sens des paroles de l'abbesse je donnais prise à la tentation la plus forte peut-être que Satan eût jamais essayée sur moi, je ne devinais pas qu'il voulait m'entraîner dans les crimes les plus affreux de ma vie! Le prêtre auquel j'avais parlé me regarda plein d'épouvante : — Au nom de Jésus et de la sainte Vierge! s'écria-t-il, que dites-vous là?

Je regardai l'abbesse, qui se préparait à quitter la salle. Ses yeux s'arrêtèrent sur moi et devinrent fixes, tandis que son visage se couvrait de la pâleur de la mort; elle chancela, et les nonnes s'empressèrent de la soutenir. Il me sembla lui entendre murmurer ces mots :

— Oh! saints du paradis! mon pressentiment!

Bientôt après, Léonard fut appelé près d'elle. Déjà résonnaient de nouveau toutes les cloches du cloître mêlées aux sons de l'orgue retentissant comme le tonnerre et aux chants des nonnes. Le prieur rentra dans la salle. Alors les moines des différents ordres se dirigèrent en procession solennelle vers l'église, qui regorgeait de monde comme autrefois au jour de Saint-Bernard. Sur un des côtés du grand autel, paré maintenant de roses odorantes, se trouvaient de grands siéges destinés au clergé et placés en face de la tribune où la musique de la chapelle de l'évêque accompagnait la messe. Ce prélat la disait lui-même. Léonard me fit venir près de lui, et je remarquai qu'il surveillait avec inquiétude le moindre de mes mouvements. Il m'engageait sans cesse à lire dans mon bréviaire. Les nonnes s'assemblèrent dans un espace fermé par une petite grille juste devant le grand autel. Le moment décisif arriva.

De l'intérieur du cloître, les nonnes de Cîteaux introduisirent Aurélie par une porte grillée placée derrière l'autel. Lorsqu'elle parut, un murmure s'éleva parmi la foule, l'orgue se tut, et l'hymne simple des nonnes résonna en accords étranges qui pénétraient au fond de mon cœur. Je n'avais pas encore levé les yeux, saisi d'une angoisse terrible, un mouvement nerveux fit trembler tout mon corps et me fit lâcher mon bréviaire, qui tomba sur le sol. Je me penchai pour le ramasser; mais un étourdissement subit m'eût fait tomber de mon siége, si Léonard ne m'avait retenu et remis à ma place.

— Qu'as-tu, Médard? me dit-il à voix basse, tu es dans une agitation extrême, résiste au malin esprit qui vient t'assaillir.

Je rassemblai toutes mes forces, et je levai les yeux.

Je vis Aurélie agenouillée devant le grand autel.

O Seigneur du ciel! jamais elle n'eut tant de grâces et de beauté. Elle portait le costume de fiancée! hélas! comme au jour où elle avait dû m'appartenir.

Des myrtes en fleur et des roses étaient artistement placés dans ses cheveux. La ferveur, la solennité du moment avaient coloré ses joues, et dans ses yeux tournés vers le ciel brillait l'expression d'une céleste joie. Le moment où je la vis pour la première fois, où je la retrouvai à la cour du duc, pouvait-il se comparer au moment présent où je la revoyais encore? La flamme de l'amour brillait en moi plus ardente que jamais!

Un désir sauvage....

O Dieu! ô saints du ciel! que je conserve ma raison, seulement ma raison! sauvez-moi, sauvez-moi de ce tourment de l'enfer! Gardez-moi ma raison! Privé d'elle, ce que je peux faire est effroyable, et c'est donner mon âme à l'enfer.

Ainsi je priais en moi-même, car je sentais que le mauvais esprit me dominait de plus en plus. Il me semblait qu'Aurélie avait sa part du crime que j'avais commis seul, que le vœu qu'elle allait prononcer était dans sa pensée le serment le plus sacré d'être à moi devant l'autel du Seigneur. Je ne voyais plus en elle la fiancée du Christ, je voyais la femme criminelle du moine parjure. La pensée de l'embrasser avec toute l'ardeur d'un désir furieux et de lui donner la mort m'entraînait irrésistiblement. L'esprit du mal me pressait et me pressait toujours de plus en plus, déjà je voulais m'écrier :

— Arrêtez, insensés, voulez-vous de la fiancée du moine, déjà l'âme pleine d'un terrestre amour, faire une fiancée du ciel?

Je voulais m'élancer au milieu des nonnes, l'enlever : je fouillai dans ma robe et je cherchai mon couteau.

Déjà la cérémonie était si avancée qu'Aurélie commença à prononcer son vœu. Lorsque j'entendis sa voix, ce fut comme le doux rayon de la lune qui paraît à travers les nuages noirs poussés par la tempête. La lumière descendit en moi, et je vis distinctement le méchant esprit contre lequel je luttais de tout mon pouvoir. Chaque parole d'Aurélie me donnait des forces nouvelles, et je fus bientôt vainqueur dans ce terrible combat. Toute pensée de crime, tout désir terrestre s'enfuirent sans retour. Aurélie était la pieuse fiancée des cieux, dont la prière me sauverait de la honte et du désespoir. Son vœu était ma consolation, mon espoir, et la joie céleste vint briller en mon cœur. Léonard, que je remarquai de nouveau, parut comprendre le changement de ma pensée, et il me dit d'une voix douce :

— Tu as résisté à l'ennemi, mon fils! c'est la dernière épreuve sans doute que te réservait le pouvoir éternel.

Le vœu était prononcé, et l'on se prépara à revêtir Aurélie du costume de religieuse pendant que des nonnes alternaient leurs cantiques. Déjà on avait détaché les myrtes et les roses des tresses de sa coiffure, déjà l'on se préparait à couper les boucles ondoyantes de ses cheveux, lorsqu'un bruit se fit entendre dans l'église... Je voyais comme des personnes violemment écartées et renversées sur le sol, le tourbillon du tumulte approchait de plus en plus. Un homme à demi nu, recouvert à peine des lambeaux d'une robe de capucin, avec des gestes insensés et un regard terrible et sauvage, se faisait place dans la foule, renversant, les poings fermés, tout ce qu'il trouvait devant lui. Je reconnus mon double moi-même! et au moment où, pressentant un malheur, je me préparais à me précipiter au-devant de lui, le monstre insensé avait déjà franchi la galerie qui entoure le grand autel. Les nonnes disparurent en criant. L'abbesse prit Aurélie dans ses bras :

— Ah! ah! ah! cria le monstre d'une voix stridente, vous voulez m'enlever la princesse, ah! ah! ah! c'est ma fiancée, ma fiancée!... Et il saisit Aurélie, et lui plongea dans la poitrine un couteau qu'il agitait dans sa main. La lame entra jusqu'au manche, et des flots de sang jaillirent de la blessure.

— Quel bonheur ! quel bonheur ! j'ai conquis ma bien-aimée, j'ai conquis la princesse !

Et en disant ces paroles il sauta derrière le maître-autel, et disparut dans les couloirs du couvent par la grille ouverte.

Les nonnes poussèrent des cris d'effroi.

— Un meurtre, un meurtre à l'autel du Seigneur ! s'écriait le peuple en se précipitant en foule de ce côté.

— Occupez les issues du couvent, que l'assassin ne puisse échapper ! s'écria Léonard à voix haute ; et le peuple se précipita au dehors, accompagné des moines les plus alertes, et tous s'armèrent des bâtons de procession laissés dans les coins et se mirent à la poursuite du monstre. Tout ceci fut l'affaire d'un moment. Je m'agenouillai près d'Aurélie. Les nonnes avaient attaché sur sa blessure des bandelettes blanches, et secouraient l'abbesse évanouie. Une voix forte dit près de nous :

— *Sancta Rosalia, ora pro nobis !*

Tous ceux qui se trouvaient dans l'église se mirent à crier :

— Miracle ! miracle ! elle reçoit la gloire du martyre !

Je levai les yeux. Le vieux peintre était debout devant moi ; mais sa figure était sérieuse et douce comme autrefois dans mon cachot. La mort d'Aurélie ne me causait pas une douleur terrestre et l'apparition du peintre ne m'apportait aucun effroi, car j'entrevoyais se dérouler dans mon âme les nœuds pleins de mystère que le sombre pouvoir avait formés.

— Miracle ! miracle ! criait toujours le peuple, voyez-vous ce vieillard au manteau violet ? il est descendu du tableau du grand autel, je l'ai vu !

— Moi aussi ! moi aussi ! criaient bien d'autres voix encore, et alors tout le monde tombait à genoux, et le tumulte confus croissait toujours et venait se confondre en une seule prière immense et continuelle, entrecoupée de pleurs et de sanglots. L'abbesse revint de son évanouissement, et dit avec le ton de la plus profonde, de la plus déchirante douleur :

— Aurélie, mon enfant ! ma pieuse fille ! Dieu tout-puissant, tu le veux ainsi !

On amena un brancard couvert de coussins ; lorsqu'on y plaça Aurélie, elle soupira profondément et ouvrit les yeux. Le peintre était derrière elle, et soutenait sa tête. Il avait l'apparence d'un saint puissant. Tous, et l'abbesse elle-même, paraissaient saisis d'un respectueux effroi. J'étais à genoux tout près du brancard. Le regard d'Aurélie tomba sur moi, et la vue de son douloureux martyre me jeta dans un profond désespoir. Je ne pouvais pas parler... Un cri sourd s'échappa seulement de ma poitrine. Alors Aurélie me dit doucement à voix basse :

— Pourquoi plains-tu celle que le pouvoir éternel a jugée digne de quitter la terre dans le moment où reconnaissant le néant du monde, un ineffable désir portait son âme vers le royaume de l'éternelle félicité ?

Je me levai et m'approchai d'elle :

— Aurélie, lui dis-je, sainte jeune fille ! laisse tomber un regard sur moi des régions célestes, ou, l'âme brisée, je vais mourir dans un doute accablant. Aurélie, méprises-tu le criminel qui a été le mauvais génie de ta vie ?... Ah ! il a payé bien cher ! mais il ne sait que trop que toutes ses pénitences ne diminuent pas l'immensité de ses fautes. Aurélie ! lui pardonnnes-tu à l'heure de la mort ?

Aurélie sourit comme si elle avait été effleurée par l'aile des anges, et elle ferma les yeux.

— Oh ! salut du monde ! vierge sainte ! ainsi je vais rester sans consolation dans mon désespoir ? Oh ! sauve-moi, sauve-moi des tourments de l'enfer !

Ainsi je priais avec ferveur. Alors Aurélie ouvrit les yeux une fois encore et dit :

— Médard ! tu as cédé au malin esprit ; mais suis-je donc restée pure de péché, lorsque je désirais le bonheur terrestre d'un criminel amour ? Un arrêt de l'Éternel nous avait destinés à expier les lourds forfaits de notre race impie, et nous avons été unis par le lien d'un amour qui trône au delà des étoiles et n'a rien de commun avec les désirs grossiers de la terre. Mais le démon a réussi à nous cacher la profonde destination de notre amour et à nous empêcher par ses séductions affreuses de distinguer le terrestre de ce qui appartient au ciel. Ah ! n'est-ce pas moi qui t'avouai ma passion au confessionnal ? Mais au lieu d'allumer en ton âme une éternelle flamme, j'y portai la brûlante torche des désirs infernaux ; elle te brûlait, et tu as voulu l'éteindre dans le crime. Prends courage, Médard ! L'insensé furieux à qui le maudit a fait croire qu'il était toi et qu'il devait terminer ce que tu avais commencé, était l'instrument du ciel destiné à exécuter ses desseins. Prends courage, Médard ! bientôt ! bientôt !...

Aurélie, qui avait prononcé ces dernières paroles les yeux fermés et avec peine, tomba sans connaissance ; mais elle n'appartenait pas encore à la mort.

— S'est-elle confessée à vous, mon révérend ? me demandèrent les moines.

— Non, répondis-je, elle a rempli mon âme d'une consolation céleste.

— Bien, Médard ! ton temps d'épreuves est bientôt fini ! et le mien aussi !

C'était le vieux peintre qui parlait. Je m'avançai vers lui.

— Eh bien ! ne me quittez pas, lui dis-je, homme étrange !

Je ne sais plus moi-même comment mes sens furent engourdis ; au moment où je voulais en dire davantage, je tombai dans un état qui tenait le milieu entre la veille et le sommeil : j'en fus tiré par des cris. Je ne vis plus le peintre. Des paysans, des bourgeois, des soldats étaient rassemblés et exigeaient qu'on les laissât visiter le cloître pour trouver le meurtrier d'Aurélie, qui devait y être encore. L'abbesse, craignant avec raison des désordres, les refusa, mais sa présence ne put dominer les esprits irrités. On lui reprocha de cacher le coupable parce qu'il était moine, et le peuple, s'échauffant de plus en plus, semblait prêt à attaquer le cloître. Alors Léonard monta dans la chaire et expliqua au peuple, après quelques mots énergiques relativement à la profanation des lieux consacrés, comment le meurtrier, qui n'était pas un moine, mais bien un fou, avait été recueilli chez lui, et avait disparu, après un état léthargique, de la salle des morts, où on l'avait porté, revêtu de l'habit de l'ordre ; mais que s'il était dans le cloître, il était impossible, avec les précautions prises, qu'il pût s'échapper. Le peuple demanda qu'Aurélie fût portée au cloître en procession à travers la cour, cette demande lui fut accordée. On la couvrit de roses et on l'orna de nouveau de myrtes en fleur. Les sœurs et les frères suivirent le brancard qui l'emportait, accompagnés par le peuple. Lorsque le cortège fut parvenu au milieu de l'église, l'orgue résonna tout à coup, et une musique triste et plaintive descendit des tribunes. Alors Aurélie se releva lentement et leva ses mains jointes vers le ciel, et le peuple tomba à genoux en disant :

Sancta Rosalia, ora pro nobis !

Ainsi se trouvaient dites avec un sentiment de vérité ces mêmes paroles que j'avais prononcées dans une hypocrisie criminelle la première fois que j'aperçus Aurélie.

Lorsque Aurélie eut été transportée dans la salle basse du couvent, entourée des sœurs et des religieux, elle tomba dans les bras de l'abbesse.

Elle était morte.

Le peuple resta assemblé en foule devant les portes ; et lorsque le tintement des cloches annonça que la pieuse jeune fille avait quitté ce monde, on n'entendit partout que des sanglots et des gémissements. Beaucoup firent le vœu de rester dans le village jusqu'au moment des funérailles d'Aurélie, et d'observer le jeûne pendant leur voyage de retour. Le bruit du martyre de la fiancée du ciel se répandit rapidement de toutes parts, et, quatre jours après, la cérémonie des obsèques d'Aurélie avait attiré autant de monde que les fêtes des grands saints.

La veille, la prairie qui s'étend devant le cloître était, comme autrefois au jour de la Saint-Bernard, couverte de gens d'alentour qui couchaient sur la terre pour attendre la cérémonie du lendemain ; seulement on entendait, au lieu du joyeux tumulte, un triste et pieux murmure. Le récit du crime courait de bouche en bouche ; et si une voix s'élevait plus haut que les autres, c'était pour maudire le meurtrier.

Les quatre jours que je passai solitaire dans la chapelle du jardin furent plus efficaces pour mon salut que mes longues et dures pénitences dans le couvent des capucins aux environs de Rome. Les dernières paroles d'Aurélie m'avaient dévoilé le secret de mes péchés. Je reconnaissais que, bien qu'armé de toutes les forces de la vertu et de la piété, j'avais lâchement cédé à Satan, qui faisait ses efforts pour conserver cette tige criminelle et la faire sans cesse refleurir. L'instinct du mal était faible en moi, lorsque je vis la sœur du maître de chapelle et lorsque s'éveilla mon orgueil ; mais Satan se plut à me mettre dans les mains cet élixir qui brûla mon sang comme un poison maudit. Je méprisai les avertissements du peintre inconnu, du prieur et de l'abbesse. L'apparition d'Aurélie au confessionnal compléta le criminel. Le péché apparut comme une maladie physique née de ce fatal breuvage. Comment l'esclave de Satan pouvait-il reconnaître le lien que le pouvoir du ciel avait étendu comme le symbole d'un éternel amour sur Aurélie et sur moi ? Le démon m'accoupla joyeux à un insensé dont la vie entrait dans ma vie, et qui devait agir sur mon esprit. Ce frère, fou engendré par le péché, fut pour moi le principe animé par le démon qui me précipita dans les plus épouvantables forfaits et me persécuta par les tourments les plus horribles. Jusqu'au jour où Aurélie prononça son vœu, mon âme était souillée et l'ennemi conservait sur moi son pouvoir ; mais le calme et le contentement intérieur qui descendirent en moi du haut des cieux dès qu'Aurélie eut prononcé ses dernières paroles me donnèrent la conviction que la mort d'Aurélie était la rémission de mes fautes.

Lorsque le chœur chanta, dans le *Requiem* solennel :

Confutatis maledictis flammis acribus addictis ! je me sentis trembler ; mais en entendant :

Voca me cum benedictis ! il me sembla voir Aurélie, dans la céleste clarté du soleil, abaisser un regard sur moi, et puis relever, vers l'Être suprême sa tête entourée d'une couronne d'étoiles éclatantes, et prier pour le salut de mon âme.

Oro supplex et acclinis, cor contritum quasi cinis! Je tombai dans la poussière; mais combien mon humble prière et le sentiment de mon cœur étaient loin de l'accablement passionné qui accompagnait mes cruelles pénitences du cloître des capucins! mon esprit pouvait distinguer la vérité de l'erreur, et cette science rendait impuissantes les attaques de l'ennemi. L'assassinat d'Aurélie, arrivé si subitement et avec des circonstances si horribles, m'avait plus profondément ému que sa mort même; mais je reconnus bientôt que c'était là surtout où s'était montré visiblement le pouvoir éternel. C'était le martyre de la fiancée du Christ pure de péchés. Oui! la mort d'Aurélie était le jour de fête de cet amour qui trône au delà des étoiles et n'a rien de commun avec les choses terrestres. Ces pensées m'élevaient au-dessus de la nature matérielle, et ces jours passés dans le cloître de Cîteaux furent les plus heureux de ma vie.

Le père Cyrille.

Après la cérémonie des funérailles, qui eut lieu le jour suivant, Léonard voulut retourner à la ville avec les frères; l'abbesse me fit appeler au moment où ils se mettaient en marche en ordre de procession.

Je la trouvai seule dans sa chambre; elle était saisie de l'émotion la plus grande, et des larmes s'échappaient de ses yeux. — Je sais tout, tout, mon fils Médard! je te donne de nouveau ce nom, car tu as surmonté les épreuves qui t'ont assiégé et t'ont rendu digne de miséricorde. Ah, Médard! elle seule, elle seule! qui doit parler pour nous devant le trône du Seigneur, est pure de péché. N'étais-je pas sur le bord de l'abîme lorsque, pleine de pensées de plaisirs terrestres, je voulais me donner à l'assassin? Et cependant, mon fils Médard! j'ai versé dans ma cellule de coupables larmes en pensant à ton père. Va, mon fils! je ne crains plus maintenant d'avoir élevé en toi, en prenant sur moi la responsabilité de ses crimes, le pécheur le plus endurci.

Léonard, qui avait sans doute raconté à l'abbesse ce qu'elle ignorait de ma vie, me prouva par sa conduite envers moi qu'il m'avait aussi pardonné et laissait à Dieu le soin de peser un jour ma conduite devant son trône de justice. Je repris mon rang dans le cloître.

Il me dit un jour :

— Je veux, frère Médard, t'imposer encore une pénitence.

— En quoi consiste-t-elle? demandai-je humblement.

— Tu écriras, répondit-il, l'histoire exacte de ta vie. Tu n'omettras pas la moindre circonstance, même des plus insignifiantes. La fantaisie va de nouveau te reporter dans le monde, de nouveau tu éprouveras les sensations qui t'ont jadis si diversement agité; peut-être ne regarderas-tu plus la nonne Aurélie, qui souffrit le martyre, que comme sainte Rosalie! Mais si le démon t'a abandonné, si tu as abjuré ce qui est terrestre, tu t'élèveras comme au plus haut principe et au-dessus de toute chose, et chaque impression s'envolera sans laisser de traces.

Je fis ce que le prieur avait ordonné.

Hélas! il arriva ce qu'il avait prévu, j'éprouvai tour à tour, en écrivant ma vie, les pénétrantes atteintes de la douleur et de la joie, de l'effroi et du plaisir.

Toi qui liras un jour ces pages, je t'ai parlé du temps de soleil de l'amour, lorsque l'image d'Aurélie vint se dresser devant ma vie, mais il est un bonheur plus grand que la passion terrestre qui presque toujours perd l'homme insensé, c'est le beau temps où, loin de la pensée d'un criminel désir, la bien-aimée allume dans le cœur, comme avec un rayon parti du ciel, tout ce qui est pur, tout ce qui est noble, tout ce qui descend béni du royaume de l'amour.

Cette pensée m'a soutenu lorsque, au souvenir des beaux moments que m'avait donnés le monde, des larmes brûlantes s'échappaient de mes yeux, et que mes blessures, depuis longtemps cicatrisées, recommençaient à saigner encore.

Je sais que le démon aura peut-être encore le pouvoir de tourmenter le pécheur au moment de la mort, mais j'attends avec fermeté et plein d'un ardent désir l'heure qui m'enlèvera de la terre, car alors s'accompliront les promesses qu'Aurélie, ah! sainte Rosalie elle-même! m'a faites à son dernier instant. Oh! prie pour moi, vierge sainte, dans cette heure de ténèbres, afin que le pouvoir de l'enfer, qui m'a si souvent égaré, soit sans forces sur moi et ne m'entraîne pas dans le bourbier de la damnation éternelle.

NOTES AJOUTÉES PAR LE PÈRE SPIRIDION, BIBLIOTHÉCAIRE DU COUVENT DE CAPUCINS DE B....

Dans la nuit du trois au quatre septembre de l'année 17..., un événement extraordinaire s'est passé dans notre couvent.

Aurélie martyre.

Il pouvait être minuit, lorsque je distinguai dans la cellule du frère Médard, contiguë à la mienne, un bruit de rires singulier mêlé de gémissements sourds et plaintifs. On frappait aussi par intervalles. Il me sembla entendre ces mots prononcés par une voix désagréable et qui impressionnait d'une manière terrible :

— Viens avec moi, petit frère Médard, nous chercherons la fiancée.

Je me levai et voulus entrer chez le frère; mais je fus saisi d'un effroi étrange, qui fit, *comme dans un accès de fièvre*, trembler tous mes membres. Je me rendis de préférence chez le prieur Léonard, et, après l'avoir réveillé avec peine, je lui racontai ce que j'avais entendu. Le prieur fut effrayé, se leva en hâte, et me dit d'aller chercher des cierges consacrés et de l'accompagner chez le frère Médard. Je fis ce qu'il m'ordonnait, et j'allumai les cierges à la lampe placée dans le corridor, devant la statue de la mère du Seigneur, et nous montâmes les escaliers. Malgré toute notre attention à écouter, nous n'entendîmes plus la voix qui avait frappé mon oreille, mais bien un doux et agréable bruit de cloches, et il nous semblait respirer un délicieux parfum de roses.

Nous nous approchâmes. Alors la porte de la cellule s'ouvrit, et un homme étrange, d'une haute stature, portant une barbe blanche disposée en boucles et couvert d'un manteau violet, en sortit.

Je fus saisi d'un violent effroi, car je compris que cet homme ne pouvait être qu'un fantôme, puisque nul étranger ne pouvait forcer les portes bien fermées du cloître, mais Léonard le regarda hardiment en face sans prononcer un seul mot.

— L'heure de l'accomplissement s'approche! dit le spectre d'une voix sourde et solennelle, et il disparut dans le couloir sombre, de manière que ma peur en devint plus grande, et peu s'en fallut que le cierge que je tenais ne s'échappât de ma main.

Mais le prieur, qui, à cause de sa piété et de la force de sa conviction, n'aime pas à parler des apparitions, me prit le bras et me dit :

— Entrons dans la cellule de Médard.

Nous entrâmes. Nous trouvâmes le frère, qui depuis quelque temps était devenu très-faible, luttant avec la mort, qui lui avait ravi la parole. On n'entendait plus qu'un râlement très-faible. Léonard resta près de lui, et j'allai éveiller les frères en sonnant la cloche avec force et en criant de toute ma voix :

— Levez-vous! levez-vous! frère Médard va mourir!

Ils se levèrent; et pas un seul ne manquait lorsque nous nous rendîmes près du frère expirant, des cierges allumés dans la main. Tous nous éprouvions un violent chagrin; et moi comme les autres, en surmontant mon effroi. Nous transportâmes le frère Médard dans l'église et le déposâmes devant le grand autel.

Là, il se remit, à notre grand étonnement, et se mit à parler; et Léonard put, après l'avoir confessé et absous, lui donner l'extrême-onction.

Nous nous rendîmes aussitôt après dans le chœur et nous mîmes à chanter les prières funèbres consacrées pour le salut de l'âme du frère mourant; mais Léonard restait près du frère Médard et parlait avec lui. Au moment juste où la cloche sonnait minuit, au cinq septembre de l'année 17..., et au moment où commençait une journée nouvelle, le frère Médard *mourut entre les bras du prieur.*

Un étrange objet noir roula entre ses jambes.

Nous remarquâmes que c'était le jour et l'heure mêmes où, l'année précédente, la nonne Rosalie avait été misérablement assassinée, aussitôt après avoir prononcé son vœu. Voici ce qui arriva lors du *Requiem* et des funérailles :

Au moment du *Requiem* un très-fort parfum de roses se répandit et nous remarquâmes un bouquet de roses magnifiques et fort rares en cette saison attaché au beau tableau de sainte Rosalie, œuvre d'un très-ancien peintre italien inconnu, et acheté autrefois par les religieux de notre cloître à un couvent de capucins des environs de Rome, qui s'était contenté d'en garder une copie.

Le frère portier nous apprit qu'un mendiant d'une très-misérable apparence et couvert de haillons s'était, dans la matinée, approché du tableau sans être remarqué de qui que ce fût, et y avait attaché le *bouquet*. Ce même mendiant se trouva là au moment des funérailles et se mit dans les rangs des frères. Nous voulions l'en expulser, lorsque le prieur Léonard, après l'avoir attentivement considéré, nous ordonna de le garder parmi nous.

Il l'admit dans le cloître comme frère lai, et nous l'appelâmes frère Pierre, du nom de Pierre Beauchamp qu'il avait porté dans le monde, et ce nom vénéré lui fut accordé parce qu'il était doux et bienveillant. Il parlait peu et riait quelquefois d'une manière très-comique et qui n'avait rien de choquant, et il nous amusait beaucoup.

Le prieur Léonard dit une fois : — La lumière du frère Pierre s'est éteinte un jour dans les vapeurs de la folie, à travers lesquelles on distingue l'ironie intime de la vie.

Aucun de nous ne devina ce que le savant Léonard voulait dire par ces paroles, mais il nous fut facile de comprendre qu'il avait connu le frère lai Pierre dans un temps antérieur.

Ainsi j'ai joint aux mémoires qui doivent contenir le récit de la vie du frère Médard, et dont je n'ai pas pris connaissance, le détail des circonstances de sa mort, recueillies fidèlement et non sans peine, *ad majorem Dei gloriam*.

Paix et repos au frère Médard endormi! Que le Dieu du ciel lui permette de ressusciter heureusement, et le reçoive, à cause de sa pieuse mort, dans le chœur de ses élus!

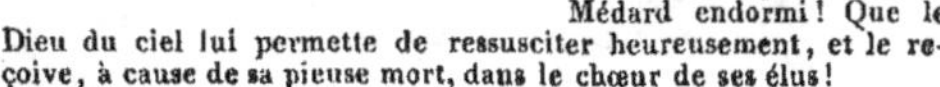

LE PETIT ZACHARIE

SURNOMMÉ

CINABRE.

I.

Le petit enfant enchanté. — Le nez d'un pasteur en grand danger. — Comment le prince Paphnutius introduisit la lumière dans ses États, et comment la fée Rosabelle devint chanoinesse.

Non loin d'un riant village une pauvre femme en guenilles gisait au bord de la route, étendue sur la terre que brûlait un ardent soleil. Torturée par la faim, haletante de soif, complétement anéantie, la malheureuse s'était affaissée sous le poids du bois sec dont elle avait rempli une large hotte après l'avoir péniblement rassemblé sous les arbres et les broussailles de la forêt voisine. A peine pouvait-elle respirer encore, aussi ne s'attendait-elle à rien moins qu'à mourir sur la place et à voir se terminer ainsi tout d'un coup son inconsolable misère. Bientôt, cependant, elle reprit assez de force pour délier la corde avec laquelle le bois était attaché sur son dos, et pour se traîner lentement jusque sur une étroite pelouse qui se trouvait près de là ; alors elle éclata en sanglots et en plaintes.

— Toutes les misères, tous les martyres sont-ils donc réservés pour mon homme et pour moi ! Ne sommes-nous pas dans le village les seuls qui, en dépit d'un travail incessant, en dépit des sueurs amères qu'il nous coûte, restons éternellement dans la pauvreté et gagnons à peine de quoi apaiser notre faim ? Il y a trois ans, lorsque mon homme en bêchant la terre du jardin y trouva ces belles pièces d'or, nous crûmes que le bonheur entrait enfin chez nous, que les bons jours allaient venir. Hélas ! qu'arriva-t-il ? Des voleurs dérobèrent notre argent ; notre maison, notre grange furent consumées par le feu ; le blé, qui croissait dans le champ, la grêle le détruisit ; puis, afin que la coupe du malheur fût remplie jusqu'au bord, le ciel m'envoya, comme dernier châtiment, ce petit monstre que j'enfantai pour être la honte et la risée de l'endroit... A la Saint-Laurent il a eu ses trente mois et, le malheureux, qui ne peut ni marcher ni même se tenir sur ses pattes d'araignée ! il grogne au lieu de parler et miaule comme un chat ; de plus, le démon ! il dévore tout autant qu'un gros enfant de huit ans, sans que cela lui profite le moins du monde. Puisse Dieu prendre pitié de lui et de nous, obligés que nous sommes de le nourrir à grand surcroît de peines et de privations ! car le petit drôle continuera à manger et à boire toujours de plus en plus, mais il ne travaillera de sa vie. Non, non, c'est là plus que ne peut en supporter une créature humaine ! ! ! Ah ! que ne puis-je mourir ! — Mourir, hélas !

Là-dessus la pauvre femme se prit à pleurer, à gémir, jusqu'à ce qu'enfin, vaincue par la douleur, elle s'endormit.

C'est à bon droit qu'elle se lamentait, l'infortunée, sur le monstre affreux qu'elle avait mis au monde trente mois auparavant. L'être qu'au premier abord on pouvait prendre pour un tronçon de bois bizarrement contourné était en réalité un enfant difforme, à peine haut de quelques pouces, qui, de la hotte sur laquelle il était couché, avait rampé à terre et se roulait en ce moment dans l'herbe en pleurnichant. Sa tête était profondément enfoncée entre ses épaules. A la place du dos ressortait une excroissance semblable à une courge. Enfin des jambes minces comme des baguettes de coudrier pendaient immédiatement au-dessous de la poitrine, et donnaient à cette chose étrange toute l'apparence d'une rave fendue en deux ! Du visage, un myope aurait eu peine à rien distinguer ; mais, en y regardant de près, l'œil finissait par découvrir un long nez pointu qui se détachait d'une masse de cheveux noirs et crépus, et de petits yeux, noirs aussi, brillant au milieu de traits sillonnés de rides comme la face d'un vieux.

Quand la mère se fut endormie sur sa douleur, ainsi que nous l'avons dit, et que l'enfant eut réussi à se traîner jusqu'à ses côtés, il advint que la demoiselle de Rosenschoen, chanoinesse du chapitre voisin, passa par là s'en revenant de la promenade ; elle s'arrêta, et, comme elle était naturellement pieuse et compatissante, elle fut vivement touchée du tableau qui s'offrait à sa vue.

— Juste ciel ! se dit-elle, que de peines et de douleurs se trouvent ici-bas ! Pauvre et malheureuse femme ; je sais combien elle a de mal à soutenir sa triste vie, bien qu'elle travaille au delà de ses forces. La faim et le chagrin l'ont accablée. C'est en ce moment que je comprends ma pauvreté et mon impuissance. Ah ! si je pouvais venir en aide à autrui comme je le voudrais !... Mais ce que j'ai conservé des attributs qui restent en mon pouvoir et qu'un destin ennemi n'a pu m'enlever, je l'emploierai avec persévérance pour soulager tant de misères. Quant à l'argent, si même j'en avais à mes ordres, il ne pourrait nullement t'être utile, femme infortunée, peut-être ne contribuerait-il qu'à aggraver encore ta situation. Ton mari et toi, la chose est bien avérée maintenant, vous n'êtes pas nés pour être riches. Chez celui qui n'a pas reçu en don la richesse, les pièces d'or s'en vont du gousset sans qu'il puisse lui-même savoir comment ! Mais je le sais : ce qui ronge ton cœur plus que la pauvreté, plus que les privations, c'est d'avoir enfanté ce petit monstre, dont l'existence pèse comme un fardeau mystérieux que tu auras à porter douloureusement durant ta vie entière ; grand, beau, fort, intelligent, tout cela, l'enfant ne peut désormais le devenir, c'est certain. Mais il est peut-être quelque autre manière de te secourir.

Ce disant, la jeune femme s'assit dans le gazon et prit le marmot sur ses genoux. Le mauvais lutin rechigna, se cabra, gronda et tenta de mordre les doigts à la chanoinesse ; mais elle ne fit que murmurer ces mots :

— Paix ! paix ! petit vermisseau !

Et d'une main douce, elle effleura lentement la tête de l'enfant du front jusqu'à la nuque. Peu à peu, sous son attouchement, les cheveux, hérissés d'abord, se lissèrent et retombèrent enfin, soigneusement partagés au front, en belles boucles unies sur les hautes épaules et sur le dos en forme de citrouille. Le démon était devenu de plus en plus tranquille et s'était enfin presque assoupi. Alors la jeune femme le déposa avec précaution sur la pelouse tout auprès de sa mère, aspergea celle-ci avec une essence contenue dans un flacon qu'elle tira de sa poche, et s'éloigna ensuite à pas pressés.

Bientôt après, la villageoise en s'éveillant se sentit reposée et fortifiée d'une façon merveilleuse. C'était comme si elle eût fait un bon repas et bu un verre d'excellent vin.

— Tiens, dit-elle, comment m'est-il venu dans un si court sommeil tant de consolations, tant de courage ? Mais voilà que le soleil descend derrière les montagnes. Vite à la maison !

Là dessus elle voulut ramasser sa hotte, et s'aperçut en y regardant que son garçon n'y était plus. Au même moment, il se leva dans l'herbe et se mit à pleurer. Quel fut l'étonnement de sa mère quand elle se tourna de son côté ! Elle se croisa les mains et s'écria :

— Zaches ! petit Zaches ! qui t'a donc, pendant ce temps, peigné si gentiment tes cheveux ? Zaches ! petit Zaches ! comme ces boucles t'habilleraient bien si tu n'étais pas un si affreux petit drôle !.... Allons, viens dans la hotte.

Mais comme elle se baissait pour l'enlever et le coucher sur les fagots, l'enfant trépigna de ses petites jambes, fit la grimace à sa mère, et miaula très-distinctement un :

— Je ne veux pas !

— Zaches !... petit Zaches !... éclata la pauvre femme hors d'elle-même, qui t'a donc, pendant ce temps, appris à parler ? Allons, puisque tu as des cheveux si bien peignés, puisque tu parles si couramment, tu pourras certes marcher aussi.

Elle plaça sa hotte sur son dos, Zaches se pendit à son tablier, et les voilà en route pour le village.

Ils avaient à passer devant la maison du pasteur, qui justement se trouvait sur sa porte avec son plus jeune fils, un enfant de trois ans, aux boucles d'or et beau comme un Amour. Quand il vit venir la pauvre femme avec sa lourde hotte pleine de bois et le petit Zaches qu'elle traînait après son tablier, il lui souhaita cordialement le bonsoir.

— Eh ! comment cela va-t-il, dame Lise ? Vous avez pris là une trop lourde charge, c'est à peine si vous pouvez avancer. Venez ici, reposez-vous un peu sur ce banc devant ma maison. La servante va vous donner de quoi vous rafraîchir !

Lise ne se le fit pas dire deux fois, elle se débarrassa de sa hotte, puis elle allait ouvrir la bouche pour raconter toutes ses peines au vénérable pasteur, lorsque Zaches, qui, par suite du mouvement un peu brusque de sa mère, avait perdu l'équilibre, vint rouler aux pieds du vieillard. Ce dernier se pencha aussitôt pour relever l'enfant, tout en disant :

— Vraiment, dame Lise, quel charmant garçon vous avez là ! C'est une bénédiction du ciel que de posséder un enfant si merveilleusement beau.

Et, prenant Zaches dans ses bras, il se mit à le caresser, sans avoir l'air de remarquer les affreuses mines que faisait le petit monstre, lequel grognait, regimbait, et essayait même de mordre au nez le révérend ministre. Lise se tenait devant lui, tout interdite, le regardait avec des yeux hébétés, et ne savait plus où elle en était.

— Hélas ! monsieur le pasteur, fit-elle enfin d'une voix larmoyante, un homme de Dieu, comme vous, ne voudrait pas pourtant se jouer si cruellement d'une pauvre malheureuse femme à qui le ciel, qui sait sans doute pourquoi, a envoyé en guise de châtiment cet horrible garnement.

— Quelles folies dites-vous là, ma chère dame ? repartit très-sérieusement le ministre. Je ne vous comprends pas, en vérité ; je sais seulement qu'il faut que vous soyez complétement aveugle si vous n'aimez pas de tout cœur votre aimable enfant. Baise-moi, gentil petit homme. Et le pasteur de le caresser de plus belle ; Zaches pourtant murmurait :

— Je ne veux pas ! et cherchait de nouveau à happer le nez du brave ecclésiastique.

— Voyez la vilaine bête ! s'écria Lise effrayée. Mais à l'instant même le fils du ministre prit la parole :

— Cher papa, tu es si bon, tu sais si bien t'y prendre avec les enfants, qu'ils doivent tous t'aimer tendrement.

— Entendez-vous, reprit le pasteur, dont les yeux brillaient de plaisir, entendez-vous, dame Lise, l'aimable, l'intelligent enfant ? Le cher Zaches, à qui vous en voulez tant, vous n'en ferez jamais rien, je ne puis en douter, fût-il dix fois plus beau et plus raisonnable, laissez-moi le soin d'élever un garçon si plein d'espérance ; dans votre état de pauvreté, il n'est qu'un fardeau pour vous. Moi, j'aurai la même joie à le voir croître sous ma tutelle que s'il était mon propre fils.

Lise ne pouvait revenir de son étonnement ; à plusieurs reprises elle dit et redit :

— Mais, mon bon monsieur le ministre, y pensez-vous ? Est-ce bien sérieusement que vous voulez recevoir chez vous ce petit monstre, que vous voulez l'élever, et me débarrasser de tous les tourments qu'il me cause ?

Mais, plus elle insistait sur la laideur du hideux enfant, plus le pasteur se récriait contre son ingratitude, soutenant avec conviction qu'elle ne méritait pas d'avoir reçu du ciel un si merveilleux don. A la fin, exaspéré, il s'élança dans l'intérieur de la maison, emportant Zaches sur son bras, et il verrouilla la porte en dedans.

Dame Lise resta comme pétrifiée devant le presbytère. Elle ne savait que penser de tout cela.

— Pour Dieu! se disait-elle, qu'est-il donc arrivé à notre ministre pour qu'il soit entiché si complétement de mon petit Zaches, et qu'il prenne ce nain stupide pour un bel et spirituel enfant? Bah! que le ciel vienne en aide au brave homme, il m'a ôté le fardeau de dessus les épaules pour le charger sur les siennes! A lui de voir comment il fera pour le porter. Ah! que la hotte me semble légère, maintenant que Zaches et avec lui mon plus grand souci n'y sont plus!

L'humeur contente, toute joyeuse, Lise reprit alors son chemin, sans plus sentir sa charge.

Maintenant, cher lecteur, lors même que je voudrais garder encore le silence à ce sujet, tu n'en pressentirais pas moins qu'il se rattache quelque mystère à la chanoinesse de Rosenschœn, car l'illusion du bon pasteur, qui prenait Zaches pour un bel et intelligent enfant, et l'adoptait ainsi que son propre fils, n'était après tout qu'un effet de la merveilleuse façon dont elle avait caressé et peigné la tête du garnement. Mais, lecteur, tu pourrais, en dépit de ta pénétrante sagacité, te laisser aller à de fausses suppositions, ou même, au grand détriment de l'histoire que j'entreprends de conter, écarter du pouce de nombreuses pages, afin d'en apprendre tout de suite davantage sur le compte de l'intéressante dame. Ne vaut-il donc pas mieux, dès lors, que je t'apprenne immédiatement moi-même tout ce que je puis savoir de ce personnage mystérieux?

Mademoiselle de Rosenschœn était d'une taille haute et majestueuse, d'un air quelque peu fier et imposant. Bien qu'on dût en reconnaître au premier aspect la beauté accomplie, sa figure, surtout quand le regard en restait fixe et sérieux, ainsi que c'était son habitude, faisait une impression étrange, presque pénible; impression qu'on ne pouvait manquer d'attribuer tout particulièrement à un singulier trait empreint entre ses sourcils, et dont on n'aurait pas su dire s'il convenait bien à une chanoinesse de le porter ainsi au front. Avec cela, il y avait aussi, à l'époque où les roses fleurissent principalement, et quand le temps était serein, tant de bienveillance et de grâce dans son regard, que chacun en la voyant se sentait pris d'un charme non moins doux qu'irrésistible. Quand j'eus, pour la première et la dernière fois, le plaisir de la rencontrer, elle était dans la pleine fleur de ses ans, à l'extrême apogée de sa beauté, de telle sorte que je considérai comme un grand bonheur d'avoir pu l'admirer encore avant qu'elle commençât à décliner; ce qui, selon moi, ne devait pas tarder. J'étais dans l'erreur; les plus vieilles gens du village assuraient connaître la noble dame d'aussi loin que dataient leurs souvenirs, et l'avoir vue toujours telle qu'elle était alors, ni plus vieille ni plus jeune, ni plus laide ni plus belle. Le temps semblait ainsi n'avoir aucune prise sur elle, chose assez merveilleuse déjà au gré de beaucoup de personnes. Mais bien d'autres circonstances se joignaient à celle-là pour exciter l'étonnement de chacun dès qu'il y songeait sérieusement, et pour jeter une telle confusion dans sa pensée qu'il ne savait plus comment s'en débrouiller. Et d'abord il se révélait clairement chez la chanoinesse une incontestable affinité avec les fleurs dont elle portait le nom : non-seulement personne au monde ne s'entendait comme elle à cultiver de ravissantes roses à mille feuilles, mais encore des boutons de même nature s'épanouissaient avec tout l'éclat imaginable sur la première épine morte et desséchée qu'elle s'avisait de mettre en terre. C'était ensuite un fait avéré que, dans ses promenades solitaires au milieu des bois, elle conversait avec des voix étranges qui semblaient sortir des arbres, des buissons, des ruisseaux et des sources. On raconte même qu'un jeune chasseur, l'ayant un jour guettée, la vit s'enfoncer dans le taillis le plus épais, où des oiseaux inconnus dans le pays, au plumage riche et varié, vinrent en voltigeant la caresser de leurs ailes, et lui dire dans leur joyeux gazouillement mille jolis contes qu'elle écoutait en riant d'aise et de plaisir. Aussi, du temps où elle arriva au chapitre, eut-elle bientôt excité la curiosité de tous les habitants du pays. Son admission, qui avait eu lieu sur l'ordre formel du baron Prétextat de Mondschein, propriétaire d'un domaine voisin, et curateur de la noble fondation, ne put en conséquence, soulever aucune objection, bien qu'il fût en proie aux plus cruelles angoisses. C'était vainement, en effet, qu'il avait cherché vestige de la famille de Rosengrunschœn dans le livre des tournois de Rixner et dans d'autres vieilles chroniques, il avait donc quelque raison de mettre en doute les droits de la nouvelle chanoinesse à entrer dans un chapitre où elle ne pouvait apporter d'arbre généalogique à trente-deux quartiers, et il ne trouva finalement d'autre expédient pour se tirer d'embarras, que de la prier, les larmes dans les yeux et pour l'amour de Dieu, de vouloir bien renoncer à son nom de Rosengrunschœn (belle verte rose), et se contenter de celui de Rosenschœn (belle rose), qui, du moins, avait un sens, et laissait croire à des ancêtres. Elle y consentit pour lui plaire.

Peut-être la rancune du baron, que cette affaire ne laissa pas de blesser dans ses prétentions, vint-elle plus tard à se manifester d'une manière ou de l'autre, et fut-elle l'occasion première des méchants propos qui se répandirent de plus en plus dans le village? Outre le récit des mystérieux entretiens que la chanoinesse avait, disait-on, dans la forêt, entretiens fort innocents par eux-mêmes, on fit toutes sortes d'histoires, qui, passant de bouche en bouche, jetèrent un jour douteux sur la personne et le caractère de la chanoinesse.

La femme du sacristain soutenait intrépidement que lorsque la dame de Rosenschœn éternuait à la fenêtre, tout le lait du village ne manquait pas d'aigrir. A peine cette croyance s'était-elle propagée, qu'il survint un incident horrible. Un jour, Michel, le garçon du maître d'école, déroba, dans la cuisine de l'abbaye, des pommes de terre frites, dont il se régalait quand il fut surpris en flagrant délit par la chanoinesse. Elle le menaça du doigt en souriant; mais ne voilà-t-il pas que là-dessus la bouche de l'enfant resta toute grande ouverte, comme s'il y eût gardé constamment une pomme de terre brûlante! Bientôt on crut généralement que la mystérieuse dame s'entendait à conjurer le feu et l'eau, à commander aux nuages et aux vents, à jeter des charmes sur les uns ou les autres; et personne enfin ne refusait d'ajouter foi aux rapports du berger, qui disait n'avoir pas vu sans une épouvantable terreur la chanoinesse chevaucher par les airs, à l'heure de minuit, montée sur un balai et précédée par un énorme cerf-volant dont les cornes lançaient au ciel de longues flammes bleuâtres.

Alors tout fut en émoi, on voulait s'emparer d'elle, et les autorités du village décrétèrent qu'on irait chercher la dame au couvent, et qu'on la plongerait dans l'eau pour lui faire subir l'épreuve destinée aux sorcières. Le baron Prétextat laissa marcher les choses, et se dit en souriant à lui-même :

— Cela se fait avec de simples gens sans aïeux, mais non pas avec ceux qui descendent d'une souche aussi ancienne que les Mondschein.

La dame, avertie de ces dispositions menaçantes, se réfugia à la résidence; et, presque aussitôt, le baron Prétextat reçut un ordre, émané du cabinet du prince du pays, qui lui faisait savoir qu'il n'était pas question de sorcière, et lui enjoignait de faire jeter dans la tour les autorités du village pour punir l'insolente idée qui leur était survenue de vouloir éprouver le talent d'une dame de qualité dans l'art de la natation. Il lui était aussi recommandé de bien signifier aux autres paysans et paysannes qu'ils eussent à se garder, sous les peines corporelles les plus sévères, de mal penser de la noble dame de Rosenschœn.

Ceux-ci rentrèrent aussitôt en eux-mêmes. La crainte de la punition annoncée leur donna, à partir de ce moment, la meilleure opinion de la grande dame, et cette nouvelle manière de voir eut pour elle et aussi pour le village les conséquences les plus importantes.

On savait parfaitement dans le cabinet du prince que la dame de Rosenschœn n'était autre que la célèbre fée Rosabelle, connue du monde entier.

Et, sur la terre immense, il était impossible de trouver un pays plus riant que la petite principauté dans laquelle se trouvaient situés les biens du baron Prétextat, où la dame Rosenschœn avait élu domicile. Là, cher lecteur, se passèrent les événements que je suis en train de te raconter.

Le pays, enfermé dans de hautes montagnes, avec ses forêts vertes et odorantes, ses prairies couvertes de fleurs, ses torrents tumultueux et ses sources au joyeux murmure, surtout aussi parce qu'il ne s'y trouvait pas de villes et qu'on n'y voyait que de charmants villages au milieu desquels s'élevaient quelques palais isolés, ressemblait à un admirable jardin dans lequel les habitants se promenaient pour leur plaisir, libres des contraintes de la vie. Tout le monde savait que le prince Démétrius gouvernait le pays, et personne ne remarquait rien qui annonçât un gouvernement. On y était heureux. Les personnes qui aimaient une liberté illimitée, une belle contrée, un doux climat, ne pouvaient choisir un plus favorable séjour; et il arriva de là que plusieurs excellentes fées de bonne espèce, qui préfèrent à tout, comme on le sait, la chaleur et la liberté, vinrent s'établir dans ces contrées. Grâce à elles, comme on pouvait le penser, les prodiges les plus agréables avaient lieu presque dans chaque village, surtout dans les bois; et chacun, tout entouré du ravissement que causaient ces événements étranges, croyait au merveilleux, et par cela même restait, sans s'en douter, un bon et joyeux bourgeois.

Les bonnes fées, qui s'étaient établies tout à fait à leur guise, auraient volontiers donné l'immortalité à Démétrius, mais cela dépassait les bornes de leur pouvoir.

Démétrius mourut, et le gouvernement passa dans les mains du jeune Paphnutius.

Paphnutius avait déjà, du vivant de son père, éprouvé un chagrin secret de ce que le peuple et l'État fussent négligés, et à son avis de la manière la plus coupable. Il résolut de gouverner et nomma aussitôt pour premier ministre son valet de chambre André, qui, un jour qu'il avait laissé sa bourse dans une auberge par delà les montagnes, lui avait prêté six ducats et l'avait tiré d'un grand embarras.

— Je veux gouverner mes États! lui cria Paphnutius. André lut la pensée de son maître dans ses yeux, se jeta à ses pieds et dit d'un ton solennel :

— Sire, la grande heure est sonnée! par vous un royaume sort étincelant du chaos de la nuit. Sire, votre vassal le plus fidèle vous implore! et de sa poitrine et son gosier sortent les mille voix de votre peuple infortuné. Sire, donnez-nous la lumière!

Paphnutius se sentit violemment ému des hautes pensées de son ministre. Il le releva, l'attira sur sa poitrine et dit en sanglotant :

— Ministre André, — je te dois six ducats! — je te dois plus encore, — mon bonheur, — mon royaume, — oh! fidèle et sage serviteur!

Paphnutius voulut aussitôt faire imprimer en grosses lettres et faire afficher à tous les coins un édit annonçant qu'à partir de ce jour la lumière était arrivée, et qu'on eût à y prendre garde.

— Sire, lui cria André, cela ne se fait pas ainsi!

— Et comment cela se fait-il, mon bon ami? repartit Paphnutius. Et en même temps il saisit son ministre par le bouton de l'habit et l'attira dans son cabinet.

— Voyez-vous, mon gracieux maître, lui dit André après s'être assis sur un tabouret en face du prince, l'effet de votre édit peut être détruit d'une manière désagréable si nous n'y joignons une mesure qui semble dure, à la vérité, mais que la prudence ordonne. Avant de nous avancer davantage, c'est-à-dire avant d'abattre les forêts, de rendre le fleuve navigable, de planter des pommes de terre, des acacias et des peupliers, d'améliorer les écoles, de faire chanter à deux voix à la jeunesse les prières du matin et du soir, d'établir des chaussées et des maisons de vaccine, il est nécessaire de bannir des États tous les gens aux idées dangereuses, qui sont sourds à la voix de la raison et séduisent le peuple au moyen de pures niaiseries. Vous avez lu les *Mille et une Nuits*, mon prince, car je sais que votre très-noble et très-vénéré père, auquel le ciel veuille donner un doux repos dans la tombe! lisait ces livres pernicieux et vous les a mis dans les mains lorsque vous jouiez encore au cheval de bois et vous nourrissiez de gâteaux dorés... Eh bien! sire, vous aurez sans doute appris dans ces livres de désordre à connaître les fées, mais sans vous douter certainement que plusieurs de ces femmes dangereuses se sont établies dans votre cher pays, dans le voisinage même de votre palais, et y exercent leur abominable métier...

— Comment! que dis-tu, ministre André? des fées ici? dans mes États? s'écria le prince en retombant tout pâle dans son fauteuil.

— Tranquillisez-vous, maître vénéré, continua André, nous allons entrer aussitôt en campagne contre ces ennemies du progrès, et je les appelle ainsi parce que ce sont elles qui, abusant de la bonté de feu votre père, ont été la cause de l'obscurité où sont encore plongés vos sujets. Ces personnages se permettent, si l'idée leur en vient, de se promener dans les airs avec un attelage de colombes, de cygnes et même de chevaux ailés! et, je vous le demande, sire, est-il possible d'établir et de percevoir des impôts raisonnables avec des gens qui sont dans le cas de jeter dans les cheminées des bourgeois inconsidérés des marchandises de contrebande? C'est pourquoi, mon gracieux maître, aussitôt que la lumière sera annoncée chassez les fées à l'instant, faites entourer leurs palais par la police, confisquez leurs biens, dangereux dans leurs mains, et renvoyez-les en vagabondes dans leur pays, *Dschinnistan*, c'est son nom, comme vous l'avez lu dans les *Mille et une Nuits*.

— Y a-t-il des relais établis pour cette contrée, André? demanda le prince.

— Pas encore, répond André, mais peut-être pourra-t-on en créer, après l'édit sur la lumière.

— Mais, André, continua le prince, ne trouvera-t-on pas notre conduite envers les fées inhumaine, le peuple ne murmurera-t-il pas?

— Je connais un remède à tout cec' reprit André. Nous ne chasserons pas toutes les fées; mais nou' terons à celles qui resteront dans le pays tout moyen de nuire ‹· progrès, nous en ferons des membres utiles de l'État régénéré. Celles qui refuseront de faire des mariages sérieux seront obligées d'exercer un état sous la plus stricte surveillance; elles tricoteront des bas pour l'armée en cas de guerre, ou feront quelque chose de pareil; et, songez-y, sire! en voyant les fées se mêler à eux les gens n'auront plus de foi en leur pouvoir, et tout sera pour le mieux; et aussi tout murmure tombera de lui-même. Quant à leur matériel de fée, il rentre dans les trésors de la couronne: les cygnes et les colombes feront d'excellents rôtis, et on peut même essayer d'utiliser les chevaux ailés en leur coupant les ailes, et en les mettant dans les écuries, que l'on construira en même temps que l'on publiera l'édit.

Paphnutius fut enchanté des projets de son ministre, et l'on exécuta le jour suivant ce qu'ils avaient résolu. L'édit fut affiché dans tous les coins, la police pénétra dans les palais des fées, s'empara de leurs biens, et les conduisit en captives hors des États du prince.

La fée Rosabelle, le ciel sait comment, fut la seule prévenue de tout quelques heures avant la publication de l'édit, elle profita de ce temps pour mettre ses cygnes en liberté et cacher dans un endroit sûr ses rosiers magiques et ses autres richesses. Elle apprit aussi qu'elle devait rester dans le pays, où elle demeura à son grand déplaisir.

Paphnutius ainsi que les autres ne pouvaient comprendre pourquoi les fées qui devaient être transportées à Dschinnistan montraient une si grande joie, et assuraient toutes qu'elles ne regrettaient pas le moins du monde les biens qu'elles laissaient en arrière.

— Il faut, disait Paphnutius désorienté, que Dschinnistan soit un État bien supérieur au mien. Et elles se moquent de moi et de mon édit sur la lumière, qui doit produire ses fruits dès à présent.

Le géographe et l'historien du royaume furent chargés de faire sur ce pays toutes les recherches nécessaires.

Tous deux tombèrent d'accord sur ce point que Dschinnistan était une pauvre contrée sans culture, sans progrès, sans sciences, acacias ni vaccine, et enfin que le pays n'existait pas.

Paphnutius se sentit rassuré.

Lorsque le charmant bois de fleurs qui entourait le palais abandonné de la fée Rosabelle eut été abattu, et que pour l'exemple Paphnutius eut greffé lui-même la vaccine aux lourds paysans réunis du village voisin, il fut aperçu par la fée lorsqu'il traversait le bois avec son ministre André pour s'en retourner à son château. Elle le captiva tellement par les artifices de son langage, mais surtout par plusieurs merveilles d'art qu'elle avait cachées à la p lice, qu'il la pria au nom du ciel de vouloir bien agréer une dignité dans le seul et par conséquent le meilleur couvent de femmes du pays, où elle pourrait, sans s'inquiéter de l'édit, tailler et rogner selon son bon plaisir.

La fée Rosabelle accepta la proposition et entra, de cette façon, dans le couvent de femmes, où, comme il a déjà été dit, elle se nomma demoiselle de Rosengrunschœn, et par suite, sur les prières instantes du baron Prétextat de Mondschein, demoiselle de Rosenschœn.

II.

Du peuple inconnu que le savant Ptolémée Philadelphe découvrit dans ses voyages. — L'université de Korépes. — Comment une paire de bottes à l'écuyère vola à la tête de l'étudiant Fabian, et comment le professeur Mosch Terpin invita l'étudiant Balthazar à prendre une tasse de thé.

On a tiré des lettres intimes adressées par le fameux savant Ptolémée Philadelphe à son ami Rufin pendant ses longs voyages ce remarquable passage :

Tu sais, mon cher Rufin, que je ne redoute rien tant au monde que la chaleur brûlante des rayons du soleil pendant le jour. Aussi, dans la chaude saison, j'ai l'habitude de voyager la nuit. J'étais donc en route la nuit passée. Mon cocher avait, dans l'obscurité, perdu le droit chemin. Cependant les rudes secousses des cahots qui me jetaient d'un coin de la voiture à l'autre ne pouvaient me tirer du profond sommeil où j'étais tombé, et il fallut pour y parvenir un choc terrible qui me précipita hors de la voiture. Le soleil me frappait en pleine figure, et à travers la barrière qui se dressait devant moi j'aperçus les hautes tours d'une grande ville. Le cocher se lamentait fort d'avoir brisé à la fois le timon et la roue de derrière de sa voiture sur une grande pierre de la route, et s'inquiétait fort peu de moi. Je n'avais heureusement pas beaucoup souffert; et je me trouvai capable de faire la route à pied, tandis que le postillon ramenait lentement sa voiture brisée. Près de la porte de la ville que j'avais aperçue dans le bleu des lointains, je rencontrai des gens d'une tournure et d'un costume si étranges que je me frottai les yeux pour m'assurer si un rêve trompeur ne m'avait pas transporté dans le pays des fables. Ces gens, qui me semblaient être les habitants de la ville dont je les voyais sortir, portaient des pantalons très-longs, très-larges, et taillés à la mode des Japonais, d'étoffes de prix, soit de velours, soit de drap très-fin, richement ornés de bandes de laine tressée ou de beaux rubans. Une redingote d'enfant, d'une couleur claire, rarement noire, leur couvrait à peine le haut du corps. Leurs cheveux, respectés du peigne, tombaient dans un désordre sauvage sur leurs épaules et leurs reins, et étaient surmontés d'une singulière petite casquette. Plusieurs avaient le cou nu comme les Turcs et les Grecs de nos jours; plusieurs avaient autour du cou un morceau de toile formant un col de chemise, comme tu peux en avoir vu sur les portraits de nos aïeux. Bien qu'ils parussent fort jeunes, leur voix était rude et forte et leurs mouvements peu gracieux; derrière leur petite redingote s'avançait un long tuyau auquel se balançaient des pompons de soie. D'autres avaient atteint ce tuyau, et y avaient adapté de petites ou de grosses têtes sculptées desquelles ils savaient, en soufflant dans un petit tuyau pointu, faire sortir habilement des nuages d'une forme élégante. Quelques-uns tenaient de larges glaives en main, d'autres portaient en écharpe ou attachés à la ceinture de petits objets de cuir ou de fer-blanc. Tu peux penser, mon cher Rufin, que je m'arrêtai les regards fixés sur ces gens. Alors ils s'assemblèrent autour de moi en criant avec force : Un Philistin! un Philistin! et se mirent à rire d'une manière immodérée. Cela me fit de la peine, car rien n'est plus désagréable pour un savant que d'être pris pour un homme de ce peuple qui fut assommé, il y a plusieurs mille ans, à coups de mâchoire d'âne. Je me retranchai dans la dignité qui m'est naturelle et je leur dis que je pensais me trouver dans un pays civilisé, et que j'irais me plaindre et demander vengeance à la police. Ils murmurèrent tous, et ceux qui ne faisaient pas de nuages tirèrent aussi de leurs poches les objets qui servent à les former, et me soufflèrent une épaisse fumée dans la figure, qui, à ce que je remarquai, avait une désagréable odeur, et me donnait des étourdissements. Alors ils prononcèrent sur moi une espèce de malédiction dont je n'oserai répéter les termes. Je frémis en y pensant. Enfin ils *me quittèrent avec de bruyants éclats de rire.*

Mon cocher, qui avait tout vu et entendu, se tordit les mains et me dit : Ah! monsieur, après ce qui vient de vous arriver, n'entrez pas dans la ville, vous ne trouveriez pas un chien, comme on dit, pour recevoir de vous une bouchée de pain, et vous seriez en danger d'être...

Sans le laisser achever sa phrase, je tournai aussi vite que possible *mes pas vers le prochain village; et c'est dans la chambre* solitaire de la seule auberge du pays que je t'écris ces détails, mon Rufin bien-aimé. On m'a raconté beaucoup de choses des mœurs et des habitudes du peuple barbare qui habite la ville : je te ferai part fidèlement de tout ce que je pourrai en apprendre.

Ptolémée Philadelphe avait étudié et ne connaissait pas les étudiants; il ignorait qu'il se trouvait au village de Hoch-Jacobsheim, *situé dans le voisinage de la célèbre université de Kerèpes, lorsqu'il* écrivit à son ami ces circonstances, qui dans son imagination avaient pris les proportions d'une aventure. Mais quel eût été son effroi si, entré une heure plus tôt dans la ville, il se fût trouvé par hasard devant la maison du professeur d'histoire naturelle Mosch Terpin! Cent étudiants sortant de la maison, comme un fleuve rapide, l'auraient entouré en criant, et des rêves plus étranges encore *auraient parcouru son cerveau.*

Le célèbre Mosch Terpin était le plus en vogue de tout Kerèpes. Il était, nous l'avons dit, professeur d'histoire naturelle, il expliquait les causes de la pluie, du tonnerre, des éclairs. Il disait pourquoi le soleil parait pendant le jour et la lune pendant la nuit; comment le gazon croît, et cela si clairement, qu'un enfant l'aurait compris. Il avait rassemblé toute la nature dans un petit abrégé où il pouvait *aller chercher, comme dans un tiroir, une réponse à chaque demande.* La cause principale de sa réputation était d'avoir prouvé, par des expériences physiques, que l'obscurité vient principalement du manque de lumière. Il savait, en outre, avec beaucoup de perspicacité, orner ses cours de jolis tours d'adresse et de passe-passe, qui y amenaient une foule incroyable.

Permets-moi, ami lecteur, maintenant que tu connais les étudiants *beaucoup mieux que ne les connaissait Ptolémée Philadelphe*, de te conduire devant la maison du professeur Mosch Terpin au moment où son cours se termine.

Parmi ceux qui se précipitent au dehors, il en est un qui attire notre attention. C'est un jeune homme de vingt-trois à vingt-quatre ans. Dans ses yeux sombres et jetant des éclairs, parle éloquemment une intelligence supérieure. Son regard serait presque hardi, si la *mélancolie répandue sur son visage pâle n'en adoucissait*, tout comme un voile, les brûlants rayons. Son habit de drap noir fin, garni de velours, est à peu près à la mode de l'ancienne Allemagne. Son col de chemise brodé, éclatant de blancheur, et sa toque de velours posée sur de belles boucles de cheveux châtains lui vont à merveille. Son costume lui sied, parce que tout son être, sa tournure, lorsqu'il marche ou se tient en place, sa physionomie expressive paraissent *appartenir réellement à une époque antérieure. Ce jeune homme*, cher lecteur, qui te séduit au premier coup d'œil, n'est autre que l'étudiant Balthazar, jeune homme pieux, spirituel, travailleur, appartenant à une famille riche et distinguée. Nous aurons souvent à nous en occuper dans cette histoire.

Sérieux, plongé dans ses réflexions, selon son habitude, Balthazar sortait du collége pour se rendre, au lieu d'aller à la salle d'armes, *dans le charmant petit bois situé à deux cents pas de Kerèpes.* Son ami Fabian, joli garçon, gai d'aspect et de caractère, courut après lui et le rejoignit auprès de la porte.

— Balthazar, lui cria-t-il, tu veux encore errer solitaire dans les bosquets, comme un Philistin mélancolique, tandis que de vrais gaillards s'exercent dans le noble art de l'escrime; je t'en prie, Balthazar, renonce à cette folle et mystérieuse manière d'être, et sois encore *joyeux et de bonne humeur comme tu l'étais autrefois; viens! nous* allons faire quelques passes ensemble; et si tu as envie de te promener, je marcherai avec toi.

— Tes intentions sont bonnes, Fabian, répondit Balthazar, et par cela même, je ne peux t'en vouloir de me poursuivre par monts et par vaux, comme un possédé, et de me ravir ainsi un plaisir que tu ne peux comprendre. Tu fais partie de ces gens singuliers qui regardent *comme un fou mélancolique celui qui se promène solitaire*, et veulent le saisir et le guérir à leur mode, comme ce courtisan en discussion avec le prince Hamlet, qui lui donna une leçon lorsqu'il lui répondit qu'il ne savait pas jouer de la flûte. Je veux te l'épargner, Fabian, et je te prie d'aller chercher ailleurs un partner pour tes assauts de sabre, et de me laisser continuer librement mes promenades errantes.

— *Non! non, reprit en riant Fabian, tu ne m'échapperas pas ainsi*; si tu ne veux pas venir à la salle d'armes, je t'accompagnerai dans la forêt. C'est un devoir d'ami fidèle de t'égayer dans tes chagrins : viens, mon cher Balthazar, viens seulement, si tu ne veux point faire des armes.

Et il prit son ami sous le bras, et s'éloigna rapidement avec lui. Balthazar serra les dents, et s'obstina dans sa sombre taciturnité, *tandis que Fabian causait avec une gaieté toujours croissante.*

Lorsqu'ils arrivèrent enfin sous les ombres fraîches du bois embaumé, lorsque les bocages commencèrent à soupirer avec mélancolie, lorsque les étranges mélodies des ruisseaux murmurants, les chansons des hôtes des bois résonnèrent au loin et éveillèrent l'écho, qui leur répondit des montagnes, alors Balthazar s'arrêta et s'écria en ouvrant les bras, comme s'il eût voulu, plein d'amour, étreindre *les buissons et les arbres :*

— Oh! maintenant, j'ai retrouvé le bonheur; je suis plus heureux que je ne peux l'exprimer.

Fabian regarda son ami un peu embarrassé, comme un homme qui ne sait trop que penser des discours d'un autre. Alors Balthazar lui prit la main et s'écria avec enthousiasme :

— N'est-ce pas, frère, que tu te sens attendrir le cœur, et que tu *éprouves aussi le mystérieux charme de la solitude ?*

— Je ne te comprends pas bien, reprit Fabian; mais, si tu veux dire qu'une promenade dans cette forêt te fait du bien, je suis de ton avis. J'aime aussi à me promener dans une société agréable et instruite; ainsi, j'aime dans les champs la compagnie de notre professeur Mosch Terpin! Il connaît chaque plante, chaque brin d'herbe! il sait leur nom, à quelle classe ils appartiennent. Le vent, l'orage...

— Arrête! s'écria Balthazar, *pas un mot de plus, je te prie*, ce serait à me rendre fou. La manière de raisonner du docteur sur la nature me déchire le cœur. J'éprouve en l'écoutant un secret effroi, comme en présence d'un fou, qui, persuadé qu'il est roi, caresse dans son délire une poupée de paille qu'il a tressée lui-même, en croyant em*brasser une royale fiancée.* Ses prétendues expériences me semblent une infâme raillerie faite au grand Être que nous sentons respirer dans le souffle de la nature, et qui éveille au fond de notre âme de saints pressentiments. Souvent je serais tenté de briser ses fioles, ses verres et tout son étalage, si je n'étais certain que le singe ne cessera de jouer avec le feu que lorsqu'il s'y sera brûlé les doigts. Cette idée m'oppresse et me rend plus misanthrope que jamais. Il me faut alors *quitter la ville. Mais ici je suis tranquille; couché sur le gazon*, je regarde en haut l'immense voûte azurée du ciel, tandis que les nuages d'or courent au-dessus de la forêt joyeuse, comme de beaux songes venus d'un lointain pays plein d'ineffables joies. Oh! mon Fabian! alors un esprit étrange se dresse en moi, et je l'entends parler un mystérieux langage avec les bois, les fleurs, les flots du torrent; et un plaisir que je ne peux nommer vient inonder tout *mon être*

— Ah! reprit Fabian, toujours ta vieille chanson de joie, de tristesse, et d'arbres et de ruisseaux qui parlent. Mais, dis-moi, si les cours du docteur t'agacent si terriblement, pourquoi les suis-tu avec tant d'assiduité, muet et les yeux fermés, il est vrai, comme un *homme qui rêve?*

— Ne m'interroge pas là dessus, répondit Balthazar en baissant les yeux, *un pouvoir inconnu m'attire chaque jour dans cette maison*, je sais que je vais y souffrir, et cependant un destin irrésistible m'y entraîne.

— Ah! ah! dit Fabian en riant de toutes ses forces, ah! ah! que de délicatesse! que de poésie! Ce pouvoir inconnu est dans les beaux *yeux noirs de mademoiselle Candide. Il y a longtemps que tout le* monde sait que tu es amoureux fou de la jolie fille du professeur, et c'est pour cela que nous te passons tes fantaisies et tes *manières bizarres.* Les amoureux sont tous ainsi; aussi nous t'excusons, mon cher ami !

Fabian avait repris le bras de Balthazar et s'était remis vivement en marche avec lui. Ils entraient sur le grand chemin qui traversait *la forêt. En ce moment Fabian vit accourir dans un nuage de poussière* un cheval sans cavalier.

— Hei! hei! s'écria-t-il en interrompant son discours, voici une affreuse rosse qui s'en va après avoir désarçonné son maître. Il faut l'arrêter, et chercher dans la forêt celui qui la montait.

Et il se mit dans cette intention en travers du chemin. Le cheval approchait, et il semblait qu'une paire de bottes à l'écuyère voltigeait *çà et là dans l'air, et que quelque chose de noir s'émouvait sur la* selle. Près de Fabian retentit un prrr! prononcé d'une voix perçante, et dans le même instant il reçut à la tête une paire de bottes à l'écuyère, et un étrange objet noir lui roula entre les jambes. Le grand cheval resta immobile comme un mur, son grand cou tendu vers son avorton de maître, qui roulait dans le sable, et se remit enfin péniblement sur ses jambes. La tête de ce mirmidon était profondément *enfoncée dans ses hautes épaules; il ressemblait*, avec sa poitrine et son dos saillants, son petit corps, et ses grandes et longues jambes d'araignée, à une pomme piquée aux dents d'une fourchette et ornée d'une tête taillée au couteau. Lorsque Fabian aperçut le petit monstre devant lui, il se mit à rire à gorge déployée; mais le pygmée, enfonçant sur sa tête d'un air de défi sa casquette, qu'il venait de ramasser, dit d'une voix discordante en toisant Fabian d'un regard sauvage :

— *Est-ce là le chemin de Kerèpes?*

— Oui, monsieur, lui répondit Balthazar d'un ton doux et sérieux en lui tendant les bottes, qu'il avait ramassées.

Toutes les peines du petit homme pour mettre ses bottes furent inutiles. Balthazar les lui mit l'une près de l'autre, le leva en l'air, et le laissant retomber, plaça ses pieds dans leurs larges et pesants étuis. Le petit homme dit en touchant sa casquette d'un air hautain :

— *Merci, monsieur.*

— Il essaya en vain d'atteindre les étriers et de monter à cheval ; Balthazar, toujours doux, l'aida à les atteindre. Il se donna sans doute une trop violente secousse, car, à peine en selle, il tomba de l'autre côté.

— Pas tant d'ardeur, cher monsieur! lui cria Fabian en riant encore.

— Le diable soit de votre cher monsieur! répondit le nain en époussetant ses habits ; je suis étudiant, et si vous l'êtes aussi, vous m'insultez en me riant au nez, et vous m'en rendrez raison demain à Kerèpes!

— Corbleu ! dit Fabian en riant toujours, voici un gaillard en fait de point d'honneur!

Et en parlant ainsi, il enleva le petit homme malgré sa résistance, et il le plaça sur le cheval, qui se mit à hennir tout joyeux et partit au trot en emportant son petit cavalier.

— Il est cruel, dit Balthazar, de tourner en ridicule un homme si maltraité par la nature. S'il est réellement étudiant, tu seras forcé d'avoir avec lui un duel au pistolet, bien que ce soit contre nos règles d'académie, car il est trop petit pour se battre au sabre ou à l'épée.

— Tu prends tout trop sérieusement et du mauvais côté, reprit Fabian. Il ne m'est jamais arrivé de tourner en ridicule les gens mal tournés ; mais pourquoi un petit poucet de ce genre monte-t-il un cheval entre les oreilles duquel il ne peut pas voir ? Pourquoi a-t-il de si grandes bottes ? Pourquoi a-t-il des airs si impertinents ? Pour toutes ces choses il mérite qu'on lui rie au nez comme à un imbécile en chair et en os. Mais je vais rentrer en ville, je veux voir la rumeur qui va s'élever quand il paraîtra dans les rues sur son grand cheval. Adieu, il n'y a rien à faire avec toi aujourd'hui. Et il se mit à courir vers la ville, de toutes ses forces, à travers la forêt.

Balthazar quitta la grande route et se perdit dans le plus épais du bois, où il s'assit sur un banc de mousse, oppressé par les sensations les plus amères. Il était possible qu'il aimât véritablement la belle Candide; mais, ce tendre secret, il l'avait caché à tous et à lui-même. En entendant Fabian en parler ainsi, il lui semblait qu'une main brutale arrachait de la sainte image le voile qui la couvrait, et qu'il n'aurait jamais osé toucher, et que c'était sur lui seul que devait tomber la colère du bel objet profané. Les paroles de Fabian lui paraissaient une amère raillerie de ses plus doux songes. Il reprit, en songeant ainsi, le chemin de Kerèpes.

— Balthazar ! *mon cher*[1] Balthasar ! lui cria-t-on.

Il leva les yeux et s'arrêta immobile, comme touché par la baguette d'un enchanteur, car devant lui venait le professeur Mosch Terpin tenant au bras sa fille Candide. Celle-ci salua l'homme transformé en statue avec l'innocence naïve qui lui était naturelle.

— Balthazar, mon *cher* Balthazar, dit le professeur, vous êtes sans aucun doute le plus zélé de mes auditeurs, vous en êtes le plus chéri, oh ! mon bon ami, je remarque que vous avez pour la nature dans ses merveilles le même enthousiasme que moi. Vous faisiez de la botanique dans la forêt, n'est-ce pas ? Avez-vous trouvé quelque chose de remarquable ? Eh bien ! faisons une connaissance plus intime. Venez me voir, vous serez toujours le bienvenu ; nous expérimenterons ensemble. Avez-vous déjà vu ma pompe à air? Bien, *mon cher ;* demain soir une société d'amis se rassemble chez moi, on prendra du thé, on causera, augmentez-la par votre estimable présence. Vous ferez connaissance avec un charmant jeune homme qui m'est recommandé. *Bonsoir, mon cher*, bonsoir, mon cher, *au revoir.* Vous viendrez demain au cours? Eh bien, *mon cher, adieu.*

Et sans attendre la réponse de Balthazar, le professeur Mosch Terpin s'éloigna avec sa fille.

Balthazar, dans son trouble, n'avait pas osé lever les yeux; mais les regards de Candide brûlaient dans son cœur. Il sentait le souffle de son haleine, et un doux frisson faisait trembler son corps. Toute mélancolie avait disparu : plein de joie, il suivit des yeux la belle Candide jusqu'à ce qu'elle eût disparu dans les allées. Alors il rentra dans le bois, pour y rêver, plus heureux que jamais.

III.

Comment Fabian ne sut plus que dire. — Candide et les jeunes filles qui ne peuvent pas manger de poisson. — Thé littéraire de Mosch Terpin. — Le jeune prince.

Fabian croyait, en prenant un chemin de traverse, en courant à travers le bois, arriver avant le nain, qui était parti au trot devant lui. Il s'était trompé, car en sortant de la forêt il le vit dans le lointain, accompagné d'un cavalier qui s'était joint à lui, et tous deux entrèrent dans la ville.

— Hum ! se dit Fabian à lui-même, si ce casse-noisette arrive avant moi sur son grand cheval, je serai là encore à temps pour voir l'effet de son arrivée. Si cette curiosité est vraiment un étudiant, on lui indiquera l'hôtel du *Cheval ailé!* et il s'arrêtera là avec son assourdissant prrr ! prrr ! Il laissera tomber ses bottes à l'écuyère et lui aussi, et se montrera farouche quand on se mettra à rire; en ce cas, ce sera une comédie bien amusante !

Lorsque Fabian entra dans la ville, il s'imaginait trouver dans les rues, sur le chemin qui conduit au *Cheval ailé*, tous les visages souriants. Mais il n'en était pas ainsi. Tout le monde passait tranquille et silencieux. Sur la place où se trouve l'auberge, des étudiants se promenaient sérieux en conversant ensemble. Fabian fut persuadé que le petit homme n'était pas descendu là ; mais, en jetant un coup d'œil dans la cour de l'hôtel, il reconnut le cheval, que l'on menait à l'écurie. Il s'adressa à un homme qu'il connaissait, et demanda si un étrange petit nain n'était pas venu en trottant par là. Celui-ci n'en savait pas plus que les autres, auxquels Fabian raconta l'histoire arrivée avec le petit poucet qui prétendait être un étudiant. Tous en rirent beaucoup, mais personne n'avait vu un être pareil. Deux élégants cavaliers étaient en effet entrés dans l'auberge dix minutes auparavant.

— Mais, demanda Fabien, l'un d'eux ne montait-il pas le cheval que l'on vient de conduire à l'écurie ?

— Oui ! répondit l'autre, mais son cavalier était, il est vrai, petit, mais très-bien fait ; il avait une charmante figure et les plus beaux cheveux du monde. Il avait une parfaite connaissance de l'équitation, car il descendit de cheval avec autant de grâce et d'aisance que l'écuyer du *prince.*

— Et, dit Fabian, il n'a pas perdu ses bottes et n'a pas roulé à terre?

— Y penses-tu, lui répétèrent-ils tous en chœur, un cavalier aussi accompli !

Fabian ne savait plus que dire. Alors Balthazar parut dans la rue. Fabian courut à lui, et lui raconta que le petit nain qu'ils avaient rencontré était arrivé et avait semblé à tout le monde un charmant garçon, très-bien bâti, et un écuyer consommé.

— Tu le vois, frère Fabian, dit Balthazar, tout le monde ne raille pas comme toi les personnes disgraciées de la nature.

— Voyons ! interrompit Fabian, il n'est pas ici question de raillerie, mais seulement de savoir si un petit homme de trois pieds de haut, assez semblable à une rave, peut être appelé un très-joli garçon.

Balthazar confirma ce que Fabian avait dit de la taille et de l'aspect du petit étudiant. Les autres assurèrent que le cavalier était un homme charmant, et ils se séparèrent tout étonnés.

Le soir était venu ; en s'en retournant à leur demeure, Balthazar apprit à Fabian la rencontre du professeur et son invitation pour la *soirée du lendemain.*

— Heureux mortel ! dit Fabian, tu vas voir la belle demoiselle Candide, tendre objet de tes feux ! tu vas lui parler, l'entendre !

Balthazar, profondément blessé, quitta le bras de Fabian et voulut s'éloigner. Cependant il se ravisa, et lui dit en cherchant à maîtriser son chagrin :

— Frère, si tu m'aimes, ne prononce plus le nom de Candide !

— Ami Balthazar, répondit Fabian, tu prends encore la chose au tragique ; mais, pour éviter une brouille entre nous, je te promets que le nom de Candide ne sortira de mes lèvres que si tu m'en donnes toi-même l'occasion. Permets-moi encore aujourd'hui de te dire que cet amour me cause quelque chagrin ; Candide est une admirable jeune fille, mais elle ne convient nullement à ton caractère rêveur et mélancolique. Lorsque tu la connaîtras davantage, sa nature gaie et *toute en dehors te semblera manquer de cette poésie que tu vas* cherchant sans cesse. Tu tomberas dans de singuliers rêves, et tout cela finira par un affreux malheur imaginaire et de grands désespoirs. Au reste, je suis aussi invité demain chez notre professeur.

Fabian laissa son ami plongé dans des réflexions profondes. Ce n'était pas sans raison qu'il prévoyait pour Candide et Balthazar des jours de tristesse que la différence de leurs goûts ne lui faisait que trop pressentir. Candide était d'une admirable beauté, avec des lèvres de rose un peu saillantes et des yeux qui allaient au cœur. Ses beaux cheveux, qu'elle savait enlacer en tresses fantastiques, laissaient douter s'ils étaient blonds ou bruns ; mais ils se fonçaient sous le regard. Grande, svelte, aux mouvements faciles, dans une société amie elle était la grâce et l'élégance même ; et parmi tant de charmes corporels réunis, on éprouvait quelque plaisir à remarquer que le pied et la main auraient pu être plus petits et plus délicatement formés. Candide avec cela avait lu et presque aussitôt oublié *Maître Wilhelm* de Goëthe, les poëmes de Schiller, et *l'Anneau magique* de Lamothe-Fouqué. Elle jouait du piano d'une manière passable, chantait au besoin, dansait les contredanses françaises et les gavottes les plus nouvelles, et écrivait ses mémoires de blanchisseuse d'une manière très-lisible. Si on voulait absolument lui trouver quelques défauts, c'était qu'elle avait la voix trop grave, qu'elle se serrait trop dans son corset, qu'un chapeau nouveau lui faisait trop de plaisir et qu'elle mangeait trop de gâteaux avec son thé. Pour les poëtes exagérés, il y avait encore beaucoup d'autres choses à désirer dans la belle Candide ; mais ceux-ci sont bien difficiles à contenter.

Candide était une jeune fille absolument gaie et sans souci. Ce qui

[1] Les mots en italique sont en français dans le texte allemand.

était plaisant la faisait rire de tout son cœur; elle ne soupirait que lorsque la pluie lui faisait manquer une promenade, ou que, malgré ses précautions, elle avait taché son châle. Avec cela, lorsque l'occasion véritable s'en présentait, on remarquait en elle une sensibilité profonde, qui ne dégénérait jamais en sensiblerie; mais nous serons bientôt à même de voir si la prophétie du prosaïque Fabian était bien ou mal fondée.

Que Balthazar, plein de douces et ineffables émotions, ne pût fermer l'œil de la nuit, rien n'était plus dans la nature. Tout rempli de l'image de sa bien-aimée, il s'assit à sa table, et écrivit une assez belle quantité de jolis vers bien sonores, qui, dans un conte mystique des amours du rossignol pour la rose purpurine, retraçaient l'état de son âme. Il voulait les emporter au thé littéraire de Mosch Terpin, et, si faire se pouvait, les lâcher sur le cœur sans défense de Candide.

Fabian rit un peu lorsque, se rendant à l'heure convenue chez son ami Balthazar, il le trouva en plus grande toilette qu'il ne l'avait jamais vu. Il avait un collet brodé de la plus fine dentelle de Bruxelles, son petit habit, avec des crevés aux manches, était en velours; il portait en outre des bottes françaises avec de hauts talons pointus, un chapeau anglais du plus fin castor et des gants de Suède. Il avait ainsi le vrai costume allemand, qui lui allait à ravir; de plus il avait fait friser ses cheveux, et s'était bien lissé ses fines moustaches. Son cœur battait de ravissement lorsque, dans la maison de Mosch Terpin, Candide vint à sa rencontre, aimable, gracieuse dans ses paroles et ses regards, costumée comme les demoiselles de la vieille Allemagne.

— Mon aimable demoiselle! soupira Balthazar du fond du cœur lorsque Candide, la douce Candide elle-même, lui offrit une tasse de thé couronnée de vapeurs.

Candide le regarda de ses yeux brillants et dit :

— Voici du rhum, du marasquin et des gâteaux, cher monsieur Balthazar, prenez ce qui vous fera plaisir.

Mais, au lieu d'accepter, Balthazar put seulement attacher son regard, plein d'une douloureuse mélancolie, sur la belle jeune fille, et s'efforça de faire sortir du plus profond de son cœur les paroles qui devaient exprimer ses émotions. Mais le professeur d'esthétique, un homme fort comme un chêne, le saisit par derrière de sa main puissante, et le retourna de manière qu'il répandit sur le parquet plus de thé qu'il n'était convenable, en lui disant d'une voix de tonnerre :

— Mon cher Lucas Kranach, n'ingurgitez pas d'eau chaude, vous abîmeriez tout à fait votre estomac allemand. Dans l'autre chambre, le vaillant Mosch a dressé une batterie des plus belles bouteilles du noble vin du Rhin. Allons la faire jouer.

Et il entraîna l'infortuné jeune homme. Mais là le professeur Mosch Terpin amena par la main un singulier nain, et le présenta en disant tout haut :

— Mesdames et messieurs, je vous présente un jeune homme doué des qualités les plus rares, et qui saura facilement conquérir votre bienveillance et votre estime. C'est le jeune Cinabre, arrivé hier à notre université pour étudier le droit.

Fabian et Balthazar reconnurent du premier coup d'œil le singulier petit homme qu'ils avaient rencontré la veille.

— Faut-il, dit tout bas Fabian à Balthazar, défier cette mandragore à la sarbacane ou à l'alêne? Ce sont les seules armes qui lui conviennent.

— N'as-tu pas de honte, reprit Balthazar, de te moquer d'un homme sans défense, dont la nature a compensé par l'intelligence les défauts physiques?

Alors il se retourna vers le nain et dit :

— J'espère, mon cher monsieur Cinabre, que votre chute de cheval d'hier n'a pas eu de suites fâcheuses?

Cinabre se leva sur la pointe des pieds à l'aide d'une petite canne qu'il tenait à la main, jeta sa tête en arrière, regarda Balthazar avec des yeux étincelants, et dit d'une voix basse et discordante :

— Je ne sais ce que vous voulez dire, monsieur! Moi, tomber de cheval! Vous ne savez donc pas que je suis un des meilleurs écuyers connus? J'ai servi comme volontaire dans les cuirassiers, et officiers et soldats venaient à mon manége... Hum! hum! moi, tomber de cheval!...

Il voulut se retourner rapidement; mais la canne sur laquelle il était appuyé glissa, et le nain tomba aux pieds de Balthazar. Celui-ci le saisit pour le relever, et lui toucha la tête sans y prendre garde. Le petit homme poussa un cri perçant qui fit retentir la salle, et fit lever de leurs siéges les hôtes effrayés. On entoura Balthazar en lui demandant en grâce la cause du cri horrible qu'il venait de jeter.

— Excusez-moi, monsieur Balthazar, dit le professeur, mais c'est une singulière plaisanterie. Vouliez-vous donc nous faire croire que l'on avait marché sur la queue d'un chat?

— Un chat! un chat! que l'on chasse le chat! s'écria une dame nerveuse.

Et elle s'évanouit en criant :

— Un chat! un chat!

Quelques vieux messieurs de la même force se sauvèrent au dehors. Balthazar ne savait plus où il en était. Rouge comme du feu de honte et de chagrin, il n'osait pas dire que c'était le petit Cinabre, et non pas lui, qui avait ainsi miaulé.

La bonne Candide fut cordialement aimable pour le pauvre Balthazar, qui restait là devant elle tout consterné. Elle lui tendit la main, et lui dit tout bas avec un gracieux sourire :

— Il y a des gens bien ridicules avec leur grande frayeur des chats...

Balthazar pressa la main de Candide sur ses lèvres. Candide jeta sur lui un regard plein d'âme. Il fut ravi au plus haut des cieux, et oublia Cinabre et le cri du chat. Le tumulte s'était apaisé. Balthazar, le professeur d'esthétique, Fabian et d'autres jeunes gens vinrent s'asseoir auprès des dames. M. Cinabre s'était muni d'un petit tabouret de pieds et avait pu, grâce à lui, se hisser sur le canapé, où il était assis entre deux femmes et promenait autour de lui des regards hautains.

Balthazar crut que le moment était venu de mettre en avant son poëme des amours du rossignol pour la rose purpurine. Comme il est d'usage chez les jeunes auteurs il dit en rougissant que, confiant dans la bienveillance de l'honorable assemblée, il allait lire un poëme, récente production de sa muse.

Comme les femmes avaient déjà longuement parlé des nouvelles de la ville, que les jeunes filles avaient suffisamment causé du dernier bal du résident, et étaient à peu près tombées d'accord sur la nouvelle forme des chapeaux; comme les hommes prévoyaient ne rien avoir à manger et à boire pendant deux heures environ, Balthazar fut unanimement invité à ne pas retarder plus longtemps ce charmant plaisir. Il tira donc son manuscrit de sa poche et lut.

Son œuvre, qui se recommandait par un vrai sentiment poétique, de la force et de la vie, l'enthousiasma de plus en plus. Sa voix, en s'animant, décela une âme tendre. Il tremblait de ravissement lorsque de légers soupirs, les ah! des femmes prononcés à voix basse, les très-bien! des hommes lui prouvèrent le succès de ses vers. Enfin il s'arrêta. Tous s'écrièrent :

— Quel poëme! quelles pensées! quelle imagination! quels beaux vers! Merci, monsieur Cinabre, de nous avoir fait ce plaisir!

— Comment? qu'est-ce? s'écria Balthazar.

Mais personne ne faisait attention à lui; et tous se précipitaient vers Cinabre, qui se prélassait sur le sofa en disant d'une voix glapissante :

— Ah! je vous prie, excusez-moi; c'est une bagatelle écrite la dernière nuit en grande hâte.

Mais le professeur d'esthétique criait :

— Très-bien! divin Cinabre! tu es le plus grand poëte du monde! Viens sur mon cœur!

Et il l'enleva du sofa et l'embrassa tandis que le nain criait : — Laissez-moi, vous me faites mal, je vais vous mordre le nez, et tambourinait avec ses petites jambes sur le gros ventre du professeur.

— Non! disait celui-ci, pas de modestie outrée!

Et il le remit sur le sofa. Mosch Terpin quitta la table de jeu, prit la main de Cinabre et dit :

— Excellent jeune homme, on n'a pas assez exalté votre génie!

— Quelle est, dit le professeur d'esthétique, celle de ces demoiselles qui récompense par un baiser l'auteur d'un poëme qui décrit si bien l'amour?

Candide se leva, approcha ses joues brûlantes de celles du petit homme, s'agenouilla, et baisa les lèvres bleues de sa bouche repoussante.

— Oui, s'écria Balthazar comme en délire, divin Cinabre, tu as fait le poëme du rossignol et de la rose, à toi la merveilleuse récompense!

Et il entraîna Fabian dans la pièce voisine et lui dit :

— Fais-moi le plaisir de me regarder bien en face, et de me dire franchement et sur l'honneur si je suis, oui ou non, l'étudiant Balthazar, si tu es Fabian, si je suis enfin dans la maison de Mosch Terpin, ou si nous rêvons, si nous sommes fous. Pince-moi le nez, secoue-moi violemment, que je m'éveille de cette sorcellerie!

— Comment peux-tu, répondit Fabian, gesticuler ainsi par pure jalousie, parce que Candide embrasse l'avorton? Tu dois cependant avouer que le poëme que celui-ci a lu était très-remarquable.

— Fabian, s'écria Balthazar avec l'accent d'un profond étonnement, que dis-tu?

— Eh bien! oui, reprit Fabian, le poëme était très-remarquable, et j'ai été bien aise du baiser de Candide. Décidément il paraît y avoir chez ce singulier petit homme quelque chose de supérieur à la beauté; et même sa figure me paraît moins affreuse qu'au premier moment. Pendant sa lecture, son émotion intérieure l'embellissait, au point qu'il me faisait parfois l'effet d'un jeune homme bien bâti, quoiqu'il s'élevât à peine au-dessus de la table. Laisse là ta jalousie, et aie pour lui l'amitié d'un confrère.

— Moi, s'écria Balthazar furieux, faire amitié à ce fils du diable, que je voudrais étrangler!

— Allons, dit Fabian, tu n'as pas le sens commun. Mais retournons dans la salle. J'entends applaudir; il se passe quelque chose de nouveau.

Balthazar saisit machinalement son ami. Lorsqu'ils entrèrent, le professeur Mosch Terpin, seul dans le milieu de la chambre, tenait encore en main les instrument destinés à une expérience de physique. Son visage exprimait l'étonnement le plus profond. Toute la société entourait le petit Cinabre, qui, appuyé sur sa canne, recevait, l'orgueil dans les yeux, les compliments qui lui pleuvaient de toutes parts. On se retourna vers le professeur, qui opérait un autre charmant tour de passe-passe. A peine avait-il fini, que l'on entourait encore le petit homme en criant :

— *Admirable! délicieux!* cher *monsieur Cinabre!*

Enfin, Mosch Terpin lui-même courut à Cinabre en criant dix fois plus fort que les autres :

— Superbe! magnifique! cher monsieur Cinabre!

Il se trouvait parmi les invités le jeune prince Gregor, qui étudiait à l'université. Le prince avait la plus charmante figure que l'on pût voir; il avait en outre un air d'aisance et de distinction, qui annonçait une grande naissance et l'habitude de vivre dans la société la plus haute. Il ne quitta pas Cinabre d'un instant, et le loua à outrance de ses merveilleux poëmes et de son habileté en chimie. Tous les regards des femmes étaient attachés, non pas sur le prince, mais sur le petit, qui, se levant sur la pointe des pieds, trébuchait à chaque instant sur ses jambes. Le professeur Mosch Terpin s'approcha de Balthazar et lui dit :

— Que dites-vous de *mon protégé, de mon* cher *Cinabre?* Le pasteur qui me l'a recommandé s'exprimait, quant à son origine, d'une façon toute mystérieuse; mais, en considérant sa noble tournure, ses manières nobles et aisées, je reste convaincu qu'il est du sang des princes. C'est peut-être le fils d'un roi!

On annonça que le dîner était servi. Cinabre s'avança en chancelant vers Candide, lui saisit brusquement la main, et la conduisit à la salle du repas. Plein de fureur, le malheureux Balthazar s'élança, à travers l'orage et la nuit sombre, sur le chemin de son logis.

IV.

Comment le violon italien Sbiocca menaça Cinabre de le fourrer dans sa contrebasse, *et comment le référendaire Pulcher ne put entrer aux affaires étrangeres.* — Des douaniers et des prodiges gardés pour la maison. — Enchantement de Balthazar par une pomme de canne.

Balthazar s'assit dans la forêt solitaire sur un rocher couvert de mousse, et attacha son regard sur les profondeurs où un ruisseau mugissait écumeux entre des débris de rocs et des amas de plantes serrées; de sombres nuages couraient et allaient plonger derrière les montagnes, l'eau murmurait comme une sourde plainte, et l'on entendait par intervalles les cris des oiseaux de proie, qui, du plus épais du bois, s'élevaient dans les vastes espaces du ciel et semblaient poursuivre les nuages rapides.

Balthazar s'imaginait entendre dans l'étrange voix de la forêt la plainte inconsolable de la nature; il lui semblait qu'il devait lui-même expirer dans cette plainte, et que son être était seulement la sensation de la douleur la plus affreuse; son cœur était prêt à se briser de mélancolie; et d'abondantes larmes s'échappaient de ses yeux tandis qu'il croyait voir les esprits du torrent étendre vers lui, du milieu des flots, leurs bras blancs comme la neige, pour l'entraîner *dans le frais abîme.*

Un joyeux son de cor, parti des lointains, vint planer dans l'air et consoler son cœur, l'espérance lui revint avec un vague désir. Il regarda autour de lui pendant que les accords continuaient toujours, les verts ombrages de la forêt lui parurent moins tristes, le bruit du vent et les soupirs du bocage n'avaient plus l'accent de la plainte. Il parla.

— Non! s'écria-t-il en se levant brusquement, tout espoir n'est pas perdu. Il n'est que trop certain qu'un sombre mystère est entré dans ma vie; mais je briserai ce charme, quand j'y devrais périr. Lorsque, entraîné par un sentiment qui brisait ma poitrine, j'avouai mon amour à la charmante Candide, n'ai-je pas lu mon bonheur dans ses yeux? ne l'ai-je pas deviné dans la pression de sa main? Mais aussitôt que ce petit monstre paraît, toute son affection se tourne *vers lui. Ses yeux s'attachent* sur ce maudit avorton, et elle soupire lorsqu'il s'approche d'elle ou lui touche la main. Si j'ajoutais foi aux contes de nourrice je croirais que ce nain est un sorcier, et qu'il peut, comme on dit, ensorceler les gens. N'est il pas singulier que tous tournent en ridicule ce petit homme si disgracié de la nature, et que, s'il apparaît, on le regarde comme l'étudiant le plus instruit, le plus spirituel et le mieux fait? Que dis-je? cette idée me vient quelquefois aussi à moi-même; la présence de Candide seule peut rompre le charme. Mais je résisterai à ce pouvoir ennemi; un pressentiment me crie en moi-même qu'un événement inattendu me fournira des armes pour combattre ce mauvais destin.

Balthazar reprit le chemin des Kerèpes. Il vit sur la grande route une petite voiture de voyage, d'où quelqu'un lui faisait signe avec un mouchoir. Il s'avança et reconnut Vicenzo Sbiocca, fameux violon estimé pour son jeu, et son maître depuis deux ans.

— Enchanté de vous voir, dit Sbiocca en sautant hors de la voiture, mon bon ami et écolier, et de vous faire un cordial adieu!

— Comment! dit Balthazar; mais vous ne quittez pas Kerèpes, où tout le monde vous honore?

— Oui, reprit Sbiocca la figure enflammée de colère, je quitte une ville qui ressemble à une maison de fous. Si vous vous étiez trouvé hier à mon concert, vous auriez pris mon parti contre les enragés qui m'ont accablé.

— Qu'est-il arrivé? qu'est-il arrivé, au nom du ciel? dit Balthazar.

— *Je jouais, répliqua Sbiocca, le concerto le plus difficile de Viotti,* mon orgueil, ma joie. Hier j'étais tout à fait en train, *anima*, veux-je dire, d'esprit gai, *spirito alato*, veux-je dire. Pas un violoniste ne m'égalait sur la terre. Viotti m'aurait copié. Je finis, on m'applaudit avec fureur, *furore*, veux-je dire, comme je m'y attendais. Je m'avance pour saluer, mon violon sous le bras; mais, qu'entends-je? que vois-je? tous, sans me regarder le moins du monde, s'assemblent dans un coin de la salle et crient :

— *Bravo! bravissimo*, divin Cinabre!... Quel jeu!... quelle tenue!... quelle expression!... quelle habileté!...

J'accours, j'écarte la foule, et je vois un petit drôle de trois pieds de haut qui, d'une voix agaçante, dit :

— Je vous en prie, épargnez-moi, j'ai joué selon ma force, je suis certainement dès à présent le premier violon de l'Europe et du monde entier!

— Mille démons! m'écriai-je, qui donc a joué? moi ou ce ver de terre?

Mais le petit continue à dire :

— Ah! je vous prie! je vous prie en grâce!

Je veux me jeter sur lui et le saisir, mais tout le monde se précipite sur moi en parlant d'envie, de jalousie, de mauvaise humeur. Un d'eux s'écrie :

— Et quelle composition! divin Cinabre! compositeur sublime!

Alors je crie plus fort qu'avant :

— Mais vous êtes fous! le concert est de Viotti, et c'est moi, le fameux Vicenzo Sbiocca, qui l'ai joué.

Mais on me saisit, on parle de rage italienne, *rabbia*, veux-je dire, d'attaques étranges, et ils m'entraînent dans la chambre voisine, où l'on me traite comme un insensé. Presque aussitôt la signora tombe évanouie. Il lui était arrivé la même chose qu'à moi-même. A peine avait-elle fini de chanter, que toute la salle résonnait des : *Brava! bravissima*, Cinabre! jamais nous n'avons entendu de cantatrice comme Cinabre. Et lui répétait toujours son maudit : Je vous prie! *je vous prie!* La signora Bragazzi a la fièvre et va bientôt partir. Pour ma part, je me mets à l'abri de ces enragés. Adieu, mon cher Balthazar! Si vous voyez Cinabre, veuillez lui dire, je vous prie, de ne pas se rencontrer avec moi dans un concert, car je le prendrais par sa patte de hanneton, et je le fourrerais dans ma contre-basse par le trou de l'F, et là il pourrait donner des concerts et chanter des morceaux sa vie durant et selon son bon plaisir. Adieu, mon cher Balthazar! Ne négligez pas le violon.

— J'avais raison, se dit Balthazar : Cinabre est enchanté et ensorcelle les gens.

Au même instant passa près de lui un jeune homme pâle et les traits en désordre. Il crut le reconnaître pour un de ses amis, et courut après lui à travers la forêt. Quelques pas plus loin, il reconnut le référendaire Pulcher. Il s'était arrêté sous un arbre, et disait les yeux levés au ciel :

— Non! je ne souffrirai pas cet affront plus longtemps! Tout espoir est perdu! Vie! monde! espoir! bien-aimée! recevez mes adieux!

Et il sortit un pistolet de son sein et l'appuya sur son front. Balthazar, rapide comme l'éclair, se jeta sur lui et lui arracha le pistolet, qu'il jeta au loin en disant :

— Pulcher! au nom de Dieu! qu'as-tu? que vas-tu faire?

Le référendaire était tombé à demi évanoui sur le gazon. Balthazar s'assit auprès de lui, et le consolait de son mieux sans pouvoir deviner la cause de son désespoir.

— Qu'est-il donc arrivé qui ait pu te porter au suicide? répétait sans cesse Balthazar.

Pulcher soupira profondément et lui dit enfin :

— Tu connais, mon cher Balthazar, ma position gênée, tu sais que j'avais mis tout mon espoir dans une place d'expéditionnaire particulier près du ministre des affaires étrangères. J'avais rédigé un travail qui, à ma grande joie, avait été approuvé par le ministre. Je me préparai avec ardeur à l'examen qui devait avoir lieu aujourd'hui à *midi. Je trouvai dans la chambre un petit monsieur mal bâti, nommé* Cinabre. Le conseiller de légation chargé de l'examen vint amicalement à ma rencontre, et m'annonça que Cinabre s'était aussi présenté pour concourir à cette place. Il ajouta en me parlant à l'oreille :

— N'ayez pas peur, le travail présenté par le petit Cinabre est pitoyable.

L'examen commença, je ne laissai pas une demande sans réponse. Cinabre ne savait rien, il marmottait des phrases inintelligibles; et, en frappant des pieds avec impatience, il tomba deux fois de la chaire, et je dus le ramasser. Mon cœur battait de joie, et les regards affectueux que le conseiller jetait au petit me semblaient pleins d'ironie. L'examen terminé, quel fut mon effroi lorsque le conseiller embrassa le petit en lui disant : — Homme admirable ! que de connaissances ! que d'esprit, de pénétration ! — Quant à vous, me dit-il, vous avez trompé mes espérances, monsieur Pulcher ! vous ne savez rien ; et ne vous en offensez pas, mais le moyen que vous avez pris pour vous donner du courage pour l'examen manque tout à fait de convenance. Vous êtes tombé, et M. Cinabre a dû vous relever. Les diplomates doivent être à jeun et de sang-froid. Adieu ! monsieur le référendaire !

Je pris encore tout ceci pour une illusion. J'osai m'adresser au ministre. Il me fit demander comment j'osais lui proposer de le fatiguer de ma visite après un pareil examen. La place que je sollicitais est déjà donnée à Cinabre, un pouvoir infernal m'a ravi toute espérance, je veux quitter la vie, laisse-moi !

— Ne l'espère pas, s'écria Balthazar, mais écoute-moi d'abord.

Et il lui raconta alors tout ce qu'il savait de Cinabre.

— Il est certain, ajouta-t-il, qu'il y a en jeu quelque enchantement diabolique ; il faut s'y opposer. Avec une ferme volonté, avec du courage, la victoire est certaine. Unissons-nous sans retard contre le petit sorcier.

— Oui, sorcier ! s'écria le référendaire tout animé, cela est certain. Mais, frère Balthazar, rêvons-nous ? Des magies ? des enchantements ? le temps n'en est-il pas passé depuis longtemps ? Paphnutius le Grand n'a-t-il pas proclamé la lumière et banni du pays toutes ces sorcelleries ? Il s'en est donc glissé en contrebande, il faudrait en faire la déclaration à la police et à la douane ! Mais non ! c'est la folie des gens, ou plutôt, je le crains, la corruption, qui a causé mon malheur. Cinabre doit être très-riche. Dernièrement il se trouvait devant la Monnaie, et les gens le montraient du doigt et criaient :

— Voyez le joli petit père ! c'est à lui qu'appartient tout l'argent blanc que l'on frappe là dedans.

— Tais-toi, ami référendaire ! s'écria Balthazar, il y a là-dessous autre chose que de l'argent. Malgré Paphnutius, l'incompréhensible est resté : c'est-à-dire que l'on a gardé pour la maison quelques jolis miracles. Ainsi, par exemple, les arbres les plus beaux et les plus admirables ne sortent-ils pas encore d'une misérable semence, comme aussi les fruits et les grains qui nous nourrissent ? N'est-il pas permis encore aux fleurs et aux insectes de porter sur leurs pétales et leurs ailes les plus brillantes couleurs et les dessins les plus admirables, de sorte qu'aucun homme ne peut deviner si elles sont peintes à l'huile, à la gouache ou à l'aquarelle, et qu'aucun maître d'écriture ne peut lire ces beaux écrits et encore moins les imiter ? Ho ! ho ! référendaire ! je te le dis, il se passe en moi quelque chose d'étrange. Je pose là ma pipe et, pendant que je marche dans la chambre, une voix me dit tout bas que je suis moi-même un prodige, que l'enchanteur Mikrokosmus travaille en moi et me pousse à toutes sortes d'excentricités. Référendaire ! je m'en vais contempler la nature et comprendre tout ce que me diront les fleurs et les eaux, et un plaisir céleste m'inonde.

— Tu as la fièvre, dit Pulcher.

Mais Balthazar, sans l'écouter, étendit, comme saisi d'un fervent désir, ses bras vers les lointains.

— Écoute, s'écria-t-il, quelle musique céleste résonne à travers la forêt dans les soupirs du vent du soir. N'entends-tu pas comme les sources élèvent des chants plus sonores, comme les buissons et les fleurs parlent avec de douces voix ?

Le référendaire prêta l'oreille pour écouter cette musique.

— En effet, dit-il, des sons murmurent à travers la forêt, et de ma vie je n'en ai entendu de plus doux et de plus suaves. Ils me vont jusqu'au cœur. Mais, ce n'est pas le vent du soir, ce ne sont ni les arbres ni les fleurs qui chantent, c'est plutôt comme si l'on touchait dans le lointain les notes les plus graves d'un harmonica.

Pulcher avait raison. Les accords, en s'enflant toujours, ressemblaient, en s'approchant, au son d'un harmonica d'une force et d'une taille inconnues. Mais, lorsque les amis approchèrent, ils virent un spectacle si enchanteur, qu'ils restèrent d'étonnement comme enracinés à leur place. A une petite distance s'avançait, en voiture, un homme couvert d'une espèce de costume chinois, seulement il portait sur la tête un large bonnet orné de belles plumes. La voiture, allant au pas, avait la forme d'une coquille ouverte ; elle paraissait être, ainsi que les grandes roues, de cristal massif. A chacun de ses mouvements elle produisait les beaux tons d'harmonica que les amis avaient entendus de loin. Deux licornes blanches comme la neige et couvertes d'un harnais d'or formaient l'attelage, que dirigeait, en guise de cocher, un faisan d'argent. Il tenait dans son bec les rênes d'or. Derrière siégeait un grand hanneton d'or, qui paraissait éventer de ses ailes étincelantes l'homme étrange placé dans la coquille. En passant près des amis, il leur fit un signe de tête amical. Au même instant un rayon parti de la pomme étincelante d'une longue canne qu'il tenait à la main tomba sur Balthazar, qui sentit dans la poitrine un coup brûlant et tressaillit en disant : Ah ! d'une voix grave. L'homme lui sourit encore plus affectueusement. Lorsque l'équipage disparut dans le bois, où l'écho répétait les sons de l'harmonica, Balthazar, hors de lui de ravissement et de joie, se jeta au cou de son ami en disant :

— Référendaire, nous sommes sauvés ! Voilà celui qui doit briser les enchantements de Cinabre !

— Je ne sais, dit Pulcher, si je veille ou si je dors, mais il est certain qu'un sentiment de joie inconnue me pénètre et que la consolation et l'espérance rentrent dans mon cœur !

V.

Comment le prince Barsanuph déjeuna avec une alouette et de l'eau d'or de Dantzig. — *Comment il reçut une tache de beurre sur son pantalon de casimir*, et éleva le secrétaire particulier Cinabre à la place de conseiller intime. — Les livres illustrés du docteur Prosper Albanus. — Comment un portier mordit le doigt de l'étudiant Fabian, et comment celui-ci porta un habit à longue queue et fut bafoué. — Fuite de Balthazar.

Nous ne cacherons pas plus longtemps à nos lecteurs que le ministre des affaires étrangères qui donna la place à Cinabre était un descendant de ce baron Prétextat de Mondschein qui cherchait en vain dans les chroniques et les livres de noblesse l'arbre généalogique de la fée Rosabelle. Il s'appelait, comme son aïeul, Prétextat de Mondschein, avait une tournure élégante, était fort sur la grammaire, écrivait son nom en lettres françaises, et travaillait quelquefois lui-même, surtout lorsque le temps était à la pluie. Le prince Barsanuph, successeur du grand Paphnutius, l'aimait tendrement parce qu'il avait une réponse pour chaque demande, jouait aux quilles avec lui, entendait les affaires de commerce et n'avait pas d'égal à la gavotte.

Or il arriva que le baron avait invité le prince à venir goûter, en déjeunant chez lui, une alouette de Leipzig et un petit verre d'eau d'or de Dantzig. Celui-ci, en entrant dans la maison de Mondschein, trouva dans l'antichambre, parmi plusieurs diplomates, le petit Cinabre, qui, appuyé sur son bâton, et sans même se tourner vers lui, fourrait dans sa bouche une alouette rôtie qu'il venait de dérober sur la table. Aussitôt que le prince l'aperçut, il sourit gracieusement et dit au ministre :

— Mondschein, qu'est-ce que ce joli petit homme qui fait partie de votre maison ? C'est sans doute celui qui a rédigé le rapport si bien écrit et d'un style si élégant que vous m'avez envoyé ?

— Précisément, Altesse ! répondit Mondschein. La Providence m'a envoyé en lui le plus intelligent et le plus habile travailleur de mon bureau : il se nomme Cinabre, et je le recommande particulièrement à vos bonnes grâces. Il n'est chez moi que depuis très-peu de temps.

— Et à cause de cela même, interrompit un beau jeune homme en s'avançant, mon collègue n'a encore rien fait, si Votre Excellence veut bien me permettre de le dire. Le rapport que Son Altesse a bien voulu remarquer a été rédigé par moi.

— Que dites-vous ! s'écria le prince en colère tandis que Cinabre s'était approché de lui et mangeait l'alouette de bon appétit en faisant claquer sa bouche, que dites-vous ! vous n'avez pas touché la plume, vous qui vous permettez de dévorer près de moi une alouette rôtie et venez, à mon grand déplaisir, de mettre une tache de beurre à mon pantalon de casimir tout neuf et qui faites en mangeant un bruit indécent ! Tout cela prouve une incapacité profonde pour la carrière diplomatique ! Allez-vous-en, et ne vous présentez plus devant moi !

Et se tournant vers Cinabre, il ajouta :

— Des gens comme vous sont l'honneur d'un État et méritent des distinctions. Vous êtes dès à présent mon conseiller intime.

— Je vous remercie de tout mon cœur, répondit Cinabre en avalant la dernière bouchée et s'essuyant la bouche avec ses deux mains ; je ferai la chose comme il faudra.

— Cette noble confiance, dit le prince à voix haute, est une preuve de force chez un homme d'État !

Et il prit un petit verre d'eau d'or que lui présentait son ministre. Le nouveau conseiller dut prendre place à table entre le prince et le ministre. Il engloutit un nombre incroyable d'alouettes, but du malaga et de l'eau d'or coup sur coup, en grognant et en agitant ses petits pieds et ses petites mains, car son nez arrivait à peine à la hauteur de la table. Le prince et le ministre s'écrièrent en même temps à la fin du repas :

— Ce conseiller intime est un homme adorable !

— Tu parais tout joyeux, dit Fabian à son ami Balthazar ; tes yeux brillent d'un feu particulier. Tu te trouves heureux, peut-être ? Ah ! Balthazar, tu fais sans doute un beau rêve ! mais je dois t'éveiller, l'amitié me l'ordonne.

— Qu'as-tu ? qu'est-il arrivé ? demanda Balthazar.

— Oui, je dois te le dire, continua Fabian, rassemble ton courage ; pense que c'est de tous les chagrins le plus douloureux et le plus facile à surmonter : Candide...

— Au nom de Dieu ! s'écria Balthazar effrayé, Candide ! est-elle morte ?

— Calme-toi, elle est morte pour toi seul, reprit Fabian, sache que le petit Cinabre a été nommé conseiller intime et qu'il est comme fiancé à la belle Candide, qui, Dieu sait pourquoi, raffole de lui.

Fabian croyait que Balthazar allait s'abandonner aux plaintes et au désespoir. Au lieu de tout cela, il dit avec un tranquille sourire :

— N'y a-t-il rien de plus? Mais je ne vois là rien qui puisse me chagriner.

— Tu n'aimes donc plus Candide ? demanda Fabian tout étonné.

— Je l'aime, répondit Balthazar, avec toute l'ardeur qui peut enflammer le cœur d'un jeune homme : je sais qu'elle m'aime aussi. Elle est sous la puissance d'un charme maudit, mais je saurai le briser bientôt!

Et Balthazar raconta à son ami ce qui lui était arrivé dans la forêt. Il conclut en disant qu'aussitôt que la pomme de canne du magicien avait jeté un de ses rayons dans son cœur il avait conçu la conviction que Cinabre n'était qu'un petit homme soutenu par le pouvoir d'une fée, et que celui qu'il avait rencontré en pouvait triompher.

Candide.

— Mais, dit Fabian quand son ami eut fini son histoire, comment peux-tu concevoir une aussi folle idée ? L'homme que tu as pris pour enchanteur n'est autre que le docteur Prosper Albanus, qui demeure dans sa maison de campagne tout près de la ville. Il est vrai qu'on répand sur lui les bruits les plus étranges et qu'on le regarde presque comme un second Cagliostro; mais c'est lui-même qui s'est *fait* cette réputation. Il aime à s'entourer de mystère, à paraître un homme instruit des secrets de la nature et qui commande à des forces inconnues. Il joint à cela les inventions les plus singulières. Ainsi, par exemple, sa voiture est si bizarrement faite, qu'un homme à tête chaude comme toi est disposé à la prendre pour une apparition d'un conte de fées. Son cabriolet a la forme d'une coquille et est argenté de toutes parts; entre les roues se trouve un orgue de Barbarie que leur mouvement fait tourner et qui joue des airs. Ce que tu as pris pour un faisan était certainement son petit jockey habillé de blanc, comme aussi tu as pris la couverture de son parasol ouvert pour les ailes d'un hanneton d'or. Il fait empanacher ses deux chevaux blancs de telle sorte qu'ils ont une apparence tout à fait fantastique. Au reste, il est vrai que le docteur Albanus porte un beau jonc d'Espagne surmonté d'une pomme en cristal d'un éclat merveilleux et possédant, disent les fables, bien des qualités étranges. Aucun œil au monde, prétendent les commères, ne pourrait supporter les rayons qui en jaillissent. Le docteur l'enveloppe d'un voile transparent; si l'on s'obstine à le regarder, l'image de la personne que l'on porte au plus profond du cœur vous apparaît comme dans un miroir concave...

— Dit-on cela, en effet! interrompit Balthazar; que raconte-t-on encore du docteur Prosper Albanus?

— Ah! répondit Fabian, n'attends pas de moi que je te parle beaucoup de toutes ces sottises. Tu sais qu'il y a encore des gens qui, répudiant toute raison, ajoutent foi à des contes de nourrice?

— *Je dois avouer*, dit Balthazar, que je dois prendre le parti de ces gens-là. Du bois doré n'a pas la transparence du cristal; un orgue de Barbarie n'a pas le son d'un harmonica; un faisan d'argent n'est pas un jockey; un parasol n'a rien de commun avec un hanneton. Ou l'homme que j'ai rencontré n'était pas le docteur Albanus, ou alors le docteur a véritablement la clef de puissants mystères.

— Pour te guérir de tes songes étranges, dit Fabian, je ne vois rien de mieux que de te conduire chez le docteur lui-même. Tu comprendras par toi-même que le docteur Albanus est un médecin comme tous les autres, et qu'il ne va pas en promenade avec des licornes, des faisans d'argent et des hannetons d'or.

— C'est mon désir le plus vif, répondit Balthazar. Allons-y de suite!

Bientôt ils étaient devant la grille du parc au milieu duquel était uée la maison de campagne du docteur Albanus.

— Comment entrerons-nous ? dit Fabian.

— Il faut frapper, je suppose! répondit Balthazar.

Et il saisit le marteau de métal placé auprès de la serrure. A peine l'eut-il levé, qu'il se fit comme un bruit de tonnerre lointain, répété par d'immenses profondeurs. La porte du jardin tourna lentement sur ses gonds : ils entrèrent et suivirent une allée d'arbres très-longue et très-large, au bout de laquelle on apercevait la maison.

— Trouves-tu là quelque chose d'extraordinaire ? dit Fabian.

— Il me semble, répondit Balthazar, que la manière dont la porte s'est ouverte n'est pas très-ordinaire, et je vois partout ici une apparence de magie. Trouve-t-on bien loin à la ronde des fleurs aussi belles que dans ce parc? Maint arbre, maint buisson me paraissent, avec leurs troncs resplendissants et leurs feuilles d'émeraude, appartenir à un pays inconnu.

Fabian aperçut deux grenouilles monstrueuses, qui, depuis leur entrée dans le parc, sautillaient à leurs côtés; il se baissa pour ramasser une pierre qu'il voulait leur lancer, mais elles se jetèrent dans le bois et le regardèrent avec des yeux brillants comme ceux des hommes. Il les ajusta et jeta la pierre. Au même instant, une laide petite femme, assise sur le bord du chemin, coassa :

— Très-bien! divin Cinabre!

— Malhonnête! ne jetez pas de pierres à des malheureux qui travaillent ici pour gagner un peu de pain à la sueur de leur front!

— Viens! murmura Balthazar effrayé; la grenouille s'est changée en vieille femme, et je vois que l'autre a pris la forme d'un petit homme qui arrache les mauvaises herbes.

Devant la maison était une grande pelouse où les deux licornes paissaient pendant que résonnait une admirable harmonie.

— Vois-tu? entends-tu? dit Balthazar.

— Je ne vois, reprit Fabian, que deux petits chevaux blancs qui paissent, et il me semble entendre comme une harpe éolienne.

La charmante architecture de la maison à un seul étage enchanta Balthazar. Il tira la sonnette, la porte s'ouvrit et une espèce d'autruche d'une couleur d'or éclatante se présenta comme portier.

— Vois, dit Fabian à Balthazar, la folle livrée ! Si l'on voulait lui donner un pourboire, où serait sa main pour le mettre dans sa poche ?

Il se retourna vers l'autruche, qu'il saisit par le riche jabot de plumes qui brillait au-dessous de son bec, en disant :

— Annonce-nous au docteur, mon charmant ami.

L'autruche répondit seulement : Quirrr ! et mordit Fabian au doigt.

— Mille diables ! s'écria Fabian, voilà un maudit oiseau !

Au même instant, une porte intérieure s'ouvrit et le docteur lui-même s'avança vers les deux amis. C'était un homme petit et pâle. Il portait sur la tête une casquette de velours d'où s'élançait en grandes boucles une belle chevelure. Il avait aussi une grande robe indienne jaune et de petits brodequins rouges garnis d'une fourrure

Prosper Albanus.

bigarrée ou peut-être du duvet brillant d'un oiseau. Son aspect respirait le calme et la bienveillance; seulement il y avait en lui cela d'étrange que, lorsqu'on le considérait avec attention, il semblait que l'on voyait un plus petit visage, comme si on l'eût regardé à travers une cage de verre.

— Je vous ai vus de ma fenêtre, dit Prosper Albanus d'une voix basse et traînante, je savais déjà que vous viendriez, vous surtout, mon cher monsieur Balthazar. Suivez-moi, je vous prie.

Il les conduisit dans une grande chambre ronde toute tendue en rideaux bleu de ciel. La lumière tombait d'une fenêtre pratiquée dans le toit, et jetait ses rayons sur une table de marbre poli, supportée par un sphinx et placée au milieu de la chambre. Il ne s'y trouvait rien d'autrement remarquable.

— En quoi puis-je vous servir ? demanda Prosper Albanus.

Balthazar se remit et lui raconta ce qui lui était arrivé avec le petit Cinabre depuis son arrivée à Kerèpes, et termina en l'assurant qu'il avait la conviction qu'il serait, lui, Prosper Albanus, le puissant magicien qui pourrait rompre les épouvantables enchantements du petit homme.

Prosper Albanus resta quelque temps silencieusement plongé dans ses réflexions. Enfin, il dit d'un ton bas et avec une figure sérieuse :

— D'après ce que vous m'avez raconté, Balthazar, il est hors de doute qu'il y a quelque mystère chez ce petit Cinabre ; mais il faut connaître son ennemi avant de le combattre, et savoir la cause dont on veut détruire l'effet. C'est, je pense, un nain des racines, nous llons le voir à l'instant.

Prosper Albanus tira alors un des cordons qui pendaient sur la tapisserie, tout autour de la chambre. Un rideau s'ouvrit avec bruit on aperçut de gros livres dans des reliures toutes dorées, et un joli escalier aérien de bois de cèdre descendit sur le parquet. Prosper Albanus en monta les marches, et chercha sur les rayons les plus élevés un in-folio qu'il plaça soigneusement sur la table après l'avoir soigneusement épousseté avec une touffe de brillantes plumes de paon.

— Ce livre, dit-il, parle des nains des racines qui sont peints ici, peut-être trouverons-nous parmi eux votre ennemi, et alors il tombera en notre pouvoir.

Lorsque Prosper Albanus ouvrit le livre, nos amis aperçurent une foule de gravures coloriées qui représentaient les nains les plus singuliers et les plus mal faits, avec les plus vilaines figures imaginables. Mais aussitôt que Prosper touchait une des gravures, elle s'animait, s'élançait du livre, sautait et gambadait très-comiquement sur la table de marbre en claquant des doigts et en faisant de ses jambes torses des entrechats et des pirouettes, et elle chantait en même temps : Quirr, quapp, pirr, papp ! jusqu'à ce que Prosper l'eût prise par la tête et de nouveau fourrée dans le livre, où les estampes s'unissaient et s'aplatissaient aussitôt.

On feuilleta ainsi tout le recueil, mais chaque fois que Balthazar allait s'écrier : Voilà Cinabre ! il reconnaissait aussitôt son erreur en regardant d'une manière plus attentive.

— Voici qui est assez étonnant, dit Prosper Albanus lorsqu'il arriva à la fin du livre ; mais peut-être Cinabre est-il un esprit de la terre ? Voyons.

Il remonta avec une surprenante agilité l'escalier de cèdre, et prit un autre in-folio, qu'il posa de nouveau sur la table après l'avoir bien épousseté, puis il l'ouvrit en disant :

— Voici le livre des esprits de la terre, peut-être y trouverons-nous Cinabre.

Les amis virent de nouvelles gravures enluminées qui représentaient d'affreux monstres d'une couleur jaune brun. Quand Albanus les touchait, ils faisaient entendre des cris larmoyants, sortaient de la feuille en rampant avec peine, et tournaient en gémissant jusqu'à ce que le docteur les eût refoulés dans le livre. Cinabre n'était pas non plus parmi eux.

La fée Rosabelle.

Voici qui est bien singulier ! dit le docteur lorsqu'il eut feuilleté tout le volume et il resta plongé dans des réflexions profondes.

— Ce ne peut être, ajouta-t-il, le roi des hannetons, car il est, je le sais, occupé ailleurs. Ce n'est pas le maréchal des araignées ; il est aussi très-laid, mais il est habile, adroit, et vit de son travail sans s'emparer de celui des autres. C'est étonnant, bien étonnant !

Il se tut de nouveau pendant quelques minutes... et l'on entendit distinctement plusieurs voix étranges qui tantôt résonnaient isolées, tantôt se réunissaient en accords bien nourris.

— Vous avez partout et toujours une charmante musique, dit Fabian.

Prosper Albanus parut ne faire aucune attention à lui ; il regardait fixement Balthazar dans les yeux, tandis qu'il étendait les bras vers lui et agitait devant lui le bout de ses doigts : comme s'il eût voulu l'asperger de gouttes invisibles. Enfin le docteur saisit les deux mains de Balthazar, et lui dit d'un ton sérieux :

— La plus pure consonnance du principe physique dans la loi du dualisme favorise seule l'opération que j'entreprends. Suivez-moi !

Les amis suivirent le docteur dans plusieurs chambres qui ne contenaient de remarquable que des animaux étranges occupés à lire, à écrire, à peindre, jusqu'au moment où les deux battants d'une porte s'ouvrirent : ils virent un épais rideau derrière lequel disparut Albanus en les laissant dans une obscurité profonde. Le rideau s'écarta avec bruit, et les amis se trouvèrent dans une salle ovale remplie d'un demi-jour magique. Il semblait, lorsque l'on contemplait les murs, que le regard se perdît dans d'immenses bocages verts et dans des prairies émaillées de fleurs et arrosées de sources et d'étangs. La vapeur mystérieuse d'un arome inconnu s'élevait et s'abaissait tour à tour, et paraissait porter çà et là avec elle les sons de l'harmonica. Albanus semblait habillé de blanc comme un brahme. Il plaça au milieu de la salle un grand miroir rond en cristal, sur lequel il jeta un crêpe.

— Approchez devant ce miroir, Balthazar, dit-il d'une voix grave et solennelle, rassemblez sur Candide toute la force de votre pensée. *Voulez* de tout cœur qu'elle se présente à vous dans le moment qui existe maintenant dans le temps et l'espace. Balthazar fit ce qui lui était ordonné, pendant qu'Albanus se plaçait derrière lui et de ses deux mains décrivait des cercles autour de lui. Peu de minutes après, une vapeur bleue sembla ondoyer du miroir. Candide, la belle Candide, parut dans sa forme gracieuse et dans l'éclat de sa beauté. Mais tout près d'elle était assis l'infâme Cinabre. Il pressait ses mains, les baisait, et Candide tenait le monstre enlacé dans l'un de ses bras et le caressait. Balthazar voulait s'écrier, mais Albanus le saisit par les deux épaules et le cri fut étouffé dans sa poitrine.

— Restez tranquille, dit Prosper à voix basse ; prenez cette canne, et donnez des coups au petit, mais toutefois sans quitter votre place.

Balthazar le fit, et vit avec joie le nain se baisser, se renverser et se rouler sur la terre. Dans sa fureur, il se précipita en avant. Alors l'image disparut dans le brouillard, et Albanus retint en arrière Balthazar animé et criant de toutes ses forces :

— Arrêtez ! si vous brisez le miroir magique, nous sommes tous perdus.

Les amis, sur l'invitation du docteur, quittèrent la salle, et entrèrent à côté dans une autre chambre bien éclairée.

— Le ciel soit béni ! dit Fabian en prenant haleine, nous voici sortis de cette chambre maudite. L'air épais qu'on y respirait m'a serré le cœur, ainsi que ces étranges tours de passe-passe, qui me sont antipathiques.

Balthazar allait lui répondre, lorsque Prosper Albanus entra.

— Il est maintenant certain, dit-il, que l'affreux Cinabre n'est ni un nain des racines ni un esprit de la terre, mais un homme comme tous les hommes. Il y a là en jeu un pouvoir magique que je n'ai pu encore découvrir, et par cela même je ne puis vous servir jusqu'à présent. Revenez me voir bientôt, Balthazar, et nous penserons à ce *qu'il faudra faire. Adieu.*

— Ainsi, monsieur le docteur, dit Fabian en se rapprochant de lui, vous êtes un enchanteur, et, malgré tous vos charmes, vous ne pouvez pas dominer le misérable petit Cinabre. Savez-vous qu'avec vos images, vos poupées, vos miroirs magiques, avec toute votre boutique d'affreux visages, je vous regarde comme un charlatan? Que vous abusiez Balthazar, qui est amoureux et qui fait des vers, il n'y a rien de bien étonnant; mais avec moi, c'est autre chose. Je suis un homme instruit, et je ne crois pas aux prodiges.

— Prenez cela pour ce que vous voudrez, lui dit Albanus en riant avec plus de laisser-aller qu'à l'ordinaire; mais si je ne suis pas un magicien, je possède toutefois de jolis tours de passe-passe.

— Vous trouverez un maître dans notre professeur Mosch Terpin, s'écria Fabian, et même il ne peut y avoir de comparaison entre vous, car cet honnête homme ne nous montre que ce qui est dans la nature, et ne s'entoure pas comme vous d'appareils mystérieux, monsieur le docteur ! Et maintenant je vous salue très-humblement.

— Eh ! dit le docteur, vous ne me quitterez pas ainsi irrité contre moi !

Et, en disant cela, il passa plusieurs fois les mains doucement des épaules aux poignets de Fabian. Celui-ci éprouva une oppression singulière.

— Que faites-vous donc, docteur ? s'écria-t-il.

— Allez, messieurs, dit le docteur Balthazar, j'espère bientôt vous revoir. Je serai sous peu en état de vous être utile.

— Il n'y a pas de pourboire pour vous, mon ami ! dit Fabian en sortant au portier jaune d'or, qu'il prit par le jabot.

Le portier ne répondit que : Quirr, et lui mordit encore le doigt.

— Vilain animal ! s'écria Fabian, et il s'éloigna en courant.

Les deux grenouilles ne manquèrent pas de les reconduire poliment jusqu'à la porte, qui s'ouvrit et se ferma avec le sourd grondement du tonnerre.

— Je sais, dit Balthazar, qui marchait sur la grande route derrière Fabian, pourquoi tu as mis aujourd'hui un habit si étrange avec ses petites manches et ses pans énormes.

Fabian remarqua, à son grand étonnement, que les pans de son habit avaient par derrière grandi jusqu'à traîner à terre, tandis que ses manches, ordinairement assez longues, s'étaient raccourcies jusqu'au coude.

— Mille tonnerres! qu'est-ce que ceci? s'écria-t-il, et il tira ses manches en approchant les épaules. Cela parut y remédier; mais, lorsqu'ils passèrent les portes de la ville, les manches remontèrent et les pans d'habit s'allongèrent, de sorte que, malgré tous ses tiraillements et ses secousses, les manches de Fabian remontèrent jusqu'à l'épaule en lui laissant tout le bras à découvert, tandis qu'une queue ondoyait derrière lui en allongeant toujours. Tout le monde s'arrêtait, et riait à gorge déployée; les enfants des rues le suivaient en foule, riant et poussant des cris de joie à cause des longs pans traînants qu'ils déchiraient. Et s'il les reployait, il n'en manquait pas un morceau, ils devenaient plus longs encore. Le tumulte et les ricanements allaient toujours en augmentant, jusqu'au moment où Fabian, à moitié fou, se précipita dans une maison ouverte. Et aussitôt la queue disparut.

Balthazar n'eut pas le temps de s'étonner de l'enchantement de Fabian; car le référendaire Pulcher s'empara de lui, et lui dit en l'entraînant dans une rue écartée :

— Comment n'es-tu pas sorti déjà de la ville et te laisses-tu voir ici, tandis que l'appariteur a reçu l'ordre de t'arrêter?

— Que veux-tu dire? s'écria Balthazar tout étonné.

— Ainsi donc, reprit le référendaire, tu t'es laissé entraîner par la jalousie jusqu'à forcer la maison de Mosch Terpin et à attaquer, à coups de bâton, près de sa fiancée, l'affreux petit poucet, que tu as laissé à moitié mort...

— Mais, c'est un affreux mensonge, s'écria Balthazar, j'ai été toute la journée hors de Kerèpes.

— Assez ! assez ! interrompit Pulcher. La folle idée de Fabian de mettre un habit à longue queue te sauve, personne ne prend garde à toi, évite seulement la prison, nous nous chargerons du reste. Ne rentre pas chez toi, donne-moi tes clefs, je t'enverrai toutes tes affaires, va-t'en à Jacobsheim.

Et le référendaire entraîna Balthazar par des rues détournées jusqu'au village de Hoch-Jacobsheim, où le fameux savant Ptolémée Philadelphe écrivait son remarquable livre sur la race inconnue des étudiants.

VI.

Comment le conseiller intime Cinabre fut frisé dans son jardin, et prit un bain de rosée. — L'ordre du Tigre tacheté de vert. — Heureux événement d'un tailleur de théâtre. — Comment noble dame de Rosenschœn renversa le café sur elle, et comment Prosper Albanus l'assura de son amitié.

Le professeur Mosch Terpin nageait dans la joie. Pouvait-il m'arriver rien de plus heureux, se disait-il à lui-même, que l'entrée dans ma maison, comme étudiant, du conseiller intime? Il épouse ma fille, par lui j'obtiens la faveur de notre excellent prince Barsanuph, et je monte les échelons à la suite de mon charmant petit Cinabre. Il est vrai que je ne comprends pas toujours comment Candide peut être coiffée de ce petit homme, ordinairement une jeune fille préfère un joli visage à des qualités d'esprit, et, en regardant le petit conseiller intime, il me semble qu'on ne peut l'appeler beau garçon, il est même bossu! — Chut, chut, les murs ont des oreilles. C'est le favori du prince, il montera de plus en plus, et c'est mon gendre.

Mosch Terpin avait raison, Candide montrait la plus forte inclination pour le petit, et parlait aussitôt à ceux que Cinabre n'avait pas ensorcelés et qui le trouvaient mal bâti, de ses admirables cheveux. Personne ne souriait plus malicieusement que le référendaire Pulcher en entendant Candide parler ainsi.

Il s'était attaché aux pas de Cinabre et était en cela fidèlement aidé par le secrétaire Adrien, le même jeune homme que Cinabre avait presque fait chasser du bureau du ministre. Cinabre demeurait dans une belle maison où se trouvait un jardin encore plus beau. Au milieu était un épais bocage où fleurissaient les plus belles roses. On avait remarqué que tous les neuf jours, au lever de l'aurore, Cinabre se levait doucement, bien qu'il lui en coûtât beaucoup; qu'il descendait dans le jardin, et disparaissait dans le petit bois.

Pulcher et Adrien, pressentant un mystère, escaladèrent les murs du jardin et se cachèrent dans le bois, au jour indiqué par les indiscrétions de ses gens.

A peine le matin commençait-il à poindre, qu'ils virent venir le petit homme éternuant et toussant; parce qu'en s'avançant à travers un lit de fleurs, les branches et les tiges chargées de rosée lui atteignaient le visage. Lorsqu'il fut arrivé sur la pelouse auprès des roses, un souffle courut à travers ces fleurs, avec un doux bruit, et leur odeur devint plus pénétrante; une belle femme voilée, ayant des ailes aux épaules, descendit en volant sur terre. Elle s'assit sur un siége magnifique placé au milieu du bosquet de roses. Et, tout en disant à voix basse : — Viens, mon enfant! elle prit le petit Cinabre, et peigna avec un peigne d'or les longs cheveux qui tombaient en boucles sur es épaules. Le petit semblait éprouver un grand plaisir, il clignait es yeux, étendait ses petites jambes, et murmurait et grondait à eu près comme un chat. Après cinq minutes ainsi passées la femme agique promena un doigt tout le long du crâne du nain, et Pulcher t Adrien aperçurent sur la tête de Cinabre une longue raie, mince, rillante, couleur de feu. Alors la femme lui dit :

— Adieu, mon doux enfant, sois prudent autant que tu le ourras.

— Adieu, petite mère, répondit le petit, je le suis assez, tu n'as as besoin de me le répéter si souvent.

La dame s'envola lentement et disparut dans les airs.

Pulcher et Adrien restèrent immobiles d'étonnement. Mais lorsque Cinabre voulut s'éloigner, le référendaire se montra en disant :

— Bonjour, monsieur le conseiller intime! eh! vous vous êtes déjà it friser!

Cinabre se retourna, et voulut s'enfuir aussitôt qu'il aperçut le réfendaire; mais, mal assuré sur ses jambes comme il était, il trébua et tomba dans le haut gazon, dont les tiges se rejoignirent sur lui, il se trouva couché dans un bain de rosée. Pulcher courut vers i et l'aida à se relever, mais Cinabre lui dit de sa voix aiguë :

— Monsieur! pourquoi entrez-vous dans mon jardin? Allez au diae! Et il se sauva vers la maison aussi vite qu'il pouvait le faire.

Pulcher écrivit à Balthazar cet événement singulier, et lui promit redoubler de surveillance. Cinabre parut inconsolable de ce qui lui ait arrivé, il se mit au lit, et gémit de telle sorte, que la nouvelle 'il était tombé subitement malade arriva au ministre Mondschein au prince Barsanuph. Celui-ci envoya aussitôt son médecin particur chez son petit favori.

— Mon excellent conseiller intime, dit le médecin en lui tâtant le uls, vous vous sacrifiez pour le service de l'Etat, le travail vous a ndu malade, votre tête est brûlante, cependant il n'y a pas d'inmmation au cerveau. Permettez!

Le médecin pouvait voir la raie rouge remarquée par Pulcher et lrien sur la tête de Cinabre, il voulut essayer de loin quelques sses magnétiques, souffler sur le malade et passer la main sur la e, qu'il toucha sans y prendre garde. Alors Cinabre, enflammé de reur, sauta en l'air, et lui appliqua, au moment où il se penchait r lui, un soufflet qui fit retentir toute la chambre.

— Pourquoi tâtonnez-vous ainsi autour de ma tête? cria Cinabre. ne suis pas malade, je vais me rendre de suite au ministère pour conférences. Allez-vous-en.

Le docteur partit en grande hâte.

— Quelle dignité! quel zèle pour l'État! quel homme que ce Cinae! dit le prince Barsanuph en apprenant ce qui s'était passé.

— Mon cher conseiller intime, dit au petit Cinabre le ministre étextat de Mondschein, je suis enchanté que vous braviez votre aladie pour vous rendre à la conférence. J'ai fait moi-même un méire sur une affaire importante, et je vous prie, puisque votre spiuel débit donne à tout un charme plus grand, de le lire au prince lui disant que j'en suis l'auteur.

Le mémoire avait été fait par Adrien.

Puis il le conduisit devant le prince. Cinabre prit le mémoire et mmença à lire; mais comme il se trompait et parlait d'une manière intelligible, le ministre lui prit le papier des mains et lut luime. Le prince paraissait enchanté, il applaudissait et s'écriait à ique instant : — Bien! très-bien! parfait! bien juste! Lorsque le nistre eût fini, le prince s'avança vers Cinabre, le prit dans ses s, le serra sur son cœur en pleurant :

— Non, dit-il, un talent pareil! un tel zèle! c'est trop, c'est trop! nabre, ajouta-t-il avec moins d'émotion, je vous fais mon minis; restez fidèle au pays et à votre prince, qui vous aime.

Puis, se tournant vers le ministre, d'un air de compassion, il ajouta :

— Mon cher Mondschein, vos forces baissent, je le vois, un peu repos dans vos terres vous fera du bien. Adieu.

Le ministre s'éloigna en murmurant des paroles inintelligibles et jetant des regards furieux sur le petit Cinabre, qui, selon son haude, appuyé sur sa canne, et monté sur ses pointes, promenait our de lui des yeux insolents et effrontés.

— Je veux, dit le prince, vous accorder une distinction égale à re mérite, recevez de mes mains l'ordre du Tigre tacheté de vert.

Le prince voulut lui mettre autour du cou le collier de l'ordre, is la petite taille mal tournée du nain fit que le ruban ne put lui r d'une manière convenable; tantôt il restait en haut en faisant le plis, tantôt il traînait par terre; en vain le chambellan, trois es et le prince lui-même essayèrent de l'arranger; toute peine inutile, le ruban glissait tantôt d'un côté, tantôt de l'autre, et abre se mit à coasser de mauvaise humeur :

— Pourquoi me tourmentez-vous ainsi? Laissez cette babiole aller me il lui plaira. Je suis ministre, cela suffit.

— Pourquoi, dit le prince furieux, y a-t-il un conseil de l'ordre, sque les rubans sont aussi follement disposés? Patience, mon cher nistre Cinabre! il en sera bientôt autrement.

D'après les ordres du prince, les conseillers de l'ordre s'assemblèt. On leur adjoignit deux philosophes et un naturaliste qui était passage dans le pays en revenant du pôle nord, pour délibérer sur la manière d'adapter le plus convenablement le ruban de l'ordre du Tigre taché de vert à la personne du petit Cinabre. On leur ordonna de ne s'occuper de huit jours de toute autre affaire. Les rues du palais où se trouvait la salle des conférences furent couvertes d'une paille épaisse pour étouffer le bruit des voitures, et il fut enjoint de ne pas faire de musique, et même de parler bas, dans le voisinage du palais.

Les séances avaient déjà duré sept jours, du matin à la nuit, et l'on n'avait encore rien arrêté.

Le prince, impatient, envoyait à chaque instant, et finit par leur dire qu'il fallait absolument prendre un parti raisonnable. Mais cette recommandation fut inutile.

Le naturaliste avait autant que possible étudié la conformation de Cinabre; il avait pris la hauteur et la largeur de la déviation de son dos, et fait avec le ruban de l'ordre les calculs les plus exacts à ce sujet : ce fut lui qui proposa enfin d'admettre le tailleur du théâtre dans la chambre du conseil.

Quelque étrange que parût cette proposition, elle fut, dans le moment d'embarras où l'on se trouvait, unanimement accueillie.

Le tailleur était un fin matois. Après avoir été mis au courant de l'affaire et avoir examiné les mesures prises par le naturaliste, il trouva un admirable moyen de disposer le ruban de l'ordre pour qu'il pût aller parfaitement.

Il fallait coudre au dos et à la poitrine un certain nombre de boutons et y boutonner le ruban de l'ordre. L'essai réussit à merveille.

Le prince, enchanté, approuva la proposition du conseil de diviser l'ordre en plusieurs classes, d'après le nombre des boutons : ainsi il y aurait l'ordre du Tigre tacheté de vert à deux boutons, à trois boutons, et ainsi de suite. Le ministre Cinabre obtint la distinction exceptionnelle de porter l'ordre avec vingt boutons de brillants, car la singulière forme de son corps exigeait vingt boutons.

Le tailleur obtint l'ordre du Tigre tacheté de vert à deux boutons; cependant, comme, malgré son invention, il n'était pas très-habile, le prince ne lui laissa pas faire ses habits, mais le nomma son grand costumier.

Le docteur Albanus, à la fenêtre de sa maison de campagne, regardait dans son parc d'un air pensif. Il avait passé la nuit entière à tirer l'horoscope de Balthazar, et avait découvert en même temps bien des choses relatives au petit Cinabre. Mais ce qu'Adrien et Pulcher avaient appris dans le jardin était pour lui ce qu'il y avait de plus important. Il était sur le point d'appeler sa licorne pour faire approcher sa coquille, qui devait le conduire à Jacobsheim, lorsqu'il entendit le roulement d'une voiture, qui cessa devant la porte de son parc. On lui dit que la chanoinesse de Rosenschœn désirait parler au docteur.

— Elle est la bienvenue, répondit Albanus; et la dame entra.

Elle portait une grande robe noire, et avait la figure couverte d'un voile comme une matrone. Prosper Albanus, saisi d'un étrange pressentiment, prit sa canne, et fit tomber sur la dame les rayons étincelants de la pomme. Alors elle sembla entourée d'éclairs bruyants, et elle parut en vêtement blanc transparent. Des ailes brillantes ornaient ses épaules, et des roses rouges se mêlaient aux tresses de ses cheveux.

— Eh! oh! murmura Prosper. Il mit sa canne sous sa robe de chambre, et la dame reprit son premier costume.

Prosper Albanus l'invita à s'asseoir. La chanoinesse de Rosenschœn dit alors : que depuis longtemps elle avait le désir de rendre visite au docteur dans sa maison de campagne pour faire la connaissance d'un homme que tout le pays regardait comme un sage rempli de bienveillance et de savoir; il ne refuserait certainement pas à ses prières d'accepter la place récemment vacante de docteur de son couvent, où des dames âgées tombaient souvent malades et restaient sans secours. Prosper Albanus lui répondit qu'il avait depuis longtemps abandonné l'exercice de la médecine, mais qu'il ferait une exception en faveur de ce couvent; et il lui demanda en même temps si elle n'avait pas elle-même besoin de son ministère. La dame assura qu'elle éprouvait de temps en temps des douleurs rhumatismales, lorsqu'elle s'exposait à l'air du matin, mais que pour le moment elle était bien portante, et elle commença une conversation indifférente. Prosper lui offrit une tasse de café, qu'elle accepta. On apporta le café; mais, malgré le zèle que mit Prosper à la servir, quoique le café coulât de la cafetière, les tasses restèrent vides.

— Eh! eh! dit Prosper en souriant, voici de mauvais café. Voulez-vous, ma chère dame, le verser vous-même?

— Avec plaisir, répondit la dame; et elle saisit la cafetière : mais alors, bien qu'il ne tombât pas une seule goutte de la cafetière, les tasses s'emplissaient tellement, que le café se répandit sur la table et sur la robe de la chanoinesse. Elle remit la cafetière en place, et toute trace de café disparut à l'instant.

Ils se regardèrent tous les deux un instant en silence. Leurs regards étaient singuliers.

— Vous étiez, dit la dame, occupé à lire un livre sans doute très-intéressant lorsque je suis entrée, monsieur le docteur?

— En effet, reprit celui-ci, ce livre contient des choses merveilleuses.

Et en même temps il voulut ouvrir le livre à reliure d'or qui était sur la table devant lui; mais ce fut une peine inutile, car le livre se referma toujours avec un klipp-klapp très-sonore.

— Eh! eh! dit Prosper Albanus, essayez donc de triompher de l'entêtement de cet objet.

Il présenta le livre à la dame. A peine l'eut-elle touché, qu'il s'ouvrit de lui-même, mais toutes les pages se détachèrent de l'in-folio et voltigèrent bruyamment dans la chambre.

La dame recula effrayée. Alors le docteur referma le livre avec violence, et toutes les feuilles disparurent.

— Mais, dit Prosper Albanus avec un léger sourire en se levant de son siége, pourquoi, chère dame, perdez-vous votre temps avec de si misérables tours? ce n'est pas pour cela que vous êtes venue ici; occupons-nous de choses plus importantes.

— Je veux m'en aller, dit la dame; et elle se leva.

— Eh! dit Prosper Albanus, il faut pour cela que j'y consente, car je dois vous dire que vous êtes maintenant en mon pouvoir.

— En votre pouvoir! s'écria la dame irritée, quelle folie!

Et alors elle étendit sa robe de soie, et, comme un beau manteau de deuil, elle se leva et couvrit toute la chambre. Aussitôt Prosper Albanus siffla son grand cerf-volant. Le manteau de deuil retomba et courut comme une petite souris autour de la chambre; mais le cerf-volant sauta en miaulant sous la forme d'un grand chat gris. La petite souris s'envola sous la forme d'un colibri, et alors s'élevèrent de toutes parts des voix singulières dans la maison, et une foule d'insectes murmurèrent avec leur étrange voix des bois, et un filet d'or s'étendit devant la fenêtre. Alors la fée Rosabelle apparut tout à coup au milieu de la chambre dans toute sa magnificence et sa grandeur, couverte de vêtements blancs éclatants, entourée d'une ceinture de diamants, et ses cheveux bruns entrelacés de guirlandes de roses rouges. Devant elle parut Albanus en robe brodée d'or, une couronne brillante sur la tête, la canne à la pomme étincelante à la main.

Rosabelle s'avança vers Albanus, un peigne d'or tomba de ses cheveux et se brisa comme verre sur le pavé de marbre.

— Malheureuse que je suis! s'écria la fée.

Tout d'un coup la chanoinesse de Rosenschœn était de nouveau assise à table en longue robe noire, en face d'elle était le docteur Albanus.

— Je pense, dit tranquillement Prosper Albanus en versant sans obstacle un café moka d'un admirable parfum dans de magnifiques tasses chinoises, je pense, ma chère dame, que nous savons assez où nous en sommes l'un avec l'autre maintenant. Je regrette beaucoup que votre beau peigne se soit brisé sur mon dur plancher.

— C'est ma maladresse qui en est cause, reprit la dame en buvant le café. Il faut bien prendre garde de ne rien laisser tomber sur ce parquet, car, si je ne me trompe, les pierres en sont surchargées d'hiéroglyphes étranges qui leur donnent l'apparence du marbre.

— Ces pierres, ma chère dame, répondit Prosper, sont des talismans hors de service, et rien de plus.

— Mais, cher docteur, s'écria la chanoinesse, comment se fait-il que nous ne nous soyons pas connus plus tôt? que nous ne nous soyons jamais rencontrés?

— Cela vient, répondit Albanus, de la différence de notre éducation; tandis que vous, jeune fille pleine d'espérance, vous vous abandonniez dans le Dschinnistan à votre belle nature et à votre heureux génie, j'étudiais tristement, enfermé dans les pyramides, et je suivais les cours du professeur Zoroastre, vieillard grondeur, mais d'un immense savoir. Sous le gouvernement du digne prince Démétrius, je fixai mon domicile dans ce charmant petit pays.

— Et vous n'avez pas été banni, dit la dame, lorsque le prince Paphnutius décréta le progrès?

— Pas le moins du monde, répondit Prosper; bien plus, je réussis à développer, dans les écrits que je publiais, des connaissances particulières sur la lumière. Je prouvai qu'il ne peut jamais tonner sans la volonté du prince, et que nous devons le beau temps et une bonne moisson à lui et à sa noblesse, qui en décident dans leurs travaux du cabinet, tandis que la populace laboure et sème au dehors. Le prince Paphnutius me fit président intime de la lumière, place que je jetai de côté dès que l'orage fut apaisé. En secret, je fus utile; c'est-à-dire comme nous le comprenons tous les deux. Savez-vous que c'est par moi que vous fûtes instruite de la visite de la police de la lumière? que c'est à moi que vous devez d'être restée en possession des choses que vous m'avez montrées tout à l'heure? Mon Dieu! chère chanoinesse, regardez, je vous prie, par cette fenêtre. Ne reconnaissez-vous plus ce parc où vous vous promeniez si souvent et vous causiez avec les bons esprits, qui demeurent dans les buissons, les fleurs, les sources? J'ai sauvé ce parc à l'aide de ma science. Il est resté comme au temps du vieux Démétrius, grâce au ciel. Le prince Barsanuph s'inquiète peu de sorcellerie, pourvu qu'on ne se fasse pas remarquer, et que l'on paye exactement les impôts, et je vis ici, comme vous, dans votre couvent, tranquille et sans inquiétude.

— Docteur, dit la dame les yeux baignés de larmes, que dites-vous, quel trait de lumière! Oui, je reconnais ce bois où je goûtai tant de joie. Docteur, homme noble à qui je dois tant, pourquoi êtes-vous aussi hostile à mon protégé?

— Entraînée par votre bon naturel, ma bonne dame, vous avez, reprit le docteur, accordé vos bienfaits à un homme qui n'en est pas digne. Cinabre est et demeure, malgré vos bienveillants secours, un être mal né, qui, maintenant que votre peigne d'or s'est brisé, est entièrement en mon pouvoir.

— Docteur, supplia la chanoinesse, ayez-en pitié.

— Mais regardez, s'il vous plaît, répliqua Prosper, l'horoscope de Balthazar?

La dame regarda, et s'écria avec douleur :

— Oui, s'il en est ainsi, je dois céder à un pouvoir supérieur. Pauvre Cinabre!

— Avouez, bonne dame, répliqua le docteur en souriant, que les femmes se plaisent souvent dans le bizarre, et suivent parfois un incident offert par le hasard avec persévérance, sans réfléchir, sans penser à d'autres événements douloureux qui en sont la conséquence. Cinabre subira son sort, mais il doit encore obtenir des faveurs imméritées. C'est un hommage que je rendrai, estimable dame, à votre pouvoir, votre bonté et vos vertus.

— Excellent homme! s'écria la dame, restez mon ami!

— Toujours, répondit le docteur, mon amitié pour vous, chère fée, sera inaltérable. Adressez-vous à moi en toute confiance dans les moments difficiles de la vie, et venez prendre mon café toutes les fois que cela pourra vous plaire.

— Adieu, mon digne Albanus, je n'oublierai jamais ni votre bienveillance ni ce café. Ainsi parla la chanoinesse, et elle se leva tout émue.

Prosper Albanus l'accompagna jusqu'en dehors de la grille du jardin, tandis que toutes les voix étranges de la forêt charmaient l'oreille.

Devant la porte, au lieu de la voiture de la dame, se trouvait la coquille de cristal avec l'attelage de licornes, et derrière le hanneton d'or étendait ses ailes brillantes. Sur le siége était assis le faisan d'argent, et, tout en tenant les brides dans son bec, il regardait la dame de ses yeux pleins d'intelligence.

La chanoinesse se sentit transportée aux plus beaux temps de sa vie de fée, lorsque la voiture résonna à travers la forêt embaumée en faisant entendre de merveilleux accords.

VII.

Comment le professeur Mosch Terpin étudia les sciences naturelles dans les caves du prince. — Mycotès Belzébuth. — Désespoir de l'étudiant Balthazar. — Influence favorable d'une maison de campagne bien organisée sur le bonheur domestique. — Comment Prosper Albanus présenta à Balthazar une tabatière en écaille de tortue et s'en alla à cheval.

Balthazar, qui se tenait caché dans le village de Hoch-Jacobsheim, reçut une lettre du référendaire Pulcher ainsi conçue :

« Nos affaires vont de mal en pis, mon cher Balthazar; notre ennemi, l'affreux Cinabre, est devenu ministre des affaires étrangères, et a reçu le grand ordre du *Tigre tacheté de vert* à vingt boutons. Il est devenu le favori du prince, et fait ce qu'il veut. Le professeur Mosch Terpin est hors de lui et gonflé d'orgueil. Il a obtenu, par son futur gendre, la place de directeur général des collections d'histoire naturelle de l'Etat, place qui lui rapporte des émoluments considérables. Il reçoit, en conséquence, des forêts du prince, *les oiseaux et les animaux les plus rares, qu'il fait rôtir*, et qu'il mange pour mieux étudier leur nature. Aussi écrit-il ou se propose-t-il d'écrire une dissertation pour prouver que le vin a meilleur goût que l'eau, avec d'autres études en ce genre, qu'il veut dédier à son gendre. Il a déjà expérimenté sur un demi-tonneau de vin du Rhin et plusieurs douzaines de bouteilles de champagne; il commence l'alicante en ce moment. Le chef des caves se tord les mains. Voici où en est le professeur, qui, tu le sais, est le plus grand gourmand du monde, et il mènerait la vie la plus heureuse s'il ne lui fallait de temps en temps, quand la grêle a ravagé les champs, se rendre à la campagne pour expliquer aux fermiers pourquoi il a grêlé, afin que les pauvres diables deviennent assez savants pour s'en préserver à l'avenir et ne se permettent plus de demander la remise de leurs loyers pour un événement dont ils sont la cause. Le ministre ne te pardonne pas les coups que tu lui as donnés, et il a juré de se venger. Tu ne pourras plus te montrer à Kerépes. Il me persécute aussi, parce que je l'ai guetté au moment où il se faisait secrètement friser par une dame ailée. Ma mauvaise étoile veut que je me rencontre toujours avec le petit monstre, sans le prévoir, et d'une manière qui peut m'être fatale. Dernièrement, le ministre, en grande tenue, avec épée, crachats et rubans, était dans le cabinet de zoologie, appuyé sur sa canne et sur la pointe des pieds, comme c'est son habitude, et placé près de l'armoire vitrée où sont les singes les plus rares de l'Amérique; des étrangers, qui visitaient la galerie, entrèrent, et, en apercevant le nain, ils s'écrièrent :

— Mais quel charmant singe! quelle jolie bête! C'est l'ornement du cabinet. Quel est son nom? d'où vient-il?

L'explicateur de la galerie dit très-sérieusement en touchant l'épaule de Cinabre :

— C'est un très-bel exemplaire, un brésilien pur sang, nommé *Mycetès Belzébuth*. — *Simia Belzebuth Linnœi*. — *Niger barbatus, podiis caudaque apice brunneis*. — Le singe grondeur!

— Monsieur, dit au conducteur le petit homme, vous êtes fou, sans doute, ou vous êtes neuf fois au diable. Je ne suis point *Belzebuth caudaque*, ni un singe grondeur. Je suis le ministre Cinabre, chevalier du *Tigre tacheté de vert* à vingt boutons! Je demeure très-près d'ici, et brise...

Quand il aurait dû m'en coûter la vie à l'instant, je n'aurais pu m'empêcher d'éclater bruyamment de rire comme je le fis.

— Vous êtes encore là aussi, monsieur le référendaire! me dit-il de sa voix stridente et les yeux tout brillants d'un feu rougeâtre.

Dieu sait comment il se fit que les étrangers continuèrent à le prendre pour un singe très-rare et voulurent à toute force lui donner à manger des noix, qu'ils tiraient de leurs poches. Cinabre s'emporta tellement, qu'il pouvait à peine respirer, et que ses petites jambes lui refusaient le service. Le domestique de la chambre fut obligé de le prendre dans ses bras et de le descendre à la cuisine. Je ne sais pourquoi cette aventure me donna de l'espérance; c'est le premier désagrément qui arrive à ce petit monstre ensorcelé. Ce qui est certain, c'est que Cinabre est revenu dernièrement très-désappointé du jardin. La femme ailée ne lui aura pas fait sa visite, car il n'a plus ses belles boucles. Ses cheveux tombent emmêlés sur ses épaules, et le prince Barsanuph lui aurait dit :

— Ne négligez pas ainsi votre toilette, mon cher, je vous enverrai mon coiffeur, à quoi Cinabre aurait répondu qu'il le ferait jeter par la fenêtre.

— Grande âme, on ne peut vous venir en aide! aurait dit le prince; et il aurait beaucoup pleuré.

— Adieu, mon cher Balthazar, ne désespère de rien, et cache-toi bien. »

Tout chagrin de cette lettre, Balthazar alla gémir dans la forêt.

— Dois-je espérer, disait-il, maintenant que toute espérance est partie? Je succombe sous les coups d'un sombre pouvoir qui est entré dans ma vie! J'étais insensé quand j'attendais du secours de Prosper Albanus, dont l'art infernal m'avait séduit, et qui m'a fait chasser de Kerèpes, tandis qu'il faisait tomber sur le dos de Cinabre la grêle de coups appliquée par moi sur l'image du miroir. Ah! Candide! puis-je t'oublier, enfant du ciel! Je t'aime plus que jamais, et je le sais, tu m'aimes aussi, belle Candide! Et c'est là d'où vient mon désespoir de ne pouvoir t'arracher à un enchantement maudit. Traître Prosper! que t'avais-je fait pour t'être ainsi joué de moi?

Le crépuscule était devenu plus épais, toutes les couleurs de la forêt disparaissaient dans un seul ton gris; alors une étrange lueur, semblable au soleil couchant enflammé, brilla à travers les arbres, et mille insectes aux ailes bruyantes s'élevèrent en murmurant dans les airs. Des hannetons d'or volaient çà et là, et çà et là des papillons aux riches couleurs voltigeaient en répandant autour d'eux une poussière de fleurs embaumée. Le bruit d'ailes devint une douce musique qui rafraîchissait le cœur déchiré de Balthazar. Il leva les yeux, et aperçut Prosper Albanus qui planait dans l'air sur un insecte merveilleux. Il descendit près du jeune homme et s'assit à ses côtés, pendant que sa monture s'envolait dans le bocage en se joignant au concert général. Albanus toucha le front du jeune homme avec des fleurs brillantes qu'il tenait à la main, et une nouvelle énergie s'alluma dans l'âme de Balthazar.

— Tu es injuste envers moi, cher Balthazar, dit Prosper Albanus, en m'accusant de trahison et de cruauté au moment même où j'ai réussi à dominer le charme qui trouble ta vie. Mais aucune douleur n'est plus amère que le chagrin d'amour. Je te pardonne, car je n'ai guère mieux agi moi-même lorsque, il y a à peu près deux mille ans, amoureux d'une princesse indienne nommée Balsamine, j'arrachai dans mon désespoir la barbe de l'enchanteur Lothos mon meilleur ami! Ce qui est cause que, comme tu le vois, pour éviter un accident pareil, je n'en porte plus moi-même. Sache que Cinabre le petit monstre est fils d'une pauvre paysanne, et s'appelle le petit Zaches. C'est par orgueil qu'il a pris le nom de Cinabre. La chanoinesse de Rosenschœn, ou, pour mieux dire, la célèbre fée Rosabelle, trouva le nain sur sa route. Elle crut compenser les disgrâces de la nature en lui accordant le don de s'approprier tout ce qui se dit, se fait ou se pense de bien en sa présence; de sorte que dans une société de personnes intelligentes, instruites et spirituelles il paraît aussi capable et même plus capable que toutes les autres. Ce charme singulier est caché dans trois cheveux couleur de feu placés sur le sommet de la tête du petit. Toucher ces cheveux, ou même la tête, cause une grande douleur au nain, et cela peut lui être fatal. C'est pour cette raison que la fée a fait tomber ses cheveux crépus et fins de leur nature, en belles boucles épaisses qui protégent sa tête et cachent cette raie couleur de feu. Tous les neuf jours la fée frisait le petit avec un magnifique peigne d'or, et cette frisure anéantissait toute entreprise faite pour détruire le charme; mais ce peigne s'est brisé contre un de mes talismans, lors de sa visite chez moi.

Il ne s'agit maintenant que de lui arracher les trois cheveux couleur de feu, et il retournera dans sa nullité précédente. C'est à toi, mon cher Balthazar, qu'il est réservé de détruire l'enchantement. Tu es adroit, fort et brave : prends ce petit morceau de verre poli, approche-toi de Cinabre là où tu le verras. En regardant sa tête à travers ce talisman, tu y verras distinctement les trois cheveux rouges. Saisis-le, sans faire attention à ses cris de chat, arrache les trois cheveux, et brûle-les à l'instant. Il faut qu'ils soient arrachés d'un coup et brûlés, sans cela ils pourraient être nuisibles d'une autre manière. Aie soin surtout de n'agir ainsi que lorsque tu le trouveras à portée d'un feu ou d'une lumière.

— O Prosper Albanus! s'écria Balthazar, combien n'ai-je pas été ingrat envers toi! Je sens dans mon âme que mes souffrances vont finir.

— J'aime, continua Prosper Albanus, les jeunes gens qui portent, ainsi que toi, le désir et l'amour dans un cœur pur, où résonnent les précieux accords qui appartiennent au lointain pays des divins prodiges, qui est ma patrie. Les hommes doués de cette musique intérieure sont ceux qu'on appelle poëtes ici-bas. Je le sais, mon cher Balthazar, il te semble parfois comprendre le murmure des eaux, le bruit des feuilles, et entendre une voix qui te parle dans le couchant enflammé. Oui, mon Balthazar, dans ces moments c'est l'étrange voix de la nature qui t'arrive, car dans ton âme s'éveille le son divin qui enflamme l'admirable harmonie de son être. Tu touches un clavier, poëte, et tu sais qu'aux tons que tu fais résonner répondent des tons en accord. Cette loi de la nature mène plus loin qu'à une froide comparaison. Oui, poëte, tu vaux mieux que ne le devinent ceux à qui tu lis tes essais, la musique de ton cœur, tracés sur le papier avec l'encre et la plume. Ces essais ne sont pas des chefs-d'œuvre et cependant tu as réussi lorsque, avec une exactitude matérielle, tu as, en style historique, raconté les amours du rossignol et de la rose rouge, qui se passent sous mes yeux. C'était une œuvre charmante.

Albanus se tut et Balthazar le regardait, tout étonné de voir que l'enchanteur regardât comme une tentative historique le poëme le plus fantastique, à son idée, qu'il eût jamais écrit.

— Tu dois, lui dit Albanus tandis qu'un bienveillant sourire animait son visage, être bien surpris de mes paroles, et je dois aussi te paraître bien étrange; mais allons au fait. Si la fée Rosabelle s'est attachée ardemment au petit Cinabre, tu es, toi, mon Balthazar, devenu mon favori. L'enchanteur Lothos est venu me voir hier et m'a apporté mille baisers et mille plaintes de la princesse Balsamine, qui est éveillée de son long sommeil et étend vers moi ses bras pleins de désirs. Il me faut partir pour l'Inde. Je ne veux laisser à nul autre qu'à toi ma maison de campagne. Demain je t'en ferai à Kerèpes une donation en bonne forme en me disant ton oncle. Lorsque le charme de Cinabre sera détruit tu te présenteras au professeur Terpin comme possesseur d'un bien admirable et d'une grande fortune, et il t'accordera, plein de joie, la main de la belle Candide. Mais, plus encore! en te retirant dans ma maison avec la belle Candide, le bonheur de ton mariage est certain. Sous ces beaux arbres croît tout ce que l'on peut désirer. Ta femme aura toujours la première salade et les premières asperges. La cuisine est ainsi faite que les bouillons ne s'enfuient jamais et que pas un seul plat ne se gâte, lors même que tu te ferais attendre une heure pour dîner. Les tapis et les étoffes des chaises et des sofas ont cette qualité, que les domestiques les plus maladroits n'y peuvent faire de taches; et la porcelaine ne se brise pas, lors même que tes gens feraient exprès de la jeter sur le parquet. Et toutes les fois que ta femme fera laver, elle trouvera toujours du beau temps sur la grande pelouse derrière la maison; lors même qu'un orage mêlé de pluie, de tonnerre et d'éclairs gronderait tout à l'entour. Enfin tout est arrangé, mon cher Balthazar; pour que tu goûtes auprès de la belle Candide le paisible bonheur du ménage. Mais il me faut bientôt m'occuper, avec mon ami Lothos, des préparatifs de mon départ. Adieu, mon Balthazar.

Prosper siffla deux fois, et l'insecte qui lui servait de monture apparut avec un bruit d'ailes. Il se mit en selle; mais au moment de partir il s'arrêta, et se retournant :

— J'avais, dit-il à Balthazar, presque oublié l'ami Fabian. Dans un accès de malice, je l'ai puni trop sévèrement. Il y a dans cette tabatière de quoi le consoler.

Et il présenta à Balthazar une petite tabatière très-jolie en écaille de tortue; que celui-ci serra avec la petite lorgnette contre les enchantements de Cinabre, qu'il lui avait d'abord donnée. Prosper Albanus s'envola avec bruit en dehors du bois, pendant que les voix de la forêt résonnaient avec plus de force et d'harmonie.

Balthazar revint à Hoch-Jacobsheim le cœur plein d'espérance et de joie.

VIII.

Comment les grands pans de l'habit de Fabian le firent prendre pour un sectaire et un émeutier. — Comment le prince Barsanuph se mit derrière l'écran de la cheminée et cassa le directeur général des collections de la nature. — Comment Mosch Terpin voulut monter à cheval sur un papillon et devenir empereur, et comment il alla se coucher.

Aux premières lueurs du crépuscule, et lorsque les rues étaient encore solitaires, Balthazar entra dans Kerèpes et se glissa dans la maison de Fabian. Lorsqu'il frappa à la porte, une voix de malade répondit : — Entrez !

Pâle, défait, le désespoir sur la figure, Fabian était étendu sur son lit.

— Au nom du ciel ! que t'est-il arrivé ? parle, mon ami ! s'écria Balthazar.

— Ah ! mon ami, dit Fabian d'une voix éteinte en se soulevant péniblement, c'est fait de moi, les sorcelleries du rancunier Albanus causent ma perte.

— Comment cela se peut-il ? mais tu ne croyais pas aux sorcelleries ? dit Balthazar.

— Ah ! s'écria Fabian avec un accent plein de larmes, je crois à tout, aux sorciers, aux fées, aux esprits de la terre, des eaux, au roi des rats, aux mandragores, à ce que tu voudras. Tu te rappelles l'horrible scandale causé par mon habit en revenant de chez Prosper Albanus ? Si seulement cela n'avait pas été plus loin ! Jette un coup d'œil autour de ma chambre.

Balthazar le fit, et remarqua sur la muraille, tout à l'entour, une foule d'habits, de redingotes, de vestes de toute forme et de toute couleur.

— Ah çà ! dit-il, tu veux donc, Fabian, ouvrir un magasin de vêtements, ici ?

— Ne ris pas, répondit celui-ci. Je fis faire ces habits par les plus fameux tailleurs, espérant échapper une fois au sort jeté sur mes costumes; mais tout fut inutile. Aussitôt que je porte quelques minutes l'habit le plus beau et le mieux à ma taille, les manches remontent jusqu'aux épaules et les basques prennent six pieds de longueur. Dans mon désespoir, je me commandai ce spencer avec des manches de Pierrot grandes comme le monde, en pensant que si les unes se raccourcissent et les autres s'allongent, j'obtiendrais un vêtement à peu près convenable; mais en quelques minutes il en était comme des autres habits. Les plus habiles tailleurs n'ont rien à opposer à ce charme maudit. Que je sois tourné en ridicule partout où je vais, cela se conçoit; mais mon entêtement à paraître avec cet habit endiablé a fait tirer d'autres conséquences. Les femmes m'ont cru rempli de vanité de montrer ainsi mes bras nus, que je trouvais très-beaux sans doute. Les théologiens m'ont pris pour un sectaire, et se sont disputés pour savoir, à cause de mes manches courtes et de mes grands pans d'habit, si j'appartenais à la secte des *manichéens* ou des *panthéistes*; mais ils ont été d'accord pour les trouver dangereuses l'une et l'autre. Les diplomates m'ont pris pour un séditieux ; ils ont prétendu que je voulais exciter le peuple à la révolte, et que j'appartenais à une société dont les manches courtes étaient le signe de ralliement. Enfin, la chose est devenue peu à peu si sérieuse que j'ai été cité devant le recteur. Je crus, ce jour, mon malheur terminé, car aussitôt que j'eus mis un habit il prit la forme d'une veste. Le recteur en fut très-irrité, il crut que je voulais me moquer de lui; et il me signifia que j'eusse, sous huit jours, à paraître devant lui dans un costume convenable, ou qu'il me renverrait de l'université. Aujourd'hui est le terme du délai indiqué. Oh ! malheureux que je suis !... Infâme Prosper Albanus !

— Arrête, cher Fabian ! s'écria Balthazar; n'insulte pas mon oncle chéri, qui m'a donné sa maison de campagne. Il ne l'a pas pris aussi sérieusement, bien qu'il ait trop sévèrement puni tes manières désagréables à son égard ; je t'apporte un remède : cette tabatière qu'il t'envoie finira tous tes maux.

Et en même temps Balthazar donna la petite tabatière d'écaille de tortue à l'inconsolable Fabian.

— A quoi cela peut-il me servir ? dit celui-ci ; crois-tu donc qu'une tabatière d'écaille puisse avoir de l'influence sur la forme de mon habit ?

— Je n'en sais rien, répondit Balthazar; mais mon cher oncle ne peut me tromper, j'ai pleine confiance en lui. C'est pourquoi je t'engage à ouvrir la tabatière ; nous verrons ce qu'elle contient.

Fabian l'ouvrit, et un magnifique habit noir du plus beau drap glissa hors de la tabatière. Fabian et Balthazar ne purent s'empêcher de jeter un grand cri d'admiration.

— Ah ! je te comprends, Prosper, mon cher oncle, s'écria Balthazar enthousiasmé; cet habit ira parfaitement, et rompra le charme.

Fabian essaya aussitôt l'habit, et ce que Balthazar avait pressenti arriva véritablement. Fabian fut habillé comme jamais il ne l'avait été de sa vie. Quant aux manches courtes et aux longs pans d'habit, il n'en était plus question. Plein de joie, il résolut aussitôt de se rendre ainsi chez le recteur pour remettre ses affaires sur l'ancien pied. Balthazar raconta à son ami l'entrevue qu'il avait eue avec Prosper Albanus et les moyens qu'il lui avait indiqués pour mettre un terme aux sorcelleries du nain. Fabian, dont tous les doutes s'étaient envolés, admira la générosité de Prosper, et offrit de concourir à briser le charme de Cinabre. Au même instant Balthazar aperçut par la fenêtre son ami Pulcher le référendaire, qui, tout chagrin, allait tourner le coin de la rue. Sur l'invitation de Balthazar, Fabian mit la tête à la fenêtre et invita de la voix et du geste le référendaire à monter chez lui. Aussitôt que celui-ci entra, il s'écria tout d'abord :

— Quel admirable habit tu as là, mon cher Fabian !

— Balthazar t'en racontera l'histoire, répondit Fabian; et il courut chez le recteur.

Lorsque Balthazar eut tout raconté au référendaire, celui-ci dit :

— Il est grand temps de tuer cet affreux monstre, car on célèbre aujourd'hui ses fiançailles avec Candide, et le prince y assistera, ce qui met en grande joie l'orgueilleux Mosch Terpin. C'est pendant la cérémonie même qu'il nous faut envahir la maison du professeur et assaillir le nain. Il ne manquera pas de lumières dans la salle pour brûler de suite les cheveux ennemis.

Fabian rentra, sur ces entrefaites, la figure rayonnante de joie.

— Le pouvoir de l'habit, dit-il, s'est admirablement montré ! Lorsque j'entrai chez le recteur, il m'a souri d'un air satisfait.—Ah ! ah ! me dit-il, je vois, mon cher Fabian, que vous avez abjuré vos erreurs. Les têtes chaudes comme la vôtre se laissent facilement entraîner aux extrêmes. Vous n'avez jamais été pour moi un rêveur religieux ; vous vous laissez plutôt aller à un patriotisme mal compris, à un penchant au merveilleux basé sur l'exemple des héros de l'antiquité. Mais votre habit si bien coupé fait oublier tout cela. Heureux l'État, heureux le monde où les jeunes gens au noble cœur portent de semblables habits avec des manches et des pans qui vont si bien ! Conservez, Fabian, cette vertu, ce sens droit, c'est là où se trouve la vraie grandeur héroïque.

Et le recteur m'embrassa les larmes aux yeux. Je ne sais comment il se fit que je tirai de ma poche la petite tabatière d'écaille.

— Permettez ! me dit le recteur en y introduisant le bout du pouce et de l'indicateur.

J'ouvris la tabatière sans savoir si elle renfermait du tabac. Le recteur saisit une prise, éternua, me saisit la main, la serra et me dit tout attendri, pendant que des pleurs coulaient le long de ses joues :

— Noble jeune homme ! voici une bonne prise ! Tout est oublié et pardonné ; venez dîner aujourd'hui chez moi.

— Vous voyez, amis, mes souffrances sont terminées, et si, comme tout le fait supposer, le reste s'ensuit, le désenchantement de Cinabre réussira de même.

Le petit Cinabre se tenait, en habit rouge, décoré du grand ordre du *Tigre tacheté de vert* à vingt boutons, dans une salle éclairée par cent bougies. Il avait l'épée au côté et sous le bras le chapeau à plumes. Près de lui, Candide, en costume de fiancée, était éclatante de jeunesse et de beauté. Cinabre tenait sa main, qu'il portait de temps en temps à ses lèvres avec un disgracieux sourire ; chaque fois les joues de Candide se couvraient de rougeur, et elle regardait le petit homme avec des yeux pleins d'amour : ce qui causait aux spectateurs une impression pénible. La société se tenait à une distance respectueuse du couple. Seul, le prince Barsanuph était auprès de Candide, et s'efforçait de promener autour de lui des regards significatifs, auxquels on ne prenait pas garde. On ne voyait que les fiancés, et à chaque moment des mots inintelligibles sortis des lèvres de Cinabre arrachaient à la société des exclamations de surprise. C'était le moment où les anneaux allaient être échangés. Mosch Terpin s'avança tenant un plat sur lequel rayonnaient les bagues. Tout le monde attendait attentif. Tout à coup des voix étrangères se font entendre : la porte s'ouvre avec fracas; Balthazar entre, et avec lui Pulcher, et puis Fabian. Ils pénètrent dans le cercle. On s'écrie :

— Qu'est-ce que ceci ? que veulent ces étrangers ?

Le prince Barsanuph s'écrie :

— Révolte ! rébellion ! à la garde ! Et il se cache derrière l'écran de la cheminée.

Mosch Terpin reconnaît Balthazar, qui s'est fait jour jusqu'à Cinabre, et s'écrie :

— Monsieur l'étudiant, êtes-vous fou ? Comment pouvez-vous être assez hardi pour entrer de force pendant les fiançailles ? Valets ! messieurs ! jetez à la porte ce grossier personnage !

Mais, sans se détourner un seul instant, Balthazar tire de sa poche la lorgnette de Prosper, et à travers dirige un œil ferme sur la tête de Cinabre. Celui-ci, comme frappé par un éclair électrique, pousse un cri de chat qui fait résonner toute la salle. Candide tombe évanouie sur un siége. Le cercle de la société s'élargit et se dissipe. La raie de cheveux de couleur de feu est distincte aux yeux de Balthazar. Il s'élance sur Cinabre, et le saisit, tandis que celui-ci trépigne de ses petites jambes, l'égratigne et le mord.

— Saisissons-le ! saisissons-le ! appelle Balthazar.

Et alors Fabian et Pulcher tiennent le petit pour l'empêcher de faire le moindre mouvement. Balthazar prend avec précaution les cheveux rouges, les arrache d'un seul coup, saute vers la cheminée et les jette dans le feu. Ils pétillent ; une forte détonation se fait entendre, et tous semblent sortir d'un rêve. Alors le petit Cinabre, qui s'est relevé avec peine, crie, insulte, et ordonne d'arrêter l'audacieux perturbateur qui a porté la main sur la personne sainte du ministre d'État, et de le jeter au fond d'une prison.

— D'où vient, se demande-t-on de toutes parts, cette effroyable poupée ? Que veut ce petit monstre ?

Et le nain continue à s'écrier en frappant du pied :

— Je suis le ministre Cinabre ! je suis le ministre Cinabre !

Tout le monde éclate de rire. On entoure le petit, on se le jette de l'un à l'autre comme un ballon; les boutons de son ordre tombent l'un après l'autre, il perd son chapeau, son épée, ses souliers. Le prince Barsanuph sort de derrière son écran et s'avance au milieu du tumulte. Alors le nain s'écrie :

— Prince Barsanuph, sauvez votre ministre! votre favori! Au secours! L'Etat est en danger! Le *Tigre tacheté de vert!* Hélas! hélas!

Le prince jette sur le petit un regard menaçant, et s'avance vers la porte. Mosch Terpin se jette au-devant de lui; alors il le saisit, le pousse dans un coin, et lui dit avec des yeux étincelants :

— Vous m'invitez aux fiançailles de votre fille avec mon ministre Cinabre, et en sa place je trouve ici un affreux monstre couvert de ses habits! Vous osez jouer une pareille comédie devant votre prince, le père du pays? Savez-vous, monsieur, que cette plaisanterie est une haute trahison que je serais porté à punir sévèrement si vous n'étiez pas un original de peu de tête, destiné à la maison des fous? Je vous retire la place de directeur général des collections de la nature, et vous défends de venir étudier dorénavant dans ma cave. Adieu!

Et puis il sort en grande hâte. Mais Mosch Terpin s'élance plein de fureur sur l'avorton, le saisit par ses grands cheveux, et court avec lui vers la fenêtre en criant :

— Va en bas, horrible monstre qui m'as si indignement trompé et as détruit mon bonheur!

Et il voulait le lancer par la fenêtre ouverte; mais l'inspecteur du cabinet de zoologie, qui se trouvait aussi là, s'élança avec la rapidité de l'éclair, et arracha le petit des mains de Terpin.

— Arrêtez! dit-il, n'empiétez pas sur les possessions du prince. Ce petit monstre est *Belzébuth, Simia Belzebuth*, qui s'est échappé du musée...

— *Simia Belzebuth! Simia Belzebuth!...* s'écriait-on de tous côtés en riant.

Mais à peine l'inspecteur eut-il pris le petit sous le bras et l'eut-il regardé avec attention, qu'il s'écria de mauvaise humeur :

— Que vois-je? ce n'est point *Simia Belzebuth*, c'est un affreux, un épouvantable nain des racines! Fi!

Et il le jeta au milieu de la chambre. Le nain s'élança dehors au rire moqueur de tous les assistants, descendit rapidement les marches, et se mit à courir vers sa maison sans être vu d'un seul de ses domestiques.

Pendant que ceci se passait dans la salle, Balthazar était entré dans le cabinet où il supposait que l'on avait porté Candide évanouie. Il se jeta à ses pieds, porta ses mains à ses lèvres, et la nomma des plus doux noms. Elle se réveilla enfin avec un profond soupir, et en apercevant Balthazar elle s'écria toute ravie :

— Es-tu là, enfin, mon bien-aimé Balthazar! j'ai failli mourir de désirs et de douleur d'amour! j'entendais toujours résonner les chants du rossignol, dont la rose rouge est touchée et par lesquels elle donne le sang de son cœur!

Alors elle raconta comment elle avait été plongée dans un songe affreux, dans lequel il lui semblait qu'un monstre horrible venait se placer dans son cœur, et qu'elle était forcée de lui donner son amour. Le monstre prenait la figure de Balthazar. Mais lorsqu'elle pensait bien vivement à Balthazar, elle voyait que ce n'était pas lui; mais alors même, ô prodige incompréhensible! elle était forcée de l'aimer par amour pour Balthazar.

Balthazar lui expliqua de tout ceci juste ce qui était nécessaire pour ne pas lui troubler les sens. Et alors suivirent, comme c'est l'usage immémorial entre amoureux, mille assurances, mille serments d'amour éternel, et alors ils se serrèrent dans les bras l'un de l'autre avec la tendresse la plus extrême, pleins de toutes les joies, de tous les ravissements du ciel. Mosch Terpin entra en se tordant les mains et en se lamentant, et avec lui vinrent Pulcher et Fabian, qui s'efforçaient en vain de le consoler.

— Non! s'écria Mosch Terpin, je suis un homme ruiné; n'être plus directeur général des collections de la nature! Plus d'études dans la cave! la défaveur du prince! moi, qui espérais être nommé chevalier de l'ordre du Tigre tacheté de vert à cinq boutons au moins! Tout est perdu! Que dira Son Excellence le digne ministre Cinabre, quand il saura qu'un affreux monstre, *Simia Belzebuth, cauda prehensili*, ou quelque chose de pareil, a été pris pour lui! O Dieu! et sa haine viendra aussi peser sur moi!... Alicante! alicante!...

— Mais, cher professeur, lui dirent en le consolant ses amis, songez donc qu'il n'existe plus de ministre Cinabre! vous n'avez pas compris que le hideux mirmidon vous a trompé, comme nous autres, au moyen d'un don magique que la fée Rosabelle lui avait accordé?

Alors Balthazar raconta tout ce qui s'était passé. Le professeur écouta jusqu'à ce que Balthazar eût fini de parler; puis il s'écria :

— Veillé-je? suis-je le jouet d'un rêve? des enchanteurs, des fées, des miroirs magiques, des sympathies?... Faut-il croire à ces niaiseries?...

— Ah! cher professeur, dit Fabian, si vous aviez, pendant un certain temps, porté un habit à courtes manches et à longue queue, comme moi, vous croiriez à tout, que ce serait plaisir!

— Oui, s'écria Mosch Terpin, est-ce ainsi! un animal enchanté m'a trompé, je ne tiens plus sur mes pieds, je me lève sur les toits! Prosper Albanus vient me chercher, je monte à cheval sur un papillon, je me fais friser par la fée Rosabelle, par la chanoinesse de Rosenschœn, et je deviens ministre, roi, empereur!

Et alors il se mit à sauter dans la chambre et à crier de manière à faire craindre pour sa raison jusqu'au moment où il tomba épuisé dans un fauteuil. Alors Candide et Balthazar s'approchèrent : ils parlèrent de leur ardent amour, ils dirent qu'ils ne pouvaient vivre l'un sans l'autre, et cela d'une manière si touchante, que Terpin en versa quelques larmes.

— Faites tout ce que vous voudrez, mes enfants, dit-il en sanglotant : mariez-vous, aimez-vous et mourez de faim ensemble, car Candide n'aura pas un sou de dot.

— Quant à ce qui est de la faim, dit Balthazar en souriant, j'espère vous convaincre demain, cher professeur, qu'il n'en sera jamais question; mon oncle Prosper Albanus a eu soin d'y pourvoir.

— Fais cela quand tu pourras, dit le professeur fatigué, mon cher fils, demain, si cela te plaît; car, si je ne veux pas devenir fou, si je ne veux pas que ma tête éclate, il me faut aller me coucher.

Ce qu'il fit à l'instant.

IX.

Embarras d'un fidèle valet de chambre. — Comment la vieille Lise causa une rébellion, et comment le ministre Cinabre glissa dans sa fuite. — De quelle remarquable manière le médecin du prince expliqua la mort subite de Cinabre. — Comment le prince Barsanuph se chagrina, et comment la perte de Cinabre resta irréparable.

La voiture du ministre Cinabre avait attendu en vain presque toute la nuit devant la maison de Mosch Terpin. De temps en temps on affirmait au chasseur que Son Excellence devait avoir quitté la société depuis longtemps; mais celui-ci regardait comme impossible que Son Excellence se fût mise à courir chez elle à travers la pluie et la tempête. Lorsque enfin toutes les lumières furent éteintes et les portes fermées, le chasseur dut retourner à l'hôtel avec la voiture vide; mais il éveilla le valet de chambre, et lui demanda, au nom du ciel, si le ministre était rentré et de quelle manière!

— Son Excellence, dit le valet de chambre bas à l'oreille du chasseur, est rentrée à la tombée de la nuit; elle est dans son lit et dort. Mais, mon brave chasseur, comment, de quelle manière, je vais vous le dire; mais *motus!* Je serais un homme perdu si Son Excellence savait que je me trouvais dans le corridor sombre; car Son Excellence est, il est vrai, de petite taille, mais a beaucoup de vivacité, et ne se connaît plus dans la colère, à un point qu'elle a poursuivi hier une souris l'épée nue à la main. Eh bien! hier, à la tombée du jour, je me couvre de mon manteau pour aller dans un cabaret faire en tapinois une partie de trictrac; j'entends un bruit dans l'escalier, quelque chose me passe entre les jambes dans le noir corridor, tombe, se relève en poussant un cri de chat... et grogne comme... ô Dieu! chasseur, n'en dites rien, sans cela je suis perdu! venez un peu plus près... et grogne... comme Son Excellence a coutume de le faire lorsque le cuisinier a laissé brûler le rôti, ou que quelque chose dans l'Etat ne va pas à sa guise...

Le valet avait dit ces derniers mots à l'oreille du chasseur, sa main devant la bouche. Le chasseur fit un mouvement en arrière, prit un air réfléchi et s'écria :

— Est-ce possible?

— Oui! reprit le valet de chambre, ce fut évidemment notre gracieuse Excellence qui me passa entre les jambes. Je l'entendis distinctement remuer les chaises dans la chambre, et ouvrir l'une après l'autre les portes de l'appartement jusqu'à ce qu'il fût arrivé à son cabinet. Je ne me hasardai point à le suivre; mais, deux heures après, je me glissai à la porte de son cabinet et prêtai l'oreille. Son Excellence ronflait, comme elle a coutume de le faire lorsqu'elle a des choses importantes en train. Chasseur! il se passe au ciel et sur terre plus de choses que ne le croit notre sagesse, comme je l'ai entendu dire au théâtre à un prince vêtu de noir, qui a grand'peur d'un homme habillé en carton gris. Chasseur! il s'est passé hier quelque chose d'étonnant qui a fait prendre à Son Excellence le chemin de la maison. Le prince a été chez le professeur; peut-être a-t-il parlé de ceci, de cela, d'une petite réforme, ce qui a engagé le ministre à quitter ses fiançailles pour venir travailler au bien de l'Etat. Je l'entends ronfler! il va se décider quelque chose d'important; peut-être, chasseur, nous faudra-t-il laisser encore croître nos queues! Toutefois, fidèle ami, *descendons*, et, en loyaux serviteurs, écoutons à la porte de la chambre à coucher pour savoir si Son Excellence est encore dans le lit à travailler dans sa pensée.

Tous deux se glissèrent à la porte et écoutèrent; Cinabre ronflait et sifflait dans tous les tons. Ils restèrent debout dans un profond respect, et le valet de chambre s'écria plein d'émotion :

— C'est un grand homme que notre gracieux maître le ministre!

Déjà, de grand matin, un grand bruit s'éleva au bas de la maison du ministre. Une vieille paysanne, misérablement habillée de son costume de fête, s'était introduite dans la maison, et avait demandé au concierge de la conduire de suite auprès de son fils le petit Zaches. Le concierge avait répondu que nul domestique de l'hôtel du ministre Cinabre, chevalier du *Tigre taché de vert* à vingt boutons, ne portait le nom du petit Zaches. Aux cris de la femme, aux jurements du concierge, toute la maison était accourue, et le bruit augmentait à chaque instant. Lorsque le valet de chambre descendit pour faire chasser les gens qui avaient l'audace de troubler de si bonne heure le sommeil de Son Excellence, on jeta à la porte la femme qui semblait être folle. Elle alla s'asseoir sur les marches de pierre de la maison en face de l'hôtel, et se mit à se lamenter de ce que les gens grossiers de la maison ne voulaient pas *la laisser monter* vers le petit Zaches, le fils aimé de son cœur, devenu ministre. Une foule s'assemblait devant elle, et elle répétait sans cesse que le ministre Cinabre n'était autre que son fils, qui s'appelait Zacharie, et par abréviation Zaches dans sa jeunesse; de sorte que les gens ne savaient si elle était folle ou si elle disait la vérité.

La femme ne quittait pas des yeux la fenêtre de Cinabre. Tout d'un coup elle se mit bruyamment à rire, et s'écria toute joyeuse :

— Le voici, le petit homme de mon cœur! Bonjour, petit Zaches!

Tout le monde regarda en l'air; et lorsque l'on aperçut en haut le petit Cinabre, habillé de rouge et décoré de son ordre, s'approcher de manière à être vu à travers les grandes vitres, on se mit à rire et à crier :

— Petit Zaches! petit Zaches! Regardez donc ce petit babouin en toilette! le singulier monstre! ce nain des racines! Petit Zaches! petit Zaches!

Le concierge et tous les domestiques sortirent pour voir ce qui mettait le peuple en si belle humeur, et ils se mirent à crier plus fort que le peuple en riant à outrance :

— Petit Zaches! petit poucet! mandragore! nain des racines!

Le ministre parut remarquer que tout ce bruit de la rue ne regardait que lui seul. Il ouvrit la fenêtre, jeta en bas des regards terribles, cria, sauta de fureur, menaça de la garde, de la police, de la maison de force, de la citadelle. Mais plus il écumait de colère, plus les rires et le tumulte augmentaient. On commença à l'assaillir de pierres, de légumes, et il fut forcé de rentrer.

— Dieu du ciel! s'écria le valet de chambre effrayé, le petit monstre était à la fenêtre de Son Excellence! qu'est-ce que cela? comment cet ensorcelé est-il entré?

Il courut en haut; mais, comme avant, il trouva la porte de la chambre à coucher verrouillée. Il se hasarda à frapper, pas de réponse!

Et pendant ce temps, Dieu sait comment, un bruit sourd courait dans le peuple que le petit monstre là-haut était *réellement* le petit Zaches, qui avait pris le fier nom de Cinabre, et s'était élevé par d'infâmes mensonges. Des voix s'écriaient de plus en plus distinctes :

— A bas le petit animal! à bas! Otez au petit Zaches sa jaquette de ministre! qu'on l'enferme dans une cage! qu'on le montre au marché pour de l'argent! qu'on le dore, et qu'on en fasse un joujou pour les enfants! Montons! montons!

Et le peuple assiégea la *maison*.

Le valet de chambre se tordait les mains de désespoir.

— Rébellion! tumulte! Excellence! ouvrez! sauvez-vous! s'écriait-il; mais il n'entendait pas le moindre mouvement, le plus léger bruit.

Les portes cédèrent; le peuple s'élança sur les escaliers avec de grands éclats de rire.

— Maintenant il le faut! dit le domestique. Il s'élança de toutes *ses forces contre la porte du cabinet*, dont les gonds sautèrent; *pas* d'Excellence!

— Excellence! Excellence! n'entendez-vous pas la révolte! Où êtes-vous donc?

Ainsi criait le domestique parcourant les chambres en désespéré. L'écho moqueur répondait seul dans ces salles de marbre. Nulle trace de Cinabre. Au dehors, le calme s'était rétabli : le domestique entendit *la voix d'une femme qui parlait au peuple*, et remarqua, en regardant dans la rue, que les gens quittaient la maison en parlant bas entre eux et en jetant sur la fenêtre des regards significatifs.

— La révolte paraît apaisée, disait le valet de chambre, que Votre Excellence quitte sa cachette!

Il revint dans la chambre à coucher, pensant à la fin *trouver* le ministre. Il chercha des yeux tout à l'entour. Enfin il aperçut de petites jambes *maigres sortir d'un* beau vase d'argent placé ordinairement près de la toilette, parce que le ministre attachait un grand prix à ce cadeau du prince.

— Dieu! Dieu! s'écria le valet de chambre effrayé, Dieu! Dieu si je ne me trompe, ces petites jambes-là appartiennent à Son Excellence le ministre Cinabre, mon gracieux maître.

Il entra, il appela tremblant du frisson de l'effroi en regardant *en bas :*

— Excellence! Excellence! au nom de Dieu! que faites-vous? que faites-vous là au fond?

Mais, comme Cinabre restait sans mouvement, le valet de chambre vit le danger qui menaçait Son Excellence, et crut qu'il était temps de mettre tout respect de côté. Il saisit *Cinabre* par les jambes, et le retira, hélas! mort, Son Excellence était morte. Le valet de chambre se mit à gémir à voix haute; le chasseur, les gens accoururent; on alla en hâte chercher le médecin du prince; pendant ce temps le domestique essuya son malheureux maître, le mit au lit, le couvrit de coussins de soie, de *sorte que* son visage *renfrogné* restait seul visible.

La dame de Rosenschœn entra. Elle avait, Dieu sait comment, apaisé le peuple. Elle s'avança vers Cinabre inanimé, suivie de la vieille Lise l'aimable mère du petit Zaches. Les yeux étaient fermés, le nez très-blanc, la bouche entr'ouverte par un léger sourire; mais, avant tout, la noire chevelure tombait en belles boucles. La dame frotta les cheveux, et aussitôt une raie rouge brilla d'une faible lueur.

— Ah! dit la dame, dont les yeux étincelèrent de joie, Prosper Albanus! grand maître! tu tiens parole. Il a subi son sort, et tout affront cesse.

— Ah! dit la vieille Lise, ah! bon Dieu! ce n'est pourtant pas mon petit Zaches; il n'a jamais été aussi beau; je suis venue pour rien à la ville; vous m'avez donné un mauvais conseil, noble dame.

— Ne *murmurez* pas, vieille femme, répondit la chanoinesse, si vous aviez suivi mon conseil, si vous n'étiez pas entrée avant moi dans cette maison, tout serait mieux ici pour vous. Je vous le répète, le petit qui est couché dans ce lit est certainement et véritablement votre fils le petit Zaches.

— Eh bien, dit la femme avec des yeux brillants, si cette Excellence est vraiment mon fils, alors j'hériterai de ces belles choses ici tout autour de cette maison et de ce qu'elle renferme?

— Non, répondit la dame, le temps est passé, vous avez laissé aller le bon moment de gagner de l'argent et des biens. Je vous l'ai dit, vous ne pouvez pas posséder de richesses.

— Je peux pourtant, continua la femme les larmes aux yeux, prendre mon pauvre petit garçon dans mon tablier et le porter chez moi, notre pasteur a tant de jolis oiseaux empaillés! il empaillera aussi mon petit Zaches et je le placerai sur mon armoire, comme il est là, avec son habit rouge, son large ruban et sa grande étoile sur la poitrine, en souvenir éternel.

— C'est là, dit la dame presque fâchée, une sotte idée, cela ne se peut pas.

Alors la femme commença à pleurer, à se plaindre, à se lamenter.

— Mais alors à quoi me servira, dit-elle, que mon fils soit arrivé à de grands honneurs, à une grande fortune? S'il était resté avec moi, je l'aurais élevé dans ma pauvreté! jamais il ne serait tombé dans toutes ces maudites choses d'argent, il vivrait encore, et il m'aurait donné joie et bénédiction. Si je l'avais porté çà et là, dans ma corbeille, les gens en auraient eu pitié, et l'on m'aurait jeté de belles pièces de monnaie. Mais maintenant...

On entendit des pas dans l'antichambre. La dame fit sortir la vieille en lui recommandant de l'attendre devant la porte... Elle lui donnerait, dit-elle, en la ramenant en voiture, un moyen certain de voir finir en une seule fois sa misère et sa peine.

Rosabelle s'approcha encore une fois près du petit, et avec une voix tremblante de compassion prononça ces paroles :

— Pauvre Zaches! la nature a été pour toi une marâtre. J'avais de bonnes intentions. Je me suis trompée peut-être en pensant que les beaux dons que je t'accordais apporteraient la lumière dans ton âme et éveilleraient une voix qui te crierait sans cesse : Tu n'es pas celui pour lequel tu passes, mais fais tes efforts pour te rendre l'égal de ceux dont ta *faiblesse emprunte* les ailes. Mais aucune voix n'a parlé. Ton esprit paresseux était impuissant pour s'élever, et tu es resté dans ta sottise et ta grossièreté. Hélas! si tu étais resté un lourd paysan, tu aurais échappé à cette *mort* honteuse. Prosper Albanus s'est chargé de rendre à ton cadavre l'apparence que mon pouvoir t'avait donnée dans la vie. J'aurais du plaisir à te revoir peut-être comme petit hanneton ou souris aux yeux vifs. Dors bien, petit Zaches!

Le médecin du prince entra dans la chambre au moment où Rosabelle la quittait.

— Au nom de Dieu! s'écria-t-il lorsqu'il vit Cinabre mort et se fut convaincu que toute tentative de le rappeler à la vie deviendrait inutile, au nom de Dieu! comment cela s'est-il passé, monsieur le valet de chambre?

— Ah! *répondit celui-ci*, ah! *cher monsieur* le docteur! la révolte ou la révolution, c'est tout un, nommez-la comme vous voudrez, mugissait dans l'antichambre; Son Excellence, occupée du soin de sa vie précieuse, a voulu certainement se réfugier dans la toilette, le pied lui a glissé, et...

— Ainsi, dit le docteur ému et d'un air solennel, c'est la peur de mourir qui a causé sa mort.

La porte s'ouvrit brusquement, et le prince Barsanuph se précipita dans la chambre, la figure pâle, suivi de sept chambellans plus pâles que lui.

— Est-il vrai? est-il vrai? s'écria-t-il.

Mais aussitôt qu'il aperçut le petit cadavre, il recula précipitamment, les yeux levés vers le ciel, et dit avec l'expression de la plus vive douleur :

— O Cinabre!

Et les sept chambellans répétèrent après lui :

— O Cinabre !

Comme le prince, ils tirèrent leurs mouchoirs de leur poche et le tinrent devant leurs yeux.

— Quelle perte pour l'Etat! reprit le prince après s'être livré un moment aux sanglots les plus retentissants, quelle perte irréparable pour l'Etat! Où trouver un homme qui porte avec autant de dignité l'ordre du *Tigre tacheté de vert* à vingt boutons?... Médecin! vous l'avez laissé mourir! Dites-nous, comment cela arriva-t-il? comment cela pouvait-il arriver? quelle en fut la cause? de quelle maladie est mort cet homme incomparable?

Le médecin examina le petit avec soin, lui tâta à plusieurs endroits les places où battait le pouls, lui frotta la tête, puis il toussa et commença en ces termes :

— Mon gracieux maître! si je m'en tenais aux apparences, je pourrais vous dire que le ministre est mort par le manque de respiration, causé par l'impossibilité de reprendre haleine au milieu de l'élément où il est tombé, mais la parole de l'homme doit être libre! L'ordre du *Tigre tacheté de vert* à vingt boutons a éveillé en lui le premier germe de la mort.

— Comment? s'écria le prince en jetant sur le médecin un regard étincelant de colère, que dites-vous? l'ordre du *Tigre tacheté de vert* à vingt boutons! qu'il portait si dignement, avec tant de grâce, la cause de sa mort? Donnez-en la preuve, sinon... Chambellans! que dites-vous de ceci?

— Il faut qu'il donne des preuves, répondirent les sept chambellans, pâles, sinon....

— Mon gracieux prince, je vous prouverai, ainsi pas de sinon.... Voici l'enchaînement de tout ceci : Le poids de l'ordre, et surtout des vingt boutons placés sur les reins, opérèrent d'une manière funeste sur les ganglions de l'épine dorsale. En même temps l'étoile de l'ordre exerça une pression sur ce système osseux entremêlé de fils, placé entre la base et la veine supérieure du pouls et prédominante dans le labyrinthe du tissu des nerfs entrelacés. Cet organe correspond de *plusieurs manières* avec le système cérébral, et la lésion faite aux ganglions lui fut aussi préjudiciable. La liberté d'action du système cérébral n'est-elle pas la condition du sentiment et de la personnalité, comme étant l'expression de la plus parfaite union de tout l'être dans un centre? N'est-ce pas la condition vitale de l'activité dans les deux sphères des systèmes ganglionaire et cérébral? Eh bien! cette attaque troubla les fonctions de l'organisation physique. De sombres idées de services rendus à l'Etat et méconnus se formèrent, auxquelles se joignirent le poids douloureux de l'ordre et d'autres causes encore, et l'état empira de plus en plus jusqu'au moment où la désunion du système ganglionaire et cérébral amena la cessation complète du sentiment, et l'abandon complet de la personnalité, état que nous désignons par l'expression : *la mort!* Oui, gracieux maître, le ministre était déjà abandonné de l'existence, il était parfaitement mort, lorsqu'il tomba accidentellement dans ce vase. Sa mort avait donc une cause non pas physique, mais expressément psychique.

— Docteur! interrompit le prince de mauvaise humeur, vous parlez depuis une demi-heure, et je veux être damné si j'y comprend un seul mot. Qu'entendez-vous par physique et psychique?

— Le principe physique, reprit le docteur, est la condition de la vie purement végétative, le psychique intéresse l'organisme humain, qui trouve seulement dans l'esprit, dans la force de la pensée, la machine motrice de l'existence.

— Je vous comprends encore un peu moins, s'écria le prince en donnant des signes de contrariété évidente.

— Je veux dire, continua le docteur, que le physique consiste en ce qui n'a qu'une vie négative et sans idées, comme les plantes, tandis que le physique est dans la faculté de penser. Comme celui-ci prédomine dans l'organisme humain, le médecin doit avant tout soigner l'esprit et considérer le corps comme le vassal qui doit se soumettre quand le maître ordonne.

— Ho! ho! docteur, s'écria le prince, laissons cela. Guérissez mon corps et ne vous occupez pas de mon esprit, qui ne m'a jamais incommodé. En résumé, docteur, vous êtes un homme obscur, et si je n'étais pas ici, tout rempli de tristesse, près du cadavre de mon premier ministre, je saurais ce que j'aurais à faire. Eh bien! messieurs les chambellans, versons encore quelques larmes sur le catafalque du défunt, et allons nous mettre à table.

Le prince mit son mouchoir devant ses yeux et sanglota, les chambellans l'imitèrent, et tout le monde partit. Devant la porte se tenait la vieille Lise portant sous son bras des oignons dorés les plus beaux du monde. Le prince aperçut ces fruits par hasard; il s'arrêta, et, souriant gracieusement, il dit :

— De ma vie je n'ai vu d'aussi beaux oignons, ils doivent être d'un goût délicieux; les vendez-vous, brave femme?

— Oui, Altesse! répondit Lise avec un grand salut; leur vente me fait vivre. Désirez-vous les goûter, ils sont doux comme miel? Et elle présenta au prince une botte des plus magnifiques oignons.

— Chambellans, un couteau! répondit celui-ci en les prenant tout joyeux.

Le couteau une fois donné, le prince éplucha un oignon bien proprement et goûta du cœur du fruit.

— Quel goût! quelle douceur! quelle force! quel feu! s'écria-t-il les yeux brillants d'enthousiasme; il me semble que je vois devant moi Cinabre me faire signe et me dire tout bas : Achetez ces oignons et goûtez-les, mon prince, le salut de l'État l'exige. Le prince donna deux pièces d'or à la vieille Lise, et les chambellans durent emplir leurs poches de sa marchandise. Il fit plus : il ordonna que Lise fût seule chargée de la fourniture des oignons pour les déjeuners du palais. Ainsi la mère du petit Zaches fut tirée de la misère, et la bonne fée Rosabelle lui vint en aide par un secret prodige.

Les funérailles du ministre Cinabre furent des plus belles que l'on eût vues à Kerèpes. Le prince et tous les chevaliers de l'ordre du *Tigre tacheté de vert* suivirent le convoi en grand deuil; les cloches sonnèrent; les bourgeois, le peuple, tout le monde se lamenta sur la perte du soutien de l'Etat; et en effet cette perte demeura irréparable, car jamais il ne se rencontra un ministre auquel l'ordre du *Tigre tacheté de vert* allât aussi bien qu'à l'immortel Cinabre.

X.

Prière mélancolique de l'auteur. — Comment le professeur Mosch Terpin se calma, et comment Candide ne put jamais être triste. — Comment un hanneton d'or murmura quelque chose à l'oreille de Prosper Albanus, qui prit congé d'eux, et comment Balthazar fut heureux en ménage.

Celui qui a écrit ces lignes doit maintenant se séparer de toi, cher lecteur, et cela lui cause de la tristesse et de l'effroi; il avait encore à te raconter sur Cinabre bien des faits merveilleux, et il voulait le faire. Cependant, en récapitulant toutes les aventures du neuvième chapitre, il comprend qu'il se trouve déjà assez de prodiges, et il craindrait de lasser ta patience en ajoutant d'autres récits. Il te prie donc, le cœur oppressé de la mélancolie et de la crainte qui sont venues l'assaillir en écrivant les mots *dernier chapitre*, de vouloir bien considérer gaiement et avec plaisir les étranges figures que le poëte doit à ce revenant qu'on appelle la Fantaisie, dont il n'a que trop écouté les bizarres caprices. Ne va bouder ni l'un ni l'autre, le poëte ni le fantôme. Mais si, en lisant, tu as quelquefois souri en toi-même, tu seras dans la disposition que désirait l'écrivain de ces lignes, et tu ne lui refuseras pas un peu de bienveillance.

L'histoire pouvait se terminer à la mort de Cinabre, mais il vaut mieux finir par une joyeuse noce que par un triste convoi funèbre.

Retournons donc à la belle Candide et à l'heureux Balthazar.

Le professeur Mosch Terpin était un homme instruit et expérimenté, qui, conformément à sa devise *Nil admirari*, ne s'étonnait plus depuis longtemps de rien sur la terre; mais il arriva que, laissant là toute sa sagesse, il passait de surprise en surprise, de sorte qu'il disait à la fin qu'il ne savait plus s'il était réellement le professeur Mosch Terpin, autrefois directeur du cabinet d'histoire naturelle de l'Etat, et s'il se promenait *bien sur ses pieds, la tête en haut*. Il s'étonna d'abord lorsque Balthazar lui présenta Prosper Albanus comme son oncle et que celui-ci lui eut montré les titres d'un don fait par lui à Balthazar d'une maison de campagne, située à une lieue de Kerèpes, avec des bois, des prairies, et lorsqu'il vit dans l'inventaire, en s'en fiant à peine à ses yeux, des richesses merveilleuses, comme, par exemple, des lingots d'or et d'argent, d'une valeur bien supérieure à ce que renfermait le trésor du prince. Il s'étonna encore lorsqu'il regarda le cercueil de Cinabre à travers la lorgnette de Balthazar, et vit que l'on avait par erreur considéré comme un ministre sage et intelligent un avorton méchant et grossier.

Mais son étonnement fut au comble lorsque Prosper Albanus le conduisit à sa maison de campagne et lui montra sa bibliothèque et d'autres merveilles, et fit même de charmantes expériences sur des plantes et des animaux.

Il vint au professeur l'idée qu'il ne savait rien, malgré ses recherches sur la nature, et il se figura qu'il était enfermé dans un admirable monde de prodiges comme dans un œuf. Cette idée le bouleversa tellement qu'il se mit à pleurer comme un enfant. Balthazar le conduisit aussitôt dans la cave immense, où il aperçut des tonneaux brillants et des bouteilles étincelantes. Balthazar pensait qu'il pourrait étudier encore mieux que dans la cave du prince, et aussi méditer sur la nature dans le beau parc.

Ceci calma le professeur.

La noce de Balthazar fut célébrée à la campagne. Lui et ses amis, Fabian et Pulcher, admirèrent la grande beauté de Candide et la grâce enchanteresse qui enveloppait tout son être. En effet, elle était entourée d'un charme : car la fée Rosabelle, qui demeurait près de là comme chanoinesse, l'avait habillée elle-même, oubliant toute rancune, et l'avait parée des plus admirables roses. Et l'on sait qu'un costume doit bien aller quand une fée y met la main. Elle avait en outre donné à la fiancée un collier éblouissant qui avait la propriété magique d'éviter à celle qui le portait les chagrins que causent les petites misères de la vie, comme un ruban mal attaché, une coiffure mal réussie, une tache dans le linge ou autres choses de ce genre. La nature de ce collier répandait sur toute sa personne la grâce et la gaieté.

Les fiancés étaient au comble du bonheur, et, par l'effet d'un charme secret du sage Albanus, avaient encore des regards et des paroles pour leurs bons amis rassemblés. Prosper Albanus et Rosabelle firent en sorte que les plus beaux prodiges vinrent embellir la fête. Partout sortaient des arbres et des bosquets de doux accents d'amour tandis que des tables se dressaient surchargées de flacons de cristal d'où coulait le vin le plus généreux, qui versait la vie dans les veines des invités.

La nuit arriva, et alors des arcs-en-ciel enflammés s'étendirent sur tout le parc, des oiseaux et des insectes lumineux volaient çà et là, et le mouvement de leurs ailes faisait jaillir des millions d'étincelles qui formaient toutes sortes d'admirables figures. Elles dansaient et se balançaient dans les airs et allaient se perdre dans le bocage. En même temps la musique de la forêt retentissait plus imposante, et le vent du soir murmurait plein de mystères et exhalait de doux parfums.

Balthazar, Candide et leurs amis reconnurent la puissance de l'enchanteur Albanus; mais Mosch Terpin, à moitié ivre, riait bruyamment, et ne voyait dans tout ceci que les œuvres du décorateur de l'Opéra et de l'artificier du prince.

Un brillant hanneton dirigea son vol vers Albanus, se posa sur son épaule et parut lui murmurer quelque chose à l'oreille. Prosper Albanus se leva de son siége.

— Bien-aimé Balthazar! dit-il avec un accent solennel, chère Candide! mes amis! le temps est venu, Lothos m'appelle, il me faut partir.

Il s'approcha des fiancés et s'entretint avec eux à voix basse, ils parurent émus l'un et l'autre; Prosper sembla leur donner des conseils, puis il les embrassa avec effusion.

Ensuite il se tourna vers la dame de Rosenschœn, et parla aussi bas avec elle; elle lui donna probablement des commissions pour le pays des fées et des enchantements, et il les accueillit avec plaisir.

Pendant ce temps une petite voiture de cristal conduite par le faisan d'argent était descendue des airs.

— Adieu! adieu! s'écria Prosper Albanus; puis il monta dans la voiture et s'envola bien au-dessus des arcs-en-ciel jusqu'à ce que sa voiture apparut au plus haut des airs comme une petite étoile brillante, qui disparut enfin dans les nuages.

— Voici un joli ballon! dit Mosch Terpin en ronflant, et il tomba dans un profond sommeil, accablé par la force du vin, et il devint un bon poëte; comme les propriétés surprenantes attachées à la possession de la campagne et annoncées à Candide par Mosch Terpin se conservèrent, comme aussi Candide ne quitta jamais son collier donné par la chanoinesse de Rosenschœn, rien ne s'opposa à ce que l'union de Balthazar avec elle, pleine de joie et de bonheur, fût la plus heureuse qu'un poëte eût jamais contractée avec une jolie femme.

Ainsi se termine heureusement l'histoire du petit Zacharie surnommé Cinabre.

— Excellence, que faites-vous là, au fond?

FIN DU PETIT ZACHARIE.

Imprimé par Charles Noblet, rue Soufflot, 18.

LITTÉRATURE, HISTOIRE, VOYAGES

MOLIÈRE.

*Œuvres complètes. 5 »
Le même, relié... 7 »
**Le même*. orné de 10 grav. sur acier. 6 »
Le même, relié... 8 »

On vend séparément :

Vie de Molière...
L'Étourdi........ » 25
Le Dépit amoureux » 25
Don Garcie de Nav.
Les Préc. ridicules. » 25
L'École des maris.
Sganarelle....... » 25
L'École des femmes.
La Critique de l'École des femmes. » 25
La Princesse d'Élide
Les Fâcheux..... » 25
Don Juan........
Le Mariage forcé.. » 25
Le Misanthrope... » 25
Le Méd. malgré lui.
L'Imp. de Versailles » 25
Le Tartuffe...... » 25
Amphitryon...... » 25
L'Avare......... » 25
Georges Dandin...
L'Amour médecin. » 25
M. de Pourceaugnac
Le Sicilien....... » 25
Mélicerte........
Pastorale comique.
Les Amants magnifiques......... » 25
Le Bourg. gentilh. » 25
Psyché.......... » 25
Les Fourb. de Scap.
La Comtesse d'Escarbagnas....... » 25
Les Fem. savantes. » 25
Le Malade imagin.
Poésies div., le Val-de Grâce, etc... » 25
Collect. des chefs-d'œuvre de Molière 1 »

LA FONTAINE.

*Fables.......... » 90

RACINE.

*Œuvres complètes. 2 50

On vend séparément :

Vie de Racine.... » 20
La Thébaïde..... » 20
Alexandre....... » 20
Andromaque..... » 20
Les Plaideurs.... » 20
Britannicus...... » 20
Bérénice........ » 20
Bajazet......... » 20
Mithridate...... » 20
Iphigénie....... » 20
Phèdre......... » 20
Esther......... » 20
Athalie......... » 20

CORNEILLE.

*Œuvres complètes. 2 50

On vend séparément :

Vie de Corneille... » 20
Le Cid.......... » 20
Horace.......... » 20
Cinna.......... » 20
Polyeucte........ » 20
Le Menteur...... » 20
Pompée......... » 20
Rodogune........ » 20
Héraclius........ » 20
Don Sanche....... » 20
Nicomède........ » 20
Sertorius........ » 20
Racine et Corneille, reliés.......... 7 »

REGNARD.

*Œuvres complètes. 1 90

On vend séparément :

Notice sur Regnard.
Le Bal.......... » 20
Le Joueur........ » 20
Le Distrait....... » 20
Les folies amoureuses
Le Mar. de la Folie.
Le Retour imprévu. » 20
Les Ménechmes.... » 20
Le Légataire univ..
La Crit. du Légat.. » 20
Voyages de Regnard. » 70

FLORIAN.

*Florian......... » 50

VOLTAIRE.

*Hist. de Charles XII » 70

BOILEAU.

*Œuvres poétiques. » 90

AUG. CHALLAMEL.

Histoire de France.. 4 »
Le même, relié en toile.......... 6 »

Cet ouvrage est divisé en quatre parties qui se vendent séparément :

*Hist. de Napoléon. 1 10
Hist. de la Révolut. 1 10
Histoire de Paris.. 1 10
Histoire de France. 1 10

BRILLAT-SAVARIN.

*Physiologie du goût 1 10

LOUIS GARNERAY.

*Voyages et aventures.......... 1 50
*Mes Pontons...... » 90

LAS CASES.

*Le Mémorial de Ste-Hélène......... 5 »
Le même, relié en toile.......... 7 »

O'MEARA.

*Mémorial de Ste-Hélène 2e partie. 4 »
Le même, relié... 6 »

On vend séparément :

*Napoléon en exil.. 2 10
*Batailles de Napol. 2 10

BOITARD.

*Le Jard. des Plantes 4 »
Le même, relié... 6 »

DANIEL FOÉ.

*Robinson Crusoé.. 1 30

HOFFMANN.

*Contes fantastiques. 1 10
*Contes nocturnes.. 1 10
*L'Élixir du Diable. 1 10
*Contes des frères Sérapion....... 1 10
*Contes mystérieux. 1 10
*Le volume broché.. 4 »
Le même, relié... 6 »

Mme STOVE.

*La Case du père Tom.......... 1f 50
*Fleur de Mai..... » 50

HILDRETH.

*L'Esclave blanc... 1 10

Mme DE MONTOLIEU.

*Le Robinson suisse. 1 90

LÉON PLÉE.

*Abd-el-Kader.... 1 10

PERRAULT.

*Le Cabinet des Fées 1 10

DESBAROLLES.

*Deux Artistes en Espagne......... 1 10

MICHIELS.

*La Traite des nègres » 90

CHARLES DE BUSSY.

*Histoire de Saint-Vincent de Paul. » 90

ACHILLE FILLIAS.

*Histoire de Suède. 1 50

HAUSSMANN.

*La Chine........ 1 70

BÉNÉDICT RÉVOIL.

*Les Aztecs....... » 70

BENJAMIN GASTINEAU.

*La France en Afrique.......... 1 30

CHRONIQUES POPULAIRES ILLUSTRÉES

Les Chroniques de l'Œil-de-Bœuf, par Touchard-Lafosse, 2 vol. brochés....... 8 »
— relié en toile. 12 »
Le même, 8 séries, brochées...... 1 10

* **Mémoires de la belle Gabrielle**, 1 vol. br......... 2 10
Mém. du cardinal Dubois, 1 v. br. 2 10
Ces deux ouvrages en 1 v. rel. toile....... 6 »

Mémoires de Mme Dubarri, 1 vol. 4 »
— relié en toile. 6 »
Mémoires du duc de Richelieu, 1 vol. broch. 4 »
— relié en toile 6 »

Mémoires sur l'impérat. Joséphine, par G. Ducrest.. 2 10
***Mémoires de Mme de Genlis**... 2 10
***Mémoires contemporains**...... 2 10

DIVERS

***Le Livre de la jeunesse**, illustré par Bertall, Foulquier et G. Janet, contenant : *Fables de la Fontaine, Fables de Florian, Fabulistes populaires, Œuvres de Boileau, Histoire de Charles XII, Nouvelles genevoises*. Broché, 4 fr. Relié.......... 6 »

***Les Robinsons**, illustrés par Janet-Lange, Bertall et Foulquier, contenant : *Robinson Crusoé, Robinson suisse, Robinson américain, le dernier Robinson*, 1 volume orné de 120 gravures. Broché........... 4 »
Relié.......... 6 »

***Le Cuisinier impérial**, par Viart, Fouret et Délan, hommes de bouche, 27e édition augmentée de 300 articles nouveaux et du **Glacier impérial**, par Bernardi, officier de bouche, encyclopédie culinaire. 1 fort volume cartonné. Prix.......... 6 »

CLICHÉS
DE GRAVURES

LE CENTIMÈTRE CARRÉ :
en plomb..... 0.15
en galvano... 0.20

www.ingramcontent.com/pod-product-compliance
Lightning Source LLC
Chambersburg PA
CBHW060440260626
47161CB00005B/2005

* 9 7 8 2 0 1 2 6 7 7 3 9 5 *